U0734813

本書出版得到國家古籍整理出版專項經費資助

後村先生大全集

第六冊

宋·劉克莊　撰
王蓉貴　向以鮮　校點
刁忠民　審訂

四川大學出版社

後村先生大全集卷之一百一十五

表 牋

乾會節賀皇帝表 丁卯

上天祐之，開千齡之景運；聖主出矣，得萬國之懽心。俯效葵傾，仰祈椿筭。臣某中賀。恭惟皇帝陛下昭事上帝，懷保小民。於邦於家，躬勤儉而纘禹；在朝在野，願富壽而祝堯。休祥允叶於電虹，難老益繇於箕翼。臣耄期已迫〔一〕，善頌未忘。負扆大昕，恭己端臨於南面；稱觴廣内，承顔長奉於東朝。

〔一〕迫：原作「泊」，據小草本、翁校本改。

賀皇太后表

辰居北極，鴻基纘列聖之傳；風轉南薰，龍衮上太皇之壽。兩宫慈孝，萬國懽呼。臣某中賀。恭惟皇太后陛下謝邑流芳，周京儷美。受遺先帝，決大計而無疑；復辟嗣王，推成功而不有。際電繞虹流之旦，綿天長地久之期。臣髪已皓蒼，心猶丹赤。夢鈞天之燕，曾侍禁嚴；覲長樂之儀，自嗟遠外。

賀皇后牋

帝臨五位，出乎震之初；后冠六宫，取諸坤之順。椒塗有助，椿筭無疆。臣某中賀。恭惟皇后殿下樛木垂慈〔一〕，澣衣昭儉。紀千秋之節若開元間，形四方之風自《周南》始。欣逢華旦，丕擁蕃釐。舜鼓琴而歌，適届薰風之候；姜脱簪而諫，何待晏朝之時。

〔一〕皇后殿下：原作「皇帝陛下」，據小草本改。

壽崇節賀皇太后表 丁卯

文母内理，方詠《思齊》之詩；天子有親，特置誕彌之節。累朝盛觀，萬寓頌聲。臣某中賀。恭惟皇太后殿下比德姜任〔一〕，游心黄老。降生神異，浴佛之日同；援立聖明，補天之功大。增光典策，茂介壽祺。臣猥以暮齡，際兹華旦。僅遺一老，退休履道宅之居；莫尾百僚，旅賀光順門之下。

〔一〕太：原無，據小草本、翁校本補。

賀皇帝表

母儀綦貴，産祥臨衣褐之辰；聖德何加，置節如垂簾之禮。一人有慶，萬國懽心。臣某中賀。恭惟皇帝陛下御時乘之龍，見王治之象。方先帝選佩觿之幼，曾未探符；知冲人膺當璧之占，端由定策。既負黼扆而正南面，宜奉玉巵以壽東朝。史冊煇煌，頌聲洋溢。臣昔叨扈蹕，今已扶犁。庭堅詠欽聖之賢，尤高復辟；臣弼勸英皇之孝，可謂愛君。

賀皇后牋

贊先猷而與子，聖矣東朝；執婦禮以事姑，孝哉中殿。欣逢誕節，仰頌徽音。臣某中賀。恭惟皇后殿下風始自南，教修乎内。脱晏朝之珥，周道再昌；稱長樂之觴，漢儀復見。顧慙衰竭，莫極形容。今爲老農夫，難旅拜玉墀之下；昔掌太史氏，或能補彤管之遺。

郊恩進封開國伯加食邑三百户謝表

冠挂四期，屏居舊里；爵加一等，適際初郊。自慙短褐之微，遂忝躬圭之寵。臣某中謝〔一〕。伏念臣奮由孤士，被遇先皇。導袞龍而行〔二〕，密依黄道；草金雞之赦，見獎玉音。空懷老臣畎畝之忠，阻侍英辟壇垓之祀。雖云得謝，猶許均釐。兹蓋伏遇皇帝陛下一德享天，小心事帝。誕敷祭澤，不遺耆舊之倫；申錫綸言，俾列公侯之次。兹惟殊渥，匪曰常彝。臣桑蔭無多，菜封逾厚。士奉璋亞祼，莫小助於類禋；伯執殳前驅，恨既愆於膂力。

〔一〕謝：原作「賀」，據小草本、翁校本改。

〔二〕袞：原作「兖」，據小草本、翁校本改。

謝皇太后表

國有大慶，五時熙成〔一〕；臣無微勞，一階序進。出綸北闕，奉表東朝。臣某中謝。伏念臣疎遠諸生，遭逢先帝。席前宣室，深慚賈誼之才；蹕幸甘泉，嘗奏揚雄之賦。今作老農夫而屏處，阻陪新天子之親祠。溥被渙恩〔二〕，端由坤載。茲蓋伏遇皇太后殿下禁中定策，物表怡神。祀后稷以配天，縟儀初講；朝太任而問寢，孝治最隆。臣雖既垂車，猶叨賜胙。罔功食采，虛忝韓子昌黎之封〔三〕；送老把茅，莫第漢臣長樂之頌。

〔一〕時：原作「疇」，據小草本改。

〔二〕溥：原作「薄」，據小草本改。

〔三〕韓：原作「朝」，據小草本改。

壽崇節賀皇太后表 戊辰〔一〕

東朝華旦，承顔極孝治之隆；南面至尊，上壽用家人之禮。臣某中賀。恭惟壽和皇太后殿下自嬪潙汭〔二〕，允媚周京。望蒼梧雲，既莫返重華之狩；取虞淵日，獨高安漢嗣之功。有開聖出之祥，適協佛生之旦。懽騰萬寓，喜洽三宫。臣景薄西崦，神馳北闕。喻知列辟，咸陪光順門之班；虚忝從臣，莫第長樂宫之頌。

〔一〕戊辰：原無，據小草本補。

〔二〕潙：原作「媯」，據小草本、翁校本改。

賀皇帝表

祥開堯母，生與佛同；祉受文孫，德由世積。際天覆幬，率土懽呼。臣某中賀。恭惟皇帝陛下視膳而問安，承顔而順色。謂親劬難報，猶寸草答三春之暉；願聖壽無疆，若蟠桃結千歲之實。惟今之盛，亘古所無。自愧惰荒，莫能摹寫。臣雖棲衡泌，猶戀軒墀。耆老而守《玄經》，已甘寂寞；悦懌而秉彤管，莫頌音徽。

賀皇后牋

正母儀於中闈，來嬪帝出之初；執婦禮於東朝，適協佛生之節。照臨所曁，舞蹈攸同。臣某中賀。恭惟皇后殿下德比姜、任，賢如馬、鄧。子無適庶，鳲鳩之愛則均；俗有北南，關雎之化咸被。臣雖老尚望雲而就日，已盲難披霧以覩天。安得金篦，爲祛於翳膜〔一〕；恨無彤管，能極於形容。

〔一〕祛：原作「法」，據小草本改。

乾會節賀皇帝表 戊辰

六龍御天，仰大明之繼照；萬物覩聖，慶今日之太平。介福簡穰，躋民仁壽。臣某中賀。恭惟皇帝陛下光明履位，歷數在躬。嗜好不萌，用《無逸》之圖養壽；緝熙有素，以《大學》之書正心。誕彌踵文母之期，覈假錫湯孫之祜〔二〕。數綿箕翼，喜洽宗祧。臣還笏年深，戴盆天遠。餘八十歲，不在申公之多言；薰一瓣香，有封人之三祝。

〔一〕「鬷」原作「酸」，「祜」原作「祐」，據小草本、翁校本改。

賀皇太后表

休符叶應，有王者興；盛德蔑加，以天下養。於今創見，自昔罕逢。臣某中賀。恭惟壽和皇太后殿下輔佐先皇，贊成大計。始於庭埋璧，未占已乎；晚以易洗心，退藏於密。凡戴履均愛君之念，矧誕彌同浴佛之辰。臣久挂衣冠，未忘軒廐。追蹤二《雅》，儷美《思齊》之詩〔一〕；稽首兩宮，敬上封人之祝。

〔一〕詩：原作「討」，據小草本改。

賀皇后牋〔一〕

聖握乾符，龍御天而利見；德侔坤載，馬行地以無疆。和氣旁流，頌聲交作。臣某中賀。恭惟皇后殿下俔天作妹，夢月入懷。儷極體尊，常同玉輦；進賢志切，姑酌金罍。與國同休，後天難老。臣自憐大耋，莫覩太平。着李白之錦袍，曩叨供奉；薦子昂之奎璧，今愧荒蕪。

〔一〕牋：原作「踐」，據小草本改。

賀生皇太子表牋

皇帝表

帝祉施子，積善所鍾；震索得男，非常之慶。綿區欣忭，磐石奠安。臣某中賀。恭惟皇帝陛下系本承堯，服深纘禹〔一〕。龍飛御極，統方接於千齡；燕翼貽謀，仁已流於數世。澤覃華夏，和滿乾坤。臣側聽熊占，莫陪虎拜。覩聖人作，幸逢景運之開；聞皇子生，竊有先儒之喜。

〔一〕深：小草本作「新」，翁校本作「如」。

皇太后表

聖何加孝，思仰悦於慈懷；子又生孫，兆非常之大慶。懽騰寓縣，燕及廟祧。臣某中賀。恭惟壽和皇太后殿下復辟道尊，齊家德盛。昔螽斯託詠，欲王室之宗强；今熊夢協占，本慈闈之家法。隆平盛觀〔一〕，希闊罕逢。臣謝事有年，酬恩無路。耳聞宮掖〔二〕，聿開甲觀之祥；目斷鈞天，莫侍瑶池之宴〔三〕。

〔一〕觀：原作「覲」，據小草本改。

〔二〕掖：原作「振」，據小草本改。

〔三〕侍：原作「待」，據小草本改。

皇后牋

《樛木》之章，猶慇勤於嬪御；椒塗之義，欲繁衍於本支。皇嗣挺生，熙朝創見。臣某中賀。恭惟皇后殿下手操彤管，躬奉玉齋。熊夢吉祥，雖當宁多男之兆；螽斯盛大，皆中宫逮下之仁〔一〕。閫範淑賢，邦基鞏固。臣垂車雖久，戀扆未忘。昔忝祠官，嘗獲侍高禖之祭〔二〕；今成瞽史，安能絃《關雎》之詩。

〔一〕中宮：原倒，據小草本乙。

〔二〕祭：原作「際」，據小草本改。

除龍學謝皇帝表

明詔德音，親逢真主；隆名美職，假寵耄臣。臣某中謝。伏念臣曩者以小文章，當大典冊，陪群英而並進，受先帝之異知。雄斷廟謨，想竇儀之謹重；片文隻字，通楊億之商量。上所掞摛〔一〕，臣皆巾襲。及乎鼎湖龍去，空抱遺弓；沙苑鶴歸，幸逃飛矢〔二〕。曾是老書生之衰颯，忽蒙新天子之訪求。今細札十行，何其詞旨温厚；昔萬機參決，得之耳目見聞。歸爲版籍之民，躐進淵圖之直。兹蓋伏遇皇帝陛下福威惟辟，曆數在躬。謂時無老成人，典型寖少；若古有耇壽俊，圖任不遺。雖迫耄昏，許班華近。旁觀駭甚，内省矍然。臣易泯餘齡，難酬洪造。陪西清列，願生死於蠹魚；誦《北山移》，免怨驚於猿鶴。

〔一〕掞：原缺，據小草本補。
〔二〕矢：原作「失」，據小草本改。

謝皇太后表

一壑鈞游〔一〕，旄期踴颯；兩朝謨訓，禁秩岧嶢。昔逮事於先皇，今歸恩於太母。臣某中謝。恭惟壽和皇太后殿下赤城孕秀，黄閣傳芳。法駕屬車，方謹長樂膳安之問；遺簪墜履，尚憐穆陵詞翰之臣。鬢雪皤然，條冰清甚〔二〕。臣偷生旦暮，莫報乾坤。掌寶庋之秘儲，昏眸莫覩；沾瑶池之餘瀝，凡骨難仙。

〔一〕鈞：原作「鈎」，據小草本改。
〔二〕條冰：原作「調永」，據小草本改。

謝皇后牋

黄卷青燈，駒陰猶惜〔一〕；赤文緑字，犧畫有光。足爲晚歲之榮，悉出長秋之賜。臣某中謝。

恭惟皇后殿下一門世德，四海母儀。念彼勞臣，爰有金罍之酌；書之女史，孰如彤管之徽〔二〕。已迫衰殘，俾參嚴近。臣三年自誓，萬死莫酬。龍馬呈祥，垂老獲登於奎閣；鶴猿生怨，終身不負於草堂。

〔一〕駒：原作「驅」，據小草本改。

〔二〕如：原作「知」，據小草本改。

代作

擬謝宣召入院表 代西山

君命不俟駕，忽誤忝於招延；王言出如綸，俾進專於潤色。光生閭巷，榮動縉紳。臣中謝。

竊觀列聖之用人，惟待詞臣而加禮〔一〕，蓋於言語文字之外，責以論思獻納之忠。始雖忤旨而弗容，終乃棄瑕而復用。脩除翰苑在環滁出守之餘〔二〕，軾侍禁廷亦赤壁歸來之後。豈非加歲月則其文老，經憂患則其慮長，遂居邃嚴，以備顧問。如臣者才華不競，愚戇自將。掌先皇內制者六年，每塹越俎；迨陛下初元之再命，竟許循墻。以馳驅州縣之頻，加廢放山林之久，見聞寖少，藝業益荒。結茅屋於雲邊，已甘終老；瞻玉堂於天上，若隔前生。敢圖白首之重來，過辱清衷之妙簡！遽玷久虛之拜，真成三入之榮。玆蓋伏遇皇帝陛下肆筆成書〔三〕，解紘調瑟。謂王者之志見於詔，不亦大哉；而天下之動皷乎辭，豈容默已！宜有文章之宿老，俾專典冊於明時，奚取臣愚，廼承人乏！臣敢不推明上指，播告多方。小技未爲尊，良有慙於詞禁；大節不可奪，冀無負於聖朝。

〔一〕詞：原作「祠」，據四庫本改。
〔二〕滁：原作「涂」，據小草本改。
〔三〕皇帝：原無，據四庫本補。

擬謝學士表 代西山

召還禁橐，奚補事功；擢長鑾坡，遂專典冊。寵光特異，慙懼交深。臣中謝。臣猥以鯫生，奮於下土。少而掌制，曾莫施潤色之工；老矣談經，冀有補緝熙之學。人或譏其迂闊，上獨察其樸忠。迹似牧之，方一麾於江海；才非應氏，乃三入於承明。況九重新政化之初，而兩制極文章之選，鴻筆固資於摛掞，鯁言尤賴於論思。歷攷名臣，具存故實。陸贄於詔書之外，每上奏篇；

歐陽雖帖子之微〔一〕，不忘規諫。臣何爲者，深竊慕之。兹蓋伏遇陛下湯德又新，堯文有焕。震雷劃地，蟄蟲各動於真機〔二〕；杲日中天，螢爝奚施於末照〔三〕。顧容孤士，謬冠禁林〔四〕。臣敢不圖報隆知，勉殫薄技。念官爲學士，豈無時政之可言〔五〕；倘號曰私人，則匪微臣之素志〔六〕。

〔一〕歐陽：原僅一「修」字，據四庫本改、補。
〔二〕各動：原缺，據四庫本補。
〔三〕螢爝奚：原作「瑩熾爝」，據四庫本改。
〔四〕謬冠：原缺，據四庫本補。
〔五〕豈無：原缺，據四庫本補。
〔六〕微：原缺，據四庫本補。

擬謝衣帶鞍馬表

代西山

蕪辭奚取，掌中禁之絲綸；殊渥有加，輟上方之服御。寵綏攸逮，捧戴曷勝！臣中謝。臣藍縷寒蹤，𣨼隤暮齒。向也錫之鞶帶，竟招三褫之尤；政惟範我馳驅，未有一禽之獲。敢圖朽質，復玷恩光！兹蓋伏遇皇帝陛下藻飾治功〔一〕，攬收威柄。解衣以待士，尤感於招徠；持策而臨材，壹歸於駕馭。不然衰悴，曷致輕肥！臣綿力雖疲，丹心猶壯。願言補衮，輔時政之闕遺；未忍執鞭，求此生之富貴。

〔一〕藻：原作「藩」，據翁校本改。

代西山丐祠表

臣頃因拙恙，屢乞叢祠，仰蒙至仁，曲示殊眷。今則假寧將滿，湯熨未瘳。臣上則係累於明主之恩，下則怵迫於輿人之議〔一〕，去留交戰，進退兩難。雖以采薪之憂，力辭繼粟之禮。然而身方憊甚，力弗任於造朝；心固皦然，迹有如於邀寵。用兹皇惑〔二〕，愈甚沈綿。亦恐政府位高，書生命薄，惟知足知止者天之道，欲生欲安者人之情。與其貪戀以挻盈滿之災，孰若勇決而希退閑之福！非復具文而有請，仰希造命之必從。欲望聖慈察臣不欺，憫臣幾殆，姑停新渥，速畀外祠，俾得暫還山林，一意醫藥。大恩未報，固難袖手以即安；宿疾或平，所願捐軀而未晚。

〔一〕迫：原作「追」，據四庫本改。
〔二〕兹：原作「慈」，據四庫本改。

代西山辭資政殿學士京祠侍讀表〔一〕

疲瘁弗任，乞投閑於田里；眷留未替，俾養疾於京師。待遇過優，兢危愈甚。伏念臣才能素薄，分量易盈。累載退藏，頗健頑之自若；一朝進擢，乃衰病之交攻。無所歸尤，可以言命，惟力求於閑廪〔二〕，庶少假於餘齡。至如秘殿經筵，以處舊臣宿老。臣未嘗就職，於忝竊以非宜，既已乞身，又徘徊而不去，非獨有徼君之罪，抑將貽固位之譏。念平時講貫之謂何，乃晚節眊昏而至此。輒殫血悃，仰黷皇明。欲望聖慈，俯矜危蹟，抑臣之寵以消弭其災屯，容臣之歸以保全其出處。收還殊渥，改畀外祠。倘還山果遂於再生，則報國豈無於它日！

〔一〕祠：原作「師」，據四庫本改。

〔二〕廪：原作「禀」，據四庫本改。

代西山上遺表

疾不可爲，甫力辭於大任；死之將至，猶未泯於孤忠。願假須臾，少陳悃愊。臣中謝。伏念臣迂疎一介，際遇兩朝。固無赴功趨事之才施諸當世，獨有憂國憂君之念對越上蒼。寧皇調瑟之初，陛下飛龍之始，俱承睿獎，屢進瞽言。雖聖主隆寬〔一〕，納以如天之量；然柄臣積怒，墮於偃月之機。栖遲故山，轉徙外服。不圖華髪，再覲清光，從容便殿之對揚，密勿細氈之顧問。賜之親札〔二〕，等泰陵遇軾之恩；讀所著書，視神廟待光之禮。臣惟國士之知未易報，而天下之事尚可爲，每殫千慮以開陳，冀有一毫之補益。豈謂病乘衰至，命與時違。昨畢文衡，晉參政枋〔三〕。貂璫及門而臣不能迎揖，車馬陳庭而臣不任馳驅，累上封章，力乞骸骨。玉音記憶，至諏訪於近臣；奎畫眷留，若寵褒於舊弼。中嘗小愈，俄復勿支。丹附之力已窮，膏肓之證交迫。昔楚之囊尹將終，有城郢之言；唐則房喬垂殁，進征遼之諫。臣雖憊甚，心竊慕之。欲望陛下以剛健濟文明，以知行充學問。勿道用兵之二字〔四〕，休養民生；常思宥座之兩箴，隄防物欲。篤信君子以逆杜小人復進之漸，堅持正論而無使邪説得乘其間〔五〕，求文武之奇材，講兵財之實政〔六〕。至若沃心之要旨，備於《衍義》之一編。倘覽觀不廢於燕閒，則理亂昭如於龜鑑，上以副祖宗傳序之意，下以慰生靈望治之心。臣餘息甚微，丹衷不昧。闔棺事定，豈帷蓋之敢求；戀闕心存，悵軒墀之永隔。

〔一〕隆：原作「龍」，據四庫本改。
〔二〕札：原作「禮」，據四庫本改。

〔三〕枋：原缺，據四庫本補。
〔四〕道用：原倒，據四庫本乙。
〔五〕無使：原倒，據四庫本乙。
〔六〕財：原作「材」，據四庫本改。

擬謝吏侍兼給事中表 為洪丈作〔一〕

貳卿之職尤重於天官，兩省之班特高於夕拜。榮甚九重之擢，惕然數器之兼〔二〕。臣中謝。伏念臣蚤忤當權，晚逢親政。每謂永嘉之末，無復微言；不圖貞觀之初，樂聞直諫〔三〕。旋繇烏府，躐拜鳳池。雖弗居擊搏之官，猶欲舉封還之職〔四〕。然而精誠未能感悟，議論無所建明。車轔轔，馬蕭蕭，苦口莫回於輕舉；印纍纍，綬若若，病軀徒愧於久留〔五〕。屢闔户以控章，亦扣墀而還笏，未拜玉音之俞允〔六〕，反蒙御筆之超除。銓部文書，猶規程之可守；銀臺封駁，豈風力之克堪！而況翰苑辭林，經筵史觀，名臣森列，柰何越尊俎而代庖，高位疾顛，實恐因負乘而致寇。上無以稱答蕩蕩乾坤之造，下無以慰塞悠悠風塵之談〔七〕。祗服寵榮，倍深憂畏〔八〕。茲蓋伏遇皇帝陛下舜聰旁達，堯哲周知。蠱壞一新，更膠柱不調之化〔九〕；福威自出，收太阿倒授之權。察臣無黨援之私〔一〇〕，冀臣有論思之助。臣敢不深惟簡在，益自勉旃。不改丹心〔一一〕，常若端平之初節，勿污青史，庶爲元祐之全人。

〔一〕丈：原作「伏」，據四庫本改。

〔二〕數器：原倒，據四庫本乙。

〔三〕樂：原缺，據四庫本補。

〔四〕欲：原缺，據四庫本補。

〔五〕徒：原缺，據四庫本補。

〔六〕俞允：原作「愈久」，據四庫本改。

〔七〕塞：原缺，據四庫本補。

〔八〕倍：原作「俗」，據四庫本改。

〔九〕調：原缺，據四庫本補。

〔一〇〕私：原缺，據四庫本補。

〔一一〕改：原缺，據四庫本補。

代謝兵部尚書表 為余子壽作

貳卿職曠，弗以績聞；八座班高，乃容次補。誤渥至加於疊組，牢辭莫許於循墻。仰戴雲天，俯臨淵谷。臣中謝。伏以周嚴九伐以振國威，晉命六官必先民譽。矧在修政攘夷之日，尤難制軍詰禁之才〔一〕。如臣至愚，於世寡偶。早更憂患，惟義命之是安；晚竊顯融，非心思之所及。屬當宁更新於大化，舉在廷絶企於末光。顧當斯時，服在邇列。韓愈奏從官之技〔二〕，莫望昔人；王吉云俗吏所爲，殆譏臣輩。敢圖天獎，超拜夏卿！方疆埸之間未寧，而甲兵之問日至，上無籌策可以獻納〔三〕，下無精力可以簡稽。又況掾史事叢，瑶編體大。材能素薄，僅堪智効於一官；委任特殊，遽使身兼於數器〔四〕。龍光所逮，蚊負曷勝！兹蓋伏遇陛下親攬威權，旁求俊乂。謂臣雖無高論，然粗達於時宜〔五〕；察臣不爲清談，或可施於實用。遂令迂拙，亦玷高華。臣敢不精白承休，靖共好直。陪輔朝廷之遺忘，所願竭忠；奉行臺閣之文書，豈爲稱職！

〔一〕才：原作「林」，據四庫本改。
〔二〕技：原作「收」，據四庫本改。
〔三〕籌：原作「壽」，據四庫本改。

〔四〕器：原作「氣」，據四庫本改。

〔五〕粗：原作「精」，據四庫本改。

代曾知院上遺表

建纛請行，誓弗移於初志；拖紳垂絶，猶欲獻於遺忠。輒效諄諳，冒干聰睿。伏念臣蚤繇孤學，被遇先皇，冠多士以策名〔一〕，越羣公而輔政。當宁察其平實，昭示眷懷〔二〕；權門惎其異同，甘從閑退。專於一壑，十有六期。晚逢聖主之改絃，俾護陪都之留鑰。單車過闕，累疏議邊。蹇叔奚知，將止殽陵之役；蔡謨過計，不勝江表之憂。誤簡宸衷，載陪國論。陛下欲長駕遠馭而臣不能輔贊，陛下欲更化善治而臣無所建明。比者裔夷，擾吾疆埸〔三〕，每值羽書之交至，仰瞻玉色之不怡。茲主憂臣辱之時，既叨授鉞；惟朝聞夕引之誼，敢後著鞭？屬有司之調度未齊，且在廷之議論屢變，勇往有輕揚之悔，徐行懼逗撓之誅。旬月以來，寢食俱廢。始終一意，未改風雲之壯懷；憂苑萬端，忽罹霜露之末疾。臣年六十不爲夭，官一品不爲卑。今將溘然，無可恨者。獨君父之恩未報，國家之事方艱，敢陳易簀之詞，冀動凝旒之聽。欲望皇帝陛下修德以回天意，施惠以固人心，親君子而勿摇於小人，合衆謀而又決於獨斷。下輪臺、奉天之詔，興起觀瞻；拔淝水、赤壁之才，掃平氛祲。使亭障無一塵之警，則宗社有泰山之安。臣景迫崦嵫，心存軒庭。鞠躬盡力之志，莫効馳驅；將死深悲之言，或蒙采擇。

〔一〕冠：原缺，據四庫本補。

〔二〕示眷：原缺，據四庫本補。

〔三〕句首原有「攬」字，又「埸」原作「場」，據四庫本删、改。

後村先生大全集卷之一百一十六

啓

上傅侍郎

負愧平生，誦了翁之責沈；不圖今日，逢老子之度關。公方與造物者游，我欲順下風而請。

竊以士苟有志，皆知名節之可尊；生不同時，每恨先賢之已遠。覽范滂之傳，至太息以興思；聞杜喬之風，想生氣之猶在。至若嗣正始諸公之絶唱，主過江多士之齊盟，蓋凛然尚有於典型，乃前此未承於謦欬。良以服膺之切，非爲炙手而來。恭惟某官一代宗師，三朝壽雋。精忠諒節，可居周堪、劉向之間；讜論危言，不在陸贄、陽城之下。頃簪諫筆，垂秉事樞，而乃預憂十常侍之弄權，歷指七貴人之盗寵，一麾徑歸之甚勇，六丁力挽而不回。政坐名高，未許卷之避世；假令耄及，猶當杖以造朝。況才之壯而意之新，年彌高而德彌劭，聖上敓緑綈之召，國人竚赤舄之還。既彷徨恤宗周之憂，尚終始抱東山之志。舉世之人皆濁，惟我獨清；天下之父來歸，其子焉往？願趣蒲輪之入，徑躋鼎席之求。伏念某實類癯儒，名爲肖子。讀書萬卷，頗馳騁於古人；泣血三年，盡變移其舊質。憂哀憤恚之所侵蝕，疾疢思慮之所耗昏。何辜於天，亟奪其父。素琴絃絶，誰憐中散之孤；鄰笛聲哀，忍誦山陽之賦？敢意高賢之雞絮，尚臨委巷之雀羅。得非憫泉下之人，昔常忝座上之客。危衷易感，悲涕無從。頃瞻紫氣之來，愈快景星之覩〔一〕。惟先生長者，寔晚學之指歸；矧大父老人，有向來之雅素。倘或予互鄉之潔，必少慰若敖之魂。進之於琴瑟書冊之前，誨之以洒掃應對之序。縱未窺於閫奥，終不畔於門墻。誓墓之餘，非敢望山公之啓事；摳衣以進，所冀聞夫子之文章。

〔一〕愈：原作「念」，據四庫本改。

賀制置李尚書

昕庭出命，天塹宣威。九十年王氣鬱葱，莫重居留之寄；數千里風寒險要，盡提表裏之封。疏榮冠學士之班，涓吉建元戎之纛。名聞醜虜，勛在本朝〔一〕。竊以寇萊公之鎮北門，契丹伏其望重〔二〕；范文正之理西夏，元昊懼而膽寒。使方面隱然有人，則吾圉坐以無事。在昔建業，實今陪京，清宮之侍翠華〔三〕，督軍而假黄鉞。緑沈金鎖，帳環百萬之精兵；帕首腰刀，庭列諸屯之大將。近者之事，異乎所聞。削階級之常儀，講苞苴之私覿。屈主帥節旄之重，接偏裨杯酒之歡。

避廉頗而引車，嘻其甚矣；驕灌夫而駡坐，誰之過歟！是必清德足以伏其貪婪之心，威名足以折其桀驁之氣。使元和愬、武郊迎裴度之來，若南渡張、韓羅下魏公之拜，庶紀律嚴而名分正，號令一而賞罰行。此雖書生之大言，可裨幕府之末議。況江左一隅之生聚，恃淮南兩路之遮蔽。今也久虛曠土而不耕，多築空城而難守。逃亡竊發，或保光、豐之間；覘諜不明，莫知泗、壽之事。遣聘屢通於亡虜，閉關不納於流民。凡此數端，言之短氣。肆天子奮英明而推轂，而我公亦慷慨以登壇。方恢宗祏之遠圖，非講門闌之私賀。恭惟某官名滿九牧，氣塞兩間。文武有威風，縉紳無出其右；緩急屬大事，社稷所恃以安。勛名著於納刀討賊之時，讜論見於正色立朝之日。畫江絶棧，狹小孫、劉之規模；富國强兵，鄙夷莞、晏之功利。言言大義，凛凛精忠。人方獻弭狄之謀，公獨抗出師之表。幣皮犬馬珠玉，何異借寇兵而資盗糧；篳路藍縷山林，方當儆國人而討軍實。朝廷重於九鼎，君相倚如太山。寶帶萬釘，已峻真文昌之拜；牙旗十丈，有光大元帥之行。奉壽母之潘輿，攜諸郎於謝墅。覽前古六朝之形勢，陋過江諸人之經營。何止問冶城而訪新亭，不必築濡須而守渦口。龍蟠鍾阜，行將扈蹕以東巡；馬飲長江，永絶投鞭而南下。少試平戎之策，遂成闢國之勛。兵事節度付公，允藉中權之整；天下安危注意，方當左轄之虛。環召繼來，衮歸不遠。某早依儉府，久出膺門。上光範之書，初無夢想；誦《子虛》之賦，屢荐姓名。力啓化鈞，使霑禄米。土思方切，誰復憐莊舄之吟；豪氣雖衰，未忍作楚囚之泣。公方紀旂常之成績〔四〕，僕亦思竹帛之附名。非敢爲栖栖乞食之容，庶小施颯颯草檄之手。斬名王而釁鼓，縱莫隨瀚海之師；

鐫大字以磨崖，請繼作浯溪之頌〔五〕。

〔一〕勛：原作「勢」，據四庫本改。

〔二〕其：原作「而」，據小草本、翁校本改。

〔三〕華：原作「葉」，據四庫本改。

〔四〕紀：原作「絶」，據四庫本改。

〔五〕繼：原作「維」，據四庫本改。

謝制置李尚書

視師江面，方宣閫外之威；試吏邊頭，驟玷幕中之選。未條陳於半策，已剡上於辟書。恩大難酬，人微勿稱。敢贊一牋之陋，借干六纛之嚴。竊考自昔王公之門，每叙一時名勝之士。應、劉在鄴，鄒、馬游梁。況將圖不世之功名，自必合衆人之謀智。烏大夫既召石處士，復致温生之材；裴晉公已用韓退之，兼采伯者之策。或聘由巖穴，或奮自布韋，在上者極束拔之公，在下者無附麗之貶。誠以其人之賢否，係乎此府之觀瞻。倘無補事功，何取座上客之滿；如不工詞令，或爲帳下兒所輕。由此論之，艱其選矣。如某者志雖刻苦，材極闒疎。十載光陰，盡消磨於紙上；千年治亂，空感慨於胸中。老校退卒之所見聞，敝裘羸馬之所經歷。游邊憤激，亦嘗妄論夫兵機；許國慷慨，未忍忘情於世事。會元帥大開於幕府，而諸賢畢入於禮羅。虎嘯風從，鶴鳴子和。孰不動彈冠之喜，乃特煩折簡之呼。寘之清流，亦既有梟鸞之媿；參以前輩，必難逃虎鼠之嘲〔一〕。矧是妄庸，暗於機事。草陳琳之檄，思若鈍遲；吟王粲之詩，語多悽惋。非有絲毫之實用，恐孤卵翼之深恩。茲蓋伏遇某官身荷安危，資兼文武。漢廷惟汲黯，他人等乎發蒙；江左有夷吾，諸賢爲之收泣。出臨方面則軍情帖伏，入對便朝則天語寵褒。威行而草木知名，令下而旌旗變色。初開玉帳，首築金臺。惟藻鑑之下素明，故履屐之間皆當。終慙冗璅，亦忝招徠。某敢不刻骨銘知〔二〕，戴星赴辟？雖風聲鶴唳，莫輸微力於行間；然狗吠雞鳴，願竭小忠於門下。

〔一〕「之清」，至「鼠之」凡二十字，原無，據四庫本補。

〔二〕刻：原作「克」，據小草本、翁校本改。

謝傅侍郎舉著述

瞻耆英於洛社，嘗聽緒餘；薦墨客於漢廷，誤蒙印可。常恐終身之抱璞，乃逢具眼之賞音。誼重噓枯，感深出涕。竊以洙泗之盛，始分設教之科；漢唐以來，代有能言之士。然晁、董名儒而不免科舉之累，若燕、許大手而惟工臺閣之辭，才之難全，古所共歎。暨我本朝之盛際，森然諸老之名家。六一之文唱於漢東，宛陵之詩鳴於慶曆。未幾一變，遂宗王氏之新經；厥後横流，别出江西之宗派〔一〕。正大之理破於穿鑿，渾厚之體溢爲尖新。有如命世之宗工，方紹斯文之正統，豈伊孤陋，亦玷品題！伏念某家故爲儒，幼嘗承學。善和書卷，頗窺上世之舊藏；杜曲桑麻，粗有先人之薄業。自執手周南之後，多卧疾漳濱之時。念頃爲舉子之詞章，屢不合主司之程度。既無用於斯世，遂專攻乎古文。凡匜銘鼎識之聱牙〔二〕，若冢刻山鑱之奇怪，《大易》之繫，《關雎》之亂，太史所録，《離騷》所吟。疋馬揚州，動戍鼓城笳之感；蹇驢鍾阜，多故宫廢苑之游。每發於羈旅行役之間，未脱乎山林草野之氣。尚恐俗人之竊笑，云何哲匠之見推！謂其有記覽之功，憐其抱刻苦之意，期之以討論修飾之事，借之以温潤典裁之褒。知己則深，揆才不稱。兹蓋伏遇某官名塞宇宙，識窮天淵，標致萃於山嶽之高，文詞協乎律吕之正〔三〕。聞諫議之伏閤，願拜陽亢宗；論公孫如發蒙，獨憚汲長孺。進有百篇之論疏〔四〕，退無一飯之忘君。粤從爲緑野之游〔五〕，了不作黄閣之夢。獨有憐才之一念〔六〕，未嘗棄士之寸長。某敢不激烈銘知〔七〕，專精講學？文章小技，敢於世俗以求名；節誼大閑〔八〕，願以師門而爲法。

〔一〕「别」原作「則」，又「江」下原重一「江」字，據四庫本改、删。

〔二〕聱：原作「聲」，據四庫本改。

〔三〕律呂：原作「六律」，據四庫本改。
〔四〕進：原作「及」，據四庫本改。
〔五〕粵：原作「奥」，據四庫本改。
〔六〕一念：原倒，據四庫本乙。
〔七〕知：原無，據四庫本補。
〔八〕閑：原作「賢」，據小草本改。

賀安宣撫除少保

涣發麻詞，晉登棘位。于蕃四國，方宣禦侮之威；兹曰三孤，爰侈褒功之典。光生閫鉞，喜動坤維。恭惟某官雅量崇深，雄姿高邁。當公孫之竊帝，介於一隅；微管仲之尊王，吾其左衽。一日復西陲之土，十年熄南下之塵。氣吞朔庭，勛在盟府。會窮寇猶思於獸鬬，而諸賢乃狃於燕安，舊德重臣毀於黄吻年少，精兵巨屏屬之白面書生，舉列聖中興已畫之疆，與昔人百戰必守之地，壞如裂瓦，危甚累棋〔一〕。非天子急起公而用之，則國家遂失蜀也久矣。司徒納刃而戰，士盡奮呼；令君免胄而來，賊皆環拜。雋功成於漏刻，危機定於笑談〔二〕。事難於乖崖拊定之時〔三〕，力倍於忠獻經營之日〔四〕。晰庭讀冊，超陞亞保之崇；舊鎮建旄，增重元戎之寄。入則弼一人於廊廟，出則護諸將於方隅。以十萬節制之師，當百年衰盡之虜。方叔率止，孰不觀元老之猷；召公主之，古所謂二伯之任。屬兹虚左，行矣處中。某方喜杜門，末由賀厦。攜白木之鑱，力課耕鋤；登黄金之臺，竟孤聘召。嘗萬里通蠶叢之使，乃二期無雁足之音。每中夕以激昂，悵流年之晼晚。義旗西指，縱難効力於行間；衮衣東歸，猶冀望塵於道側。

〔一〕棋：原作「旗」，據四庫本改。
〔二〕笑：原無，據四庫本補。
〔三〕時：原作「功」，據四庫本改。
〔四〕倍：原作「陪」，據四庫本改。

賀傅諫議休致

出紆褒賢〔一〕，抗章謝事。翛然遠引，屢辭加璧之招；浩乎莫留，竟遂拂衣之志。名光竹帛，喜動林泉。竊以仕止之間，雍容者少。永叔悟關弓之害，由此乞身；祁公懲一網之危，退而請老。至若朝廷寶之如龜玉，國人仰之猶鳳凰，有園林鐘鼓之娱，無風波機穽之迫〔二〕。曰貴曰壽，未能或之先；何嫌何疑，致爲臣而去。共惟某官古之遺直，王之藎臣。當馬邑之謀始開，首云勿擊；

使延英之諫見聽，豈不太平！由平生言論風旨而觀，皆當世理亂安危之故。白頭一節，堅卧十年。公雖勇於入山，士尚遲其出岫。今也深惟可止之義，奏疏益頻；苦執宜休之言，詔書莫奪。卓哉此舉，近者所無。使君相重名節之人，爲國家唱廉退之俗。諸郎鼎貴，並行皁蓋之春；甲第錦歸，重話烏衣之舊。品題乎一草一木，徜徉乎某水某丘〔三〕。物外之趣轉深，天下之望愈重。歸然下國，獨餘一老之存；賢哉大夫，可繼二臣之去〔四〕。某屬方歸隱，竊喜遺榮。憫濁世之横流〔五〕，聞清風而起立〔六〕。朝無耆舊，孰能乞孔戣之留；身是散人，或可供老聃之役。

〔一〕出紼褎賢：原作「出褎綂賢」，據四庫本改。

〔二〕機：原作「井」，據四庫本改。

〔三〕某水：原無，據四庫本補。

〔四〕繼：原作「維」，據四庫本改。

〔五〕憫：原作「閔」，據四庫本改。

〔六〕立：原無，據四庫本補。

代通趙西宗

交遊之契，昉自先君；蒙鄙之資，欠親前輩。屬謀此斗升之末，將拜於書冊之前。仰冒崇深，俯陳短淺。恭惟某官泓然入理，卓爾不羣，所稟如玉雪之清〔一〕，其出爲鳳麟之瑞。晉人有謂過江第一流，後山亦云百年能幾見。固嘗草奏曲臺之上，給札玉堂之廬〔二〕。未容太史之書成，遽引蓬萊之帆去〔三〕。荏苒歲月，周游江淮。窮百粤風檣浪舶之區，歷故楚江蘺香芷之地。錦袍酣飲，肯效謫仙之狂；白首清修，蔚爲宗室之老。然而前哲遠矣，後生眇然，方當主天下人物之盟，何止爲公族本支之計〔四〕！使其大用，可追韓、呂之風；必也斯文，亦紹歐、曾之統。某族單系冷，齒幼名微。緒業失傳，已負析薪之媿；旨甘不繼〔五〕，因爲負米之行。藐然官曹，壓以臺閫。猶幸通家之耆舊，實爲後學之指歸。議論足以吹噓，典型足以淑艾。暮春鼓瑟，雖莫預於諸生；冬月練裙，倘見哀於先友。

〔一〕清：原作「消」，據四庫本改。
〔二〕札：原作「礼」，據四庫本改。
〔三〕去：原無，據四庫本補。

〔四〕族：原作「侯」，據四庫本改。

〔五〕旨：原作「首」，據四庫本改。

赴辟廣西通帥

山澤之癯，何心於進；丘園之聘，無德以堪。未報舊知，更銜新惠。伏念某粗聞理道，亦喜功名。當聖哲之騖馳，紛侯王之變化。歲年將晚，寧無老驥之心；時命不諧〔一〕，遂有冥鴻之志。浮湛閭巷，交侶漁樵。散髮采薇以養生，灌園織屨以自食。敢云辟召，誤及沉淪！既餽金以治任，復折簡而諭指。念高堂乏滫髓之奉，謂陋巷有簞瓢之憂，不其餒而，可以出矣。然而謀之妻子，誠寂寂以難堪；畏我友朋，蓋遲遲而未往。及申再命〔二〕，始勇一行。昔夢繞其山川，今身游於圖畫。道南豐臨川之里，望玉笥丹霞之雲，吊賦鵩之故墟，覽葬魚之遺蹟。涉江而賓帝子，登嶽而欵祝融。窮詭異瑰奇之觀，忘羈旅飄泊之感。此生何幸，所得已多〔三〕。兹蓋伏遇某官鈇鉞一臨，弓旌四出，豈無勝彥聚幕下而謀焉，尚有幽人自水涯而起者。顧方遠引，亦忝旁招。某敢不懷此深恩，竭其淺慮？並游兔園，雖慙蜀客之才；不省馬曹，當矯晉人之弊。

〔一〕諧：原作「諸」，據四庫本改。

〔二〕申：原作「中」，據四庫本改。

〔三〕已：原作「幾」，據四庫本改。

謝聶侍郎舉著述

南畝明農，未嘗涉學；西清薦士，見謂能言。隃聞露奏之新〔一〕，深恐風傳之誤。竊以才思乃天之最吝，文章自古以難工。或擅一長，罕兼衆妙。龍筋鳳髓，要非根理義之言；蟬噪蛩吟，不足鳴國家之盛。是必盡通其體要，始能仰副於品題。如某者少也精思，壯而粗使。衆方論於功級〔二〕，獨竊著於罪言。曲突徙薪，莫悟主人之聽；懷鉞櫜艾，甘受庸醫之名〔三〕。因屏處於空荒，頗自娱於淡泊。缺書脱簡，古文奇字，追往日之遺忘；通邑大都〔四〕，名山巨川，憶生平之游歷。盡以胸中之鬱結，發於筆下之淋灕。然多得之呻吟佔畢之餘，非可施於潤色討論之際。敢圖禰墨，過謂雄文〔五〕！辱閣老之見知，恨鄙人之不稱。兹蓋伏遇某官經綸業鉅，獻納班高。羽扇麾軍，固已吞敵人之氣；角巾還第，不忘憂天下之心。將建大功〔六〕，亦收小技。某敢不稍温故讀，力企前修？桂伐膏煎，深悟虚名之累；霜降冰涸，少求實學之歸。持此酬知，庶乎無愧。

〔一〕隃：原作「喻」，據宋刻本、小草本、翁校本改。

〔二〕級：原作「給」，據四庫本改。
〔三〕甘：原作「者」，據四庫本改。
〔四〕都：原作「郡」，據四庫本改。
〔五〕謂：原作「誦」，據四庫本改。
〔六〕建：原作「見」，據四庫本改。

改官謝丞相

從戎勞淺，自請食祠；宰物恩深，尚容脱選。將服勤於墨綬，敬叙感於黄扉。伏念某出自羈單〔一〕，進非科第。衆諳時務〔二〕，獨膠古誼以不通；世重實才〔三〕，乃抱空言而求售。頃爲閫屬，偶在兵間，未嘗有臧宫、馬武之心，不過任陳琳、阮瑀之事。方邊頭之告警，草檄居多；及江上之解嚴，拂衣徑去。力求南嶽，歸養北堂。每云臣罪之當誅，敢諉吾謀之不用〔四〕？既草《遂初》之賦，甘事退藏；未修光範之書，先蒙軫記。起閑散而參油幕，拔卑冗而通金閨。返屈原憔悴之魂，免史談留滯之歎。名爲銓法，實出化鈞。兹蓋恭遇某官新美治功，秉持憲度。更化而後，始知本朝之尊；過江以來，未有今日之懿。其心平故待人恕，其量廣故容物多。雖已汰歸，竟叨拈出。某敢不益鞭退惰，少蓋拙踈〔五〕？講學讀書，懼大邑大官之誚；恤民奉法，報吾君吾相之恩。

〔一〕單：原作「卑」，據四庫本改。
〔二〕諳：原作「請」，據四庫本改。
〔三〕實：原作「寶」，據四庫本改。
〔四〕吾：原作「吉」，據四庫本改。
〔五〕拙：原作「掘」，據四庫本改。

謝胡禮侍衛舉著述

夔、龍之選，國之英華；游、夏之科，士所歆豔。忽承異獎，寧允衆言？自前世多篇翰之才〔一〕，至本朝重性命之學〔二〕。談經者幾欲廢史，窮理者罕能修辭〔三〕。蘇、程往日之隙深，朱、吕末年之論異。有如哲匠，方融液於胸中；何取謏儒〔四〕，亦招徠於門下。伏念某闇於見事，病在信書。每言名教之中，自有樂地；及處利禄之際，則如怯夫。驗世變之推移，考人文之合散。風饕雪虐〔五〕，常篤守其所聞；巖居川觀，頗自鳴其不遇。曾是窮愁幽憂之作，達於言語侍從之臣。品狷介爲潔修，目槁乾爲清潤。固知先達欲士子之成名，終恐後生議我公之泛愛。旁觀莫掩，内省亦疑。兹蓋伏遇某官研極幾深，接扶統緒。當氣節頽靡之後，鳳鳴朝陽；於耆舊凋冷之餘，玉振江表。謂微言之幾熄，至小技而並收。某敢不佩服新知，切偲舊學？雖居顔巷，尚自勉於聖賢；倘畔韓門，豈不慙於師友？

〔一〕翰：原作「韓」，據四庫本改。

〔二〕重性：原倒，據四庫本乙。

〔三〕能：原作「然」，據四庫本改。

〔四〕取謏：原作「敢謏」，據四庫本改。

〔五〕虐：原無，據四庫本補。

謝鄉郡應詔薦舉〔一〕

嗣王求助，有詔下詢；國人曰賢，以名上達。謬當兹舉，媿匪其人。粤自里選不行，月評又廢。興廉興孝，既不考於州閭；有土有民，了無關於風教。乃如賢牧，初奉德音，豈伊闔郡之無人，至取孤生而充賦。公誠誤矣，衆豈謂然！伏念某少走江湖，晚栖里巷。從陳元方、鄭康成之後，概有見聞；無段干木、田子方之風，虚蒙禮敬。然而城中跡少，林下趣深。忽驚使者之及門，具道卿侯之推轂。吟詩草檄，頗哀王粲之流離；説劍論兵，殆見田光之盛壯。老之將至，持此安施！兹蓋伏遇某官好善最優，譽髦無斁。謂思皇多士，幸生明聖之時；倘不薦一人，殆匪詔書之意。遂容凡品，獲附勝流。某敢不佩服斯言，堅凝所守？三人皆傑，獨懷碌碌之慙；兩生莫行，終抱區區之志。所爲感發，未易揄揚。

〔一〕郡：原作「群」，據四庫本改。

謝傳諫議應詔薦舉

英辟御圖，訪予落止；近臣奉詔，舉爾所知。況經耆哲之品題，實係士流之軒輊。瞻言前輩，樂獎後生。六一在廷，亟稱回、鞏；蜀公告老，尚薦孔、蘇。豈惟賞好文字之間，蓋有愛惜人才之意。如某者惰游懵學，迂闊背時。世重醇儒，不在深衣之列；上徵武士，又無擊劍之長。追記平生，殆堪一笑。篋藏帛書蠟彈之草，面染瘴雨蠻烟之容。留落江湖，空搔短髮；消磨歲月，賴有殘書。敢圖知己之深，重齒薦賢之末！新天子若周西伯，首訪舊人；老先生立魯東門，尤多高第。猥令充賦，恐未當仁。兹蓋伏遇某官文獻五朝，表儀一世。以身負荷，立世教於已頽；極力接扶，閔風流之將墜。緇衣之好，皓首如初。某敢不勉紹前聞，稍繙故讀？雖竹帛所載，丹青所畫，絶企功名；然寬閒之野，寂寞之鄉，豈無事業？苟能傳遠，亦足酬知。

通安撫王侍郎

叔子名高，小煩裘帶；淵明食少，聊欲絃歌。隃瞻戟級之威，冒贄箋題之敬。恭惟某官三朝耆俊，萬古人豪。行世雄文若鯨魚之掣海，立朝正色猶猛虎之在山。當慶元則不合於慶元，至嘉定則弗容於嘉定。中年勇退，有君實、晦叔之風；晚節後凋，負元城、了翁之望。客傳詩句，史載諫書。開白傅之草堂，追遠公之蓮社。生天成佛，亦惟寓意於彼宗；臨水登山，真若忘情於斯世。肆我寧考，粤今嗣皇，畀畿郡之麾符〔一〕，賜全閩之鈇鉞。以君子長者之道待其士，以大慈平等之法視其民，海波不驚，年穀告熟〔二〕。然而棟樑乏矣，憂大厦之將顛；風濤渺然，横孤舟而未渡。上觀天意，下酌民言，翊炎運於方興，捨明公其誰望！某曲卷擁腫，潦倒粗疎。少慕功名，蓋嘗中夜起舞；晚更憂患，恨不十年讀書。退然羡妄校之封侯，已矣爲農夫而没世。追記兒童之日，蚤蒙國士之知，豈謂白頭，始紆墨綬！道傍易楮，若爲稱過客之情〔三〕；廷下裹鹽，未免行賈人之事。而又巍巍大府，凛凛諸臺，常訶責於符移之中，不寬假於繩墨之外。自投湯火，甚辱門墻。倘眷衰陳，稍篤綈袍之念；尚殫勤拙，不爲美錦之傷。

〔一〕畀：原作「界」，據四庫本改。
〔二〕「年」原作「土」，「熟」原作「孰」，據宋刻本、小草本改。
〔三〕客：原無，據四庫本補。

通建守葉尚書 時

長六官於禁近，昔銜選授之恩〔一〕；倡九牧以蕃宣，今忝附庸之數。世未有不難之縣令，身獨逢易事之府公。敢飾鄙詞，僭干嚴分。恭惟某官德盛而仁孰，經明而行修。疇昔並游，尚及接乾道、淳熙之彦；平生孤立，不知有熙寧、元祐之朋〔二〕。自爲諫官御史以來，至居方伯連率之任，愛善類如護頭目〔三〕，惜吾民如養體膚。議令則欲寬一分，理財則欲捐末利〔四〕。君實視副樞之貴，不肯次遷；富公當新法之行〔五〕，獨云不曉。至今閩、粤、衡、湘之境，皆有召、杜、龔、黄之思。逮寧考之末年，召耆英於邇列，灼知聖意，欲付事樞。未及覆於金甌，忽已憑於玉几。群公翊戴，瞻龍氣以雲從；一老傍徨，抱烏號而雨泣。露章力請，天語莫回。遂辭喉舌之司，來鎮股肱之郡。其出處語默之際，皆理亂安危所關。黄髪皤皤，焉可舍朝廷而去；赤舄几几，終當遄廊廟之歸〔六〕。某號爲狂生，名爲惡子。搴紅旗於塞上，力戰無功；叱黄犢於田間〔七〕，躬耕不飽。加以親頭雪白〔八〕，先緒灰寒，頃干吏部以覓官，適值明公之典選。誦句百僚之上〔九〕，即日知名；割肉衆賓之中，滿堂動色。特捐大邑，俾字小民。蓋有愛當世人才之心，豈專爲通家子弟之故！然而囊收虚譽，今課實能。强顔讀城旦之書，烏乎析律；流涕秉牢盆之筆，何以生財？雖素爲大尹所知，恐未免督郵之辱。凛淵冰之戰内，駭湯鑊之臨前。尚賴涵容，少寬怵迫〔一〇〕。以繭絲爲喻，必能味尹鐸之言；倘芻牧不求，焉敢逃距心之罪？陳情之始，空臆以言〔一一〕。

〔一〕銜：原作「御」，據《翰苑新書》續集卷二二改。

〔二〕朋：原作「明」，據《翰苑新書》續集卷二二改。

〔三〕護：原作「獲」，據文意改。《翰苑新書》續集卷二二作「衛」，義同。

〔四〕捐：原作「涓」，據《翰苑新書》續集卷二二改。

〔五〕富：原無，據《翰苑新書》續集卷二二補。

〔六〕廊廟：原倒，據《翰苑新書》續集卷二二乙。

〔七〕叱：原作「叨」，據《翰苑新書》續集卷二二改。

〔八〕加：原作「徒」，據《翰苑新書》續集卷二二改。

〔九〕誦：原作「詳」，據《翰苑新書》續集卷二二改。

〔一〇〕迫：原作「追」，據《翰苑新書》續集卷二二改。

〔一一〕「陳情」二句原無，據《翰苑新書》續集卷二二補。

回交代葉承議〔一〕

男邦執璧，棠已成陰；老圃扶鉏，瓜猶未熟。曾是見大夫之使，及於新令尹之門，敢飾空疏，以修雅好。恭惟某官淵乎似道，默然知言。鳴鶴在陰，有唱必有和；祥麟見獲，以德不以刑。粤自名登膴仕以來，不知世有速化之事。居常由義與命，詎肯以身即人！晚詣公車〔二〕，驚委質青衫之敝；晨趨廣殿，瞻臨軒黃繖之開。惟徐行乃執事之素心，而須入亦先朝之良法。雖爲今吏，尚有古風。鞭笞盡弛而令行〔三〕，鈎距不施而情得。以己之誠，待物之詐；操此之簡，應彼之繁。實有得乎蓋公清静之言〔四〕，且暗合於陽城撫字之説。訟筒寂寂，泉布源源。通邑大都，過客必談夫佳政；深山窮谷，逢人亦詫於長官〔五〕。頗聞百姓之愛公，惟恐一朝之去我。未容青史獨書馴雉之祥，將有緑綈來趣飛鳧之入。某骯髒不媚，槁乾無華。少以功名自期，慨然投筆；晚知富貴有命，退而讀書。貧未棄官，格當爲邑。頃采道傍之謡誦，參以見聞；竊欣閤下之規模，易於循守。惟恃此以無恐，遂居之而不疑。飛來花縣之書，驚破茅簷之夢。歲不我與，豈敢即於晏安；秋以爲期，幸少寬於趣迫。

〔一〕承：原作「丞」，據四庫本改。

〔二〕詣：原作「諳」，據四庫本改。
〔三〕弛：原作「馳」，據四庫本改。
〔四〕實：原作「蓋」，據四庫本改。
〔五〕詫：原作「記」，據四庫本改。

謝臺官舉陞陟

託跡龍門，久銜顧遇；露章烏府，新出品題。俯陳感懼之情，仰答生成之德。竊考宗祖之盛際，有如韓、范之鉅賢，皆著直聲，並居言責。雖是非褒貶，外存風憲之大綱；然涵養栽培，陰壽國家之元氣。故治効爲本朝之冠〔一〕，而人材被數世之餘。恭惟明公，追配前哲。其抨劾也，霜威之凌厲；其吹噓也，春意之發生。必有勝流，乃當盛舉。如某幼耽章句，壯喜功名，頗習聞於往行前言，亦受教於君子長者〔二〕。飢寒逐禄，非如處士之倫；蔭補得官，浪有文人之目。丱角聆先君之訓，秋毫皆吾相之恩。幸脱選坑，來爲壯邑〔三〕。略無教化繼聖門之絃歌，但有語言爲仇家之組織。謗喧都市，命繫庖厨。此冤未明，雖死不瞑。賴憲長力扶於善類，察孤生忝出於故家，首辨讒誣，復加論薦。天下有道，庶人不議，特欲懲利口之夫；衆人欲殺，吾意憐才，初弗罪屬文之士。味褒詞之假借，與親札之丁寧〔四〕，豈惟挈出於機穽之中〔五〕，又且推挽於雲霄之上。觀瞻頓改，蹤跡稍安。兹蓋恭遇某官振肅臺綱，主張國是。回槁木寒灰於既死，起游魂白骨而再生。易捐微軀，難酬洪造。某敢不益求實學，永熄空言？崇雅黜浮，深悟斯文之體；首公竭節，不爲執事之羞。

〔一〕爲：原作「於」，據四庫本改。
〔二〕受：原作「授」，據四庫本改。
〔三〕邑：原作「色」，據四庫本改。
〔四〕札：原作「礼」，據四庫本改。
〔五〕挈：原作「絜」，據四庫本改。

謝聶閣學舉自代

門人願學，豈必如師；閣老鳴謙，以爲勝己。衆訝題評之誤，獨銜器遇之深。昔者虞廷，夔、龍交遜；至於晉國，韓、趙相先。漢魏以還，公卿初拜，太尉讓官於處士，司徒避位於逸民。雖先王貴貴之分嚴，豈容躐等；然前輩賢賢之意篤，不憚屈身。粤若本朝，最爲近古。從稾始除之三日，公車許上於一人。事既繫於觀瞻，勢難輕於許可。如某者品流至冗，名論復卑。蚤從薄宦以馳驅，頗辱諸公之辟召。素無才用，安敢望於群賢；因好文辭，遂見輕於識者。亦欲以事功而自勉，庶幾乎華實之相兼。然而新譽未孚，狂名久著，已絶望於一時之君子，乃見知於兩制之近臣。先朝設科目以掄材〔一〕，首叨剡上；陛下發德音而訪落，復入彀中。屬者冠直西清，出蕃南國，纍纍抗循墻之疏，惓惓温推轂之言。竊意燕昭，姑惟始隗；孰云夫子，乃不如回！凡執事所以薦揚，非不肖所能負荷。兹蓋伏遇某官柬知列聖，宣力四方。物色奇才，任韓、范功名之責〔二〕；作成俊秀〔三〕，主歐、蘇文字之盟。僕方仰其彌高，公則欲其速肖。某敢不益堅微尚〔四〕，仰副深期？第恐下愚企上智以相遠，詎容子弟與先生而並行。不貲之恩，必死以報。

〔一〕掄：原作「論」，據四庫本改。
〔二〕責：原作「貴」，據四庫本改。
〔三〕俊：原作「後」，據四庫本改。
〔四〕尚：原作「向」，據四庫本改。

謝葉尚書舉政績

鯫生末學，居懷傷錦之慙；大尹兼收，忽玷露章之數。無媒獲剡，有感盈襟。惟民社之至難，蓋士夫之通患〔一〕。徵租析律，寧逃俗子之譏；彈琴讀書，必墮迂儒之目。而況路居四達，世號三陽，邑無洪鑪橫鑄之財，府有青冊不鐫之額。指鹽艘於浩渺，鑿賦版於虛空。縱免官箴，莫收民譽。考諸壁記〔二〕，寥寥數十載之間；能以績書，僅僅一二人而已〔三〕。苟無異最，曷繼前修？如某者猥以拙疎，試兹凋敝。每哀民力，至叔世而張弓；欲竭吏能，恐聖門之鳴鼓。雖賦政殆如於悶悶，而用心頗極於惓惓〔四〕。幸太守之仁明，恕諸生之遲鈍。黜幽宜去，那無半九十之憂；負殿弗誅，終有寬一分之意〔五〕。遂與彼黃童白叟，共遊乎祥風慶雲。今者力抗封章，上還印綬。挂帆滄海，聊觀物外之鯤鵬；拔宅碧霄，尚顧塵中之雞犬。細味褒揚之語，大非鄙陋所宜。有陽城、元結之難兼，而季路、冉求之未盡〔六〕。公誠過矣，僕竊懼焉。兹蓋伏遇某官一代宗工，五朝壽俊。聽鄭人之誦，方深子產之遺思；從洛社之遊，忽慕樂天之高致〔七〕。已決拂衣之策，尚存推轂之心。某敢不永佩洪私，益堅素節？此生何幸，附執事於青雲；他日有辭，見先人於黃壤。

〔一〕士夫：原倒，據四庫本乙。
〔二〕壁：原作「璧」，據四庫本改。
〔三〕「僅僅」下原有「有」字，據小草本刪。
〔四〕頗：原作「賴」，據四庫本改。
〔五〕寬：原作「覽」，據四庫本改。

〔六〕之：原作「而」，據四庫本改。

〔七〕忽：原作「勿」，據四庫本改。

謝沈提舉薦政績

小國寡民，久無治狀；先生長者，忽有味言。被華衮之揄揚，佩繡衣之特達。竊以古者重牧芻之責，聖門惡聚斂之人。聞絃深取於言游，鳴鼓力攻於冉有。在漢之盛，循良不絶於史書；自唐以來，撫字始居於下考。鞭人流血，剥下及膚。故豈弟之風寖以衰，而治辦之名所由起。乃如廉使，方存怵惕不忍之心；豈無他人，寧取悃愊無華之吏。如某者謬持疎拙，來試劇繁。邑無寸帛粒粟之輸，郡責土供版帳之入〔一〕。雖有卓、魯，化爲孔、桑，得其財豈必得其心，喻於利必不喻於義〔二〕。平居講貫，粗嘗聞前輩之緒言〔三〕；凡百施爲，未敢失吾儒之大指。催租寧爲殿而不爲最，聽訟寧太忍而無太嚴。仰賴朝廷清明，臺府寬大，容素餐其已幸，豈虚譽之敢徼！況明公初擁於皇華，而屬部類多於治最，有何異績，辱在薦書！不能紹父祖之箕裘，傳家誤矣；動輒與時人而枘鑿，用世可乎！獨撫摩赤子之微勞，頗對越蒼穹而無媿。然亦當爲之事，曷堪溢美之褒？兹蓋伏遇某官江表世臣，吳興名閥。抗孟博澄清之志，凛若風生；聞魯山《于蔿》之歌，欣然有喜。遂令樸鈍，亦忝吹嘘。某敢不永戴恩私，益勤職業？此生何幸，附執事於青雲；他日有辭，見先人於黃壤。

〔一〕土：小草本作「上」。
〔二〕必不：原倒，據四庫本乙。
〔三〕粗：原作「相」，據四庫本改。

謝葉秘監舉陞陟

北山起隱，方貽小草之譏；東壁露章，遂忝大蓬之薦。驟蒙位置，良愧空虛。竊以清濁殊流，仙凡異路。時無郭泰，孰堪登元禮之舟；世有於陵，乃可食伯夷之粟。如某者自叨一命，粗守四維。每諳陋巷菜羹之常，絕無華屋玉食之夢。頃公出牧〔一〕，值僕歸耕。偶不入城，非有鹿門龐公之高致；未嘗由徑，庶幾澹臺子羽之遺風。辱采公評，見嘉微尚。既來爲於俗吏，已自絕於勝流。俟黃河一千年〔二〕，諒無人之知己；隔弱水三萬里，始有路以通仙。豈謂蓬萊雲氣之中，猶記江湖渤澥之上。迹疎賓館，名在薦書。蓋人間千金之寶易求，而閣下一字之褒難得。吏民驚異，士友傳夸。茲蓋伏遇某官日烈霜嚴，冰清檗苦。倘許陽城之伏閤，世必太平；設令楊綰之當朝〔三〕，俗可一變。凡經題品，尤繫觀瞻。某敢不仰止高標，勉旃大節？既招徠於此日，獲附青雲；倘畔去於異時，有如白水。

〔一〕公：原無，據四庫本補。

〔二〕一：原作「於」，據四庫本改。

〔三〕朝：原作「前」，據小草本改。

後村先生大全集卷之一百一十七

啓

謝王侍郎舉所知

與人之壹，爲前古之美談；舉爾所知，本聖門之餘論。俯循微分，仰媿盛心。伏念某生而嗜書，愚不解事〔一〕，無寸長之著見〔二〕，有少作之流傳。粤從脱干戈瘴癘以來，已掃空章句文字之習。瘦妻僵，穉子仆，嗟井臼之長勤；明主棄，故人疎，舍山林而焉往？未能決裂，尚爾低回。竊嘗佩豈弟君子之言，不敢犯聚歛盗臣之戒。猶以浮華之故，動爲禮法所讎。咎在撚髭，罪當犂舌。平生舊友，至此著嵇康之書；一時諸公，鮮不畏劉輿之膩〔三〕。曾謂十連之制閫，尚憐二紀之登門。取之於人棄之餘，察之於衆惡之内。聲銷響絶，久矣闊疎；心肯命通，有玆奇特。玆蓋伏遇某官三朝耆哲，一代名臣。凡當世人材，皆寶之如明珠拱璧；矧平時賓客，忍棄之如土梗弁髦？片語寵嘉，終身榮耀。某敢不深藏篋衍，永示雲來〔四〕。作公老門生，於焉無憾；爲佛大弟子，何以報恩！

〔一〕愚：原作「遇」，據四庫本改。
〔二〕寸：原作「才」，據四庫本改。
〔三〕膩：原作「賦」，據宋刻本、小草本、翁校本改。
〔四〕示：原作「云」，據四庫本改。

上鄭給事

飛龍夾日，瞻翊戴之元功；候蟲鳴秋，赦啁啾之小過。遂使窮鄉之素士，獲爲聖世之全人。欲剖危衷，先橫感涕。伏念某弓箕舊族，鉛槧腐生。鄉曲指以爲杜門省事之人〔一〕，天下知其無病風妄罵之疾。呻吟紙上，類裘氏之遺音；流落人間，多子雲之少作。中年以後，一字亦無，憂患侵凌，精華消竭，猶以虛名之傳布，遂爲好事者中傷。實則咏桃，乃曰含譏於燕麥；偶然題檜，遂云寓意於蟄龍。語播市朝，命懸刀几〔二〕。幾置烏臺之對，誰明奏邸之寃！左右莫爲之先容，大夫皆曰其可殺。側聞瑣闥，密啓廟堂。謂六義之中，豈不主文而譎諫；三代之世，至以王官而采詩。況親逢舜臯賡載之辰，奚忍用秦漢誹謗之律！寢禍機於垂發，堲讒説而不行。向非有長者之言，寧免入狂生之目？事關國體，義激儒流。兹蓋伏遇某官學貫天人，名垂宇宙。甘盤舊學，風雲慶會之方新；姬公太平，旦暮立談之可致。推廣朝廷之忠厚，保全士子之孤危。某敢不掃去驕榮，斂歸平實？夕秀朝華之喻，深悟昨非；霜降水涸之餘，庶觀晚節。持兹報德，或者無慙。

〔一〕省：原作「者」，據四庫本改。

〔二〕几：原作「匕」，據四庫本改。

謝程内翰舉所知

長官上印，賦茅屋而歸來；大尹露章，借玉堂之潤色。孤生易感，一府皆驚。竊以有社稷，有人民，誰可繼由、求之後；談文章，談政事，難乎於歐、蔡之前。自非達才成德之流〔一〕，曷稱宗工鉅儒之選？如某者讀書甚少，閱理未多。少慕晉人，幾以清談而廢事；晚爲漢吏，稍於世務以經心。當彼要衝，試其迂闊。每欲任牧芻之責，不敢求鑑鋭之名。然而素短實材，徒持空意。動煩剖決，深慙使無訟之言；尚費關防，未至不敢欺之地。塵埃滿面，筆硯絶交。推謝有嘲，和陶無句。詎意北門之學士，來爲東道之主人，喜魯山《蔿于》之歌，發仲尼莞爾之笑〔二〕。闢我田疇，誨我子弟，斯言或恐有之〔三〕；愛若父母，畏若神明，何德可以堪此！而況以庸庸爲平正，以憒憒爲精明，以諛聞淺見爲淹深，以累句蕪辭爲贍蔚。姓名達於主相，聲價重乎友朋。夫何一介之微，遂占四科之一！登龍門爲御，快哉極士子之榮〔四〕；謂麟史無褒，昧者疑《春秋》之過。漁樵相賀，里巷傳誇。兹蓋恭遇某官力扶皇綱，手揭文柄。陸贄唐家之内相，尤有功再造之初；嚴光漢祖之故人，不肯作三公而去。雖建雙旌而出牧，未忘夾袋之儲材。信先生之能言，疑孺子之可教。俾居末至〔五〕，不待先容。某揣分亡堪，受恩罔極。上《封禪》之書，奏《遊獵》之賦，愧鄙拙之少文；耕寬閑之野，釣寂寞之鄉，願優游而卒業。

〔一〕自：原作「目」，據四庫本改。
〔二〕莞：原作「筦」，據小草本改。
〔三〕之：原無，據四庫本補。
〔四〕「快」原作「決」，「士」原作「世」，據四庫本改。
〔五〕至：原無，據四庫本補。

除潮倅謝丞相

服勞試邑，甫從南畝之歸；需次佐州，俾便北堂之養。頂踵悉蒙恩於吾相，絲毫不假力於他人。恭惟元台，大布公道。雖治邊防〔一〕，治水利，並收一世之才；然爲孝子〔二〕，爲忠臣，各遂匹夫之志。輒陳情而力請〔三〕，荷宰物之曲成。伏念某海嶠寒生，江淮薄宦。興公建議，深疑大舉之非；徐庶念親，不勝方寸之亂。因退食祝融之禄，尋起從桂管之招。遂離選坑，忝有民社。適居孔道，寧免游士過客謗傷之談；每見老農，俱言聖君賢相安静之意。屬者滿葵丘之戍〔四〕，法當掃光範之門〔五〕。顧内無萊妻，中歲抱斷絃之痛；矧上有陶母，暮年須扇枕之人。自憐薄命之屯，隃發大鈞之問。空函朝達，除目夕頒。非大臣有哀窮悼屈之心，則孤士無超資越格之理。山川清淑，想韓木之猶存；駟路坦夷，覺潘輿之可往。族戚喜官期之近，交遊夸廩入之優〔六〕。始慮楚人之亡弓，俄報塞翁之得馬。丘山施重，草芥命輕〔七〕。玆蓋伏遇某官夾日元臣，擎天老手。處伊尹、周公未嘗處之事，力量有餘；爲趙普、韓琦不能爲之功，聲色弗動。廣搜羅於夾袋，尤軫念於綈袍。謂先人忝更化之都司，而賤息亦翹材之末至，因其懇請，寵以便安。某再世銜知，三生圖報。一藝者庸，小善者録，豈不希大造之甄陶；終養日短，盡節日長，尚可備異時之驅策。

〔一〕治：原無，據四庫本補。
〔二〕爲：原無，據四庫本補。
〔三〕請：原無，據四庫本補。
〔四〕「滿」下原有「者」字，據四庫本删。
〔五〕當：原作「常」，據四庫本改。

〔六〕廪：原作「禀」，據四庫本改。
〔七〕芥：原作「介」，據小草本改。

謝臺諫

服勞試邑，偶逃曠敗之誅〔一〕；需次佐州，俯遂便安之請。出命雖煩於廊廟，感恩端在於門墻。竊以富貴非力之可求，命義終身之大戒。由結纓，參侍膝，均有君親之心〔二〕；尊叱馭，陽回車，各行臣子之志。甫丹忱之上達，俄洪造之曲成。伏念某忝出世家，素無科第。半生仕宦，甘爲俗吏之歸；當世品題，不在名流之目。屬者冒社稷人民之寄，在舟車冠蓋之衝。紛積毁之叢身〔三〕，猶群矢之集的。人方摇撼，公獨保全〔四〕。諸豪覺烏府之主盟，略無撓政；當路因龍門之薦引，相繼露章。迨解印而來歸，復移書而稱奬。勉之以佛祖出世之事，告之以主相急才之秋。豈不激昂，庶幾遇合。實以阿嬰衰病，詎堪白髮之倚門；德曜淪亡，未有青山而埋骨。反哺之意既切，陳情之詞亦哀。朝奏空函，夕頒除目。向來韓木，摩挲驚歲月之深〔五〕；他日潘輿，往返無風濤之恐。由言路推揚之有素，故化鈞陶鑄而不疑。施重丘山，命輕絲髮。兹蓋伏遇某官學傳本統，識造幾微。鐵面霜威，扶綱常之大義；金聲玉振，續性命之微言。雖當趍赴事功之時，不廢維持名教之意。因其有請〔六〕，許以便私。某百口銜恩，三生圖報。受髮膚身體，固宜養志於暮年；死城郭封疆，尚欲移忠於異日。

〔一〕曠：原作「廣」，據四庫本改。
〔二〕均：原作「切」，據四庫本改。
〔三〕叢：原作「業」，據四庫本改。
〔四〕獨：原作「還」，據四庫本改。
〔五〕挙：原作「抄」，據四庫本改。
〔六〕其有：原倒，據四庫本乙。

除仙都觀謝丞相

雜端論罪，已寛饔飧之刑；君相原情，復賦支離之粟。飢腸雷止，感涕雨流。伏念某頃緣宰邑之勞，忝待佐州之次。忽遭重劾〔一〕，枚數平生，凡流傳達耳目之司，皆深切中肝肺之隱。杯鐺敗德〔二〕，忘父師典訓之言；筆墨勸淫，爲名教罪人之首。而又忽被風悠之戒，罹於宮壘之誅。苟爾心之無瑕，奚此言之至我！初傳白簡，慈親動餉鲊之疑；還著青袍，幼女泣佩魚之去。惟列聖至仁而立國，況大臣内恕以及人〔三〕，居常念孤危之蹤，弗忍加疑似之戮。昔棐豹最爲賤隸，不忘力洗於丹書；龜蒙自號散人，殊匪名書於黄敕。今也漸輕刑寺之籍，猥備祠官之員。公朝憫然無終身永棄之心，天下知其有改過自新之路〔四〕。佩并包之大德，懷若撻之深羞。兹蓋伏遇某官巍乎立伊、周之功，魁然有韓、富之量。謂風憲若雷霆之於物，寧無擊搏之威；而廟堂體天地以爲心，常主發生之德。遂捐閑廩，俾奉高堂。某敢不銜戢陶鎔〔五〕，精勤香火？祝南山之萬壽，用此酬恩；陳泰階之六符，自傷無路〔六〕。

〔一〕劾：原作「刻」，據四庫本改。
〔二〕敗：原作「拜」，據四庫本及《翰苑新書》續集卷三九改。
〔三〕恕：原作「怒」，據四庫本及《翰苑新書》續集卷三九改。
〔四〕其有：原倒，據四庫本及《翰苑新書》續集卷三九乙。
〔五〕鎔：原作「容」，據宋刻本、小草本改。
〔六〕無：原作「於」，據宋刻本、小草本改。

謝臺諫

抨彈罪大，宜不齒於搢紳；拉拭恩深，俾棲身於香火。驚魂返幹，感涕沾衿。伏念某甫脱字民，躐求丞郡，惟不安於愚分〔一〕，遂自速於危機。每平心誦擢髮之文，無一字非切身之過。父生師教，下愚至老而不移；詩癖酒狂，二罪同時而俱發。而又負涣涣涉溱之謗，有孳孳爲跖之疑。殆喪心之使然，雖噬臍而何及！返書而却邯鲊，慈親詰教令之違；繞腰而覓銀魚，癡女怪服章之異〔二〕。厥今夔龍接武，麟鳳來游，獨憐薄命之書生，自錮此身於聖世。敢圖當國，尚許奉祠！憫杜陵之瘐生〔三〕，恐曼倩之飢死〔四〕。一尊二篚，本無厚享之心；十束三鍾，頓解絶糧之厄。由門館嘗品題於一語〔五〕，故廟堂合毁譽而並觀。兹蓋伏遇某官斂藏肅殺之霜威，導達發生之陽德。每力扶公議，憂國家元氣之深；謂求備一夫，恐天下全人之少。遂令瑕玷，亦忝陶鎔。某敢不稽首薰脩，苦心刻厲？濯清泉，坐茂樹，敢放逸以求安？臨深淵，履薄冰，當戰兢而至死。苟無稔惡，或可酬恩。

〔一〕愚：原作「遇」，據四庫本改。

〔二〕怪：原無，據四庫本補。

〔三〕瘐：原作「瘦」，據小草本改。

〔四〕倩：原作「憐」，據四庫本改。

〔五〕嘗：原無，據四庫本補。

除吉倅謝丞相

送窮無路，遂至籲天；起廢佐州，且爲擇地。光生里巷，恩出廟堂。竊以薄命者書生之常，樂育者大臣之責。當杜、韓兩公之相，實曠古之罕逢；然蘇、尹二子之寃，皆終身而莫雪。若夫舊愆未掩，新奬已加，納之於春育海涵之中，收之於霜降水涸之後，我公此舉〔一〕，前哲所難。伏念某少也不羈，長而無述。侍察父悊兄之側，非不漸濡；慕善人君子之名，亦思矯揉。終以操脩未至，毀譽莫調，身久落於江湖，謗常喧於朝市。賢者不與，品量爲浮薄之歸；文人相輕，掎摭及語言之末。凡此皆童蒙之過失，積而爲老大之悔尤。屏窮巷者五期，食叢祠者再考〔二〕。獨念吾君吾相，未嘗求備於一夫；某水某丘，詎忍忘懷於斯世！望翹材而稽首，憑箋記以陳情。負郭無田，所仰給者代耕之禄；小人有母，宜見憐於孝治之朝。然上公之機務至繁，且下走之姓名難記，敢圖英悟，曲軫沉淪！噓谷底之寒荄，回筆端之春意。昔投閑置散，已行白簡之言；今悔過知非，復畀青氈之舊。寵以治中之近次，處之江右之名州。捧除目以兢榮，拊孤蹤而感涕。兹蓋伏遇某官勛藏盟府，澤被生民。持國論如權衡之平，愛人材無菅蒯之棄。並收髦俊，皆有猷有守之倫；尚恐逸遺，開使過使愚之路〔三〕。終塹玷缺，倍費陶鎔〔四〕。某敢不永戴洪私，益堅素守？仕澹庵、誠齋之里〔五〕，所願服膺；誦《清渭》、《南山》之詩，未忘回首。

〔一〕舉：原作「輩」，據四庫本及《翰苑新書》續集卷三五改。
〔二〕祠：原無，據四庫本及《翰苑新書》續集卷三五補。
〔三〕愚：原作「遇」，據四庫本及《翰苑新書》續集卷三五改。
〔四〕倍：原作「信」，據四庫本及《翰苑新書》續集卷三五改。
〔五〕齋：原作「齊」，據四庫本及《翰苑新書》續集卷三五改。

代上西山

簣土虧功，懼吾山之中止；瓣香回嚮，冀彼岸之先登。輒剖丹忱〔一〕，仰干清裁〔二〕。切謂賢能之才不次而舉，豪傑之士無待猶起。若乃本尋常中庸之流〔三〕，鮮不蒙父兄家世之力〔四〕。坡仙之稱叔弼，未忘六一之交；山谷之譽少章，亦以太虛之故。何況我公之念舊，過於前輩之用心〔五〕，妄希推轂之言，庶中投機之會。伏念某少也不力〔六〕，長而無聞。緒業失傳，已負析薪之愧；旨甘不繼，因爲捧檄之行。交公車者四章，書官簿者七考。適逢大尹，來撫舊邦。覩陶公運甓之風，每思勤恪；慕清獻攜琴之事，愈自潔修。雖無補於凝香，頗盡心於叢棘。久欲露曲成之禱，恐自干躁進之誅。然而萱堂年事之高〔七〕，光陰難玩；金閨歲引之迫，機括易差〔八〕。非敢與並游英俊而争先，庶幾以故人穉弟而見録。仲尼華衮，倘無一字之過褒；萊子斑衣，將以何辭而歸白！伏惟某官先朝遺直，當世偉人，其處負泰山北斗之名〔九〕，其出爲靈芝醴泉之瑞。畢公勤小物，尤於民事以究心；武侯集衆思，不以己長而矜物。故雖蒙陋，亦覬作成。某齋祓修詞〔一〇〕，怔營俟命。互鄉闕黨，固嘗並進於聖門；東里西華，或者見哀於先友。

〔一〕剖：原無，據四庫本補。
〔二〕裁：原無，據四庫本補。
〔三〕本：原無，據四庫本補。
〔四〕世：原無，據四庫本補。
〔五〕心：原無，據四庫本補。
〔六〕某：原無，據四庫本補。
〔七〕年：原無，據四庫本補。
〔八〕差：原作「羞」，據四庫本改。
〔九〕名：原作「官」，據四庫本改。
〔一〇〕祓：原作「技」，據四庫本改。

代謝西山

夕呼五白，恐不成盧；朝奏一封，特爲合穎。寵綏攸逮，捧戴曷勝！竊謂天下不能皆絶類離倫之材，君子未嘗持求全責備之論。顓蒙者可訓諸理，木訥者乃近於仁。高柴愚而游夫子之門，杜微聵而爲孔明之吏。觀人物抑揚之際，見聖賢權度之平。於惟今公，復彼古道。伏念某幸因微宦，獲事大賢。砭藥雖勤，莫發醯鷄之覆；轡銜甚緩，猶慚跛鼈之遲。況膺門一世之共趨，而儉府羣材之所萃，或從容於諷議，或馳騖於事功。自顧抱虚，誰爲借重？追惟先子，同持橐於禁中；爰及伯兄，素執經於席下。豈能令公之喜怒，不忍於汝而瑕疵。謂其備肘腋之使令，久矣見肺肝之底藴。雖塵埃滿面，詎堪置冰壺玉衡之傍；然清白傳家，決不犯惡木盜泉之戒。因垂成之機會，假溢美之寵褒。兹蓋伏遇某官忠貫神明，志安社稷。立身如嚴霜烈日之凛，接物則光風霽月之和。諸弟子皆及門，共仰範模之妙；一衆生未成佛，必施津筏之功。遂使寒蹤〔一〕，亦叨歲引。某敢不深惟提獎，益自奮强？大而盡節於君親，小而宣勞於民社。礌礌落落，行若日月，縱莫能展丈夫之雄〔二〕；戰戰兢兢，如履淵冰，誓不敢畔先賢之訓。

〔一〕寒蹤：原倒，據四庫本乙。

〔二〕「縱」下原有「不敢」二字，據四庫本删。

賀鄭丞相

播告辨朝，延登端揆。上收威柄，大黜陟於羣生；內出制麻，首褒崇於舊學。明良胥會，今古罕逢。竊以自昔爰立之人，必有具瞻之望。元祐相文正之日，都人莫不聚觀；紹興拜忠簡之初，朝士至於相慶。亦既下孚於衆志，灼知上格於天心。惟時偉人，克配前哲。恭惟某官氣鍾天地之和粹，學造聖賢之精微。調護初潛，本綺季、園公之力；訏謨大事，兼玄齡、如晦之長。雖居廟堂之高，不以名位爲樂。門有薦賢之桃李，庭無謁事之苞苴。退然肖儒生之癯，發而爲仁者之勇。方政由博陸，獨魏相恥於苟同；及廷議蔡師，惟裴度聲其當討。海內想其風采，陛下倚以腹心。久矣意屬於明公，知其才任於宰相。韓、富而後，久無君子之經綸；伊、筦以來，復見師臣之遇合。既得君而行政，首下詔以戢貪。使郡國承流宣化之臣，知朝廷貴德賤貨之意。卿士相戒，無常舞以酣歌；勳貴聞風，亦減騶而徹樂。凡前日大弊極壞之政，與當世自重難合之人，圖回一新，號召四出。起陸贄、陽城於散地，任羊祜、陸遜於方隅。捐横斂以寬繭絲之民，選良吏以熄萑蒲之盜。用我期月，見仲尼變魯之功；以王萬年，懋公旦佐周之業。某幼耽章句，壯喜功名。檄草雖工，不療義山之厄；桃花作祟〔一〕，能令夢得之窮。憶昨飛語見侵，禍機垂發，彼方一網牽聯奏邸之飲賓，公以片言消釋烏臺之詩案。蓋頂踵已歸於陶冶，特姓名未徹於欽翹。兹聆英衮之告廷，嘉與老農而擊壤。愧無傑思，可賡誦聖德之詩；不謂殘年，復有見太平之日。

〔一〕祟：原缺，據翁校本補。

除匠簿福建參議謝西山

羅之幕下，已慙羔雁之特招；寘彼周行，詎意熊魚之兼得。由薦語踰千鈞之重，故除書超數級而升。恩大難酬，人微弗稱。竊以觀其爲主，古者格言；問所從誰，士之大節。持國就并州之辟，專以富公；端叔爲中山之游，蓋依坡老。豈泛蓮之云爾，有擇木之義焉。如某粵自童蒙，獲親師匠，每敬仰行己立朝之名節，亦預聞著書講學之指歸。富貴在天，豈必覬覦於分外；貧賤玉汝，未嘗隕穫於胸中。久無干子公之書，頗有廣《離騷》之作。屬者冰山凍解，寒谷暖回，際統府之初開，念監州之遠役，特達剡公車之奏，殷勤移光範之書。致石與温，首述烏公之求士；以連易播，次言禹錫之有親。其忠厚足以盡師友之情，其誠至足以動君相之聽。疊兹二命，賁此一寒。然而髦士乃朝廷之清流，元僚號幕府之高選。聽鈞天之樂，疑夢境之恍然；參劍外之謀，覺晚途之榮甚。而況無簿書之叢委，有禄米之優游，曩嗟弗給於一瓢，兹幸可營於三釜。不圖今日，遂獲補《南陔》之詩；豈無他人，未若作西山之客。玆蓋伏遇某官循循而善誘，休休而有容。始終集大成，固已備聖智之事；參署至十反〔一〕，猶樂聞忠益之言。宜得孝直、幼宰之流，俾居鄒生、枚叟之右。孰云上介，誤采諸生！某取數過多〔二〕，受恩罔極。登山置酒，固難陪叔子之風流；載筆勒碑，或可紀晉公之勳業〔三〕。

〔一〕署：原作「置」，據宋刻本、小草本、翁校本改。
〔二〕取：原作「敢」，據四庫本改。
〔三〕勳：原無，據四庫本補。

謝丞相

趣裝就道，方趨君命之嚴；有列於朝，兼領軍諮之任。恩歸廊廟，喜動庭闈。伏念某忝出故家，嘗從薄宦。少日妄希於節士，中年遠避於弋人。余處幽篁，分此生之永棄；焉得萱草，聊暇日以忘憂。雖絶望於華塗，猶死守於善道。屬者冰山摧而杲日出〔一〕，沙隄築而台星明，交璧帛於道塗，委弓旌於巖穴。有盍歸之二老，無難致之兩生。病客夢回，初聽鈞天之奏；纍臣魂斷，忽有修門之招。未呈身於政事之堂，先策名於表著之地。而況福蕭壤接，參佐禄優。禹錫母子，可以俱行；向平婚嫁，可以漸畢。惟昔脱烏臺之禍，盡出生成；矧今辱黄閣之知，不由紹介。受恩罔極，取數過多。兹蓋伏遇某官獨秉國鈞，載調化瑟。樂克得政，善人咸願其有爲；楊綰當朝，天下云胡而不喜！已並致臺萊之彦〔二〕，猶不遺菅蒯之材。某稽首鈞陶，委身坱圠〔三〕。成書無日，空嗟太史之滯留；懷贄有年，終望周公之吐握。

〔一〕「屬」原作「蜀」，「摧」原作「推」，據四庫本及《翰苑新書》續集卷三五改。
〔二〕萊：原作「菜」，據四庫本及《翰苑新書》續集卷三五改。
〔三〕圠：原作「北」，據四庫本及《翰苑新書》續集卷三五改。

謝兩參政

君命有嚴，方趣中都之役〔一〕；王官甚寵，仍參外閫之謀。喜動庭闈，恩歸廊廟。伏念某粗知理亂，亦喜功名。少嘗干世以希榮，晚乃入山而避謗。我辰安在，原性命以自傷；而月斯征，惜歲年之將晚。匪曰守匹夫之志，庶幾固君子之窮。比者杲日出而蒙氣收，震雷奮而蟄户啓，首以鈞樞之柄，屬之鴻碩之儒。汎掃朝庭，無苞苴之成市；訪求巖穴，有璧帛之載涂。曾是沈淪，亦煩記憶〔二〕。齒八十歸周之數，招三閭去郢之魂。未詢事而考言，已即家而拜爵。内贊工垂之職，外參郤縠之謀。長樂鼓鐘，恍然初聽；郾城旗柝〔三〕，老矣復聞。遂反哺之私情，享素餐之厚禄。並收髦士，固知國論之至公；驟得美官，尚恐物情之未允。兹蓋伏遇某官經綸業鉅，輔贊功深。進一賢人，皆云裴相之薦引；行一善政，必曰萊公之建明。已並育於菁莪，猶不遺於葑菲。某委身陶冶，稽首欽翘。三釜及親，所愿伸孝子之志；一飯報德，安敢忘大臣之知！

〔一〕役：原作「没」，據四庫本改。
〔二〕煩：原作「還」，據四庫本改。
〔三〕旗：原作「棋」，據四庫本改。

謝洪中書舉自代　咨夔

訪梅東閣，嘗陪庾幕之游〔一〕；起草西垣，忽有虞廷之遜。惟公此舉，非僕所堪。竊以斯文之衰，至於今日而極。規規制草〔二〕，類塹作者之風；寂寂薇花，未識舍人之樣。方天子屬絲綸於閣下，而國人觀衮斧於筆端，豈無宜爲誥之才，猥舉不能言之士。伏念某少狂自喜，晚悔莫追，謗訾之言盈廷，權貴之嗔如屋。霜雪貿貿，於麥茂以何傷；風雨淒淒，獨雞鳴而不已。偶際清明之始，稍收留落之餘。頃隨出塞之旌旗，獲侍平山之樽俎。慕顔淵之附驥，寧不思齊；歎老子之猶龍，居然難企。而況有累年之離索，無一字之干摩。王陽在位，貢禹彈冠，雖賴故人之引類；裨諶爲命，子産潤色，詎容拙者之措辭！謂嘗摘艷以薰香，欲使運斤而代斲。任章初上，傳説皆驚。太白眼高，故已掃空於海内；浩然肩聳，若爲攜入於禁中。徒感盛心，恐孤精鑑。兹蓋伏遇某官金聲而玉振，地負而海涵。扶綱常於寳慶之奏篇，判忠佞於端平之諫紙。修名姱節，惟斗南之一人；傑作雄文，亦江東之獨步。尚引扶於後進，力吹送於明時。而某學既荒蕪，材尤衰落，惟勉平生之大節，妄希執事之餘風。非復少年，啓夕秀於未振；庶幾他日，知寒松之後凋。

〔一〕庚：原作「瘦」，據四庫本改。

〔二〕草：原無，據四庫本補。

謝余中書舉自代 鑄〔一〕

塞垣草檄，嘗論管鮑之交；禁掖演綸，忽有夔龍之遜。憐才至矣，量己缺然。共惟三字之除〔二〕，榮於一佛之出。本朝有大詔令，聿新當世之觀瞻；天子用老舍人，一洗斯文之卑陋。所謂當仁而不讓，夫何有大而能謙！擬非其倫，或得以議。伏念某粤從少日，辱在下風。邊地苦寒，共被聽蕪城之柝；江風甚惡，聯鞍登瓜步之洲〔三〕。始欣鵬鷃之偶同，俄歎龍猪之相遠。我生白木鑱，已爲農圃之歸；郎對紫薇花，真有仙凡之隔〔四〕。況記室久疎於書札〔五〕，乃公車忽上其姓名。豈嘗就梓匠之規，欲使代玉人之琢。行人子羽，東里子産，仰辭令之獨工；翰林主人，子墨客卿，必才名之相埒。乃若蹇蹄非汗血之駿，宿瘤異捧心之妍，雖欽濟濟之風，實抱空空之愧。茲蓋伏遇某官文根義理，學泝本原，謀國事瞭若蓍龜，愛人才過於珠璧。謂拔茅而進，適君子之道亨；倘伐木不歌，恐友朋之義缺。因同袍之一念，借華衮之片言。而某舊聞既荒，新意絶少。立馬揮制，難希作者之餘風；附驥顯名，徒有平生之壯志。

〔一〕鑄：原無，據宋刻本、小草本補。
〔二〕共：原作「其」，據四庫本改。
〔三〕洲：原作「舟」，據四庫本改。
〔四〕真：原作「貞」，據四庫本改。
〔五〕室：原無，據四庫本補。

除宗簿謝丞相

奉親還里，自牋烏哺之私〔一〕；被命造朝，俾綴鵷行之末。奔馳就列，俯仰懷慙。竊以世道之消長不常，人物之會通絶少。范、歐興慶曆之文治，莫引用於聖俞；馬、吕致元祐之諸賢，偶見遺於無己。況如晚輩，敢望前修？伏念某學荒於嬉，年運而往〔二〕。書無成而劍又去，悼少日之狂圖；道不修而文有名，犯昔人之深忌。頃懲飛語，盡掃空言，時於斷簡以研尋，稍見高賢之旨趣。愛令伯《陳情》之表，流出胸中；喜淵明《歸去》之詞，寫諸座右〔三〕。豈圖晚暮，忽際休明。雖遣巫咸而下招，其如太史之留滯！猶著朝籍，且參闈謀。好事揶揄，已有移文於逋客；故人規祝，願無圖利於大夫。迨兹將幕之移，亟有祠庭之請〔四〕。蓋鶴髮久相安於半菽，而鷦巢止願借於一枝。今乃念衡泌之棲遲，示朝廷之收拾。谷鶯初出，恍驚遷木之榮；海鶱暫來，深認卷簾之意。非上相適奮庸於廊廟，則孤生必終老於山林。兹蓋伏遇某官以帝者師，爲天下宰，更聖化於膠柱不調之後，還主柄於太阿倒持之餘。進君子，退小人，每致嚴禾莠之辨；開誠心，布公道，亦不廢草茅之言。遂使畸人，忝陪髦士。某受知至此，圖報茫然。雖質以事君，粗識移忠之大義；然不遑將母，終希錫類之深仁。

〔一〕牋：原作「踐」，據宋刻本、小草本改。

〔二〕運：原作「遺」，據四庫本改。

〔三〕寫：原無，據四庫本補。

〔四〕祠：原作「詞」，據《翰苑新書》續集卷三四改。

除玉局觀謝二相〔一〕

背師罪大，自速臺評；錫類恩深，尚叨祠廩。進退兩關於倫紀，保全一出於陶鈞。伏念某以常調之庸才，際初元之景運，招徠未久，位置稍高。由光範進身，非借助金、張之比〔二〕；及延和賜對，有交懽平、勃之言。心迹甚明，奏篇猶在。然而從老師而偕出，戀明主而獨留。欲相送於南陽之阡，縶維不果；當退老於西河之上，馳騖未休。舊府因而起殺公之嘲，故交訝其乏死友之誼。按陳卿之事百，數子夏之罪三。衆破膽而怖風霜之威，獨披襟以受《春秋》之責。晨收華組，夕駕短轅。署眉山翁之舊銜，返老萊子之初服。行吟澤畔，略無怨靈修之詞；回首渭濱，終有懷大臣之意。兹蓋伏遇某官忠存王室，心契上穹。事有大疑，汝則謀及庶人卿士；人之彦聖，容之保我子孫黎民。當鳳麟畢呈祥瑞之時〔三〕，如鳧雁豈繫少多之數，姑捐圭撮，俾奉旨甘。某敢不稽首歸恩，銘膺悔過？珠履而陪上客，無復覲東閣之奇；黄冠而還故鄉，猶願祝南箕之壽〔四〕。

〔一〕相：原作「栢」，據四庫本改。
〔二〕張：原作「章」，據四庫本改。
〔三〕畢：原無，據四庫本補。

〔四〕猶：原無，據宋刻本、小草本補。

除雲臺觀謝丞相

草茅觸諱，凛若科條；君相包荒，賦之圭撮。得非望及，感與涕俱。伏念某起佔畢之諸生，陪欽翹之末至〔一〕。誦句百僚之上，豈易逢哉；爲婦兩姑之間〔二〕，有難言者。每欲潔身而去，輒爲造命所留。愧非韓駒、徐俯之倫，將有米黻、陸游之擬。集賢堵墻之士，莫不聳觀；昭陽學舞之人，居然相妬。竟擠去國，俄起典州。舍朝市之喧啾，就江湖之空曠。豈謂甫磨新玷，又坐宿愆，屬火後之紛紜，咎日前之狂瞽〔三〕。爾有猷告后，徒懷野老之食芹；臣不密失身，顧昧先賢之焚草。昔董相洩奏篇而幾死，京房漏對語而抵辜，繩以峻文，戮猶輕典。今乃端居故里，守周燮之東岡；賜號散人，分陳摶之西華。飢寒頓解，危懼稍安。向非元宰之陶鎔，孰援孤生於齏粉？茲蓋伏遇某官以周大老，爲漢宗臣。隻手扶乾坤之傾，確乎任重；片語解雷霆之怒，了不費辭。遂使纍臣，尚叨冗秩。然某身十年而三黜，腸一日而九廻。屢費保全，自傷窮薄。已分衡茅之下，送老一生；但於香火之間，祝公千載。

〔一〕末：原作「未」，據四庫本改。

〔二〕姑：原作「始」，據四庫本改。
〔三〕日：原作「目」，據四庫本改。

謝諸府

狂瞽妄言，鄰於刀鋸；鈞樞密啓，禄以斗升。非出懇求，但知恐懼。伏念某芳菲歲晏，閑廢日長。揚雄有宅一區，本退居於窮巷；貢禹賣田百畝，始能詣於公車。羈旅入朝，空疎奉對。陋矣建明之箎見，温乎往復之玉音。使善開陳，奚憂齟齬！徒以親逢聖主，恥爲鬼谷子之揣摩；不揆賤臣，冀有高寢郎之感寤。詎意奏篇之傳出，遂爲公議之追尤。宜顯僇於市朝，僅免歸於田里。真卿食粥數月，素拙治生；曼倩奉粟一囊，少寬飢死。向匪廟堂之援，已先溝壑之填。兹蓋伏遇某官以大公服人心，以至仁壽國脉。興念寒鄉之素士，嘗陪翹館之下賓。責以行中慮，言中倫，迹若離於繩墨；察其朝不坐，燕不與，氣未脱於草茅。遂使孤危，尚叨冗散。然某身十年而三黜，腸一日而九廻，要領雖全，面顔奚寄！灰心騈邑，無伯氏之一言；稽首華山，有封人之三祝。

廣東提舉謝李丞相

祝釐西華，久從隱者之遊；易節南州，忽忝使乎之選。光生原隰，恩出廟堂。踰嶠以南，去天尤遠。先朝將指，居多館學之名流；近歲擢才，稍用米鹽之能吏。未覩研桑之新智，先隳冰蘗之素風。向非遇儒相之登庸，何以拔書生而臨遣〔一〕。伏念某粗諳吏事，亦畏官箴。建上吏民，猶記綰縣章之日；江西父老，皆知解郡印之時。頃遭柱後之彈文，追咎榻前之對語。荷睿明之洞照，幸要領之獲全。三載退藏，貧賤返緼袍之舊；一朝拔拭，姓名出夾袋之中。深惟卵翼之恩難酬，欲以毫髮之勞自見。既抵司存之始，乃知責任之難。贛客横行〔二〕，增筴之符方急；嶺民貴糴，泛舟之役未休。操切則失人心，謬悠則誤國事。鴻私所被，蚊負曷勝！兹蓋伏遇某官德享天心，功熙帝載，内統百官而拱極，外嚴十使之觀風。謂昔者熙寧，嘗處濂溪之老；及後乎元祐，必如子駿其人。意其聞師説之緒餘，或可希前修之萬一。某敢不疚心求瘼，洗手奉公？使臣遠有光華，既誤蒙於推擇；丞相毋抱文法，所願效於驅馳。

〔一〕遣：原作「遺」，據四庫本改。
〔二〕客：原作「容」，據四庫本改。

通唐經略

　　奄四封而賜履，咸仰威稜；踰五嶺以乘軺，適依節制。輒干六纛，冒贄一牋。恭惟某官識極精微，氣涵剛大。太阿出匣，孰敢擬其鋒鋩；老栢參天，傍略無於枝幹。靡繇援手，自簡上心。頃峨豸角之初，屢聽鳳鳴之舉。言及乘輿，事關廊廟，安知疏入而跡危；心存魏闕，身在江湖，不以名高而色喜。甫建臺於江介，俄開閫於嶠南。龍户馬人，競來銜謁；蚌胎翠羽，暫免搜求。佇觀一時之饕吏革心，千古之貪泉刷恥。昔者廣平之入，尋踐台司；迨夫君嚴之歸，亦登左轄。新渙，夐掩舊聞。某久矣荷鋤，偶然易節。居里每勤於存問〔一〕，起家亦荷於吹噓〔二〕。屬兹滌籓之初，竊有摳衣之喜。譬蠅附驥，雖莫企於騰驤；若驂從輿，庶初知於向背。

〔一〕存：原無，據四庫本補。

〔二〕荷：原無，據四庫本補。

賀右丞相還朝

入覲宸旒，進居鼎席。舉咎繇於右，甫平猾夏之憂；歸周公於東，遂究經邦之業。縉紳相慶，竹帛有光。恭惟某官負命世之大才，建丕天之偉績。八陵一抔土之憤，至此少伸；九世不戴天之讎，曠然一洗。及新胡之崛起，殆舉國之莫當。衆方顧影以偷生，公獨奮身而敵愾。執訊獻俘於百戰，暴衣露蓋者累年。建纛親行淮浦，收十全之勝；揚帆直上漢江，無一點之渾。雖大臣之誼曾靡告勞，然明主之眷有不容釋。密勿延英之對，輝煌文德之麻。昔高、孝兩朝，方修攘之並舉〔一〕；若吕、張二相，皆出入之迭更。法此成規，付之魁柄。方將迓續景命，挽回危機，收泮涣已離之人材，作懦衰不武之士氣。蔡方既定，式遄裴令之歸；江左何憂，尚有夷吾之在。某繆叨刺部，喻聽告廷，矧嘗蒙華衮一字之褒，豈能無濃墨大書之喜！海涵春育，聳聞東閣之開；地老天荒，自笑南轅之左。

〔一〕攘：原作「壤」，據四庫本改。

廣東漕謝二相

俾司斂散，績效未聞〔一〕；就領轉輸，事權加重。極寒畯光華之選，出元台啓擬之恩〔二〕。竊以聖門有取治賦之才，俗吏烏知理財之義！我朝擢用，必更西北之漕臣〔三〕；先正丁寧，深歎東南之民力。矧今極壞，視昔倍難。上欲圖寸效以裨公家，下欲寬一分以蘇遐嶠，自顧已陳之芻狗，豈能重試於木牛！伏念某膠守舊聞，愧無新智，辱翹材之汲引，銜使命以驅馳。冰檗持身，米鹽衡慮〔四〕。毁家以紓楚難，景行有慚；汎舟而救晉饑，秋豪無助。驟遷甚寵，内省若驚。蓋周子之舊遊〔五〕，與芮公之遺愛。海山寂寞，幾經冠蓋之往來；田里窮空，曾是軺車之循歷。何以佐湟中之糴，何以供江上之屯！荷賢宰相之生成，懼賤有司之敗缺。兹蓋伏遇某官並收髦俊，弘濟艱難。謂百費繁興，餽輓方資於主計；意諸生苦節，錙銖可補於大農。終恐薄材，上孤煩使。某敢不恪恭官守，仰答己知？范公一筆之勾，倘未捐於大造；後山瓣香之敬，誓永畢於此生。

〔一〕績：原作「續」，據四庫本改。
〔二〕啓：原作「起」，據四庫本改。

〔三〕西：原作「四」，據四庫本改。
〔四〕慮：原作「應」，據四庫本改。
〔五〕周：原作「君」，據四庫本改。

後村先生大全集卷之一百一十八

啓

除崇禧觀謝丞相

烏臺數罪，乞寢弓旌；黄閣憐才，俾依香火。辱知至此，負愧何言！伏念某曩在端平，濫陪英雋，遷樞庭之末屬，逢翹館之並開〔一〕。雖五尺童，皆知旦、奭之不悦；無三寸舌，能令平、勃之交懽！鼎味失和，彈文歸咎。然亦屢經赦宥，頻奉使令〔二〕。起廢剌袁，驅逐靡温於坐席；引嫌使粤，淹留甘落於節旄。屬魁柄之有歸，察孤根之無援，當朝延譽，馳驛趣行。帝遣巫陽，歸兮入修門些；衆排子厚〔三〕，擠之又下石焉〔四〕。退慚不肖之軀，上累至公之舉。言言擢髮，字字切身。蟲篆留心，固已浮華而少實；鶴書動色，未能寵辱之不驚。獨當國休休其有容〔五〕，顧在廷斷斷而不可。坐隔蓬萊之雲氣，卧游句曲之洞天。歷觀古人，尤重倫紀。東西惟命，既難叱馭以驅馳；左右服勤，尚可垂魚而定省。非元宰曲爲之全護，則纍臣豈獲於便安！兹蓋伏遇某官有扶顛之勳勞，有包荒之德度。三吐三握，共知好士之盛心；一是一非，悉付無情之公議。猶賦三鍾之粟，俾娛九袠之親。以示大臣之育才，以明孝子之錫類。某心非土木，質委甄陶。黄紙除書，已榮途之絶念；白衣效命，儻末路之見收。

〔一〕逢：原作「負」，據四庫本改。
〔二〕奉：原作「逢」，據四庫本改。
〔三〕子：原作「字」，據四庫本改。
〔四〕焉：原作「馬」，據四庫本改。
〔五〕休休：原作「體休」，據四庫本改。

謝三府

鋒車亟寢，已行白簡之言；勅墨猶鮮，更賜黄冠之號。保全恩大，循省愧深。伏念某向者備數尾僚，受知首相。及次輔登庸之後，乃羣情向背之時。去事霍將軍，競趨新貴；不負楊臨賀，竊慕昔賢。身居秦逐客之先，名在漢黨人之列。中雖起廢，俄又速辜。深探隱微，蓋用誅心之法；追尤狂瞽，欲加拔舌之刑〔一〕。幾年太史之滯南，萬里陸生之使粵。羈留瘴土，夢斷鈞天。遣巫陽而下招，上非終棄；畏宗元之復進，衆不見容。當淳祐之新元，負端平之舊譴，放還州里，免詣闕庭。嘗歷考於古今，鮮並全於忠孝。國方多難，不能効命以執殳；堂有高年，尚許服勤於扇枕。非諸老素存於長厚，則孤生豈得以便安！茲蓋伏遇某官開誠而布公，推賢而揚善。飯吐哺，沐握髮，本出盛心；進加膝，退墮淵，大非初意。猶賦侏儒之奉，俾娛耄老之親。上以昭聖主之至仁，下以見大臣之樂育。某銘膺自訟，碎首莫酬。誦《緇衣》之章，公寧有厭〔二〕；磨白圭之玷，僕敢不勤？

〔一〕舌：原作「石」，據四庫本改。

〔二〕有：原作「不」，據四庫本改。

謝史端明

驛書趣召，甫歯遠使之歸；臺簡急攻，猶賜散人之號。包荒德大，撻市愧深。伏念某向者忝末屬於西樞，逢並開於東閣。深惟杜甫素受韋左丞之知，竊慕任安不舍衛將軍而去。竟收朝蹟，繼奪郡符。暴揚心事之隱微，掎摭奏篇之狂瞽。哭厲王而輟食，上心本厚於所親；趣茅蕉而就烹，聖世況無於是事。果蒙扙拭，復備使令。身久留椎髻之區，名不在譽髦之列。微宗元至闕，始憐久斥而復收〔一〕；放浩然歸山，終坐不才而見棄。辱門墻之教誨，累廊廟之招徠。退而省循，無所尤怨。昔賀老黃冠而還里，世以爲高；萊子斑衣而娱親，傳稱其孝。豈敢懷賢於前代，庶幾補過於暮齡。兹蓋伏遇某官歷事四朝，獨殿諸老。君子育英才之樂，將共享於功名；仁人先天下而憂，初何心於富貴。於衮繡問安之際，有綈袍念舊之言。遂使孤危，亦安閑散。某灰心進取，稽首熏修。此日槐陰，莫尾朝班而詣府；異時林下，儻容樵服之拜庭。

〔一〕斥：原作「升」，據四庫本改。

再除崇禧觀謝丞相

用士之招，方懷危懼；退人以禮，尤竊便安。大爲知己之羞，永負終身之媿。伏念某素無科第，稍涉藝文。昔尚髫垂，諸老誦高軒之過；今將耳順，夫人知古錦之殘。蓋嘗内陪公府掾之英游，外叨部刺史之華遣，婚娶幸而粗畢，耕釣足以自娱，於何躁圖，又起妄念！白鷗没萬里，誰信已忘之機；金鷄赦九州，常抱不原之罪。而况瘴鄉馳驛，元會起家，經玉尺之裁量，出金口之啓擬。漢省中之語，遠不及知；唐觀裹之詩，近無所作。三緘防口，殆若喑者；五采設色，其如瞽何！豈料深藏，遂煩重劾。曩嘗持券，求柳子厚所居之官；兹又披襟，當王介甫力辭之職。十手之所共指，百喙奚以自文！上則傷大臣樂育之心，下則辱先人義方之訓。雖云擢髮，尚爾全軀。

茲蓋伏遇某官望重於山，心平如秤，謂富公晚輔慶曆，莫明守道之誣〔一〕；迨越王初相隆興，幾坐放翁之累。不以憐才之故，廢夫執法之公，大費保全，曲爲末減。某敢不噬臍懲艾，稽首皈依。瞻彼天淵，各遂鳶魚之飛躍；譬之江海，豈爲鳧雁而少多。欲報鈞陶，第勤香火。

〔一〕守：原作「家」，據四庫本改。

謝史端明

東閣開延〔一〕，力排謗議；南床迎擊，復寢除書。罪宜抵於舂鉗，恩許依於香火。伏念某粵從羈縻，酷嗜雕蟲。諸老憐才，多云孺子之可教；中年聞道，始悟壯夫之不爲。固嘗指天日以懺非，每欲挽江河而滌穢。又況心膽碎於機穽，精力竭於米鹽。望之如木鷄然，安能吐綬；棄之如腐鼠耳，奚足發機！猥蒙當軸之殊知〔二〕，實出過庭之素論。念馮唐之已老，命巫咸而下招。白簡未乾，緇衣改造。宰相進一郎吏，蓋亦甚微；國人與諸大夫，以爲未可。謂騰口泄禁嚴之語，且披襟居清望之官，設如嘖言，殆有狂疾。未嘗回首，憶玄都觀裏之花；矧復交談，及温室省中之木。殃由天降，禍匪己求。下則貽父兄師友之羞，上幾爲廟堂門館之累。迄從寬典，厥有裏言〔三〕。茲蓋伏遇某官士者宗師，國之壽儁。大老歸周之後，聞風皆興；仲尼返魯之餘〔四〕，講學未厭。似記摳衣之舊，屢罹貝錦之誣，察其因薄技而賈衆憎〔五〕，憐其以虚名而博實患，遂捐圭撮，俾奉旨甘。某敢不掃迹塵間，冥心事外。狎白鷗而同社，有如此盟；御青牛而出關，請俟他日。

〔一〕延：原作「筵」，據小草本改。
〔二〕軸：原作「局」，據四庫本改。
〔三〕裏：原作「衷」，據小草本改。
〔四〕返：原作「友」，據四庫本改。
〔五〕技：原作「秩」，據四庫本改。

謝諸府

除目驟加，嘖言踵至。甫還氈而起廢，復銷印而投閑。予奪無私，省循有靦。伏念某用心甚苦，賦命不猶。蚤工雕蟲之文，俄而悔矣；晚抱屠龍之伎，無所用之。端平排去而不容，淳祐喚歸而中止。初無顯過，謂有躁圖。六百石禄，六十老翁，久懷知足之念；一兩汞金，一日制誥，安得喪心之言！片辭造膝之薦揚，百喙吠聲而驅逐。轍環嶺海，跡掃山林。蚌無照夜之光，庶剖胎之可免；鷄有爲牲之患，寧斷尾以自全。已休身世於把茆，尚挂姓名於夾袋。省中語滯，輦下謗喧。奪粉署之新銜，返黄冠之初服。灰寒木槁，豈復有於親寃；刀割香塗，漸不分於苦樂。仰荷廟堂之寬大，尚容閭里之浮沉。茲蓋伏遇某官有奬王室之心〔一〕，有育英才之樂。屬元會弓旌之聘，念平生車笠之交。去國有年，稍序進尚書郎之秩；在廷無援，多不可光禄勳之人。欲息衆讙，姑令遠引。某敢不杜門省事〔二〕，銘座訟非。二十八宿笑人，幸免辱朝廷之選〔三〕；三十六天訪道，願徧爲福地之遊〔四〕。

〔一〕某：原作「集」，據四庫本改。

〔二〕杜：原缺，據四庫本補。

〔三〕朝廷：四庫本作「清朝」，按下聯之對爲「福地」，則作「清朝」爲勝。

〔四〕徧：原作「偏」，據四庫本改。

賀范左相

斷自宸衷，付之魁柄。惟辟作威作福，方親攬於大權；有臣同德同心，爰超居於端揆〔一〕。識者相慶，翕然同詞。於惟華宗，厥有名宰。忠宣當元祐之世，不主一偏；覺民在建炎之初，有功再造。惜也經綸之日淺，甚哉遇合之際難。孰如我公，自結明主，十載雷聲之淵默，一朝地闢而天開。國其庶幾，政將焉往！恭惟某官稟元化之精粹，蹈聖人之中庸。貴處廟堂，臞如山澤。其秉心誠實，故君子咸附；其蓄德深厚，故小人不疑。屬者諸公，欲手版下新亭之拜；時惟元老，獨舉扇鄣武昌之塵。然後太阿之柄還，然後九鼎之勢重。十全無遺慮矣，一變猶反手然。斯謀斯猷，惟君陳而告我；朕夢朕卜，以汝説而賚予。必能容折檻之人，必不罪舉幡之士，必開密網，必革副封，必絶斥弘羊、張湯，必追還陽城、陸贄。魯安得削，隱然儒無敵之功；吳未可圖，良以彼有人之故。綿基圖於箕翼，紀勛績於旂常。某流落十年，侵尋六秩。福建子是惡，既不可以逃鄉；江西社盛行，又無從而入派。已分爲農而没世，忽逢知己之秉鈞。敢云拔茅而彙征，不覺籟鳴而機動。希文得政，豈無守道之獻詩；司馬當朝，不待器之之通問。

〔一〕爰：原作「援」，據四庫本改。

賀杜右相

涣發制麻，晉登揆席。朕夢朕卜，聿開帝賚之祥；汝翼汝爲，其代天工之曠。宗祧增重，廉陛益尊。在昔昭陵，有臣祁國，内則寢斜封之請謁，外則爲清議之主盟。學館頌歌，與希文而對秉；宮闈嚴憚，云杜某之却還〔一〕。流傳千萬世，號爲端人；寂寥二百年，誰可繼者？偉矣元台之拜，凛然大節之同。恭惟某官禀河嶽之英，有莘渭之望。充塞天地，不屈孟氏之至剛；臨履淵冰，孰知曾子之大勇。嘗叱義府於仗下〔二〕，亦責平津於上前。自公辭高位而潔身，舉世順下風而俯首。秦無客子，居然擅國事於關中；晉有偉人，何至移朝權於姑孰！屬宸扆收太阿之柄，而昕朝虚巖石之瞻，輟玉食而深思，覆金甌而未決。昭告昊天上帝，厥有休符；謀及卿士庶民，咸無異論。付以機衡之重，趣其衮繡之歸。夫既爲善類所宗，又將受公議之責，必也法先賢如秤之言，念先輩平舟之喻，起巖穴遺材，退刀筆小吏，弛筦榷以紓民力，寬尺度以收士心。澶淵、采石之戰功，指期可俟；梁谿、紫巖之相業，視昔有光。某去國十年，脱身萬里。蓋嘗使粤，煩六丈之一勾；不幸産閩，遭半山之三字。敢意平生知己〔三〕，一旦奮庸。豈云附翼而攀鱗，庶可揚眉而吐氣。作夢得問鈞之賦，文筆久衰；誦如晦猶天之言，暮齡有托。

〔一〕却：原作「部」，據四庫本改。
〔二〕仗：原作「伏」，據四庫本改。
〔三〕平：原作「半」，據小草本改。

賀鄭丞相除少保醴泉觀使兼侍讀

起賢濱海，領使祥源〔一〕。圖任舊人，拜召公而爲保；若稽古道，命倚相以讀書。麻卷初傳，縉紳相賀。歷考帝王之世，尤隆師傅之恩。商宗之於甘盤〔二〕，曰台舊學；漢光之於嚴子，云朕故人。或遯荒野而見思，或釣桐江而彊起。所以示後世人主進修之法，所以倡學士大夫名節之風。久矣寂寥，偉哉遇合。恭惟某官有尹躬之一德，集孔氏之大成。嘉定初潛，實賴綺園之力；端平總攬，首當莘渭之求。一變有涑水之風，獨立少汲公之黨。容身無地，知我者天。上印而還中書，角巾而即東路。曲江感秋扇之喻，遠避隼猜；魏公喜晝錦之歸，冷看蝶鬧。屬者朝更政化，辟作福威，區別忠邪，顧瞻表著。羣公環列，類非昔者之親臣；一老獨存，方且巋然於下國。百辟迎安車之至，九重慰仄席之思。謂莫繁乎一日萬機之勞，莫要乎三墳五典之道，嘉與鴻碩〔三〕，相親燕間。弼予一人，遂冠班於孤棘；益者三友，時開卷於細旃。內家賜聖製而開御筵，太史奏客星之近帝座。寵光鮮儷，邁史、梁兩揆之榮；典故具存，踵申、潞二公之拜。某久孤拔擢，積困謗傷，人或謂之非辜，自不知其何罪。厚誣石介，因以撼於富公；巧詆舜欽，本欲傾於祁國。不敢發塗窮之歎，庶幾有天定之時。久疎翹館之起居，忽聽大庭之播告。僕方養母，詎宜起隱於終南；公素憐才，儻許逃歸於陽翟。

〔一〕祥：原作「洋」，據四庫本改。
〔二〕商：原作「高」，據小草本改。
〔三〕碩：原作「硯」，據四庫本改。

江東憲謝鄭少保〔一〕

故里逃讒，猶賜散人之號；公朝起廢，復乘使者之車。被黄紙之新榮，出緇衣之初意。伏念某拙於諧俗〔二〕，病在信書〔三〕。作《太玄》如鼠坻，徒然苦思；奏《子虚》由狗監〔四〕，非所樂聞。未嘗掉鞅而先時輩之鞭，豈願立的以來天下之射！頃值真儒之當國，獲陪髦士以在廷。朝猶誦杜甫於百僚，夕有墜宗元於千仞。虞人之旌每至，輒有物以尼之；烏獲之綆莫施，判此生之休矣。不圖暮景，重際明時。周大老盍亦歸乎，魯諸生無未行者。雖已荷鋤而在畝，例叨出節以起家。羣嘲衆駡之身，不無懲創；再衰三竭之氣，未易激昂。雖勉奉直指而行，深恐爲翹材之累。恭惟某官有安陽叟之大，有涑水翁之誠。上苦留公，詎容舍上而歸；士或負己，終無厭士之意。興懷舊掾，久伏空山。昔位置入宫，未免召蛾眉之妬；今馳驅於隰，第令服馬走之勞。特假皇華，以安孤蹟。某敢不恫瘝求瘼，平恕讞疑？遇事風生，非復少年之材健；養親日短，終祈造命之哀憐。

〔一〕少：原作「小」，據四庫本改。
〔二〕伏：原在下句「病」字下，據四庫本乙。
〔三〕信：原作「身」，據四庫本改。
〔四〕句首原有「賦」字，據四庫本删。又「監」，原作「盗」，據四庫本改。

謝丞相

置之閑散，避飛語之中傷；送以光華，出翹材之啓擬。衆咸羡孤生之晚遇，誰知費元化之曲成。伏念某洊忝弓旌〔一〕，輒投罟擭〔二〕。怡然膝下，戲披萊子之綵衣；久矣夢中，奪去江生之色筆。力耕以給公上，閉關而絶交游。世皆云東野詩寒，誤身至此；客或謂君房語妙，摇手止之。有一丘可以老焉，雖萬户不與易也。敢謂朝報登庸之麻制，夕頒拔拭之除書！見車馬以驚猜，著衣裳而顛倒。厥今聖君賢相，亦既拔茅而彙征；自昔志士仁人，豈若繫匏而不食。頓忘駑劣，遂許驅馳。然奏讞繁而耳目不能周，封圻廣而足跡多未至，田里有呻吟顣頞之態，郡邑少忠厚愷悌之風。每隱於心，爲之顰眉；欲繩以法，多所掣肘。固知當國擇子駿而遣行，終恐不才煩希文之勾去。茲蓋伏遇某官有《伊訓》《説命》之學〔三〕，兼房謀杜斷之長〔四〕，手玉尺而量材，躬衮衣而下士。已起歸周之大老，尚招在魯之諸生。念其昔忝班行，與夔龍之武接；察其粗經原隰，知農馬之智專。特畀皇華，以榮晚節。某敢不感公朝之起廢，體列聖之好生？刺史奉問俗之六條，顧激揚之安出；冢宰操詔王之八柄，儻黜免之小寬。

〔一〕洊：原作「游」，據四庫本改。
〔二〕擭：原作「獲」，據小草本改。
〔三〕茲：原無，據四庫本補。
〔四〕「兼」下原衍一「有」字，據四庫本删。

謝給舍侍從〔一〕

祝鼇林下，將挂其神武之衣冠；問俗江干，忽送以皇華之禮樂。向非借昧言於兩禁，豈能挈墜跡於九淵？伏念某少已崎嶔，晚尤齟齬。嘉定箋螯龍之舊話，萬死一生；端平倡市虎之虚傳，十年三黜。頃言歸於嶺表，已自誓於墓前。謍菟裘之地以老身，耕綿上之田以養母。敢謂腐陳之迹，又逢新美之時！揭端門之鵶竿，出澤國之龍節。兒童夸詡，但知榮持斧之行；朋友祝規，或責備埋輪之舉。然以負薪沉痼之久，加之傷弓懲創之餘，神明眊昏，精鋭銷愞。時有相攻之雀鼠，何怪事繁；豈無當門之豺狼，所慚心腐。深恐速曠官之咎，抑以爲知己之羞。恭惟某官仁義陳於王前〔二〕，風采聞於天下。謂南有杞，北有李，固已得賢而立基；然細爲桷，大爲宗，尚且聚材而建厦。聲氣之所求應，議論之所吹噓。言念孤生，早參諸老。昔接武於鵷鷺行之末，每致嘖言；今服勞牛馬走之間，尚堪粗使。終然闇劣，奚以將明！某敢不懷起廢之殊知，體好生之大德。自憐老子，讀司空城旦之書；深愧近臣，誦雲夢上林之賦。

〔一〕「舍」下原有「人」字，據四庫本删。

〔二〕王前：原倒，據四庫本乙。

謝臺諫

製茅君之羽服，分老空山；被漢使之繡衣，俾行劇郡。衆羡晚涂之榮寵，誰知要地之主盟！伏念某容貌子雲之取輕，骨體虞翻之少媚。名如畫餅，曾不療於飢腸；身若射侯，有無窮之飛矢。自初元之歸節，辱頻歲之予環。朝聞四輩之趣周，夕報一人之毁布。懶如叔夜形骸，漸已不堪；老去仲舒筆硯，非其所樂。不圖暮景，又值明時，解禁錮而起家，駕軺車而入境〔一〕。目擊瀕江之凋瘵，耳聞比屋之嘆愁。囹圄尚有滅耳荷校之囚，郡邑未聞望風解印之吏。恭惟法筵舉揚之義，蓋龍象之共觀；幸添外臺督察之司，豈狐狸之足問！方且恃霜稜而無恐，不然凛冰蹟之易危。茲蓋恭遇某官夷清惠和，蕭剛汲直〔二〕。上更大化，惟一二臣予同；公奮孤忠，雖千萬人吾往。既掃去冰山之黨，首徵還鐵壁之賢。興念陳人，早陪髦士。昔諸老更相稱譽，幾若比周；今殘年落盡皮毛，僅存真實。曲加拉拭，仍備使令。某敢不思復玷之難，體訓刑之旨。高原下隰，方將訪疾苦於民間；廣厦細旃，焉敢望吹嘘於天上！

〔一〕而：原作「之」，據宋刻本、小草本改。

〔二〕蕭：原作「肅」，據四庫本改。

賀謝司諫

龍墀渙號，騎省升賢。司諫七品官，未足爲范君之賀；法筵第一義，皆聳聽滎陽之言〔一〕。當宁虛襟，在廷舉笏。竊以君子之論，常見微而知著；天下之理，有必至而固然。與其蕩沃於已焦爛之餘，孰若芟夷於未滋蔓之始？既寢了翁之諫疏，孰敢攖老蔡之鋒〔二〕；使行獻可之彈文〔三〕，世豈受金陵之禍！瞻言先哲，復見今公。恭惟某官稟岷峨之精英，傳關洛之本統，頃居言責，尤著直聲。屬時督閫外之臣，竊慕下石頭之舉。向微安石，皆倒持手板之人；賴有陽城，倡裂壞白麻之語。雖忤觸貴權之怒矣，然保全名節而去之。及此更張，幡然號召。於惟列聖，每親除耳目之官；厥後柄臣，始私用腹心之客。雲漢之章朝擢，風霜之語夕傳。昔未嘗望車拜金谷之塵，今果能露布破銅山之賊。然而質肅論燈籠錦，或譏後遂無聞；道鄉諫瑶華宫〔四〕，有云事不止此〔五〕。寧一發之爲快，當百鍊而愈剛。公卿幸得遭時，其可孤於明主？諫官如此言事〔六〕，寧不賀於太平？遂自大坡，進持魁柄。某素無實用，浪得虚聲。陶寫性情，時宰疑麥葵之謗；將明倫紀，臺端有粟布之彈。粤從尹氏之秉均，莫曉纍臣之得罪。不圖衰朽，復備使令。良由端人得君之初，興念寒士失職之久。尚能奮發，賡徂徠《聖德》之詩；無復狂愚，作韓子《諫臣》之論。

〔一〕 焭：原作「煢」，據四庫本改。
〔二〕 孰：原無，據四庫本補。
〔三〕 句首原有「剌」字，據四庫本删。
〔四〕 鄉：原作「卿」，據四庫本改。
〔五〕 有：原作「友」，據四庫本改。
〔六〕 官：原作「言」，據四庫本改。

賀劉察院

渙號楓宸，升賢柏府〔一〕。昔飢烏久噤，虚峨獬豸之冠；今鳴鳳一聞，盡革蜩螗之響。福流宗社，喜動縉紳。竊以人臣不可受恩於私門，君子必蚤有譽於天下。永叔責高司諫，猶在館中；了翁忤章雷州，方爲博士。寧遠作夷陵之役，不肯登紹聖之舟。故一朝擢拜於争臣，而萬代仰瞻其名節。不圖今日，復見若人。恭惟某官充直剛大之浩然，兼知仁勇之三者，頃陪英俊，進列師儒。委質爲臣，疇昔非冰山之客；拂衣去國，始終爲鐵壁之人。處之外服而甚安，餌以美官而不顧。自執事爲冥鴻之舉，而諸賢効伏馬之瘖。聖斷赫然，既親攬太阿之柄；公言驗矣，悔不行曲突之謀。遂除緊官〔二〕，俾究前論。衆競遭時而建策，獨思拔本以塞源。況龍象之共觀，何狐狸之足問！去惡如去草，勢惟恐其蔓延；擒賊先擒王，功有加於摧陷。翕然伏第一義之奇偉，繼此有數百篇之開陳。舊史謂諫如丹青，是必本原於仁義；前輩云事皆塵土，特留久遠之功名。不惟霜簡之凝，行見辰猷之告。某羈孤一介，閑廢半生。方寶、紹間，奇禍胚胎於詩案；在端、嘉際，深文掎摭其奏篇。及一相之顓朝，又五年而在野。不圖衰暮，復忝驅馳。良由端人得君之初，興念寒畯失職之久。忝子駿福星之選，愧無補於明時；賡徂徠《聖德》之詩，或可陳於薄技。

〔一〕「升」原作「外」，「柏」原作「相」，據《翰苑新書》續集卷三五改。
〔二〕緊：原作「繁」，據四庫本及《翰苑新書》續集卷三五改。

賀江察院

出綸禁中，執簡内臺。昔虎豹守九關，無怪盈庭之嘿；今鳳凰翔千仞，聳聞瑞世之鳴。廉陛益尊，縉紳相慶。恭惟國家傳十四聖，親擢臺諫多第一流。慶曆之去夏公，首登歐、蔡；建中之變子厚，亦用鄒、陳。當時誦其言語爲蓍龜，後世仰其名節如山嶽。繼先賢而挺出，舍執事其誰歸！恭惟某官擅九牧之名，爲諸儒之倡。出新義於《繫辭》《十翼》之外，研極幾深；追古文於先秦二漢之間，芟夷陳腐。頃在端平之際，早陪賢雋之游。使其雅意於本朝，久矣先居於此座。幾年留落，不肯登紹聖之舟；同志凋零，獨屹立南都之壁。屬者朝更大化，上記孤忠，甫對龍顏，徑峨豸角。謂金陵雖去，奈其徒之護法實繁；況老蔡尚存，恐所仆之黨碑復立。觀奏篇予奪抑揚之際，繫世道理亂安危之分。必不容八元四凶之同朝，必不與六卿三家之共國，必真有昔人存趙之策，必深思前輩祚宋之言。奉白簡以聞，即提綱於三院；宣黄麻而拜，行絶席於百僚。焜燿一時，芬芳千載。某曩接夔龍之武，頗蒙管鮑之知。契闊十期，顛連百謫〔一〕。豈料窮途之不死，獲覩賢路之復亨。訪凝之於匡廬山中，悵莫從於名勝；賀陽城於延英門下，曾不若於武人。第如冰蹟之危，幸托霜稜之峻。固知范老，不嫌守道之狂言；孰謂鄒公，猶待承君之開説。

〔一〕謫：原作「摘」，據四庫本改。

賀鄭少傅

細旃徹卷，孤棘冠班。知我惟《春秋》，既識尊王之旨；弼予亮天地，遂登亞傅之崇。簡冊有光，縉紳相慶。惟綱常之大義，具筆削之一經〔一〕。曰予曰人，辨内夏外夷之分；書叛書盜，除亂臣賊子之心。迨本朝之名儒，掃諸家之詖論〔二〕。然而孫明復所著，莫小試於慶曆；胡文定之説，不盡行於紹興。孰如舊學之宗工，躬閲素王之本指，爰切劘於后德〔三〕，亦扶植於國經。恭惟某官以伊吕王佐之才，抗喬松物表之志。江湖遠引，共高嚴子之羊裘；廊廟重來，依舊孔明之魚水。首延登於保輔，俾入侍於燕間。密勿龍光，敷陳麟史。以天理之二字，蔽聖經於一言。將使夫竊寶玉大弓之徒，皆凛然畏斧鉞華衮之筆。莫如我敬王者，已畢遺編；兹予其明農哉，欲尋初志。乃陟司徒之極品，乃荒勾踐之昔封。方留公旦以經邦，未許甘盤之遯野。傅以德義，老成尤重於典刑；緝於光明，終始有資於教學。重提化筆，峻拜師垣。某側聆制麻，幾折屐齒。子無曲學，素鄙平津之從諛；帝順下風，長即廣成而問道。

〔一〕具：原作「且」，據四庫本改。
〔二〕詖：原作「披」，據四庫本改。
〔三〕「爰」原作「援」，「劚」原作「劇」，「后」原作「厚」，據四庫本改。

除將作監直華文閣謝丞相

郡紱使華，十年迭試；朝班閣職，一旦驟遷。絲毫無蹊徑之扳緣，頂踵出廟堂之啓擬。伏念某虚名作祟〔一〕，實踐有慚。周旋陳元方、鄭康成之間，恍緒言之猶記；交懽丞相平、太尉勃之際，非吶舌之所能。粤從公府掾之免歸，長爲田舍翁而無憾。然猶左符西泝，單傳南馳。上察孤忠，每欲赦虞翻之罪；朝無死友，居多讒韓愈之人。一招一麾，屢起屢仆。屬元台之提筆，由散地而駕軺。發摘技窮，終匪當道埋輪之手〔二〕；平安信遠，不勝高堂扇枕之情〔三〕。叩閽陳宜去之言，席藁拜弗俞之詔。乃若陞華班序〔四〕，寓直圖書，曩梯登九天之難，今帆借一風之便。謂孟博頃嘗出使，慨然登車；念揚雄久不徙官，老於執戟。詎敢望此日翹閣開東之禮，庶幾爲異時墓道征西之題。向非吾相之猶天，誰與鯫生而爲地！兹蓋伏遇某官衛武公之抑，魯儀休之廉，陛下諒其至公血誠，海内目爲鉅人長德。上道揆，下法守，國之所賴以永存；恩己出，怨誰歸，士或不知其密啓。遂令枯朽，亦玷光華。然某將毋不遑，容身無所。暴子蒙繡衣之遺，豈不貪榮；賀監以黄冠而歸，終期得請〔五〕。

〔一〕祟：原作「崇」，據四庫本改。
〔二〕埋輪：原作「理綸」，據四庫本改。
〔三〕情：原作「人」，據四庫本改。
〔四〕陛：原作「陞」，據四庫本改。
〔五〕「而歸」至「得請」原無，據四庫本補。

謝臺諫給舍侍從

厚享薄功，何裨臬事；清資美職，加重使華。端繇要地之吹揚〔一〕，遂動明時之記憶。伏念某南州晚輩，乾道故家，頃濫綴於英髦，俄斥歸於民伍。季布自謂有一譽一毁之人，韓愈亦云無相先相死之友。觚稜浸遠，麾節迭更。中叨虞人之招，輒挂逐客之議。屬逢改紀，復起乘軺。豫章之西，彭蠡之東，乏振揚之風采；廣厦之下，細旃之上，辱比數其姓名。每誦言以雪孝章之誣，乃絶口不洩古靈之藁〔二〕。蓋屢薦而後入，非一嘘之能生。既書新銜，頓改舊觀。玄都君子，解向來種桃之嘲；洛社耆英，容老去戴花之舞。萃此殊尤之寵，華其留落之餘。兹蓋伏遇某官學問本乎周、程，氣節邁乎歐、蔡。身美名，君顯號，多雍容感寤之言；世欲殺，吾憐才，有愛惜裁培之意。念滯迹騣騣其垂暮，俾枯荄濯濯以回春。然某慈母九齡，故山千里。繡衣而使渤海，素無暴公子之風；黄冠而乞鏡湖，竊慕賀季真之舉。

〔一〕要：原作「華」，據四庫本改。

〔二〕古：原作「右」，據四庫本改。

賀鄭少師

登冠貳公，褒崇元老。孤旜茸纛，恨無官之可酬；甲第殊庭，欲有謀焉則就。帝學賴緝熙之益〔一〕，身章焕佩服之珍。載籍罕聞〔二〕，縉紳相慶。竊稽列聖待勛舊之典，非無上公領使弼之榮。然潞國貴極維垣，不過河陽之鈇鉞；紫巖位尊弘化，亦惟長樂之麾幢。乃如致身於帝王之師，賜履於父母之國，度越先朝之故實〔三〕，眷留昭代之耆英，則自生民以來，未有我公之懿。恭惟某官道隆而德駿〔四〕，業廣而功崇〔五〕。粤從挾龍而飛天，忠勞鮮儷；不待審象而求野，望實已孚。勱相端平〔六〕，挽回元祐。至今廟堂經濟之老，皆昔翹館招賢之餘。十年羨衣錦之歸，一旦就安車之聘。爾則告后，方欲咨君陳之猷；予其明農，未可遂周公之志。乃超三少之秩，乃擁元戎之旄。腰方玉以垂紳，卜新圖而考室。問《祈招》於子革，靡所不知〔七〕；設醴酒於穆生，久而愈敬。雖熙寧遇師臣之厚，阜陵眷舊學之深，以昔準今，有隆無殺。錫公千歲，重賡純嘏之詩；以王萬年，光輔太平之業。某屬馳軺傳，聳聽制麻〔八〕，方千贇之滿前，顧一箋之獨後。老文學爲歌頌〔九〕，愧非僕之所堪；辭將相作神仙，願於公而有獻。

〔一〕學：原作「舉」，據四庫本改。
〔二〕罕：原作「眉」，據四庫本改。
〔三〕度：原作「慶」，據小草本改。
〔四〕官：原無，據四庫本補。
〔五〕崇：原作「密」，據四庫本改。
〔六〕勤：原作「邁」，據四庫本改。
〔七〕靡：原作「麾」，據四庫本改。
〔八〕聽：原作「聰」，據四庫本改。
〔九〕學：原作「舉」，據四庫本改。

賀游丞相

播告辨朝，延登真宰。人主之職論相，上方注倚於儒宗；大人爲能格君，公素講明於心學〔一〕。明良胥會，今昔罕逢。歷觀莘渭王佐以來，因嘆漢唐相業之陋。弘談經而阿世〔二〕，崇挾術以救時。彼哉雜霸之淺圖，急於自售；責以敬王之大節，非乃所知。是必道術得聖經賢傳之精微，謀謨與《伊訓》《説命》相表裏，素負海内蒼黔之望，始膺陛下夢卜之求。恭惟某官鍾間氣於岷峨，泝大原於關洛。窮理盡性至命，有作聖之功夫；責難陳善閉邪，積回天之力量。每獨立當雷霆之怒，亦苦口進藥石之言。其告於旃厦也，先大本大經；其著於廊廟也，皆仁心仁聞。久矣有登庸之志，決於辭宥密之時。裕陵敬光，謂他人雖推弗去；仁祖用弼，以近習莫知其名。揚於廷而宣麻，立乎朝而舉笏。先諸老而予環者上之眷，後羣公而當軸者公之謙。兹天命人心去留之本原，亦君德世道轉移之機括。本氣實則客邪去，初着誤則末勢分。艱哉列聖之經營，重矣一身之負荷。在典午未復存，賴王、謝之兩賢；洎建炎初再造，亦趙、張之二老。以今準昔，異世同符。非謂固將享武公之年，何止書汾陽之考。某頃田間之負耒，期閣下之秉鈞，不圖殘年，真有今日。非謂托身於元化，庶幾拭目於太平。章句才衰，無復徂徠之歌頌；旨甘情切，且思陽翟之逃歸。

〔一〕公：原作「心」，據四庫本改。

〔二〕弘談：原作「淡漠」，據四庫本改。

後村先生大全集卷之一百一十九

啓

賀湯司諫

孚號於廷，名官以諫。聖朝無闕事，不待批於龍鱗；天子有争臣，尤急聞於骨鯁。識者相慶，翕然同辭。恭惟國朝，參用唐制，莫要於御史府，莫清於供奉官。誦岑參、杜甫之詩，日趨東省；拜陽城、仲舒之疏，時守延英。向非一代之名流，曷副九重之妙選。恭惟某官淵乎似道，浩然至剛，栖遲樂衡泌之間，徵起遇風雲之會。公每抗論，幸明主可爲忠言；衆亦望風，意山人不樂名利。援禮以杜家臣之僭，奮筆以誅世卿之萌。謂君然後有反坫塞門，謂盜豈容竊大弓寶玉。鄭公所上百奏，莫不切心；陸生每著一篇，必蒙稱善。後宫敬憚於賈肅，貴璫斂避於淳夫。乃冠伏蒲之清班，以旌折檻之直氣。有若仲山甫之補衮，方嘉賴之；欲如种明逸之拂衣，胡可得已！行陟大坡之峻，徑躋兩地之尊。某仄聽出綸〔一〕，不知折屐。幸有要津爲吾輩之盟主，敢以晚節累平生之故人？獻徂徠《聖德》之詩，尚能勉强；作韓子《諫臣》之論，無復激昂。

〔一〕某：原作「其」，據四庫本改。

賀江小坡〔一〕

上同司諫。恭惟某官達知仁勇之三者，塞直剛大於兩間。賢路窒則卷懷而藏，世道清則覽輝而至。奮筆誅陽虎之盜，垂之丹書；鑄鼎圖魑魅之形，究其情狀。謂禄不可去公室，謂國不可有世卿，謂援太阿於人者臣專，謂擁虛器於上者主弱，謂脩、槩分事任於嘉祐，謂鼎、浚並登庸於紹興〔二〕，謂士大夫詎宜作家臣，謂聖天子當自爲英辟。鄭公所上百奏，下同。

〔一〕賀：原無，據前後題例補。

〔二〕浚：原作「俊」，據四庫本改。

賀鄭侍御

涣號廣廷，晉班横榻。古所謂法家拂士，莫如争臣；今不置大夫中丞，遂長御史。贊書初下，輿論交歸。夷考昔賢，有居是職。峨冠叱李義府，仗下皆驚；草奏劾博陸侯〔一〕，廷中咸肅。久矣二公之不作，去之千載而若存。恭惟某官有孟氏養氣之剛，有曾子守約之勇，不繇一介之助，自結九重之知。屬者國有世卿，朝多私黨。士登光範，但知章、蔡之恩；公立上坡，首抗鄒、陳之疏〔二〕。曰厚俗以教慈孝，曰命相以杜覬覦，然後君臣之分嚴，然後父子之倫叙，然後九鼎之勢重，然後太阿之柄還。饜鮑魚於朽腐之餘，在諸人易；縛猛虎於咆哮之際，爲執事難。兹拜雜端，以旌忠直。必有以銷弭異時反覆之患，必有以堅凝前日挽回之功。既三院之徧更〔三〕，風稜尤峻；由中司而大用，典故則然。益進昌言，永扶熙運。某屬叨乘傳，聳聽置郵。在古靈蕖中〔四〕，幸早陪於末至；拜延英門外，獨徂賀於太平。

〔一〕奏：原作「奉」，據四庫本改。
〔二〕鄒：原作「鄭」，據四庫本改。
〔三〕徧：原作「偏」，據四庫本改。
〔四〕古：原作「右」，據四庫本改。

賀謝殿院

出紓楓扆，提綱栢府。古者國有拂士，莫如諫諍之臣；故事臺無長官，尤重雜端之任。贊書初下，輿望翕歸。自昔明目達聰之朝，必用犯顏敢諫之士。有希文、永叔，實開天聖、慶曆之太平；無元城、了翁，誰爲元祐、建中之命脉！偉矣執事今日之拜，凛然羣公先正之風。恭惟某官養孟氏之至剛，聞曾子之大勇。頃峨豸角，親捋虎鬚。舉扇障元規之塵，安能浼我；裂麻阻延齡之相，不亦壯哉！自拂袖觚稜之邊，徑誅茅廬峰之下。屬者負扆收倒持之柄，臨朝思曲突之言，趣歸邇英，俄擢補闕。論蔡新州於題車蓋亭之後，孰不力攻；彈王金陵於入政事堂之初〔一〕，尤其先見。丹心不改，素論愈堅。貴璫咸憚於淳夫，掖庭知有於質肅，皆謂霜稜之勁，宜居風憲之雄。觀三院之壁題，姓名可考；由中司而秉任〔二〕，典故則然。益進昌言，永扶皇極。某屬叨乘傳，聳聽置郵〔三〕。在古靈藁中〔四〕，何幸獲陪於下客；賀延英門外，自嗟不及於武人。

〔一〕金：原作「命」，據四庫本改。
〔二〕秉：原作「揀」，據四庫本改。
〔三〕聳：原作「聲」，據四庫本改。

〔四〕古：原作「右」，據四庫本改。

謝閣學王侍郎薦自代 遂

寶庋優賢，姑慰國人之望；公車引類，誤蒙國老之知。所愧衰年，曷堪盛舉！自唐虞之命元凱，至漢魏之冊公卿。伯益作朕虞，乃欲讓於朱虎；華歆拜太尉，亦乞授於管寧。恭惟本朝薦代之規，尚存古人相遜之意。況公之褒貶嚴甚，而士之軒輊繫焉。如某芳猶菲菲，髮已種種。向來言語，類楚接輿之狂；老去形骸，有哀駘駝之惡。逢人莫不掩鼻，通國無與立談。避謗深藏〔一〕，貪榮浪出。念正始世，嘗聞中朝之金聲；數元祐人，僅見南都之鐵壁。運之隆替有公等在，意所予奪而天下從，何取於兩端空空之夫，欲進之九官濟濟之列！豈憎嫵媚，寧予粗疎。茲蓋伏遇某官性學窮乎天淵，直聲動乎穹壤。坐虎皮，闡新義〔二〕，士所樂聞；執牛耳，主齊盟，孰敢不聽！亦猶歐稱子美，坡獎介夫，求全實難，取節亦可。某年侵耳順，事與心違。回首故棲，未免負鍾山移文之媿；乞骸早退，庶不爲古靈薦藁之羞〔三〕。

〔一〕謗：原作「訪」，據四庫本改。
〔二〕闡：原作「闓」，據四庫本改。

〔三〕古：原作「右」，據四庫本改。

受告謝程中書　公許〔一〕

濫長鳩工，適當鴻筆。寓河洛圖書之直，臯事有光；挾卿雲黼黻之文，綸言甚寵。曾謂至愚之質，併加溢美之褒。歷觀西掖之雄辭，無出東坡之巨擘，衮鉞一語，風雷四方，凡五采之章施，蓋萬口之傳誦。俟利建由江左憲臣而進擢，范子奇以將作大匠而召還，非兩制如金石之不刊，則二人與草木而俱腐。厥今漢詔〔二〕，復出蜀珍。如某者久息影而深藏，忽强顔而浪出。孔戣負二宜去，奚待人言；稽康有七不堪，懼攖世患。至若躐升華序，驟畀隆名，身縻牡駕駒轡之間，敕經鳳閣鸞臺而下。念某江湖流落之久，飾以雲漢昭回之光。昔靈均自言有衆女之余嫉，虞翻遺恨無一人之己知。詎意孤生，親逢殊奬！良由筆端之予奪當，不待身後之議論公。驅馳頓覺於光華，舞蹈不知其嗚咽。兹蓋伏遇某官國之龜玉，學者斗山，文辭獨行於朝廷，言議可著之廊廟。盛德大業，爲歌頌其誰宜；賸馥殘膏，被沾丐者多矣。緑梯初下，皓首尤榮。然某親年愈高，宦情亦薄。上書而乞骸骨，庶幾得竭力於旨甘；函詔以示子孫，焉敢委大惠於草莽〔三〕？

〔一〕公許：原無，據四庫本補。

〔二〕漢：原作「還」，據四庫本改。
〔三〕敢：原無，據四庫本補。

謝王侍郎舉自代 埜

登賢禁橐，有大勳勞；引類公車，不遺故舊。吹噓所及，晚暮奚堪！歷觀昔賢，有處高位，雖得輿而無慚，猶推轂而不休。或評陸遜之才名，宜爲己代；或表錢徽之年輩，謂在臣前。遐哉遺風，盛矣茲舉。伏念某入山林而不密，迫鍾漏而猶存。好事傳訛，記三五少年之作；傍觀責備，笑六十老翁所爲。不能埋輪而立聲名，蓋嘗上疏而乞骸骨。惟論交之再世，況受業而同門。聽輔嗣之金聲，親陪麈尾；得右軍之繭紙，常寶篋中。車笠之勢久分，膠漆之情不改。屬者寵嘉勞舊，登陟論思，運流馬以餉邊，扈屬車而上雍。仰盛世夔龍之遜，必允僉諧；先平生管鮑之交，懼非確論。茲蓋伏遇某官提老師之文印，傳名父之心燈。謂人物眇然，深起乏材之嘆；憫朋友缺矣，首歌伐木之章。既信復疑，以榮爲愧。某摧頹暮齒，感慨盛心。尼父、夷吾，豈果不如於農馬；退之、東野，願爲相逐之雲龍。

回賈制置

驅馳遠使，予環猥被於上恩；獻納近臣，推轂端由於餘論。愧謝函之未貢，辱慶問之俯臨。伏念某誤隨弓旌，起駕軺傳，未免低回以就飲啄，詎能奮發而立聲名！無復着鞭，甘避諸君子之三舍；但思全璧，下從先大夫於九原。子職有虧，使事無補。屢叩閽而引去，忽馳驛而喚歸。葵藿傾陽，戀闕之心固切；桑榆垂暮，循陔之日幾何！雖九重惟行之令已頒，然一介不移之愚難改。只俟黃符之下，即遂斑衣之還。凡此倖踰，出於吹送。兹蓋伏遇某官奮孤忠，敵王愾，出隻手，扶天傾。舍人詩篇，雜杜陵老而無辨；太傅議論，多漢朝儒所未言。有赫赫之功名，尚惓惓於人物。乃如醜質，亦拜好辭。某盥手剥封，滿懷堆感。江雲日暮，何由陪太白而論文；浯石天齊，尚欲繼次山而作頌。

答韓徽州

共理惟二千石，稔聞謡頌之聲；一封奏九重天，聊舉激揚之職。愧納交之甚借，辱執禮之過謙。恭惟某官玉雪雙清，塤篪迭奏。尋昌黎之墜緒，發爲文章；治文公之故鄉，興其仁遜。一洗期會簿書之俗，挽回禮樂教化之風。誦絃月異而日新，襦袴昔無而今有。寧減太倉紅腐之粟，以活旱歲赤窮之民。作牧者多，如侯有幾？輿人誦子産，其誰嗣之；朝廷知弱翁，且大用矣。某早識大馮之半面，晚交小陸之下風。雖結束於行裝，敢蔽蒙於嘉績？公真所謂循吏，蓋博采於僉言；僕雖不及古人，安敢當於私謝！

答池州魏通判

疏渥佐麾，涓剛滌籀。屬時天塹，大爲固圉之防；爰屈時髦，小試康沂之績。先聲攸暨，羣聽已孚。伏惟某官妙質天成，雋名日起。先文靖如山澤之有龍虎，偉矣傑魁；賢公子譬户庭之生芝蘭，居然秀美。早繇内幕，晉列中朝。鵷行方快於九遷，驥足乃煩於再展。人疑支壘，不足題仲舉之輿；上念故家，將親訪魏公之笏。會盼迅召，寧久平分！某自笑滯留，尚叨寅協。向來樞府，蓋嘗屢拜於北平；歲晚郎君〔一〕，儻許重窺於東閣。

〔一〕郎：原作「節」，據四庫本改。

賜第謝丞相

對玉座而乞身，未容還里；賜金丹而换骨，仍使登瀛。雖奎畫之明揚，實化鈞之密啓。寵光百倍〔一〕，辭受兩難。竊以稀闊之舉惟其人〔二〕，遇合之際係乎命。名相如陳正獻〔三〕，僅除元履之官；前輩謂史太師，不了放翁之事〔四〕。魏則終身而長往，陸方錫第而左遷。未有既齒名於皇朝俊造之科，復著籍於上帝圖書之府。是爲異數，當屬奇才。如某者學欠精專，性多遺忘。河陽耕牧，莫能成周南太史之書；汾曲田廬，但欲卒銅川府君之業。其進非由秀孝茂異之選，所望不過國舍虞比之遷。辰獻瞽言，午放細札，兹所謂本朝之曠典，舉而華孤士之一身。黄牒懷歸，絶勝桂生於墳上；青編老去，恍驚藜照於閣中。舊無千佛之姓名，新有羣仙之指點。衆羨致身於清望，獨知回首於欽翹。昔在端平，早陪末至，豈必立定夫於莫雪，居常坐公掞於春風。前以宗伯侍邇英〔五〕，已辱纂脩之薦；後乎秀巖開史局〔六〕，未酬推挽之言。及甄陶歸掌握之中，果位置越拘攣之表。何異加冠巾於澄觀，施朱粉於無鹽。筆硯久荒，忽忝場屋遺才之舉；布韋相語，將有渠觀無人之譏。兹蓋伏遇某官開誠心如武侯，持衆美如房相，謂取士之規模宜廣，謂有司之尺度太拘。育英才在大臣〔七〕，所以儲國家之用；以科第與風漢，得無貽門館之羞？况荒淺未能誦《祈招》之詩，而辨博不足奉帝丘之問，恐干清議〔八〕，徒竊隱憂。某取數過多，受恩罔極。向春風夸得意，非復走馬看花之時；以紀傳易編年，徒有絶筆獲麟之感。過此以往，未知所裁。

〔一〕倍：原作「陪」，據四庫本改。
〔二〕闊：原作「潤」，據四庫本改。
〔三〕正：原作「王」，據四庫本改。
〔四〕放：原作「故」，據四庫本改。
〔五〕侍：原作「待」，據四庫本改。
〔六〕開：原作「聞」，據四庫本改。
〔七〕在：原作「有」，據四庫本改。
〔八〕干：原作「平」，據四庫本改。

謝鄭少師

對玉座而乞身，未容還里。下並同丞相〔一〕。昔在端平，早陪末至，非止稱盛憲之名於九牧，抑且誦杜甫之句於百僚。方吐哺下白屋之時，所傳已廣；及辟穀從赤松之後，此念未忘。生成甚啄菢之勤，位置越拘攣之表。下亦同丞相。兹蓋伏遇某官好善最優，譽髦無斁，謂取士之規模宜廣。

餘並同丞相。

〔一〕「丞相」下原有「至」字，意謂至「昔在」以前文字全同上篇。然既爲小字注，不便與下文連讀，故刪。後彷此。

謝趙知院

露疏乞身，願補南陔之章句；奎文錫第，俾司東壁之圖書。内竊殊榮，外包厚愧。歷觀人物會通之際，因歎書生遇合之難。皇祐諸老力挽聖俞，竟止京朝之授；隆興二樞合薦務觀，亦惟掾屬之遷。未有既齒名於慈恩塔之題，復置籍於羣玉山之頂，是爲異數，當屬奇材。如某者學欠精專，性多遺忘。下並同丞相。衆羨致身於清望，獨知稽首於欽翹。每造膝議延英政事之餘，必極口誦子產游獵之作。奚異加冠巾於澄觀，施朱粉於無鹽。筆硯久荒，忽忝場屋遺才之舉；布韋相語，將有渠觀無人之譏。兹蓋伏遇某官開誠而布公，推賢而揚善。謂取士之規模宜廣，謂有司之尺度太拘。育英材在大臣，所以儲國家之用；以科第與風漢，得無貽廊廟之羞？餘並同丞相。

謝陳大參

露章乞身，願補南陔之章句。下與知院同〔一〕。衆羨致身於館殿，獨知稽首於門闌〔二〕。念昔先君，論交諸老。及細考碑陰之友，誰堪托身後之孤！方槃澗翁居北山，嘗列執經之弟子；今中書君開東閣，未忘受業之陳人。每造膝議延英政事之餘，下與知院同。以科第與風漢，得無貽甄冶之羞〔三〕。餘與前同。

〔一〕下：原作「不」，據四庫本改。

〔二〕門闌：原倒，據小草本乙。

〔三〕貽：原作「貼」，據四庫本改。

賀鄭丞相

制麻播告，揆席登崇。太傅曰三公，特寵初潛之舊；人主論一相，盡收旁落之權。政出廟堂，慶流宗祏。嘗慨君臣之際，莫難心德之同。或親事法宮，莫望其末光；或仰視殿霤，不答於一語。

風雲之會不契，巖石之瞻寖輕〔一〕。所以季然問仲由，冉求謂具臣矣；必若孟子論伊尹，管仲先受學焉。恭惟某官手挾龍飛，力扶鼇斷。初元一變，粹然用涑水之規摹；歲晚重來，見者異潞公之年貌。上欲託國者屢矣，公輒乞身而避之。徜徉孤山，夢寐一壑。屬甘泉之烽踵至，而延英之議背馳，臨朝不怡，當饋太息。孰德望隆重能折遼夏之驕〔二〕，孰心事和平可壹洛蜀之黨〔三〕。艱矣政事堂之任，屹然靈光殿之存。謝傅未起之謂何，甘盤欲遯而不可。必有以易置壞局，斡回危機，扶天下之綱紀文章，繫中國之衣冠禮樂。問朝問左右，咸無異言；惟天惟祖宗，克享一德。方將開紫蓋之運，然後從赤松之游。某進觸悔尤，退安義命。每佩臨別承君之訓，不通平生元城之書〔四〕。然猶聽避新麾，超加美職，託孤危於大化，勉忠孝於暮年。昔誦《狼跋》之詩，常願歸於公旦；今被羊裘而釣，安敢累於君房〔五〕？

〔一〕瞻：原作「贍」，據四庫本改。
〔二〕夏：原作「憂」，據四庫本改。
〔三〕可：原無，據四庫本補。
〔四〕城：原作「旦」，據四庫本改。
〔五〕房：原作「家」，據四庫本改。

二府

播告辨朝，登崇碩輔。上於二三執政，將託國家；公以第一流人，同升廊廟。士心咸附，民聽具乎。竊謂自昔無不和之大臣，矧今有難平之幾事。傅巖之羹，阿衡之鼎，古訓具存；慶曆之車，元祐之舟，先賢深戒。聖矣九重之獨斷，赫然二府之一新。恭惟某官負宇宙之名，凛霜日之節，其言議可以暴之當世，其忠實可以對越上蒼。國家關係以重輕，海内想望其出處。天留之以殿諸老，帝待之尤異羣公。屬者邊庭繹騷〔一〕，廟謨枘鑿。方將彊本，收千里折衝制難之功；是必改圖，自一堂聚精會神而始。决於蓍卜，付以機衡。必調膠弦，必鑑覆轍，必開景運以弭厄數，必實元氣以禦外邪。毋使淮南論漢廷公卿如發蒙耳矣，將見魏人謂江東將相豈下人者哉。遂踐台司，永扶皇極。某頃繇庸品，驟齒名流。叔厚排秦丞相之深，欲聲其罪；子開坐蔡新州而去，乃被此名。孤聖主之睠知，辱明公之汲引。然猶聽辭熊軾，進直義圖，垂魚擁笏以娱親，殺馬毁車而佚老。非管仲將左衽被髮，舉世所憂；使惔輩得長衣清談，緊誰之賜！

〔一〕庭：原作「遽」，據四庫本改。

除秘撰閩憲謝丞相

白髮奉親，安於綿隱；皇華遺使〔一〕，榮甚繡行。向非大臣之育材，誰念小人之有母〔二〕。强顏承乏，稽首歸恩。伏念某屬者重來，出於屢薦。由任子錫科第，若隆興寵務觀之時；不旬月掌贊書，用元祐待坡翁之事。僕無他謬巧以速化，公有大力量以曲成〔三〕。方舉國勇於去凶，而當宁聽其謝事。詞臣援綦叔厚請暴揚老檜之姦，言者疑曾子開無忿嫉新州之意。孤明主殊常之遇，累師臣平昔之知。一自退藏，數爲啓擬。靈均去國，至煩上帝之下招；禹錫得州，難强大人而俱往。遂進隆名於中秘，就陳臬事於外臺。庭闈喜而加餐，鄉井詫其創見。叱馭爲忠臣，回車爲孝子，慨兩全之實難；按事者刺史，飲酒者故人，要並行而不悖。服勞伊始，辱命是憂。兹蓋伏遇某官赤舄之歸方新，緇衣之好逾篤。温公除吏，莫榮子駿京東之行；文正憐才，不奪大年陽翟之志。恩侔卵翼，報蔑毫釐。某敢不采問風謡〔四〕，平反幽枉〔五〕？諭指蜀道，素鄙相如之誇；回首渭濱，不無杜老之戀。

〔一〕使：原在後文「向非」下，據四庫本乙。

〔二〕念：原作「个」，據四庫本改。

〔三〕公：原作「工」，據四庫本改。
〔四〕問風：原倒，據宋刻本、小草本乙。
〔五〕幽：原作「齒」，據四庫本改。

謝三府

既還親舍，綵戲甚懽；就建臬臺，繡行尤寵。初服勞於原隰，首叙感於欽翹。伏念某拔起諸生，遭逢明主。賜梅聖俞、王平甫以科第，號爲異恩；擢王嘉叟、韓無咎於掖垣，出於獨斷。每因宴見，必竭愚忠。及頒鬼質之除書，屢獻瞽言而駁議。衆女謡諑，孰知賤妾之心；天王聖明，卒赦纍臣之罪。親年逾耄，宦意漸闌。辭予環恐有後至之誅，叨剖符又無俱往之理。敢圖廊廟，察王陽畏九折之塗；不出里閭，俾相如馳四乘之傳。吏民除道，賓客滿門。足展丈夫之雄，可謂書生之遇。方將教萬世爲人子者，豈曰使四方無僕輩乎！兹蓋伏遇某官懷仁義以敬王，躬勞謙而下士。興念萍蓬之跡，方爲菽水之謀，廼命孺文按事而稱刺史，庶令夢得有辭以白大人。雖竊便安，未知報効。某敢不博詢粤俗，恪布漢條？露綬而歸會稽，陋買臣之得志〔一〕；攬轡而清冀部，希孟博之餘風。

〔一〕買：原作「賈」，據四庫本改。

謝侍從給舍

綵服承顔，便於晨省；繡衣將指，華以晝行。繄遠士之超踰，繇近臣之吹送。伏念某頃趨嚴召，誤簡聖衷，稱奬形於堯言，選擢出於羲畫。謂德裕少而力學，不試有司；謂仲舒文有古風，最宜爲誥。偶逢明主之前席，敢着時賢之先鞭？每侍華光，畢陳芹曝，但求事濟，奚必人知！據李大臨、宋敏求所見而爭〔一〕，上爲反汗；被曾子開、彭器資之名而去，誰與辨誣！亦既退藏，數蒙記憶。雖身有驅馳之志，然親臨喜懼之年。尚察至情，就膺隆委。終南別墅〔二〕，免違种母之訓言；長樂安輿，遂用蔡公之故事。自謀不過如此，何德可以堪之？茲蓋伏遇某官筆橐之班已穹，車笠之情未改。念王陽畏九折阪，出於真誠；使相如乘駟馬車，極其尊寵。榮親則可，稱職實難。某敢不圖報恩私，益肩忠孝？咨諏而獲五善，躬原隰之微勞；平反所活幾人，奉庭闈之一笑。

〔一〕所：原作「新」，據小草本改。

〔二〕墅：原作「野」，據四庫本改。

除秘書監謝丞相

餘哀未釋，遂空萱草之堂；新渥驟加，俾長芸香之閣。身獨先諸人而起廢，衆皆云元老之憐才。伏念某忝乾道之故家，陪端平之髦士。百僚之上荷丈人於甫甚真，四海之人謂相國知愈之至。然而動多跋疐，凡幾招麾。去來不翅雙鳧乘雁之微，晚暮乃逢一馬二童之入。放翁賜第，蓋舊學開燕之言；嘉叟掌綸，尤先朝稀闊之典。雖明揚於睿晝，實密啓於細旃。方置身漂摇而未安，賴有物驅逐而使去。及夫再調鼎弦，重遺弓旌。子欲養，親不留，誦斯言而永慨；臣雖老，卿尚少，嗟此念之久灰。敢圖英袞之精明，俯記祥琴之歲月。黄紙猶濕，青氈復還。謂瀛州學士之登，昔以傳爲嘉話〔一〕；如鏡湖狂客之去，豈宜見於盛時！力推挽於陳人，使追隨於羣彦。兹蓋伏遇某官陽休而山立，春育而海涵。給札而來〔二〕，廣館閣儲才之意；乘槎者衆，洗渠觀無人之譏。雖已爲丘壑之謀，尚唤起鈞天之夢。而某目眵頭白，心在力疲，外竊殊榮，中包厚愧。映藜而校天禄，顧博洽之有慚；戴花而老洛陽，或風流之可繼。

〔一〕傳爲：原作「爲於」，據《翰苑新書》續集卷三四改。
〔二〕札：原作「禮」，據《翰苑新書》續集卷三四改。

諸府

陟屺餘悲，未能出户；登瀛高選，趣使起家。斷無他謬巧干澤之謀，得非大造化噓枯之力！伏念某空疎一介，迂闊半生。經賨、紹排推擯斥之餘，光陰已晚；處端、嘉離合向背之際，心跡甚明。偶爲前度桃花而來，未嘗三宿桑下而去。晚自遠方而賜對，忽叨明主之異知。驟竊人間清望之官，若待天下名勝之士。羣仙指點，將竦身碧落之邊；五鬼揶揄，又失脚青雲之上。去國再閏，居廬三年。須召節則苦陳令伯之情〔一〕，訪史事則莫奉倚相之對。甫更素韠，已畀青氈。《蓼莪》罔極之哀〔二〕，久而逾切；蒲柳先零之質，憊矣不任。蓋嘗力辭，竟未報可。森然羣玉，長以大蓬。前代有虞、賀諸賢，翰墨傳於簡冊；近世若楊、陸二老，文字粲如日星。今乃登醜石於圭瓚之叢，奏破釜於笙鏞之列，恐士竊笑，爲時起羞。茲蓋伏遇某官以翕受爲廟謨，以樂育爲己責。招延者衆，既並致於欽翹〔三〕；拔取其尤，俾朋來於渠觀〔四〕。自憐遲暮，亦際休明。而某記誦都忘，精華已竭。上思纂史，愧未能一措詞其間；僕既細書，安敢犯三及門之戒？

〔一〕苦：原作「若」，據小草本改。

〔二〕莪：原作「峩」，據《詩經·蓼莪》改。

〔三〕致：原作「敞」，據翁校本改。

〔四〕來：原作「末」，據小草本、翁校本改。

臺諫

取數浸多，以大蓬而入館；秉心不固，類小草之出山。垂老彈冠，由公推轂。伏念某爵羅舊族，蟲篆觚生。方寶、紹間，蓋三仕而三黜；及端、嘉際，復一招而一麾。了無宿桑下之心，不記夢蕉中之事。晚叨天奬，親洒奎文。起徒步而近紅雲一朵之邊，遭逢之幸如此；不旋踵而墮青溪千仞之底，乘除之理則然。迨予環而復招，迫扇枕而不至。旋罹艱棘，尚辱訪咨。《祈招》不知，倚相豈爲良史；祥琴雖御，子夏猶有餘哀。況帝所之木天，比仙家之蓬島。領袖之選，縉紳所榮。賀季真一代風流，擅名於天寶；陸放翁四朝耆舊，特起於慶元。既慚前修之典刑，徒累先達之汲引。兹蓋伏遇某官嫉惡之辭嚴甚〔一〕，嘘枯之意盎然。國有訏謨遠猷，必昌言於諫紙；士或寸長片善，常密啓於細旃。力援滯蹤，俾塵華選。某冥行不止，孤立易摇，恃霜威以自安，庶晚節之可保。南史執簡，愧無直筆之遺風；西洛戴花，竊慕耆英之高致。

〔一〕官：原無，據小草本補。

復右文殿修撰提舉明道宮謝丞相〔一〕

貴權交口，議汝瑕疵；君相包荒，復其玷缺。捧黄書而驚悸，攬雪涕之滂沱。伏念某頃逐弓旌〔二〕，輒陳蠡莞。士或攻上躬以爲直，竊懷食芹之小忠；衆皆詆舊傅以立名，獨感翳桑之一飯。固非委曲遷就以求合，庶幾從容諷議而挽回。及羣啄之紛紜，懼本心之迷繆，間因論建，稍自激昂。謂乳臭小子爲法從羞，謂墨勅斜封非盛世事。謂杜祁公號稱賢相，惟不久於中書；謂李公擇可爲版曹，何必拘於能吏。以至直前之密奏，力陳覆出之隱憂。寧焚藁而畏人知，欲還笏而致君事。召歸於善類散羣之後，固莫噬臍；逐去於元老忘恙之時，曷嘗濡尾。夫何薄命，屢有嘖言。既奉身而歸，猶吠聲未已。堯夫深藏元祐役法之議，付之忘言；了翁虚作四明改過之書，誰其知我！賴元宰念欽翹之舊，察纍臣遭謡諑之誣〔三〕。由其孤立壹意而行，素無黨援；較之兩來三變之類，似有等差。鞶褫尚新，氈還甚速。兹蓋伏遇某官東山公之華緒，紫巖相之後身。以孤忠結聖主之知，舉而託國；以一謙得天下之士，鮮不及門。乃如癃殘，亦借光寵。某顛毛霜皓，榮念冰澌。筆研俱焚，無復有藏山之史；犂鋤稍倦，猶能爲擊壤之歌。

〔一〕殿修：原無，據《翰苑新書》續集卷三九補。

〔二〕逐：原作「遂」，據小草本、翁校本改。
〔三〕纍：原作「累」，據小草本改。

賀董丞相

播告辨朝，登崇真宰。敬王如我，非道不陳於前；夢帝賚予，爰立而致諸右〔一〕。福流宗社，喜溢堪輿。嘗合炎、紹諸老而觀，莫如趙、張二公之懿。良由沿關洛而遡洙泗，續先儒絕學之傳；故能膺戎狄而懲荆舒〔二〕，開有宋中天之業〔三〕。萬古有光於史冊，百年復見於矩堂。恭惟某官蘊兩朝開濟之心，兼四代禮樂之事。肯出於江都相，素漸三策之淵源；生後於武夷翁，實受四書之付托。所謂識其大者，詎肯斲而小之！臨邊號文武威風之臣，在廷爲魁壘骨骾之老。與三豸俱去，竈婢亦驚〔四〕；及一馬重來，都人太息。遂升廊廟，歷秉鈞樞。敵無佛貍飲江之謀，國有猛虎在山之勢。屬者改調膠柱，密覆金甌。孰克享天心，孰能熙帝載。孰尊王賤霸，發明《春秋》一統之言；孰修身齊家，踐履《大學》九經之序。或朵頤以舐丹鼎〔五〕，上注意而出白麻。垂紳之流，舉笏以賀。必開泰道〔六〕，以聚人材之渙散；必建皇極，以平國論之黨偏。必正朝廷以及百官，必合宮府而爲一體〔七〕。昔思、軻生末造，不爲明君所知；房、魏開太平，莫奉明主之問〔八〕。仰惟今天子之聖，輔以大宗師之賢，如公遭逢，亘古稀闊。某五窮不去，百毀所歸。上書而雪孝章，昔有北海；納官而贖李白，今無汾陽。聞英衮之顯朝，與老農而擊壤。乞黥刖以成後史，事有不然；刻金石而頌中興，老猶堪勉。所爲欣忭，莫罄揄揚。

〔一〕右：原在下句「福」下，據《翰苑新書》續集卷一乙。
〔二〕「膺」、「懲」二字原互換，據《翰苑新書》續集卷一乙。
〔三〕宋：原作「榮」，據《翰苑新書》續集卷一改。
〔四〕「亦」下原有「口」字，據《翰苑新書》續集卷一删。
〔五〕舐丹鼎：原缺，據《翰苑新書》續集卷一補。
〔六〕道：原無，據《翰苑新書》續集卷一補。
〔七〕宮：原作「官」，據《翰苑新書》續集卷一改。
〔八〕莫：原作「其」，據《翰苑新書》續集卷一改。

賀程樞參

涣號九天，升賢兩地〔一〕。出於獨斷，甫進斡於斗樞；曾不淹辰〔二〕，遂參調於台鼎。寵數之異，古今所無。歷觀列聖之弼臣，皆選一時之人望。慶曆拜希文、彦國，嘗課以事功；熙寧擢閲道、子方，蓋取諸諫争。偉明公之大用，與諸老以同符。恭惟某官材全而德不形，任重而道亦遠。山立玉色，未易麾之去而招之來；矢直冰清，尚且端不已而澄不止。偏居言責，獨結睿知。彼甘爲貴臣之爪牙，公不負天子之耳目。露章映雪，欲還攀殿檻之人；霜簡指陳，多及掃權門之客。論思以後，封駁尤甚，偃月之謀雖深〔三〕，廻天之力愈勁。帝問諸在朝在野，翕然曰賢；朕有臣同德同心，舉而託國。以臺萊立基爲喜，以鞭靴及門爲羞，以近習之大服爲内憂，以諜報之斡腹爲外懼。衮衣見千贅，共忻翹館之開；黄麻以六經，行對頭廳之拜。某晚而浪出，竟以沃歸。老生實坐言語之疎，取疑於絳灌；時賢逆探心術之隱〔四〕，見比於荆舒〔五〕。兹逢碩輔之登庸，儻出餘齡於廢錮。濃墨大字，愧無頌聖德之詩；蒼眉皓髯，羞作問大鈞之賦。

〔一〕升：原作「外」，據小草本改。

〔二〕辰：原作「衣」，據翁校本改。

〔三〕謀：原作「期」，據翁校本改。

〔四〕隱：原作「憂」，據小草本改。

〔五〕舒：原作「館」，據小草本改。

賀蔡樞密

明揚時望，超秉事樞。天生五材，古無去兵之理；國重九鼎，今有折衝之臣。簾陛益尊，縉紳相慶。自昔大儒之後，率多名世之英。然韋齋之有文公，纔登法從；榮陽之傳太史，僅止庶僚。孰如慶元之聘君，篤生寶祐之賢佐〔一〕。恭惟某官達知仁勇之三德，塞直剛大於兩間。先師傳人，前惟西山之一老；象賢繼世，後有存齋之二難。其遺佚阨窮，卒不少施；故磅礴鬱積，鍾爲餘慶。公之所立，世所共知。論戚宦則劉向、周堪，爲師儒則陽城、韓愈。鳴鼓攻大京兆，翩然出關；舉幡送小司成，至於空學。帝馳急驛而召，士喜久軒之來。造膝格君心之非，苦口規朝政之闕。諫書每出，紙價輒高。冠於曳履之班，託以主鬯之子。蘇氏謂士有密友，與通心腹之謀；孟子嘆王無親臣，孰任股肱之寄。陪廊謨之密勿，占相業之權輿。舜韶以一夔而諧，漢儲以四皓而建。節將以度而輿疾斂手〔二〕，勛貴以綰而撤樂減騶。彼有人未可圖，天塹奚施於馬箠；儒無敵安得削，舊疆行返於龜陰。某迫懸車之年，負盈篋之謗。江淹筆、丘遲錦，深悔昨非；黔婁衾、太丘巾，豫爲終制。覩風雲之際會，感歲月之蹉跎。一返田廬，久疏記室。辟纑織屨，已爲於陵仲子之歸；右衽巍冠，要亦江左夷吾之賜。

〔一〕寶：原作「賢」，據翁校本改。
〔二〕節：原作「即」，據翁校本改。

後村先生大全集卷之一百二十

啓

除明道祠謝丞相

斷斷不可，既遯於荒；皇皇何之，復歸於亳。醜矣暴揚之惡，仁哉啓擬之言〔一〕。伏念某曩叨詞臣，謬掌書命。間嘗斷臂不草，屢封還而力爭；向使運筆如飛，必根著而勿去。迨纍徵而後至〔二〕，復三黜而徑歸。以暮齡垂盡之身，受浮議無窮之責。謂大年厚萊相，敢不披襟而當；誣子開黨新州，似匪平心之論。况專攻滄洲過闕之疏〔三〕，不參考四明改過之書，妬由入宮而生，事待蓋棺而定。敢意公初當國，僕首起家。或奉白簡以聞，請誅無赦；誰曰緇衣之敝，改造如初。自笑衰陳，飽諳閑散，凡九祝帝堯之壽，亦三典老聃之祠。已迫崦嵫，尚勞坱圠〔四〕。兹蓋伏遇某官持至公以詔黜陟，建大中以平黨偏。謂古者之待老更，有祝鯁祝饐之禮；念孤生之絶庖廩，推繼粟繼肉之恩。苟貪飲啄之便私，寧免鈍頑而鮮耻？某身謀已決，官簿宜休〔五〕。陪平津閣之游，既無路矣；可神武門之奏，終有望焉。

〔一〕哉：原作「矣」，據小草本改。
〔二〕徽：原作「徽」，據小草本改。
〔三〕洲：原作「州」，據小草本、翁校本改。
〔四〕坱圠：原作「抰比」，據小草本改。
〔五〕薄：原作「薄」，據小草本改。

謝二府

時賢嫉惡，暴逐客之宿愆；明主憐才，賜散人之舊號。省循顔厚，啓擬恩深。伏念某隆、乾故家，海嶠孤士。蚤從前輩，頗徧參於諸方〔一〕；晚畏後生，常謹避於三舍。既掃空言語文字之習，且蜕離是非争奪之場〔二〕。率丁壯以聽里胥亭長之指呼，執民禮以奉太守長官之條教。雖漢庭之論不可光禄勳，然畏壘之民竊賢庚桑子。一叨起廢，復有攻瑕。謂郡國切齒伯高，謂公卿仄目轅固。但見寢除書之速，罔知汙諫紙之由。人亦有言，汝何無罪！果如白簡，雖逭纍臣之誅；猶着黄冠，俾祝聖人之壽。非賢弼和鹽梅之味，則鯫生蹈齏粉之危。兹蓋伏遇某官謨畫當於帝心，予奪付之公議〔三〕。已處臯夔之任，未忘管鮑之交。陪瀛州學士之登，怳周旋於曩日；念絳縣老人之辱，稍存問於高年。久矣絶糧，忽焉繼廩。某宦情已謝，官簿可稽〔四〕。杜甫不忘君之忠〔五〕，寧無顧戀〔六〕；蚳鼃致爲臣而去，終賴開陳。

〔一〕徧：原作「偏」，據小草本改。
〔二〕埸：原作「腸」，據小草本改。
〔三〕付：原作「廢」，據小草本改。
〔四〕簿：原作「薄」，據小草本改。
〔五〕「忠」下原有「厚」字，據小草本删。
〔六〕無：原作「有」，據小草本改。

賀抑齋元樞休致

拜疏不休，出綸報可。眷懷濃甚，方將賜几杖而朝；高興浩然，必欲掛衣冠而去。居然爲萬代之瞻仰，何止聳一時之見聞。竊以明哲保身，首播風人之咏；耆耄不謝，難逃史筆之譏。在下者姑爲膂力既愆之言，在上者曲示禮貌未衰之意。或飯斗米而被甲上馬，或含兩齒而仗鉞秉旄，或晚從貞觀度遼之行，或老受永平臨雍之拜〔一〕，或病留銅柱，或卧載輜車。子房赤松之遊靡諧，謝傅東山之志不遂。如公此舉，曠古所無。恭惟某官受四書於紫陽，傳一編於黄石。武侯定亂，南人敢復反哉！范公行邊，西賊嘗寒心矣。大勳藏於盟府，一德格於皇天，平挹魁柄而不屑爲，就加晝綉而莫能强〔二〕。物外之高人勝士，羡洪崖之拍肩；邊頭之驕將武夫，爲汾陽而屈膝。主宗、雷之净社，携劉、白於午橋。身逸一丘，眉攢萬國。煙霞之痼滋甚〔三〕，雲漢之章莫留。辭使相，脱孟勞，晚節何慙於前輩；拜太師，扶靈壽，平生深鄙於若人。以脱粟易堂厨，以深衣代公衮。山無怨驚之猿鶴，家有停峙之鵠鸞。南極老人之星，端門重現；西洛耆英之會，畫史競傳。汗簡有光，眉壽無害。某抽身雖久，絡首猶存。包若撻之深羞，恨還笏之不勇。奉表神武門之下，亦欲効顰；望氣函谷關之西，庶幾聞道。所爲爵躍，聊寓蚓鳴。

〔一〕平：原作「年」，據小草本改。
〔二〕加：原作「如」，據小草本、翁校本改。
〔三〕滋：原作「兹」，據小草本、翁校本改。

回洪提刑

綸出九重，繡行七聚。當霄漢立，竦然瞻雙節之來；歸田園居，耄矣喜一枝之託。乃馳悪札，以俟皇華。恭惟某官蹈君子之中，通天下之志。洊更事任，同進者視爲耆舊之人；猶有典刑，不識者知爲忠文之子。了無附麗，自致顯榮。植立視前一輩而有光，建明多諸老生之未發。入則在端人之目，出亦展丈夫之雄。持國不屑儒科，然齊名於伯氏；了翁雖爲宰士，靡求合於相君。補外之時常多，居中之日絶少。尚且抗章歸節，舉扇障塵。謂范、吕解仇，酷匪先公之志；況聃、非同傳，寧逃後世之譏！挽之不留〔一〕，壯哉此舉。以漕易臬，繇湘入閩，不設鉤距而情僞知，未嘗鷙搏而雄狡服。蓋得之獨立過庭之際〔二〕，固異乎奮髯抵几之爲。皇遣使臣，雖曰遠民之吐氣；國無君子，豈勝善類之寒心！旒眷方濃，鋒追不遠。某別踰一紀，老厭百罹。豈有文章，積困謗傷之久；本無名節，矧遭罥擭之餘〔三〕！不圖攬轡之名卿，尚記飾巾之病叟。有時清夢，傍謫仙落月之邊；何幸殘年，在子駿福星之下。所爲爵躍，聊寓蚓鳴。

〔一〕挽：原作「挩」，據小草本改。

〔二〕過庭：原倒，據小草本乙。

〔三〕罥擭：小草本、翁校本均作「描畫」。

賀賈丞相

鹿磯凱奏，鴟閣衮歸。古志有之，平戎受上卿之禮；玉音喜甚，却虜皆右相之功。妖祲一空，皇圖再造。竊以國於天地，江限北南。若去秋偷渡之狡謀，乃亘古亂華之巨變。昔我恃方城、漢水，可據險而蹙之；今彼越夏口、武昌，將順流而下矣。向非武侯羽扇麾軍而至，寧免辛有被髮爲戎之憂？捷書之來〔一〕，魁柄焉往！恭惟某官孕赤城之間氣，傳黄石之一編。江淮晏清，繄誰力也；荆蜀危急，行或使之。彼欲因而逞杜郵之讒，此已慨然泝瞿唐之險。既奠井絡，甫還渚宫。鳴於地〔二〕，舞於樓，忽屬城之告警；屨及堂，劍及寢，先羣帥而啓行。相且躬臨，士皆死戰。鄂雖全璧，虜欲攻瑕。耕内地爲度夏之謀，踐數州如無人之境。王命召虎，於方國以於宣；天生李晟，爲社稷非爲朕。盡下襄、樊之甲〔三〕，親當輿、壽之鋒。或執訊獲醜而來，或剖腹輿尸而去。成先太師經濟之初志，慰今天子夢卜之渴心。萊公殪撻覽於澶淵，力扶景德；魏國走劉麟於淮右，光輔紹興。必能祈天命於億萬年，必以收人心爲第一義，必扶持公議，必號召端人。繡裳斑衣，遂迎親而就養；命圭相印，恨無官之可酬。某少參諸老之見聞，晚困後生之描畫，三鍾絶支離之粟，隻字無子公之書。上方聽於相君，公頗哀於老子〔四〕。篤累世通家之舊，拔二雛選調之中。恩斯勤斯，至矣盡矣。念已侵於鍾漏，非自外於陶鎔。曩求挂神武之冠，見嗔時宰；今喜秉中書之筆，不屬他人。懇切由衷〔五〕，庶幾從欲。

〔一〕之：原作「而」，據小草本改。

〔二〕嗚：原作「鳴」，據小草本改。

〔三〕甲：原作「申」，據小草本改。

〔四〕老：原作「公」，據小草本改。

〔五〕懇：原作「慨」，據小草本改。

除寶學知建寧謝丞相

重金甚寵，奚補明時；全璧而歸，有光晚節。疏遠別無於奧援〔一〕，始終盡出於元台。銜此殊知，滂然感涕。竊以大年遇景德之主，返陽翟而居；坡公當元祐之朝，辭禁林而出。觀諸老先生之勇退，雖聖君賢相而莫留。如某者本乞挂冠，適逢歸衮，起牛背而升法從，鳴蚓竅而爲詞臣。上諭指侯王〔二〕，猥俾視相如之詔草；公告成江漢，渠能作吉甫之頌詩。問其官則取數過多，使之年則踰七望八。居每憂於濡尾，去何待於淋頭。玉音既諒其至情，金口重爲之密啓。惟良共理，非龔、黄循吏之倫；乃賡載歌，真稷、禹輩人之語。傾都謄寫，擁路聚觀。昔畫史圖疏大夫之歸〔三〕，文公序楊少尹之去。久無繼者，榮又過之。兹蓋伏遇某官再造皇家，博開翹館。仰卧龍之望重，翕若攀鱗；憐老馬之力疲，解其絡首。委曲不違於物性，甄陶倍費於化工。某敢不敬白松楸，詩傳桑梓？免漏盡夜行之謗，逃筆誅晚謬之評。恩等所天，巧爲之地。華子岡，輞川口，幸可安老夫之身；終南山，清渭濱，尚有懷大臣之意。寸丹所藴，副墨未周。

〔一〕奥：原作「粤」，據小草本改。
〔二〕諭：原作「論」，據小草本改。
〔三〕昔：原作「音」，據小草本改。

謝三府

露奏引年，光陰無幾；奎文優老，寵數有加。通西清學士之班，需南國諸侯之次〔一〕。靖言超躐，端自開陳。伏念某忝乾道之故家，際端平之親政，徑由卑冗，寖歷高華。愧匪先賢，誤承明之三入〔二〕；偶然後死，恍靈光之獨存。景運接陳橋之庚申，殘年踰絳縣之甲子。顧雖久廢〔三〕，亦辱旁招。入陪細旃，出扈法駕。書行惟謹，了無前輩之封還；播告之修，未必武夫之感泣。況有七不堪之病，力陳四宜休之言，親灑昭回，曲全進退。懷九齡之扇而去，有二疎之金可揮。林下消搖，佚八十之遺老；榻前啓擬，賴二三之大臣。致此榮光，集於衰朽。茲蓋恭遇某官儲才於夾袋，好賢如緇衣。謂王吉本不來，既趨嚴召；憐毛穎老而秃，不可苟留。全璧而歸，播鈞之賜。某以大耋之聱叟，爲太平之幸民。筆硯已焚，衣裳亦懶。懷翁子綬，本無意於郡符；挂弘景冠〔四〕，終有祈於堂判。

〔一〕次：原作「化」，據小草本改。

〔二〕「明」下原有「主」字，據小草本删。

〔三〕雖：原作「猶」，據小草本改。

〔四〕挂弘：原作「宏挂」，據小草本改。

致仕謝丞相

散地引年，上价藩之符竹；清朝優老，陟奎閣之圖書。遂孤生全璧之心，皆上宰播鈞之賜。竊以弘景挂冠而去，隱居華陽；白傅懸車之餘，醉吟洛社。彼皆强健，自請退閑，用能竹帛流傳，丹青模寫。如某者螭頭一斥，牛背十年。迨讒舌睍消，已顛毛雪白。蒐羅首及，適逢赤舄之來；器遇有加，不改緇衣之好。槖班驟進，桑蔭未移。每於恭敬早朝之間，常恐隕越天威之下。荷元台之造膝，言病叟之乞骸。太守懷綬而歸，與朱買臣而奚異；丞相爲詩以勸，又疏大夫之所無。然衰羸未易扶持，加眇跛不能視履，炊粱已熟，戀荳自如。非累疏籲天，冀興憐於大耋；是四維掃地，尚得謂之全人？方席藁以俟誅，俄璽書之報可。士知足知止者少，墜諸淵而未休；公成始成終之難，死於門而無悔。茲蓋伏遇某官疆四境之戎索〔一〕，主諸賢之夏盟。謂老生久陪翹材館之游〔二〕，及晚節屢拜神武門之表。昔恐謗傷之媒孽〔三〕，或者矯情〔四〕；今無怵迫而哀鳴〔五〕，出於真意。曲爲之地〔六〕，恩等所天。某敢不息交絕遊，回光反照？九年病三年艾，以身事而付醫；百畝田五畝桑，願力耕而奉上〔七〕。

〔一〕境：原作「燒」，據小草本改。

〔二〕「生」原作「時」，「材」原作「林」，據小草本改。

〔三〕謗：原缺，據小草本補。又「傷」下原有「金」字，據小草本刪。

〔四〕矯：原作「嬌」，據小草本改。

〔五〕怵：原作「休」，據小草本改。

〔六〕曲：原缺，據小草本補。

〔七〕「耕」下原有「於」字，據小草本刪。

謝執政

八十老翁，懇求謝事〔一〕；二三執政，啓擬曰俞。佚半生擾攘之勞〔二〕，由一元亭毒之妙。竊以景仁告老，爲新法之紛更；永叔歸田，以後生之描畫。皆緣齟齬，始決退休。如某者本乾道故家，忝端平朝士，中罹毀鬲，晚際休嘉。受聖君賢相之異知，諫行言聽；與諸老先生而並進，志合道同。了無纖芥之嫌，實迫桑榆之景。欲潤色則江淹之才已盡，持議論則師丹之性多忘。自覺癃殘，難貪華近。力辭曳履，依然疾疢之乘衰；獨有挂冠，或可須臾而無死。雖玉座照知其懇欵，亦黄扉委曲以開陳。兹蓋伏遇某官主多士之齊盟，壽本朝之元氣。昔陪成周太常伯〔三〕，嘗尾英躔；今念元和一漁翁，曲全晚節。許刊官簿〔四〕，進直寶儲。某敢不懺悔昨非，研尋舊學？膏肓泉石，敢自附於幽人；臨履淵冰，庶知免夫小子。

〔一〕懇求：原作「慨懇」，據小草本改。

〔二〕擾攘：小草本、翁校本作「紛擾」。

〔三〕「成」原作「陳」，「常」下原有「之」字，據小草本改刪。

〔四〕簿：原作「薄」，據小草本改。

與馬中書

臣罪多矣，初服之反已遲；王言大哉，華衮之褒溢美。外觀多以爲過〔一〕，内省怳然若驚。亦既欽承，敢忘私謝？竊以遷史退徇財徇名之士，聃書貴知止知足之人。昌黎序揚侯之歸，宛如圖畫；坡老賀歐公之去，方之聖賢。必有若人，乃當此作。如某者童而承學，老未捐書。當世大宗師，嘗聞餘論；諸方善知識，亦頗遍參。遭遇休明，周旋華近。大不能陪輔朝廷之遺忘，小不能粉飾臺閣之典章。方席前宣室之時，入對屢承於顧問；及扇賜曲江之際，外遷未忍於棄捐〔二〕。豈不慕君，自傷垂老。雅志懸安車於田里，優恩陟寶皮於雲霄。夫何槃澗之遐踪，尚費涌泉之傑思。兹蓋伏遇某官氣禀芝山筆鋒之秀，文在盤洲、野處之間〔三〕。雖車笠之勢已分，然膠漆之情不解。僕名浮於實，已安鷄窠老翁之棲〔四〕；公擬非其倫，恐累鳳閣舍人之筆。流傳寖廣，踧踖靡安。某雖甚疲癃，猶思强矯。飾巾待盡，不復彈今代之冠；扶杖願觀，尚喜聽後元之詔。

〔一〕觀：原作「咼」，據小草本改。
〔二〕遷：原作「邊」，據小草本改。
〔三〕洲：原作「州」，據小草本改。

〔四〕棲：原作「捷」，據小草本改。

回林中書

老人星移〔一〕，疏求謝事；聖恩天大，詔許明農。掩生平瓦毀之羞〔二〕，繇名勝玉成之力。伏念某生髮未燥，努力自鞭。爲小文章，參大知識。靈均憔悴，惜往日欻緒風；天王聖明，迥末光照薄暮。詞臣當如原父而居慙思澀，講師當如晦叔而自覺語繁。久據要津，大妨賢路。雖御手調羹，龍巾拭吐，忝儒臣之至榮；然女愛極席，男歡畢輪〔三〕，亦古人之深戒。力辭禁甬，歸葺隱棲。身已投閑，病猶不恕。廻骸起死，別無舐鼎之丹方；怛化貪生，獨有挂冠之一着。此特出檀公之下計，安敢希疏傅之遺風？兹蓋伏遇某官心傳諸佛光明之燈〔四〕，手提千古文字之印。當舍人判鳳閣之始，嘗綴清華；念廷尉張爵羅之餘，曲相煖熱〔五〕。公殆以文爲戲者，吾愧無德以堪之。某敢不佩服味言，堅凝晚節？可止則止，願學聖丘之時〔六〕；求仁得仁，誰曰首陽之怨！

〔一〕人星移：原作「伴星稀」，據小草本改。
〔二〕掩：原作「俺」，據小草本改。
〔三〕男歡畢輪：原作「略勸畢論」，據小草本改。

〔四〕燈：原作「澄」，據小草本改。
〔五〕熱：原作「熟」，據小草本改。
〔六〕丘：原作「某」，據小草本改。

謝廟堂　轉正議大夫

周二大老，值我王之作興；漢一禿翁，非若人之倫擬。費上宰將明之力，爲陳人稀闊之榮。控免弗俞，對揚有靦。伏念某承乾道故家之緒，受穆陵國士之知。每停箸而觀其文，雖壞麻不加之罪。其如衆女謡諑，群兒謗傷！十年不齒於縉紳，已盟泉石；一旦遄歸於衮繡，首下弓旌。載臏孫子以輜車，起躄浮屠於高座。遂繇閑散，復侍禁嚴。素衣化京洛之風塵，華髮迫崦嵫之暮景〔一〕。不敢尸喉舌之任，遂騰乞骸骨之章〔二〕。内府賜金，都門供帳，帝作歌待忠嘉之告，相爲詩有名節之褒〔三〕。雍容挂冠，始終全璧。詎意鶴歸沙苑，龍去鼎湖。今上勃興，善繼先皇之志；普天同慶，孰知遺老之悲〔四〕！兹霈洪恩，亦霑黄耇。兹蓋伏遇某官藏補天之妙用，擅夾日之元勳。弘濟多艱，雖百官之總己；光輔初政，恐一夫之向隅。顧如衰殘，亦忝優渥。某自傷耄耋，莫報涓塵。寤寐獨言，在澗槃而甚適；棲遲可樂，豈門戟之敢施！

〔一〕髮：原無，據小草本補。
〔二〕騰：原作「勝」，據小草本改。
〔三〕詩：原作「訴」，據小草本改。
〔四〕知：原作「如」，據小草本改。

賀賈丞相拜太師

宣制九宸〔一〕，冠階一品。受先皇帝艱大之託，勸相我家；當新天子清明之初〔二〕，維師尚父。式是百辟，格於皇天。竊以累聖相承，名臣輩出。潞國我朝之衛武，褒崇於還洛之時；越王烈祖之甘盤，登拜於歸鄞之後。未有勳書盟府，身處頭廳，無官可酬，委國以聽。槐位極維垣之峻，笄班歆絶席之榮。自有生民以來，無若今日之懿。恭惟某官興王之佐，振古之豪。經營四方，盡力鞠躬；張皇六師，執訊獲醜。鼇極再奠，狼煙一清。像畫雲臺，令漢家九鼎之重；手扶日轂，措天下泰山之安。昔茂弘嘆丘墟百年，孔明欲宮府一體。彼徒懷於此志，公允踐於斯言。掀翻窟月之妖蟇，懲創吠江之狂猘。重莫重於受遺定策，難莫難於送往事居。方襄城野與驂御而問塗，獨山陵使雖風雨而攀駕。卓哉此舉，前者所無。神禹獻祥，兆域居然協吉；靈胥受職，波濤伏而不驚。然後歸衮於京，反虞於廟。伊尹進今王新厥德之戒，作商阿衡；公旦有人臣不能爲之功，位周冢宰。某乞骸田里，掃跡市朝，永爲耦耕之老農，莫尾翹材之賀客。幸生太平世，聳聞渭叟之鷹揚；雖從逍遥遊，不覺鴻濛之爵躍。徒勤善頌，未易名言。

〔一〕宸：原作「震」，據小草本改。
〔二〕天：原作「太」，據小草本改。

賀賈太師再相

大號涣揚，元勛復相。《春秋》一字，蓋深嘉季友之來歸；父兄百官，孰不喜傅巖之爰立？維今之盛，振古所無。竊以功名之際極難，明良之合尤罕。萊國决親征計〔一〕，尚罹小人孤注之讒；韓公有定策功，晚動老圃寒花之感。此故老元臣所未免〔二〕，非聖君賢相則不然。上下交孚，始終圖任。恭惟某官孤忠貫日，隻手擎天。夫子復生，微仲其左衽矣；先皇獨斷，歸公以衮衣兮。雖邊塵肅清，然衆弊膠轕〔三〕。事方行，人不便，誰明范老之心；恩已出，怨誰歸，每誦沂公之語。屬倉猝抱遺弓之痛，越拘攣扈靈駕之行。既服勤陵下而返虞，即頓首扆前而復辟。潛解虞卿之印，徑登鴟夷之舟。方玉几初憑，群公皆聽命；然金縢未啓，冲人弗及知。昭回千百字之挽留，貴近六七公之諭勉〔四〕。及還别墅，乃築新堤。昔孟子將去齊，亦出晝三宿；今周公不之魯，其相王萬年。唯諸一堂，芬芳千載。某平頭八秩，拭目三麻，聞勇去則眉攢杜陵老之愁，覩登庸則心動石徂徠之喜。念通來世，化爲雀尚欲銜環；景迫旄期，退下驢豈堪推磨？達函僭甚，覆瓿置之〔五〕。

〔一〕征：原作「往」，據小草本改。

〔二〕未：原作「有」，據小草本改。

〔三〕羇：原作「羈」，據小草本改。

〔四〕貴：原作「遺」，據小草本改。

〔五〕瓿：原作「甌」，據小草本改。

賀太師平章

宣布制麻，褒崇英衮。倦台鼎而辭富貴，紫巖奉母之至情；冠師垣而拜辨章〔一〕，潞國顓朝之曠典。甚盛蔑加此矣〔二〕，孰若親見之哉！竊以安危繫宰輔之一心，忠孝觀臣子之大節。雖飈回霧掃，獨高鼇再奠之功；然晏罷蚤朝，稍廢鷄初鳴之問。此容堂所以固請，而當宁爲之曲從。眷禮一新，古今鮮儷。昔越王有初潛之舊，乃陟上公；孔山加重事之名，纔班亞傅。維咸淳之異數，與元祐而匹休。恭惟某官棟厦傑材，擎天老手。回紇捨兵下拜，果令公來；晉人長衣清談，有夷吾在。先皇帝寄以大事，今天子學而後臣。開拓趙、張保一隅之規，采用韓、范禦二虜之策。屏羣陰於散地〔三〕，聚衆芳於本朝。洛黨蜀黨分朋，賴有温公之翕受；宫中府中一體，皆服孔明之至公。依時而出思堂，待旦而趍漏院。坐妨扇枕，祈解葱珩。無官可酬，爰峻久虚之位；有謀則就，所謂不召之臣。漢百參可無，堯一夔而足。縉紳韋布之相慶，丹青竹帛所未聞〔四〕。某今爲版籍之民，昔忝翹材之客。充仲子之蚓操，寧復慕於紛華；聞尚父之鷹揚，不自知其鳴躍。

〔一〕辨：原作「辭」，據小草本改。
〔二〕加：原作「如」，據小草本改。
〔三〕「陰」原作「英」，「地」原作「池」，據小草本改。
〔四〕竹：原作「作」，據小草本改。

又別幅

比者伏審揚廷敷播，正位辨章。韓王開國元功，絶席淳化之世；潞公累朝大老，彈冠元祐之初。或已去闕廷，或時遊廊廟。至若賜以湖山一曲，依然泰階六符，豈非爲人臣不能爲之勳勞，是以有生民所未有之恩禮。觀奎文之屢灑，見旒眷之愈濃。帝賚傅説以輔台，父兄百官咸聽；天生李晟非爲朕，社稷萬人再安。出則陳《伊訓》以告嗣王，入則服萊衣以娱慈母。瘠吾而肥天下，上每敬於鯁言；存我以厚蒼生，公毋親於細務。澤侔禹稷，壽等松喬。某幸以餘齡，覩兹曠典，冥搜儷語，擬獻主書。念當世操觚之人，皆我公夾袋之客，莫不鳴岐山鳳之咮，得無包遼東豕之羞？然而恩不敢忘，禮不容廢，敬勒惡札，繳小啓申獻。

進開國伯謝平章

上公顯相，方徹俎以分膰；一老明農，亦出綸而進爵〔一〕。晚景竊躬圭之寵，秋毫皆英衮之恩。取數過多，修辭摧謝。伏念某初無能解，稍習藝文。先人識北平王，曠世之遇；賤子爲東閣客，有年於兹。久遭盲宰相之嗔，誰起躄浮圖之廢！穆陵更化，國老憐才。昔百賦千詩，蓋自有於定價；今三麻九制，可獨行於中朝〔二〕！始以文古宜爲誥而留〔三〕，終以髮秃不中書而去。弘景之冠已挂，藺卿之璧猶全。屬者上御大昕，躬臨元祀。周公率洛邑之祭，曲盡肅雍；史談當漢家之封，自傷留滯。顧草野尚叨於加地，由廟堂不使之向隅。兹蓋伏遇某官秉持軍國之重權，綜理祀戎之大事。誕敷霈澤，蹕臨丹鳳之門；加意耄臣，詔下白駒之谷。終慚朽質，每費洪鈞。某敢不抑抑威儀，兢兢臨履？禾廛三百，濫增書社之封〔四〕；椿歲八千，徒祝翹材之壽。

〔一〕出綸：原倒，據小草本乙。
〔二〕「中」下原有「國」字，據小草本删。
〔三〕古：原作「右」，據小草本改。
〔四〕書：原無，據小草本補。

除龍學謝平章

河出《圖》，洛出《書》，開萬古珍符之秘；祖有功，宗有德，嚴兩朝奎璧之藏。曾是諛儒〔一〕，畀之穹職。伏念某槖持鉛槧，密侍璪旒，雖蒙分蓮鉅之光，不過依葫蘆之樣。及夫規恢天廣，號令飈馳，璽書至而竇融臣〔二〕，羽檄傳而曹瞞走。聽山東詔，癃老孰不願觀；讀奉天書，武夫至於感泣。古有此作，僕非其倫。自覺技窮，力求身退。幸先皇之右文禮士，而我公之内恕及人，爲之解條，許以還笏。詎意瓦樞之樸拙，尚厪奎畫之昭回。生未忘拱北之心，没可揭征西之表。卓哉知己，何以報公！兹蓋伏遇某官衛社元勳，爽邦哲輔。斡帝杓，扶日轂，玉座遂安；提天綱，頓地紘，鐵山亦碎。吹嘘暖律，披拂寒荄。某敢不永懷漂絮之仁〔三〕，思報翳桑之惠〔四〕？陪貞觀諸學士，躐處清華；數元和一漁翁，自嗟遲暮。

〔一〕諛：原作「諛」，據小草本改。
〔二〕臣：原作「陳」，據小草本改。
〔三〕某：原作「其」，據小草本改。
〔四〕報：原作「服」，據小草本改。

謝宰執

漢閣藏書，莫重祖宗之訓；周家養老，不遺壽耇之人。忝昭代之褒崇，拊餘生而感慨。伏念某幼嘗濡染，壯益研尋，以小家數之文，當大典冊之任。始自比追風之驃，歷足塊輕；久乃如上水之船，撑篙力竭。而況英豪崛起〔一〕，事會方來，鑄印以拜侯王，馳書以安反側，自敬輿、文饒之不作，有畢諴、封敖之所難。驢技已窮，鼠腹亦滿。嘗密禱憐才之相〔二〕，不願爲識字之人。客候病軀，久立户外之屨；天奪書眼，長拋墻角之檠。厥今聖賢相逢，文物師古，朋來俊乂，博選逸遺。以簡蔚而思仲舒，嘗辱唐家之掌制；及老禿而疎毛穎，豈若秦人之少恩！踐坡公歇歷之官，冠明逸攜登之閣。雖奎畫昭回於雲漢，實化鈞啓擬於廟堂。兹蓋伏遇某官甄夏明師，棟梁碩輔。昔傅説築野，帝嘗審象以求賢；今楊綰當朝，士有減騶而撤樂〔三〕。遂令疎逖，亦玷凝嚴。

某生叔季而論交，獨夫子而知我。齒衰才盡，恩重命輕。老去圖書，竊笑《太玄》之投閣；儻來軒冕，羞爲小草之出山。敬以中丹，陳之副墨。馬同知「碩輔」下云：「昔羽翼成矣，《史》稱商嶺之從游；今股肱良哉，《書》述虞廷之賡載。」常參政「某官」下云：「道倡諸儒，德尊一代。乃知朕心朕德，見君臣之相須；予欲汝翼汝爲，賴弼諧之宣力。」

〔一〕崛：原作「掘」，據小草本改。

〔二〕檮：原作「鑄」，據小草本改。

〔三〕減：原作「咸」，據小草本改。

謝馮給事

仲舒文宜爲誥，允謂簡嚴；毛穎老不中書，詎堪拂拭？温厚見王者之志，疎遠極儒臣之榮。琅然古音，入於俚耳。恭惟某官生了翁遺直之里〔一〕，有冕仲倫魁之風。晉長冬卿，超遷夕拜。勁節見於論諫，斜封畏其塗歸。百篇丹青，必本宣公之仁義；萬事塵土，獨留忠惠之功名〔二〕。尚憐野老之衰陳，因代王言而奬飾。退而儕於廛氓之列，引而進之閣老之間。某敢不函示雲來，襲藏巾笥？録開元朝報，豈如昭代之親逢；覽貞觀勑書，尚使後人之感慨。

〔一〕里：原作「理」，據小草本改。

〔二〕惠：原作「義」，據小草本改。

謝盧中書

大夫謝事，都忘前供奉之銜；內史贊書，乃出吾故人之筆。喜而溢美，榮不蓋慚。恭惟某官望重一時，神交千載。居三君八俊名勝之列，仙舟同登；及群公先正凋謝以來〔一〕，靈光獨在。因聖上有河圖之授，進耄夫於閣老之聯。朝野傳觀，縉紳歆羡。某敢不勤拳告廟，巾襲藏家？當代詞臣，咸嘆無於此作；異時禊帖，將有感於斯文。

〔一〕群：原作「郡」，據小草本改。

答陳尚書

身如退鷁，久矣卑飛；班進老龍，出於親擢。非煖律爲之一扇，則寒灰何以復然？恭惟某官以仁義敬王，有謀猷告后。昔揮毫鼇禁，蓋嘗聞儀鳳之鳴〔一〕；今采藥鹿門，豈敢當卧龍之拜！其登臺省也袞袞，及在鄉黨則恂恂。謂頽齡尚忝於除書，雖散地亦垂於慶問。書檠久棄，安能如子政之然藜；酒户稍增，所願陪孟公而投轄〔二〕。

〔一〕嘗：原作「當」，據小草本改。

〔二〕「所」下原有「謂」字，據小草本删。

後村先生大全集卷之一百二十一

啓

太夫人生日回張守 丁酉

累世通家，晚竊左符之庇；小人有母，適當初度之辰。辱熊軾之臨門，驚驪珠之出袖。鏗鏘古調〔一〕，奬飾衰宗。恭惟某官才擅風騷，治先教化，謂錫類乃邦君之盛舉，而榮親亦人子之至情。竹裹行厨，非兒童之慣見；花間艷曲，俄士女之競傳。居然改千里之觀瞻，何止示一門之光寵。某方遵慈訓，共歸綿上之耕；第愧俚音，莫和郢中之倡。

〔一〕古：原作「右」，據四庫本改。

又 戊戌

蒼顏華髮，屬親闈喜懼之年；白雪陽春，辱地主寵嘉之語。家庭動色，州里傳詩。恭惟某官治行著聞，文辭軼出，每篤賢賢之禮，尤推老老之心。依滕文公而爲氓，得其栖托；念穎封人之有母，厚矣撫存。揮掃雅詞，光華誕節。乃若盛儀之過腆，揆於愚分而未安。竊師舍熊取魚之言，併援受羹反錦之義，固慚方命，必諒由衷。被之弦歌，雖乏家姬之倡；寫諸琬琰，永爲樂府之傳。

袁州回通判壽詩〔一〕

出守一麾，無復青綾之夢；揆予初度，辱貽黄絹之辭〔二〕。恭惟某官善與人交，譬猶吾味。爰有壽臧之祝〔三〕，用爲枯槁之華。某千里顧雲，兼旬勤雨，目斷庭闈之定省，耳聞田里之嘆愁，方切隱憂，敢當善頌？男子生桑弧篷矢，自笑早衰；美人贈錦段琅玕，詎容虚受！

〔一〕詩：原作「酒」，據小草本改。
〔二〕絹：原作「卷」，據小草本改。

〔三〕臧：原作「藏」，據小草本改。

宜春方宰壽詩

華髮陳人，不記始生之日；色絲幼婦，忽貽絶妙之辭。恭惟某官誼篤同寅，情忘泛愛，贈以柏梁之作，祝其樗櫟之年。設蓬矢以懸門，愧非盛壯；卷錦鯨而還客，心始和平。

張守

退士無聞，已具禿翁之態；賢侯念舊，忽貽幼婦之詞。禮越等夷，光生寂寞。恭惟某官蟠胸萬卷，落筆千言。畫隼朱轓，雖深居於鈴閣；桑弧蓬矢，猶下軫於茅檐。錫寡和之名章，賁早衰之陋質。傳誇同志，永爲墨客之榮；懊恨貧家，未有雪兒之唱。

方蒙仲

天生我，辰安在，自憐半世之窮；歲既晏，孰華予，獨荷故人之意。過形絶唱，俯逮衰蹤。

恭惟某人交誼歲寒，毫端春麗。朱弦緑綺，無胡部之哇淫；黄絹色絲〔一〕，有漢人之風骨。念茲初度，遺以好歌。雖家乏春鶯，能囀繞梁之調；然門堪羅雀，足華環堵之居。矧兼盛禮之匪頒，尤極懦衷之感慨。所爲摧謝，悉佇晤言。

〔一〕絹：原作「卷」，據小草本改。

王賓之

青雲失脚，惟招逐客之魂；白雪新腔，忽枉謫仙之作。夫何衰颯，獲此瑰奇！恭惟某官吾道宗盟〔一〕，斯文元氣。批龍鱗，探龍頷，蓋嘗犯明主之顔；料虎頭，編虎鬚，每欲唾貴臣之面。雖忘情於當世，尚興念於故人〔二〕。贈我好歌，華其初度。覺樽罍之動色，顧弧矢而有光。誦烏石崗邊之詩，幸相尋於此日；陪天津橋上之集〔三〕，尚無棄於異時。

〔一〕官：原作「客」，據小草本改。
〔二〕故：原作「古」，據小草本改。
〔三〕天：原作「矢」，據小草本改。

方德潤右史

流年晼晚，和南山種豆之歌；妙語相尋，出西掖判花之手。里門傳誦，泉石生光。恭惟某官今之名流，古之遺直。上坡建白，可居慶曆四諫官之間；後省留黄，不在熙寧三舍人之下。棄美官如敝屣，等外物於浮雲。獨君父之寸心，與友朋之一念，綢繆愈篤，造次不忘。似憐掃軌之餘，適届懸弧之旦。管仲、鮑叔，蚤已論交；老子、韓非，晚仍同傳。欲其久活，奬以名言。至於臺餽之過豐〔一〕，甚矣村居之改觀〔二〕。某敢不呼童烹鴈，擕酒與魚，慶老稺之檀欒，約親朋而破費。人生之樂，孰與此多！誦烏石崗邊之詩〔三〕，幸相尋於此日；陪天津橋畔之集，尚勿棄於異時。

〔一〕過：原無，據小草本補。

〔二〕改：原無，據小草本補。

〔三〕邊：原無，據小草本補。

張使君

蓬矢六懸，自嘆栖遲之跡；草廬三顧，辱貽幼眇之音。異哉以甕牖圭竇之人，得此於蓬萊道山之彦。恭惟某官毫端泉湧，胸次冰清。鯨吞鼇作之文，豈惟一集；鳳髓龍筋之判，動輒千言。顧如下客之始生，亦被賢侯之雅製。玉盤洗，金鞍簇，既勞動於行厨；銀筆述，雪兒歌，復流傳於樂府。殆似奉韶鈞以破蟋蟀，又如列鐘鼓以享鶢鶋。邦域争誇，林泉改觀。某心雖絶感，顔不勝慚。平子錯刀，莫報美人之贈；鄴侯牙軸，永爲來裔之藏。

顧知縣

掃軌摧藏，不記始生之日；扣門剥啄，忽貽寡和之章。青眼未忘，白頭增氣。兹蓋伏遇某官誼堅金石〔一〕，文叶咸韶。念三仕三已之餘，不能枉道；謂一貴一賤之際，乃驗交情。陳羹錦於篚簋，傾瓊瑰於懷袖。煌煌織翠之段，非野老之敢留；纍纍貫珠之歌，乏雪兒之能唱。所爲摧謝，未可立談。

〔一〕伏遇：原無，據小草本補。

成丞

退士杜門，無復男子桑弧之志；故人馳驛，忽貽外孫齏臼之辭〔一〕。盛意殷勤，衰蹤榮耀。伏念某官深懷和璧，早擅蜀珍。卿、雲黼黻之文，衆推藻麗；陳、雷膠漆之義，一洗炎凉。鏘然宮羽之在縣，爛若玄黄之實篚。欲拜大惠，似傷小廉。懼鯨錦之不祥，卷而還客；貪驪珠之無價，寶以藏家〔二〕。

〔一〕忽：原作「勿」，據四庫本改。
〔二〕以：原作「似」，據小草本改。

戊申生日

王權郡

纍臣初度，誦楚客之《大招》；野老幽棲，屈嚴公之小隊。紛瓊琚之委貺，殷金石之有聲。恭惟某官南朝文章之家，西京循良之吏。謂一鄉必有善士，可廣見聞；謂諸侯不臣寓公，尤加禮敬。特製陽春之曲，俾華晚暮之年。蓬矢以射四方，自嗟老矣；革匱而藏十襲，其永寶之。

徐國録

吾衰也久矣，拊初度而自驚；歲晏孰華予，獨交情之未厭。特紆麗藻，以飾朽株。恭惟某官思欲凌雲，文如翻水。謂故舊苟無大故，胡忍棄遺；念老婆非復少年，强爲塗抹。所慚醜質，不稱好辭。文一字，絹一縑，莫酬珍貺；匱十重，巾十襲，第謹寶藏。

王教授

老將知，耄及者，今非盛壯之時；生乎後，吾師之，古有忘年之契。爛然文錦，賁此緼袍。某官筆如有神，文不加點。月一箱，日一紙，垂髫已著於雋聲；朝百賦，暮千詩，刻燭了無於滯思。不靳賸殘之膏馥，以華畹晚之年齡。蓬矢桑弧，豈復志男子之事〔一〕；燈花簷雨，尚能續廣文之歌。

〔一〕志：原無，據小草本補。

林知縣

霜侵兩鬢，何心然内史之灰；塵滿左弧，忽辱飛王喬之舄。贈驪珠之無價，覺蝸舍之有光。某官孔門言語政事之科，漢京文學法理之吏〔一〕。暫收朝蹟，種安仁桃李之陰；博采鄉評，顧仲尉蓬蒿之宅。不鄙老生之陳腐，特貽樂府之清新〔二〕。桑榆之年，陶寫固煩於絲竹；木瓜之贈，報酬愧乏於瓊琚〔三〕。

〔一〕文：原作「之」，據小草本改。

〔二〕新：原作「聲」，據小草本改。

〔三〕愧：原作「常」，據小草本改。

見任官

暮景閑關，都忘初度；夜光滿軸，可謂暗投。夫何大夫之賢，不棄老夫之耄！某官聲華鮮儷，才氣軼羣，大而發爲犀角象齒之文，小而見於龍筋鳳髓之判。不鄙夷於衰朽，俾沾丐於賸殘。喜象罔之得珠，無因而至；懼匹夫之懷璧，敢奉以歸〔一〕。

〔一〕歸：原作「辭」，據小草本改。

諸士友

老將耄及，不復有於壯圖；子與人歌，愧莫追於絶唱。瓊瑰無價，弧矢有光。某官思如湧泉，筆可扛鼎。戛擊搏拊，所以作止；嘻笑怒駡，皆成文章。念其畹晚之光陰，被以賸殘之膏馥。君有青精飯，願聞拾瑶草之期〔一〕；僕無明月珠，何以報襜褕之贈！

〔一〕拾：原作「捨」，據小草本、翁校本改。

方教蒙仲

老色上面，空慚弧矢之垂〔一〕；大音希聲〔二〕，忽聽韶箾之奏。曄然藻麗，賁此衰遲。某官胸次冰清，毫端泉湧。雖多識王翰、李邕知名之士，然尚記孔融、禰衡忘年之交。特製新腔，遂成故事。老夫耄矣，無能爲也，莫少稱於衮褒；美人贈焉，何以報之，第謹藏於巾襲。

〔一〕慚：原作「漸」，據《翰苑新書》續集卷四二改。

〔二〕希：原作「布」，據《翰苑新書》續集卷四二及小草本改。

卓教授 得吉

老夫耄矣，與時好而背馳；士者笑之，獨鄉情之未棄。鏗韶鈞之入聽，覺弧矢之有光。某人文選青錢，名標黄甲。舉幡而集闕下，不亦壯哉；衣錦而還故鄉，可謂榮矣。尚且念陳人之華髮，按曲子之新腔〔一〕。僕匪郢人，愧莫和陽春之唱；君如許劭，得無累月旦之評！既録副以深藏，聊搜枯而摧謝。

〔一〕新：原作「親」，據《翰苑新書》續集卷四二及小草本改。

卓知縣 得慶

上同教授。某官通德名流，集英前列。屬者入平津之閣，嘗有裏言；去而登單父之堂，欲彈故調。不鄙陳人之華髮，特貽曲子之新腔。

彭特魁

上同卓教授。某官胸中之書卷五車，筆下之詞源萬斛。知名六館，學者未能或先；奉對丹墀，天子擢爲第一。然且不鄙陳人之華髮，下同〔一〕。

〔一〕下同：原無，據小草本補。

黄縣丞 龍應

知者希則我貴矣，何妨世議之不容；歲既晚孰華予兮，獨有鄉情之未棄。紛瓊琚之委貺，覺弧矢之有光。某官貴名若揭日而行，詞源不擇地而出。盍陪時彦，來讀黄香東觀之書；寧詣天官，去拂崔丞藍田之記。不鄙老生之陳腐，特貽傑作之清新。僕匪郢人，下同卓教〔一〕。

〔一〕教：原作「授」，據小草本改。

壬子生日

張守秘丞

孤臣放逐，尋童子之舊遊；太守仁賢，記靈均之初度。兹惟異眷〔一〕，匪曰常彝。當煬者争竈舍者争席之時，辱廩人繼粟庖人繼肉之禮。里閭創見，邦域傳誇。却之不恭，有廛民之分守；周之可受，況地主之匪肦。心之感藏，面以控叙。

〔一〕眷：原作「春」，據小草本改。

徐國録

逐客罪深，無復齒縉紳之列；故人情厚，尚未忘弧矢之朝。妙語過褒〔一〕，衰顔有靦。恭惟某官擅班、揚之筆，篤管、鮑之情〔二〕。吾立子名不磨，若辨誣而作者；子與人歌而善，遂倚聲而和之。極郢客之揄揚，借湘纍之光寵〔三〕。爲劉君壽，未免費於昌黎；懷南豐香，真不慚於無己。

〔一〕過：原作「通」，據小草本改。
〔二〕篤：原作「爲」，據小草本改。
〔三〕湘：原作「相」，據小草本、翁校本改。

王教授　庚

養親不洎〔一〕，豈勝年運而往之悲；越邑相存〔二〕，足見歲寒後凋之義。寵嘉至矣，衰暮慊然。恭惟某官交道素隆，詞鋒尤雋。昔鄭老客寒無氈之際，嘗忝過從；今翟公門可張羅之時，猶相記憶。加惠始生之日，遠貽絶妙之詞。雖貧家素乏於雪兒，不能巧囀；然同社豈無於墨客，可共賞音〔三〕。佩德采深，含毫莫寫。

〔一〕泊：原作「泊」，據《翰苑新書》續集卷四二及小草本改。

〔二〕「相」下原有「贈」字，據《翰苑新書》續集卷四二及小草本删。

〔三〕共：原無，據《翰苑新書》續集卷四二及小草本補。

方貢士 汝一

老夫無能而耄矣，已混泥塗；鄉人之善者好之，過相粉黛。自慚晚謬，將累旦評。恭惟某人文律素高，交誼尤篤。衆方奮逄蒙之勇，競欲關弓；君獨哀子厚之窮，不忍下石。恍夜光之投贈，覺暮景之光華。縱有紫金丹，豈能逃於衰老；況無青玉案，何以報於美人。永此銘藏〔一〕，未易傾寫。

〔一〕永此：原缺，據小草本補。

方監元 實孫

耄矣無能爲，不記男子桑弧之日；愛之忘其醜，忽貽外孫齏臼之辭。自愧衰頽，詎堪奬飾！恭惟某人交誼堅乎金石，文律合乎韶鈞。謂子美往時文采，固嘗動乎人主〔一〕；念靈均歲晏憔悴，不見知乎國人。發蒙叟之微談，華禿翁之晚節。種大椿於寂寞之野，僕願保於天年；折丹桂於廣寒之宮，君即魁於仙籍。聊持善頌，少答味言。

〔一〕主：原作「生」，據小草本改。

癸丑生日

張秘丞

伏承貽翰，俯記懸弧。僕迫蒲柳先零之秋，自憐暮景；公臨桑梓必敬之地，尤禮高年。闔郡傳夸〔一〕，聚宗榮耀。恭惟某官麟獲泰時，鳳翔高岡。貞觀學士登瀛洲，才名不忝；西京循吏安渤海，治行最優。每記受廛甿之微，嘗在同舍郎之列。而況古者之義，不臣寓公，故人之情，頗哀老子〔二〕，因其初度，借以餘光。龜腸驟飫於八珍，鼠量豈勝於一石！俎豆之意甚寵，囊䴬之嘲是慚〔三〕。某稽首登嘉，盈襟堆感。雖無芹子，效野老之獻勤；惟有瓣香〔四〕，祝使君而回向〔五〕。

〔一〕夸：原缺，據小草本補。
〔二〕哀：原作「衰」，據小草本改。
〔三〕䴬：原作「壅」，據小草本改。
〔四〕瓣：原作「辨」，據小草本改。
〔五〕回：原作「面」，據小草本改。

張倅

病叟歸田，不記劬勞之旦；故人監郡，忽貽要眇之音。托之新腔，華此暮齒。恭惟某官風韻濯濯之柳，辭章藹藹之雲。同時宰中牟宰密縣之流，競着鞭而速化；歲晚相江都相膠西而去，獨佩玉而徐行。挺然松栢後凋之姿，念玆蒲柳先零之質，特絃廟瑟，加賁門弧。分風月之笑談，起煙霞之痼疾。樂府有將雛鳳，真堪補舊譜之遺；貧家無囀春鶯，竟虛辱詞人之惠。欲伸銘激，不覺囁嚅。

又

逃讒居里〔一〕，畏禍杜門。塵滿左弧，不復射四方之志；位居半刺，猶記受一廛之甿。魄問優隆，傳聞夸羡。恭惟某官篤金閨之事契，假茅舍之寵光。我有嘉賓而鼓簧，既倚聲而度曲；吾哀王孫而進食，復作禮而加籩〔二〕。辭受兩難，感慚百倍。孟子有熊魚之喻，不得而兼；楚人於羹錦之問，蓋知所擇。已拜饋牽於牧者，輒歸篚實於帑人。

〔一〕讒：原作「説」，據小草本改。

〔二〕籩：原作「邊」，據小草本改。

徐國録

人無百年，詎作鐵門關之計；詩有六義，忽聆朱弦瑟之音。自憐槁項黄馘之餘，猥辱錦心繡口之作。伏惟某官讀書之眼如月，作賦之才摩空。草陳琳檄書，何足煩於記室；給相如筆札，會有誦於子虛。云何當代臺閣之流，未忘一生江海之客。方舉世攻其僻學，目以荆、舒；乃執事念其頹齡，擬之楊、范。恐彼愛憎之論〔一〕，惟公嗜好之殊〔二〕。披襟而當，既非所安，卷錦而還，則又不敢。愛玉體，享黄髪，期共保於交盟；贈錯刀，報英瑶，愧莫酬於珍貺。

〔一〕憎：原作「增」，據小草本改。

〔二〕惟：原作「怪」，據小草本改。

李國正

使絳老年，已侵尋於暮境；爲劉君壽，乃破費於故人。樂章被之弦歌，臺餽旅於籩豆〔一〕。丞相久要無間，初度有光。恭惟某官蟠苦縣之仙根，孕長庚之秀氣。諸生矜式，嘗重席於西雍；舉籠挽留，徑拂衣於東閣。雖分風月，不改歲寒。招楚老之纍魂，製郢人之絶唱。散花而問摩詰，而餉右軍。辱高誼之記存，慰頹齡之落寞。青藜紅藥，俱回施於君侯〔二〕；朝菌靈椿，一委心於造化。輒抒枯思〔三〕，少答珍投。

〔一〕餽：原作「愧」，據小草本改。

〔二〕君：原作「軍」，據小草本改。

〔三〕抒：原作「佇」，據小草本、翁校本改。

方北倅

揆予初度，自厭餘生；凡我同盟，未忘舊好。驟拜秋月華星之貺，大爲寒灰槁木之榮。恭惟某官鄉推跨竈之評，家擅《凌雲》之賦。唐京兆少尹，寖階梯於顯官；漢博士議郎，每位置於名輩。交情不以寒暑燥濕而變，興念及於寬閑寂寞之濱。新腔付之歌兒，珍餉需於坐客。惠而好我，愧明珠之暗投；何以報君，借瓣香而回向。

方制幹

大患爲吾有身，未能逃於世網；皇覽揆予初度，獨見厚於騷人。妙語過情，頹齡生氣。伏惟某官沕九淵而奮蟄，翔千仞而覽輝。李邕識面，王翰卜鄰〔一〕，咸羨中書堂之落筆；力士脱鞾，貴妃捧硯，宜趍金鑾殿以揮毫。尚俯爲泛紅之賓，且回顧垂白之叟。問絳縣泥塗之辱，招湘濱顦顇之魂。豈非高情，欲激媮俗！韓公嘆初節晚節，凛若淵冰；莊生謂大年小年，猶之椿菌。聊酬善頌，且發鄙懷。

〔一〕翰：原作「幹」，據小草本、翁校本改。

方貢士

僕田舍漢，淺膚懵星曆之書；君儒家流，博洽通支干之説。傑思汪洋而無涘，殘年潦倒而有光。伏惟某人舒海素深，植瀾尤闊。其論著沉涵於前輩，以棄餘沾丐於陳人。辰乎辰乎故競辰，已蹉跎於壯歲；水哉水哉何取水，欲挈致於清波。追作者之雄渾，慰此翁之落寞。扁舟去滄海，聊寄餘生；乘槎問明河，謹當回施。

韓孔惠

懸蓬矢六，慨壯歲之消磨；倡朱瑟三，喜古音之清越。春葩粲發，暮景光華。伏惟某人著月旦之評，挺歲寒之操。僕昔作咸陽之逐客，畔去者多；君獨憐楚澤之纍臣，追隨不舍。每值始生之旦，必貽寡和之音。俗薄交婾，深愧綈袍故人之意；齒衰才盡，莫酬黄絹幼婦之詞。

甲寅生日

權郡黃倅

祠官冰冷，方屏伏於故栖；地主春温，乃寵嘉其初度。拊存良厚，衰颯有光。某自揆退閑，實難辭受。拜魯公鼎肉，已負犬馬見畜之慙；却孟子餽金，庶免熊魚兼取之戒。

莆田黃宰

弦歌滿耳，暫煩言偃之割鷄；弧矢生塵，辱記翟公之羅爵。黃絹之詞尤妙，緇衣之好如新。某官永陽掄魁之家，江夏神童之後。謂鄉國必有善士，不憚勞謙；謂詔書每問高年，尤加恩意。念頹齡之晼晚，借妙語以吹噓。某回顧殘骸，仰孤盛指〔一〕。譬越犬吠雪，烏知作者之工；與夏蟲語冰，不滿達人之笑。

〔一〕盛：原作「戚」，據小草本改。

又

杜下史休官，幸退藏於暮景；縣大夫好禮，首存問於高年。自愧衰頽，上煩記憶。某官武陵之詞甚古，山陰之譜最優。辱絳老於泥塗，深懲晉鄙之失；遺杜陵以酒肉，尤見耒陽之賢。念野叟之垂弧，命胬人而實篚。幾於塞屋，何止充庖。第鶺鴒之悲痛方新，況熊魚之取捨宜辨。退之羊，玉川鯉，安敢累君侯之清〔一〕；安期棗，張公梨，已足爲賓客之寵。區區摧謝，縷縷費詞。

〔一〕侯：原作「家」，據《翰苑新書》續集卷四二改。

葉寺丞

蓬矢四方之志，久息壯圖；朱絃三嘆之音，忽貽古訓。荷故人之繾綣，增病叟之光華。恭惟某官乾道相之聞孫，高陽氏之才子。當年琴調，見思於羊石之民；餘事詩篇，傳徧於鷄林之賈。節麾迭試，翰墨自娱。乃如槁項黄馘之夫，亦辱錦心繡腸之作。某自慙衰颯，不稱獎提。以殤子比老彭，公雖達識；使巴人和郢客，僕則厚顔。勉課陳言，少酬絶唱。

李國正

僕與天禄校書同譜，曾分太乙之光；君真開元供奉後身，解道謫仙之語。博封甚寵，初度有光。恭惟某官蟠萬卷書，操五色筆。登壇而執牛耳，方賴主盟；入宮而妬蛾眉，寧無謡諑？掩鼻人間之臭腐，論心世外之英豪。興念禿翁，已爲逋客。莊生喻桂漆自伐，惟櫟壽之偶全；韓子嘆斗牛不神，獨箕張而不已。發藥以得失乘除之理，慰藉其老大傷悲之懷。某圭復華牋，珍藏破篋。蟪蛄朝菌，豈能知大椿之年；翡翠蘭苕，安有掣長鯨之力！

興化張宰

閣中劉更生，耄矣誤藜燈之照；天上張公子，煒然揮椽筆之辭。記憶良勤，衰殘有覥。恭惟某官宜給漢廷之札，暫鳴單父之琴。問絳縣老人年，深念泥塗之辱；續《襄陽耆舊傳》，頗參州里之評。自製新腔，以華暮景。君不惜過情之譽，人將起泛愛之譏。某虚負襟期，第知巾襲。南有箕，北有斗，常嘆三星之乘除；愈爲雲，郊爲龍，安得四方而追逐。輒憑惡札，少答珍投。

林知録

吾生有涯，薄崦嵫之垂暮；君詩多態，扶雲漢而成章。疊出清新，增榮衰朽。某官傳故家之緒業，接前輩之見聞。遠盜泉惡木之嫌，一介有所不取；傳疏影暗香之訣，外人那得而知？分騷客之棄餘，爲禿翁之光寵。某卷舒圭復，巾襲寶藏。百年如泡沫風燈，詎堪把玩；兩篇等華星秋月，未易賡酬。

趙司理

纍魂歲晚，誰憐澤畔之吟；俚耳平生，不慣郢中之曲。忽聞古調，增賁頹齡。某官諸王嫡孫，文昌猶子。汝陽眉宇，杜陵謂之天人；長吉詩歌，《離騷》可以奴僕。貽俊逸參軍之作，爲龍鍾野老之光。某眊矣奚堪，手之不釋。坐有飯湯餅之客，莫不傳觀；家無唱《金縷》之姬，竟成虛辱。聊抒拙惡，少答勤渠。

陳巡轄 德林

湘纍初度之辰，淒其暮齒；郢人寡和之曲，聞此妙音。無脛而來，拜手而受。某官鄉國之善，湖海之豪。讀《映雪書》，有從師取友之志；袖《凌雲賦》，非以貲爲郎之人。按簫箎之新腔，賁桑榆之餘景。靈椿八千歲，頗類寓言〔一〕；錦瑟五十絃，難追古調。

〔一〕「類」下原有「其」字，據小草本刪。

韓孔惠 斗

蒙叟稱櫟社樹，以況散材；荆公有桂枝香，尤爲絶唱。辱君雅製，華我頹齡。某人無《孤憤書》，有《復志賦》。近觀所作，愈薰班、馬之香；一與之交，莫解陳、雷之漆。每嘆心期之卓絶，不隨時論而轉移。寓意新腔，有光初度。某自慙退惰，徒負游揚。内史一秃翁，顧僕已老；大曆十才子，非生其誰？莫報珍投，第勤圭復。

丁縣尉 南一

人生七十希，已踐暮遲之境；古詩三百五，忽聆風雅之音。華髮生光，汗顔拜貺。恭惟某官騷壇巨擘，藝苑英髦。瀏亮精微之文，源流諸父；嘻笑怒駡之作〔一〕，膾炙一時。分張墨客之賸殘，假借陳人之枯槁。某僅能朗誦，深愧暗投。續禹錫前度看花之詩，自嗟老矣；誦令威何不學仙之句，竊有感焉。

〔一〕嘻笑：原倒，據小草本、翁校本乙。

方貢士 汝則

半簪華髮，都忘直斗之辰；一闋清歌，忽聽遏雲之響。清新協律，衰晚生光。某人中興獻書之家〔一〕，淳熙聘君之族。眼空四海，何小兒之足言；筆斡千鈞，非曲子所能縛。憐其暮齒，分以殘膏。某喜甚賞音，窘於還贄。辱長吉《古錦囊》之作，足慰衰顔；無秦郎《小石調》之才，難酬絶唱。

〔一〕與：原作「與」，據小草本改。

林貢士 逢丁

大人男子之夢，永負親劬；幼婦外孫之辭，深慚友誼。煒然藻思，榮甚華顛。某人作賦之筆凌雲，讀書之眼如月。元方難兄，季方難弟，二惠齊名〔一〕；大陸住東，小陸住西，一門競爽。尚分膏馥之殘賸，似念鬚眉之老蒼。某不記懸弧，稍稽還贄。山中訪陶弘景，早上挂冠之章；月下無盛小叢，虛辱貫珠之曲〔二〕。

〔一〕齊：原作「濟」，據小草本改。
〔二〕辱：原作「溽」，據小草本改。

林省元

《詩》讀至《蓼莪》，慨親劬之莫報；歌聲振林木，驚俚耳之未聞。異哉老生，有此奇獲。某人令之重客，士之髫髦。祖孤山，禰月魚，早負清高之志；師稼軒，友笠澤，居多豪放之言。雖無半面之因緣，亦有殘膏之沾丐。掇崑崙之瑶樹，莫駐衰顔；吹緱嶺之玉笙，空傳餘響。

後村先生大全集卷之一百二十二

啓

丙辰生日回啓

黄教授 龍應〔一〕

挂冠神武門，已過陶公之年事；寒氈廣文館，許同鄭老之襟期。惠貺長謡〔二〕，寵光晚節。恭惟某官沉酣六藝，貫穿百家。獻《元和聖德詩》，可編之詩書而無愧；作大曆《中興頌》，非老於文學其誰宜？雖云校官，乃客諸侯；奈何宰相，輒失此士。無衮衮登臺省之羡，有恂恂居鄉黨之風。言念衰遲，素同臭味。昔叨儤直，不能鼓天上之風雷；今已放歸〔三〕，尚且念夜深之螢雪。游戲呼香山之兄丈，牽聯尾洛社之耆英。分以殘膏，欲其眉壽。某朗吟無數，虚受有慙。抑抑威儀，豈曰武公之善謔；兢兢臨履，敢云夫子之縱心！聊課空疏，少酬繾綣。

〔一〕龍應：原無，據小草本補。
〔二〕長：原無，據小草本補。
〔三〕今：原作「合」，據小草本改。

回潘使君

急景凋年，拊心自愧；高山流水，蓄耳未聞。來於塗雌之堂，華此戴白之叟〔一〕。恭惟某官學到聖處，心與天通。佩服保赤子之言，奉行問高年之詔，特貽古調，加惠陳人。假借之語過情，幼眇之音叶律。某素慳藻思，莫報珍投。七十希年，謾悲歌於杜老；萬八千歲，敢善頌於魯侯。

〔一〕「之」下原有「堂」字，據小草本删。

林直院

漆園傲吏，自嗟槁項黄馘之餘；金鑾謫仙，特枉錦心繡腸之作。頹齡寵甚，高誼凛然。恭惟某官世之文豪，天之奎宿。尚方所給之札〔一〕，揮翰如飛；人間未見之書，然藜盡讀。不由介紹，結知人主；皆謂才名，占得翰林。心慕鯁直之大年，面斥乳臭之小相。幾年湖嶠流落，鬢毛已蒼；在處江山護持，筆力愈健。尚記登瀛之侶，今爲專壑之人，俸無一囊，年已七秩。憐其居窮處約，忽烹鯉而有書；知其合族交賓〔二〕，爲買羊而沽酒。以至援元祐之一老，及祥符之三賢，皆非癃殘，所可倫擬。數元和學士，公行居五相之中；圖洛陽之耆英，僕儻在九老之末〔三〕。第慚醜質，不稱好辭。某朗誦以還，闇投是愧。了無生意，等枯株之逢春；竊喜殘年，如長庚之配月。

〔一〕 札：原作「禮」，據小草本改。

〔二〕 交：原作「合」，據小草本改。

〔三〕 儻：原作「黨」，據小草本改。

徐監簿

蓬矢以射四方，負壯心而永慨；朱弦之音一唱，驚俚耳之未聞。藻思過褒，蒼顏改觀。恭惟某官氣沮金石，筆驅風霆，不衮衮於諸公，乃頻頻於國學。以史官榮韓愈，孰云宰相之知；將科第放劉蕡，大觸貴人之怒。棄榮官如糞土，重交友如天倫。援引過江之三賢，寵嘉窮谷之一叟。某虚蒙湔祓，自覺摧頹。七十古來稀，久相傳於斯語；百年渾是醉，敢不舉於君觴！

吴郎中

老夫無能爲，忽焉耄矣；鄉人之善者，惠然好之。拊初度而失驚，聞片言以自壯。恭惟某官人之麟鳳，學者斗山。負當代少雙之才，居大廷第一之選。封平津，拜丞相，彼哉公孫之阿諛；相江都，徙膠西，甚矣董生之廉直。力行古道，尤篤故交。興懷淳熙之遺民，曾是貞元之朝士〔一〕。烹鯉而得，有素書之甚勤；籠鵝而歸，無《黄庭》之可换。高情鄭重，齒暮光華。某稽首登嘉，堆懷銘惠〔二〕。七十欲不踰矩，願永佩於聖言；五年以長比肩，焉敢當於兄事〔三〕！

〔一〕貞：原作「真」，徑改。
〔二〕堆：原作「推」，據小草本改。
〔三〕於：原作「以」，據小草本改。

葉寺丞

七十古來稀，已踐暮遲之境；一篇三致意，喜聞倡嘆之音。獎借過情，衰陳增氣。恭惟某官臨風玉樹，承露金莖。素負大曆才子之名，嘗在貞元朝士之列。沉酣古製，可追芝房寶鼎之歌；游戲新腔，不減花間香奩之作。念病翁之晚景，借貧女之隙光。某心愧暗投，誼難虛受。癡年偶長，獲接洛英之游；俚耳微聾，徒聽郢人之曲。

卓常簿〔一〕

疑絳老之年，迫兹暮景；顧周郎之曲，貽我好音。傑作擅場，陳人改觀。恭惟某官空臆奉龍墀之大對，摘髭攀蟾窟之高枝。甫端委而立朝，俄拂衣而去國。一時典冊，捨燕公大手筆其誰；餘事詞章，非秦郎《小石調》之比。念其衰颯，沾以賸殘。某第謹寶藏，莫酬珍貺。奏《清平調》，逸才無出於謫仙；吟豁達詩，晚節自儕於李老。

〔一〕簿：原作「薄」，徑改。

趙監簿

鐘鳴漏盡，莫逃夜行之譏；玉白花紅，忽聽春風之唱。噓枯語妙，念舊情深。恭惟某官才在唐諸王孫之間，名占漢甲科郎之上〔一〕。深藏此手，大放厥辭。擊拊天球廟瑟之音，琅琅應節；游戲玉臺香奩之體，亹亹逼真。綵筆褒嘉，華顛光寵。某蟬嘶久廢，貂續未遑。非太白飲中仙，行召見沉香亭之北；媿老儋柱下史，遂徑出函谷關而西。庶及餘生〔二〕，獲觀盛事。

〔一〕甲科郎：原作「郎甲科」，據小草本、翁校本乙。

〔二〕生：原無，據小草本補。

李國正

老態催人，歎星星攬鏡之髮〔一〕；高情念舊，贈纍纍貫珠之歌。加惠陳人，遂成故事。恭惟某官天之奎宿，人之謫仙。不翕翕於貴權，尤眷眷於交游。昌黎先生韓愈，繆爲拜東野之恭；魯國男子孔融，獨有雪孝章之語。念纍臣之歲晏，掞詞客之春華。某珍誦以還，襲藏惟謹。譬如廟瑟，尚遺疏越之音；不善洞簫，安取倚歌而和！所爲摧謝，未易措詞。

〔一〕歎：原作「難」，據小草本改。

趙寺丞

視伯始猶糞土爾〔一〕，奚羡久生；賢庚桑而俎豆之，姑從衆論。猥叨厚享，良覺靦然。雖未御卜商之琴，然亦灑郇公之翰。高情敬故，侈費傷廉。見老人使之年，深憫泥塗之辱；謂鄉曲莫如齒，寧拘爵德之尊。愧乏湘纍之才，可答洛英之意。

〔一〕視：原作「親」，據小草本改。

高教授

人希七十者，自感頽齡；《詩》有六義焉，猥形善頌。清新無敵，衰晚增光。伏惟某官場屋盛名，辟雍前輩。每存古意，采《西銘》尊高年之言；加惠陳人，當《離騷》揆初度之日。發舒麗藻，華飾朽株。某自顧摧頽，詎堪提奬？體兼風雅，異於高叟之爲；景迫崦嵫，甚矣劉郎之老。

林知録

希年七十，慚老子之婆娑；秋月兩章，嘆參軍之俊逸。瓊琚無價，弧矢有光。恭惟某官富於天才，輔以家學。片言雪柱，幾令圜土之空；三語造微，遂破公車之白。不惜賸殘之膏馥，俾華畹晚之光陰〔一〕。某久廢蛩吟，莫能貂續。貴介公子，肯分古錦囊之餘；阿堵貧兒，安得明月珠之報！

〔一〕陰：原作「華」，據小草本改。

陳司理仙遊黄尉

秃翁耄及，髮種種以奚爲；幼婦詞工，歌纍纍而不絶。新美無度，衰遲有光。恭惟某官周之譽髦，漢之墨客。源流古意，如聞廟瑟之遺；檃括新腔，欲出香奩之上。所慚老病，詎稱寵嘉！贈我錯刀，曾莫效張平子之報；借君拍板〔一〕，奉陪唱傅大士之經。

〔一〕拍：原作「栢」，據小草本、翁校本改。

諸士友詩〔一〕

癡年垂耄，吾生也有涯；綺語噓枯，永歌之不足。發舒藻思，焜耀華顛。恭惟某人游戲千篇，包涵六義。動關風化，孔氏所不能删；生後古人〔二〕，河汾以爲可續〔三〕。尚念陳人之衰朽，肯分騷客之棄餘。奏朱弦瑟緑綺琴，誰歟和者；乏明月珠青玉案，何以報之？

〔一〕詩：原作「詞」，據小草本改。

〔二〕生後古人：原作「生古人後」，據小草本乙。

〔三〕河：原作「何」，據小草本改。

諸士友詞〔一〕

湘纍歲晏，方此行吟；郢客詞高，爲之奏曲。雅情攸寓，俚耳未聞。恭惟某人擅黄絹之詞，續朱絃之唱。遭逢文治，不爲楚狂之鳳歌；游戲詩餘，且異江公之狗曲。發舒妙思，光飾希年。吹二客洞簫，安得坡公之兩賦；倚三郎玉笛，可無太白之五章？率然奉酬〔二〕，甚矣不敏。

〔一〕士：原無，據小草本補。

〔二〕酬：原作「訓」，據小草本改。

方聽蛙

圖洛社之耆英，巋然德齒；歌坡公之《水調》，流出胸襟。妙語噓枯，交情耐久。恭惟某人襟期曠達，筆力雄渾。張公九尺之鬚眉，一生不屈；杜陵萬丈之光焰，羣兒豈知？雖輩行之在前，每朋友之加厚。新腔一出，衆口皆傳。小年不及大年，豈並行之敢僭；今樂何如古樂，況雅唱之難酬。

林貢士　逢丁

弧矢四方之志，濩落壯圖；鼓吹六經之文，光華晚節。不辭而受，何德以堪？恭惟某人擲地聲清，凌雲氣逸。入光明，叫閶闔，孰敢争鋒；游雲夢，登陽臺，衆推授簡。方將攀月中最高之桂，尚且憐道傍無用之樗。假以毫端，欲其眉壽。免冠而挂神武，已決引年；搢笏而誦《阿房》〔一〕，深慚無力。

〔一〕房：原作「方」，據小草本改。

丁巳生日回啓

宋守監丞

居士似唐白叟，寫衰貌於香山；太守如蜀文翁，被雅歌於樂府。光華暮景，聳動傍觀。恭惟某官華宗開府鐵石之腸，先朝景文筆削之手，循良之最，今昔所無。韋侯之香甚清，陳蕃之榻常下。士無閉門踰墻而避，農有負耒受廛而來。加禮任棠，莫效忠於薤水；興憐絳老，不忍辱諸泥塗。擁熊軾而臨門，駭驪珠之出袖。不止叶咸池之律，真可回寒谷之春。某雖甚龍鍾，不勝爵躍。還遂良之笏，已決退休；聞伯牙之絃，徒甚感慨。

林侍郎

繪洛社耆英之圖，鄉盟素篤；第甘泉從臣之頌，筆力獨高。宫羽均調，桑蓬光寵。恭惟某官子美之書萬卷，敬輿之奏百篇。爲諫官御史以來，丰棱尤峻；於君子小人之際，衮斧甚嚴。名勝屬心，憸壬反目。風霜之威暫霽，月旦之評共推〔一〕。問絳縣老之年，雖慚晚出；尋烏石崗之路，聊喜同游。贈之好歌，申以善頌。某熏玉蕤而捧玩，加緹襲而寶藏。我慕史儋，關吏送車牛之去；公如君賓，都人迎童馬之來。勉課蕪詞，少酬藻思。

〔一〕「評」下原有「方」字，據小草本删。

見任官

僕挂門弧，自嘆暮遲之境；公絃廟瑟，忽貽幼眇之音。華皓生光〔一〕，空疏抱愧。某官高才見幕府之三語，餘事爲河梁之五言。七言云「栢梁之七言」。嘻笑皆成文，可頡頏於前輩；戲謔不爲虐，聊假借於陳人。捧戴若驚，襲藏無斁。嗟吾衰之久矣〔二〕，已迫頹齡；與人歌而和之，了無新意。

〔一〕光：原作「花」，據小草本改。

〔二〕嗟：原作「嗟嗟」，據小草本删。

戊午生日回啓

宋監丞

中壘尉白首〔一〕，尚顧影以貪生；廣平公鐵心，爲倚聲而度曲。屈隼旟之貴重，增蝸舍之寵光〔二〕。恭惟某官今之通儒，古之循吏。公奏潁川太守之最〔三〕，行且下於璽書；僕乏南州高士之風，每辱懸於賓榻。念野老桑蓬之旦，摛天孫雲錦之辭。焜耀林泉，播傳邦域。不但貴洛城之紙，亦俾熏韋寢之香。某珍襲十重，朗吟百過。自慚下俚，若爲和郢客之歌；竊慕風人，但迴祝魯侯之壽。

〔一〕壘：原作「纍」，據小草本改。

〔二〕寵：原作「有」，據小草本改。
〔三〕頴：原作「穎」，據小草本改。

林侍郎

爵羅却掃，拊暮境而興嗟；狨橐傳呼，袖夜光而投贈。枌榆動色，弧矢增輝。恭惟某官詞章今之卿、雲，氣節古之蕭、汲。誅奸之勇，烈日嚴霜；接物之和，光風霽月。念老生之衰颯，借初度之寵嘉。本《洪範》一曰壽之言，寓《離騷》三致意之作。外觀榮甚，内省慊然。某朗誦以還，珍藏惟謹。惠而好我，探五色筆而見貽；何以報君，薰一瓣香而廻向。

徐監簿

摧頹暮齒，可禁凋年急景之催〔一〕；繾綣交情，猥被秋月華星之作。與篚簜而偕至，覺弧矢之增華。恭惟某官文律咸韶，誼襟金石。念昔氣求聲應，嘗游陳元方、鄭康成之間；迨今形槁心灰，已在綺里季、夏黄公之列。因臨初度〔二〕，特枉新篇。加冠巾於髡緇之顛，施藻火於寬博之褐。傍人竊笑，老子汗顔。某圭復不忘，珍藏惟謹。借衰朽以發文章之妙，君所優爲；操下里而和風雅之音，僕也安敢？

〔一〕傕：原作「摧」，據小草本改。

〔二〕因：原作「囚」，據小草本改。

方書監

貞曜詩窮〔一〕，況侵晚景；君房語妙，爲製新腔。辱錦心繡腸之高才，華梔貌霜顛之病叟。伏惟某官文章若三軍之朝氣，聲價重連城之夜光。頗念陳人，猥形善頌。浮沉苟免，絶非三君八俊之流；放逐始歸，夫豈四皓二疏之比？徒益老夫之愧，難當幼婦之辭。某雖極冥搜，莫酬絶倡。東坡曲子，固異秦郎之爲；南豐瓣香，深戢後山之意。

〔一〕窮：原作「穹」，據小草本改。

莆田謝宰

還遂良之笏，姑佚殘年；彈子賤之琴，辱貽古調。雷封争誦，晚景有光。恭惟某官古謫仙人，今佳公子。月明柝静，未妨種潘縣之花；晝永簾垂，長是夢謝池之草。興憐八秩之遺老，幸受一廛而爲氓。妙語寵嘉，頽齡榮耀。問絳人之甲子，年事已高；紀楚客之庚寅，騷情有媿。至寶第勤於襲巾，冥搜莫報於珍投。

魏知録

老子婆娑，倏開八秩；參軍俊逸，辱贈五言。味興寄之深長，覺衰殘之光寵。伏惟某官紫帽山之秀氣〔一〕，青油幕之上賓〔二〕。興念陳人，退休寓里。昔百賦千詩之作，堵墻共觀；今再衰三竭之餘，長城安在？祖述河梁之體，張皇洛社之圖。賣菜求益乎，妙矣寂寥之數語；散木無用也，全其擁腫之餘生。輒修蕪詞，聊啓玉齒。

〔一〕帽：原作「冒」，據小草本改。

〔二〕青：原作「清」，據小草本改。

己未生日回啓

徐監簿〔一〕

老色上面，已薄崦嵫；大音聲希，忽聞韶濩。褒嘉過矣，衰朽欿然。恭惟某官立朝之節霜嚴，去國之名山重。瞻言西洛，尚有耆英；誰謂南州，便無高士。勵歲寒之雅操，念晚景之陳人。名酒以散其牢愁，碩果以寓其深意。和七十三吟之作，可謂切題；雜三百五篇之中，殆將無辨。某珍藏翰墨，夸示親朋。先漢諸儒，晚節深慙於劉向；南朝文士〔二〕，平生尤重於徐陵。輒課訥辭，用酬佳貺。

〔一〕簿：原作「薄」，據小草本改。
〔二〕南：原無，據小草本補。

林侍郎

病叟眊昏，不記劬勞之日；耆英繾綣，忽貽幼眇之音。過矣揄揚，榮哉衰朽。恭惟某官咸韶文律，金石交情。士誦奏賦凌雲之篇，史載論事回天之疏。公嘗司存雨露，是爲筆橐之臣；僕久辱在泥塗，甘就輿臺之役。未忘懷於車笠，爰假寵於桑蓬。檃括新腔，光華暮景。某徒知寶玩，莫報珍投。身似維摩示疾，見於黄面；家無樊素倚聲，托於朱唇。荷德之深，有言則淺。

鄉守趙寺丞

蓬蒿滿宅，甘暮景之退閑；棨戟臨門，委夜光而投贈。笙鏞間作，弧矢增輝。恭惟某官典刑老成，被服儒雅。齊相訪治道，或避堂而舍之；滕公誠賢君，有受廛而耕者。興念門闌之客，晚爲板籍之民。昔賈生召至漢廷，鋭然有志；今申公罷歸魯邸，耄矣何能。欲黼黻其頹齡，遂俎豆以殊禮〔一〕。檃括花間之樂府，指揮竹裏之行厨。父老聚觀，兒童傳誦。某低頭欲拜，捫腹有慚。和郢客之歌，僅成俚調；頌魯侯之壽〔二〕，莫繼風人。

〔一〕殊：原作「列」，據小草本改。
〔二〕壽：原作「寄」，據小草本改。

又

送壽儀

野叟明農，久有挂衣冠之興；府公敬老，未忘懸弧矢之辰。貽翰相存，加籩甚設。恭惟某官治先風化，誼篤交情。事賢友仁，猶有故人之遺意；貴德尚齒，類非俗吏所能爲。況以多儀，華其初度。昔焉功薄，每虞厚饗之殃；髦矣食浮，未免老饕之愧。

梁倅

僕如蒲柳，懸弧矢而自傷；君屈簈篁，袖珠璣而委貺。宮商相叶，衡泌有光。恭惟某官東漢華宗，北方學者。平生意氣，偏納交於諸公〔一〕；餘事文章，亦稱雄於同社。念陳人之暮景，託通守之舊知〔二〕。郢客之調尤高，穆生之醴初設。某耳非師曠，聞絶唱而失驚；腹負將軍，雖冥搜而莫報。

〔一〕偏：原作「偏」，據小草本改。
〔二〕舊：原作「共」，據小草本改。

李宮教卓常簿趙監簿

皇覽揆予初度，已臨黃髮之年；久要不忘平生，爲拊朱絃之曲。自憐衰朽，不稱寵嘉。恭惟某官流略兼該，才名獨步。昔如賈傅持論，扶漢廷之老生；今若孔明折節，下襄陽之耆舊。託陽春之絕唱，華晚景之餘齡。某虛辱衮褒〔一〕，第知巾襲。公追風驃，頗哀伏櫪之衰；僕上水船，難敵湧泉之思。

〔一〕褒：原無，據小草本補。

莆田謝宰〔一〕

男子桑弧之志，追感童年；外孫齏臼之辭，有光老景。厚矣琴堂之貺〔二〕，榮哉環堵之居。恭惟某官資既高明，才尤果藝。龍筋鳳髓，書判動數千言；玉白花紅，倡和亦三百首。託新腔之幼眇，爲初度之寵光。某韞匵十重，薰薌三復。顧周郎之曲，君素知音；和郢客之歌，僕非協律。

〔一〕宰：原作「草」，據小草本改。

〔二〕堂：原作「童」，據小草本改。

沈教授

問絳縣老人之歲，已過希年；誦廣文先生之歌，足華暮景。連城無價，環堵有光。恭惟某官經爲人師，文有古意。何止青矜之高第，盡出作成；其於黄髮之舊人，尤加禮敬。新腔協律，皓首知榮。某筆硯久荒，巾箱永閟。偶全晚節，甘從洛下之游；非有妙音，難和郢中之曲。

方僉判

曰吾衰也久矣，寧復壯圖；與人歌而和之，莫追絕唱。驪珠之寶無價，雀羅之門有光。恭惟某官粲然有文，淵乎似道。昔白袍羣試，嘗陪澤宫之俊游；今黄髮相看，尚記爐亭之舊話。倚聲宫羽，假寵桑蓬。某三復以還，一詞莫措。圖洛社之會，愧匪耆英；聞周廟之音，第知倡和〔一〕。

〔一〕和：小草本、翁校本皆作「歎」。

夏縣丞

僕髮成絲，不記劬勞之日；公詩如錦，足爲衰晚之光。恭惟某官折桂名高，哦松韻勝。使者推謝令而去，勇矣埋輪；太守賢許丞之廉，慨然授印。首疚心而求瘼，尤尚齒而敬賢。念其寒灰槁木之餘〔一〕，寵以秋月華星之作。某譬村夫子，敢厠耆英之游？賴縣大夫，庶免泥塗之辱。

〔一〕念其：原倒，據小草本乙。

知録司法

老夫耄及，覺筋力之寖衰〔一〕；幼婦詞工，自肺肝而流出。過門甚寵，環堵有光。恭惟某官氣欲淩雲，文如翻水。阮生三語，畫幕素高；太白百篇，騷壇尤峻。念槁項黄馘之叟，奏疏越朱絃之音。某自愧頹齡，頗孤盛意。髮今種種，適當綘老之年；腹素空空，難和郢人之曲。

〔一〕覺：原作「膏」，據小草本改。

許主簿

柱史出關駕牛，都忘初度；才子入門下馬，忽贈新腔。恭惟某官揭日貴名，湧泉傑思。早收巍第，依稀入洛之年；回顧陳人，荏苒釣璜之歲〔一〕。妙矣棲鸞之絶唱，榮哉羅爵之貧居。某頭有素標，既虚紀絳人之歲；腹無墨點，又難和郢客之歌。

〔一〕苒：原作「冉」，據小草本、翁校本改。

林潮州

老上面，懽去心〔一〕，空有劬勞之感；君乘車，我戴笠，未忘貧賤之交。托古人六義以成章，聞長者一言以自壯。恭惟某官奕世文章之籙，先朝忠義之門。丸熊膽，閲家藏，曾費窗下十年之力；犯龍顔，取恩澤，止憑牋上數行之書。帝將安渤海之民，公出補昌黎之郡。昔紅巾滿山，官不能捕；今黄雲布野，歲乃有收。果細札之内放，俾介圭而入覲。當齊相趣裝之際，愈見雍容；若靈均初度之辰，尚煩記憶。念槁木寒灰之一老，貽華星秋月之兩篇。有錦以分丘遲，有香以熏杜牧，已過措大家之望，亦爲癡頑老之榮。某徒愧盛心，自憐暮齒。洛社真率之會，猶可追陪；周廟唱嘆之音，若爲屬和。

〔一〕懽：原作「權」，據小草本改。

庚申生日

鄉守趙寺丞

大夫有賜於士，謬甚寵嘉；小人不知紀年，重煩記憶。錯落珠璣之作，輝煌啓戟之臨。恭惟某官源流父師，被服儒雅，凡今施設〔一〕，皆昔講明。朱轓勸耕之餘，行春絶少；紅裙踏筵而舞，卜夜極疏〔二〕。有昔人憂宗國之心，念前輩尊高年之語。慨男子桑弧之志，僕迫耄期；摛天孫雲錦之章，公真泛愛。珍瓌無價〔三〕，蓬蓽有光。某協律未能，修詞尤拙。謂秦少遊工《小石調》，素昧新腔；陪傅大士唱《金剛經》，竟虛雅製。

〔一〕凡：原作「兄」，據小草本改。
〔二〕卜：原作「記」，據小草本改。
〔三〕壞：原作「懷」，據小草本改。

林侍郎

第甘泉從臣之頌，爵齒素高；過絳縣老人之年，光陰已晚。自愧不彫之朽質，曷當絶妙之好辭！恭惟某官學者宗師，國之壽雋。平生氣質，布列於皂囊白簡之間；餘事文章，出入於玉臺香奩之作。念論交於早歲，矧締好於暮年〔一〕。庶僚視持橐之臣，非其倫矣〔二〕；同社着戴花之監，前亦有之。新腔出而金石相宜，都騎臨而衡茅改觀。某了無瓊報，惟有珍藏。押紫宸殿下之班，聳觀此日；尋烏石崗邊之路，儻許異時。

〔一〕好：原作「交」，據小草本改。
〔二〕倫：原作「論」，據小草本改。

李宫教

七十者希，偶獲保櫟樗之壽〔一〕；一日之長，乃煩執桑梓之恭。憐其華皓之餘，寵以青黄之飾。恭惟某官文天清而水止，學地負而海涵。紫氣出函谷之關，了無慕顧；黄勅主茅君之洞，未易招麾。言念陳人，早交下執。有期頤之壽而不昌名德，僕豈無慚；盡斯須之敬而先酌鄉人，公常從厚。爰假韶鈞之作，以爲弧矢之光。某雖攪枯腸，難賡絶倡。贈我明珠錦囊，謹稽首而拜嘉；借君拍板門槌，聊開筵而發笑。

〔一〕保：原作「報」，據小草本、翁校本改。

卓常簿

上同。共惟某官周清廟士，漢甲科郎。有叔孫起蕝之勞，既定渰中之禮；無長孺積薪之嘆，肯薄淮陽之行！言念陳人，下同。

趙監簿

上同。恭惟某官周公族子，漢甲科郎。搏九萬里扶摇，欲挾飛仙而上；佩二千石印綬，足展丈夫之雄。言念陳人，下同。

方監簿

上同。恭惟某官中朝髦士，間世奇材。藏善和書，何足供柳侯之讀；露會稽綬，孰不歆翁子之榮。言念下同。

葉寺丞

上同。恭惟某官相門賢胄，聖代譽髦。陽城、元結之思，相望於千載；阮瑀、陳琳之筆，未露於一班。言念下同。

梁倅

陳人掃軌，不記初生；通守過門，忽貽絶倡。深味褒嘉之意，足爲遲暮之光。恭惟某官唐朝補闕之華宗，慶曆相君之同譜。謂國初始置監郡，雖甚尊嚴；謂古者不臣寓公，加之禮敬。念野老桑蓬之旦，分天孫雲錦之章。謙撝屏松下之傳呼，流麗叶花間之體製。蜀公有感，喜柳永之填詞；華老過苛，譏秦郎之放潑。

辛酉生日回啓

諸上舍〔一〕

上缺。秦郎何止工《小石調》，於春帖以尤宜。特絃幼眇之音，加賁暮遲之景。空懸弧矢，寧復四方之遠圖；永閟巾箱，常恐六丁之下取。

〔一〕此文與下文原本缺，兹據小草本《後村集》卷三五録入。

王新班傳司理

餘齡能幾，嗟戴白之陳人；高誼不遺，辱比紅之麗句。吹揚誤矣，把玩悚然。恭惟某官得之家傳，輔以學力。諸公恐後，薦書之墨未乾；榮宦在前，舊氈之青必復。特懸廟瑟，增賁門弧。自鏡衰容，感日月之逝矣；深藏至寶，防雷電之取將。

後村先生大全集卷之一百二十三

啓

壬戌生日回啓

陳正言

襄陽耆舊之傳，非僕所敢知；汝南月旦之評，待公而後定。何哉木槁灰寒之叟，得此日光玉潔之文。巨擘品題，衰蹤焜燿。恭惟某官以忠實自結於明主，其文辭獨行乎中朝。讜論危言，視建中諫議而無愧；精筆妙墨，與崇清次對而並驅。衮斧在其毫端，縉紳想其丰采。雖望之如嚴霜烈日，然即之則霽月光風。齒記末交，寵嘉初度。戲謔不爲虐，閔憐垂暮之光陰；嘻笑皆成文，假設聚星之問答。極翰墨家之能事，華癡頑老之餘齡。驪頷之寶易求，麟筆之褒難得。某敢不三熏紬繹，十襲閟藏？每誦兹予明農之言，願退爲於野老；所引昔吾先正之事，敬回施於明公。耿耿之深，云云則淺。

癸亥生日回啓

徐常丞

僕禀蒲柳先零之質，荏苒旄期；君有松栢後凋之心，記存初度。燁然麗藻，飾此朽株。恭惟某官百鍊至剛，一毫不挫。行藏大致，彷彿古人。太學虀鹽，久不遷於韓子〔一〕；曲臺綿蕝，莫能致者魯生。署東坡先生之舊銜，抗南州高士之遠志。尚且不遺故舊，曲盡殷勤。貧賤之交，獨叔知我；比興之作，惟商起予。以錦心繡口之詞章，爲雪鬢霜髭之光寵。某沐熏朗誦，扃鐍寶藏〔二〕。方户庭無雀之可羅，忽牕几有虹之下闖。投我碩果，喻晚節之獨全；移此瓣香，爲名流而廻向。

〔一〕遷：原作「違」，據小草本改。
〔二〕寶藏：原倒，據小草本乙。

諸士友詩

老夫耄及，久已蒼皤；幼婦詞工，過相粉黛。恭惟某人雖徧交於名勝，尤加厚於陳人。昔入侍漢廷，不能如得意之誦賦；今罷歸魯邸，乃肯從申公而受《詩》。追琢新章，寵光暮景。知我希則貴矣〔一〕，安用浮名；與人歌而和之，難扳絶唱。

〔一〕知我：原倒，據小草本乙。

諸士友詞

蓬矢四方志，深感頹齡；錦瑟五十絃，忽聆雅奏。恭惟某人貴名揭日，高誼薄雲。長吉《古錦囊》，皆苦吟而得者；少游《小石調》，豈放潑之謂乎？櫽括新腔，光華暮齒。顧《周郎曲》，惜無歌者之繞梁；唱《金剛經》，幸借老夫之拍板。

方聽蛙

生九十曰耄，素歆羡於鄉先；長五年比肩，尚接扶於吾黨。鏗鍧雅奏，黼黻始生。恭惟某人德邵年高，筆精墨妙。與耆英會諸公序齒，瞻之在前；閱夸毗子萬墳壓顛，巋然殿後。托朱絃之古調，華雪鬢之陳人。題紫霄峰頂之名，未應獨往；尋烏石崗邊之路，莫問幾廻。

吳侍郎

光景幾何，自嘆更生之垂老；樂歌妙絶，誤蒙季札之知音。宫羽鏗鏘，桑蓬焜燿。恭惟某官詞源倒峽，老幹參天。頃遍歷於緊官，皆自結於明主。是非褒貶之筆，凛鐵面而霜稜；嘻笑怒駡之文，亦錦心而繡口。直道不容而何病，交情久要而未忘。當署門設雀羅之時，乃越邑致鶴飛之曲。錦標過矣，篚實將之。某稽首拜嘉，堆懷銘惠。一貧乃見交態，永佩誼襟；七襄不成報章，莫酬藻思。

陳大卿

大塊以老佚我，荷明主之放歸〔一〕；小人不知紀年，辱名卿之記憶。未忘舊好，特製新腔。恭惟某官文律咸韶，交情金石。念兩家嬉戲，俱爲騎竹之兒；及同社凋零，尚有戴花之老。古調居然寡和，頽齡賴以自强。林密山深，可共訪釣遊之處；家貧鄰富，願時沾膏馥之餘。

〔一〕放：原作「故」，據小草本改。

曹守司直

退士明農，慙愧掛衣冠之晚；故人作牧，記存懸弧矢之朝。枉二千石之朱轓，聆五十絃之錦瑟。恭惟某官朝之髦士，家之象賢。孔鯉過庭所聞，得於尼父；伯禽治國之意，本於周公。興念陳人，徼福先契。僕無原父一揮之筆，既髦宜休；公有子建七步之才，以文爲戲。倚聲奏郢客之曲，載酒訪子雲之居。極其殷勤，華此衰朽。勞以生，佚以老，幸百尺竿之下來；熾而昌，壽而臧，拈一瓣香而迴向。

教授

香山居士晚節，自佚餘齡；廣文先生高歌，俾華初度。異哉驪頷之寶，至於雀羅之門。恭惟某官文成一家，書破萬卷。子雲思苦，中年悔篆刻之詞；太白才高，餘事及《清平》之調。桑蓬焜燿，韶頀鏗鏘。侍馬季長之絳紗帷，恨莫陪於高弟；無張平子之青玉案〔一〕，何以報於美人。

〔一〕張平子：原作「張子平」，按此指漢人張衡，字平子，《文選》載其《四愁詩》，有「美人贈我錦繡段，何以報之青玉案」之句，據以乙正。

判官

白髮三千丈，不記始生；錦瑟五十絃，忽聆絶倡。厚矣殷勤之意，華其衰颯之蹤。恭惟某官氣欲凌雲，文如翻水。庾郎從事，當時有紅蓮幕之稱；太白謫仙，餘事及沉香亭之作。託新腔之幼眇，爲暮齒之寵光。某盥手捧觀，堆懷感慨。贈我琅玕錦段，既韞匵而深藏；借君拍板門椎，姑逢場而作戲。

曹官

癡頑老子，不記始生；俊逸參軍〔一〕，忽貽絶倡。厚矣殷勤之意，華其衰颯之齡。恭惟某官英氣凌雲，詞源倒峽。阮生三語，清淡爲風流之宗；太白百篇，餘事及《清平》之調。託新腔之幼眇，下同判官。

〔一〕俊：原作「後」，據小草本改。

林通判

天將壽我，皤然享黄髪之期；歲晚華予，鏗爾奏朱絃之曲。交情無斁，初度有光。恭惟某官雲霄之志素高，月旦之評尤孅。興懷老叟，嘗忝近臣。山巨源啓事雖多，孰先嵇叔；衛將軍賓客皆去，僅有任安。因其蓬矢之懸，寵以香奩之作。誦蜀客《遊獵》之賦，莫吹送以上天；尋洛英真率之盟，願牽聯而入社。

甲子生日

徐常丞

凋年急景，自箋表聖之宜休；永歌長言，尚記靈均之初度。探諸驪頷，貢此雀羅。恭惟某官養孟氏之浩然，識孔門之大者。帝命伯夷典禮〔一〕，直哉惟清；子謂平仲善交，久而愈敬。興懷遺老，適届始生，援洛下之耆英，暨渭南之仙伯，恐晚節浮沉之有悔，每忠言從臾其辭榮。形爲兩喜之詞，寧非三益之友！某偶因目眚，虚辱聲詩，被藻飾而厚顔，佩祝規之盛意。僕迫桑榆而救失，暮景何追；公如松柏之有心，歲寒乃見。倡酬豈敢，鄙拙是慚。

〔一〕帝：原作「常」，據小草本改。

仙遊鄧宰

踰七望八之年，吾衰也久矣；駢四儷六之作，胡爲乎來哉！語妙琴堂，光生蔀屋。恭惟某官寬柔以教，嘻笑成文。老僕歸耕，跡托於武城之宰；君侯尚齒，加禮於絳縣之人。以黄麻紫誥之才情，借白髮蒼顔之光寵。某過煩貽翰，曲軫垂弧。召卓、魯兩令來歸，何慚於昔；援潞、蜀二公見擬，殊匪其倫。勉課蕪詞，少酬藻思。

吴侍郎

潁濱遺老〔一〕，自感慨其餘生；洛下耆英，尚記存其初度。方乞閑身而掃軌，忽傳遠使之及門。語妙珠璣，光生弧矢。恭惟某官進則鳳鳴於千仞，退而龍卧者十年。某水某丘，既歷訪釣遊之處；大寒大暑，未嘗出安樂之窩。興念陳人，素叨末契。昔彈冠强起，屢煩誦北山之移；今還笏徑歸，復許入東林之社。味新腔之豪壯，覺衰態之激昂。盎然交情，厚矣珍貺。檢點金閨彦，偉晚節之後凋；摩挲銅狄人，拈瓣香而回嚮。中丹所藴，副墨未殫。

〔一〕潁：原作「穎」，據小草本改。

又

伏蒙某官軫記殘生，掞摛妙思。以甘泉持橐之老，德望素高；於神武挂冠之人，交情愈厚。恩勤至矣，感慨係之。某拜手登嘉，捫心知愧。九老像傳而畫增價，肯着衰遲；六丁力盡而山不前，自嗟綿薄。敬裁拙訥，少答謙撝。

諸士友詩

飾巾待盡，忘設門弧；下筆有神，忽紘廟瑟。發天才之亮特〔一〕，增陋室之光華〔二〕。恭惟某人胸蟠萬卷之書〔三〕，手織千機之錦〔四〕。念其耄老，援五福一曰壽之言；形諸咏歌，追一篇三致意之作。掞摛麗藻，黼黻朽株。若八音之克諧，錯陳罄莞；恐六丁之下取，永閟巾箱。輒課訥辭，少酬佳惠。

〔一〕亮特：原缺，據小草本補。
〔二〕增陋室之：原缺，據小草本補。

〔三〕萬卷之書：原缺，據小草本補。

〔四〕手織：原缺，據小草本補。

諸士友詞〔一〕

老將至云爾，不記始生；言不足歌之，忽貽絶倡。晚景之榮甚矣，歲寒之誼卓然。恭惟某人思穿天心，語破鬼膽。賈生賦妙，《離騷》可與争光；郢客調高，曲子豈能縛住。鏗鍧雅奏，焜耀頹齡。蟠屈雄才，入花間香奩之體；鋪張鉅典，待芝房寶鼎之歌。

〔一〕士友詞：原作「友士詩」，據小草本乙改。

曹守

西清遺老，願受廛而之滕；東𠯁象賢，肯避堂而舍蓋。袖珠璣之璀璨，懸弧矢而寵光。恭惟某官循良二漢之風流，賦詠七子之氣骨。謂八十公病免，已愧穆生；與二千石交通，又非李白。念梔面霜顛之衰朽，出錦心繡腸之緒餘。駐小隊於林間，移行厨於竹裏。載醪鄭重，素知次公之醒狂；還贄空疏，幸恕淵明之醉誤。所爲感慨，未易披陳。

又

伏承貽翰，俯記懸弧。先生去歸其鄉，自慚已晚；大夫有賜於士，辱記始生。盡出於使君之庖，幾塞破書生之屋。名爲例卷，實則加籩。念其祝鯁饐之時，亦云耄矣；與之共饔飧而食，豈非賢哉！謂諸侯無臣寓公之文，況長吏奉問高年之誥，里閭健羡，邦域傳誇。雖微清凈之言，可裨曹相；獨有熾昌之頌，回嚮魯侯。謹課訥辭，少抒謝臆。

鄭倅

病叟休官，自嘆光陰之垂老；故交監郡，肯分風月以乞人。託古調而倚聲，覺頽齡之增氣。恭惟某官清若金莖之承露，皎如玉露之臨風。師友磨礱，家庭講貫。高才闢決，王祥功康海沂；餘事詩騷，君房語妙天下。箳篂屈重，弧矢生光。虛辱載醪，未嘗識子雲之字；不閑度曲，安能和郢客之音。感慨兹深，染濡莫究。

又

暮景引年，甚矣一秃翁之髦；歲寒念舊，卓哉半刺史之賢。凡厥篚肦，極其珍腆，蔀屋頓爲之光寵，冰廳倍有於破除〔一〕。靖惟負耒願耕之民，固難方命；輒援受饔反錦之誼，庶免傷廉。已勒别箋，少酬隆施。

〔一〕冰：原作「水」，據小草本改。

林農卿

三益之友多聞，尤殷勤於久要；兩喜之言溢美，欲光寵其始生。櫽括新腔，吹嘘朽質。恭惟某官停箸每形於天獎，彯纓已峻於月聯。《易》學精微，探索於王弼、鄭玄之外；《騷》詞要眇，頡頏於景差、唐勒之間。憐畹晚之光陰，沾賸殘之膏馥。某徒能朗誦，良愧暗投。賦緑野堂之詩，敢煩屬和；踐烏石崗之約，儻肯相尋。還贄不工，負荆以謝。

趙工部

上同。恭惟某官挺諸王孫之秀，占甲科郎之先。然藜天禄閣中，諸儒服其宿學；看花玄都觀裏，同舍立於下風。憐畹晚之光陰，下同。

方常簿〔一〕

上同。某官貴名揭日，直幹參天。造辟指陳，《易》曰王臣蹇蹇；與人交際，子在鄉黨恂恂。憐畹晚之光陰，下同。

〔一〕簿：原作「薄」，據小草本改。

林尚管

上同。恭惟某官汝南之評甚美，山陰之譜絶高。士慕浮名，癡守政事堂之筆；公求遠次，歸尋真率社之盟〔一〕。憐晼晚之光陰，下同。

〔一〕尋：原作「甚」，據小草本改。

趙循州

上同。某官在尉佗郡有百年之愛，於延陵相無半面之交〔一〕。著《辨誣書》，烏有此事；尋《遂初賦》，實獲我心。憐晼晚之光陰，下同。

〔一〕於：原作「子」，據小草本改。

方寺丞〔一〕

上同。某官鷺序久倍於羣彦，鯉庭富有於異聞。對玉座而昌言，何其壯也；視鐵庵之諫草，是以似之。憐晼晚之光陰，下同。

〔一〕寺：原作「侍」，據小草本改。

林知縣

上同。某官才情藻麗〔一〕，機監清明。民懷武城、單父之絃聲，見稱賢尹；上用乾道、淳熙之典故，將拜緊官。憐晼晚之光陰，下同。

〔一〕藻：原無，據小草本補。

卓漳州

退老明農，已拜神武門之疏；故人作牧，未寒真率社之盟。檃括新腔，寵光初度。恭惟某官成周髦士，先漢甲科〔一〕。避弋退飛，以熙寧不容而去；改弦入覲，爲開元有道少留。謂津要之立登，乃蕃宣之自詭〔二〕。置盂水，拔薤木，郡人皆曰清官；開竹棧，擲桑弓，山越復爲赤子。既循良之居最，猶故舊之不遺。興念衰陳，素叨好雅。昔陪半老儒之後，蓮照禁中；今成一禿翁而歸，草深户外。自不記桑弧之旦，乃爲鏗寶瑟之音〔三〕。某視蔭凄凉，聞歌感慨。無青玉案之作，美贈難酬；踐烏石岡之言，相尋未晚。輒抒拙訥，少答殷勤。

〔一〕漢：原作「率」，據小草本改。

〔二〕詭：原作「說」，據翁校本改。

〔三〕鏗：原作「鑑」，據小草本改。

答卓漳州親書

老夫耄無能矣，不記賤生；鄉人善者好之，特垂華問。方謝親朋而掃軌，忽驚軍將之打門。郢客調高，君房語妙。由胸中六家九流之洞貫，故筆端千變萬態而無窮。發藥孔多，應酬不暇。恭惟某官大庭前列，華省望郎。入朝奏太史之書成，出守得文公之補處〔一〕。討論潤色爲命，使演綸視草以尤宜；嘻笑怒罵成文，雖據案坐曹而不廢。記憶光陰之遲暮，分張膏馥之賸殘。某眼眩花生，心關藥裹。已飭楷牋而亟拜，復濡惡札而重陳。安渤海之功高，君且召矣；營菟裘之計決，吾將老焉。

〔一〕之補處：原缺，據小草本補。

乙丑生日回啓

上寓

老夫耄矣，自古無百年之期；鄉人好之，以愚有一日之長。掞摛麗藻，粉飾頹齡。恭惟某官讀五車書，織千機錦。念此暮遲之光景，託諸嘻笑之文章。然某頃事先皇，叨塵法從。挂神武之衣冠雖久，痛鼎湖之弓劍如新。未釋沉憂，都忘初度。記存獨厚，辭受兩難。厭腰黄眼赤之勞，灰心却掃；愛玉白花紅之作，拜手寶藏〔一〕。

〔一〕寶：原作「瑶」，據翁校本改。

秘閣徐提刑

八十餘老，自不記其始生；三百五篇，今寧無於古作。門弧侈甚，廟瑟鏗然。恭惟某官華省望郎，外臺膚使，興念布衣交之誼，發爲錦繡段之章〔一〕。然某納履之願雖諧，遺弓之痛未釋。撰予初度，非我敢知。懷南豐一瓣香之勤，拜青州十從事之惠。老夫無能耄矣，愧還笏之已遲；先生上壽時乎，欲舉觴而未忍。敬抒拙訥，少見銘藏。

〔一〕繡：原作「瑟」，據小草本、翁校本改。

又

退藏已久，歸田爲負耒之人；記憶未忘，越境問垂弧之旦。頽齡榮甚，高誼凛然。某餔楚澤公子之糟醨，飲醇醪而有愧；飽錦里先生之芋栗，見碩果而失驚。屬抱先皇弓劍之悲，不勝老臣軒䖃之慕。投李報玖，自憐囊褚之貧；戴笠乘車，方羨繡衣之貴。

蒲領衛 壽宬

辰乎去何速，自感慨於旄期；愛之欲其生，辱寵綏其初度。公雖好禮，僕則懷慙。恭惟某官雅致甚清，宦情素薄。進以禮，退以義，安知環尹之榮；貧無諂，富無驕，不改布衣之交。衆趍新貴，獨念陳人。碩果登梓，精幣實篚。感故人金石之意，尺素遥臨；抱先皇弓劍之悲，左弧罷設〔一〕。廉可無取，却爲不恭。戴笠乘車，雖不同於出處；受飧返璧，莫少答於殷勤。

〔一〕罷：原作「寵」，據小草本改。

曹守司直

行滕文公之政，久託依棲；問絳老人之年，猥蒙禮敬。烹魚之書適至，羅雀之居有光。恭惟某官東吠象賢，西京循吏。廟論徵黄之意決，莆民借寇之情深。幸四輩之小遲，念一翁之大耋。駢羅臺餽，光寵門弧。公方奉孔廟之豆籩，僕迫愴橋山之弓劍。意雖勤於祝饐，食豈忍於下咽！詩人投瓜報琚，莫酬嘉惠；昔賢受羹反錦，竊慕遺風。

陳尚書

人希七十者，餘生矧迫於旄期；詩有六義焉〔一〕，傑作尚存於古意。掞摛鴻筆，光寵爵羅。恭惟某官忠結人主之知，文鼓天下之動。百篇剴切，傾倒鯁言；一字謹嚴，本原麟史。雖《易》曰王臣蹇蹇，然子在鄉黨恂恂。念此衰殘，祝其壽嘏〔二〕。叨兩制則負乘過矣，擬三賢特齒髮似之〔三〕。從者英洛社之游，未諧撰杖；茹先帝鼎湖之痛，莫挽遺弓。槁木寒灰，視蔭幾何；明珠拱璧，無脛而至。每吹噓於吾黨，猶煖熱於此翁。某自省惰荒，難扳名勝〔四〕。朱弦三嘆，忽聞清廟之音；緹襲十重，永作傳家之寶。

〔一〕焉：原作「爲」，據小草本改。
〔二〕蝦：原作「蝦」，據小草本改。
〔三〕齒：原作「茲」，據小草本改。
〔四〕名：原作「古」，據小草本改。

李禮部

西清遺老，勞侍從而掛冠；南宮先生，驅文詞而入筆。交情無斁，初度有光。恭惟某官運斤成風，尚絅惡著。駕湘中軺傳，甫爲登車攬轡之行；歸汾曲田廬，不改彈琴著書之樂。念病叟光陰之晼晚，分詞人膏馥之賸殘。不炙手於炎炎，每垂情於寂寂。某屬悲弓劍，罷設桑蓬。莫追逐而參翔翱，第愛惜以爲珍寶。題唐謫仙黃鶴，未易續貂；隨周柱史青牛，或堪爲馭。

莆田仙遊兩宰

滕文公與許行處，兹幸受廛；晉大夫使絳老年，古尤尚齒。新腔幼眇，華髮競榮。恭惟某官有粲然文，臨壯哉縣，萬口誦龍筋鳳髓之判，片言折鼠牙雀角之爭。減晉陽繭絲之租，孰知尹鐸；至武城絃歌之室，惟有澹臺。念此陳人，託諸古調。某屬悲弓劍，罷設桑蓬。自憐灰寒木槁之餘，猶愛玉白花紅之作。豈無青史，大書雉止之祥；未有雪兒，低唱鶴飛之曲。

兩教授

居士四休，已栖遲於晚景；廣文獨冷〔一〕，肯煖熱於陳人〔二〕。自慚華皓之餘，猥辱青黄之飾。共惟某官文有古意，經爲人師。席下執經，但見門人之屨滿；樽中有酒，不知坐客之氈寒。偶成嘻笑之文章，假寵齠童之齒髮。何修而獲，無德以堪。某衰殘不記於桑蓬，攀慕未忘於弓劍。白帬襦送老，莫報珍投；絳紗帷授徒，儻蒙私淑。

〔一〕冷：原作「淡」，據小草本改。

〔二〕熱：原作「熟」，據小草本改。

曹職官

病翁耄及，久矣退閑〔一〕；幼婦詞工，施諸衰朽。過辱青黃之飾，足爲華皓之榮。恭惟某官果藝在政事科，英妙入文章錄。至是邦，聞其政，異人之求；問老人，使之年，何齒之宿。鏗鍧古調，光寵頹齡。某方深弓劍之悲，無復桑蓬之志。空煩墨客〔二〕，揮綵筆而永歌；未有雪兒，拍紅牙而低唱。

〔一〕閑：原作「寒」，據小草本改。
〔二〕空：原作「笠」，據小草本改。

後村先生大全集卷之一百二十四

啓

丙寅生日回啓

陳尚書

伏承揮翰，俯記垂弧，專伻剥啄而叩門，縟禮便蕃而塞屋。年瀕晚暮，安於山林皐壤自娱；誼薄雲天，不以寒暑燥濕改度。垂情至此，無德堪之。恭惟某官立朝則烈日嚴霜，接人則光風霽月。興懷病叟，同事先皇。昔韶奏鳳來，俱聆於廣樂；今鼎成龍去，同抱於遺弓。憐其景迫於桑榆，祝以壽侔於樗櫟。永叔譏老不知退〔一〕，僕願銘膺；獻可云事尚可爲，公宜努力。

〔一〕譏：原作「議」，據小草本改。

林中書

僕小家數，光陰刓迫於暮遲；公大宗師，膏馥許沾於殘賸。色絲好妙，華髮艷榮。恭惟某官足躡天梯，手織雲錦，小則千詩百賦，大而九制三麻。《羽獵》以前，争誦子雲之少作；玉局而後，始見坡仙之大全。徧履清華，不遺故舊。金口辱爲之善頌，白頭反似於新知。急景凋年，八袠羞縣於弧矢；華星秋月，兩篇永閟於巾箱。

林農卿

范叔舊綈袍，交情未改；秦郎《小石調》，初度有光。自顧尪殘，曷堪拂拭！共惟某官眼空四海，氣蓋諸公。先朝聞籍甚之名，同社伏飄然之思。當年應制，高才奪宮錦之袍；餘事填詞，古調奏雲和之瑟。出嘘枯之妙語，華垂暮之頹齡。故鄉憐老鶴之歸，悽其有感；貧舍乏春鶯之囀，持此安施！

徐提刑

病叟衰殘，有子房赤松之興；故人繾綣，遺武公《緑竹》之詩。逸思飄然，闇投過矣。恭惟某官至剛至大，有勇有仁。按發之威，動摇山岳；平反之念，對越穹蒼。方奉行楮幣之新書，乃記憶布衣之舊好。作爲善頌，假寵頹齡。曾謂退閑，尚煩煖熱〔一〕。某已挂神武衣冠而云，未忘橋山弓劍之哀。瑟兮僩兮，豈有文章之可述；美矣善矣〔二〕，如聞韶武之遺音。

〔一〕熱：原作「熱」，據小草本改。

〔二〕美：原作「善」，據小草本改。

卓刑部

林下山間，方安一丘壑之趣；柳邊沙外，忽貽千秋歲之詞。寶瑟鏗然，桑弧寵甚。共惟某官然藜名勝，剖竹循良。上方嘉唐邑得禾之祥，朝未行渤海罷兵之賞。非若淺夫有幾微見面，惟於故人相爾汝忘形。憐晚暮之光陰，分賸殘之膏馥。金縷唱，紅牙拍，虚辱新腔；毛錐秃，鐵硯穿，難賡逸韻。

趙工部

甚矣吾衰矣，忘設門弧；言之永歌之，忽絃廟瑟。憐其皓白，飾以青黄。恭惟某官丹桂高攀，青雲闊步。同時文館，推一更生；千古詩壇，有兩工部。言念山中之執友，僅存圯上之老人，鑄此偉詩，華其晚節。召李太白進《清平調》，行登子於寶床；陪傅大士唱《金剛經》，願借余之拍板。

林太博

晚節末路，忝陪洛下之後塵；永歌長言，忽奏郢中之古調。其榮甚矣，何德堪之！共惟某官國之俊良，士者師表。韓退之作《進學解》，招之使前；晏平仲善與人交，久而愈敬。憐半垂之白髪，分絶妙之色絲。味莊生櫟樹之言，僕幸逃於天伐；和漢帝栢梁之製，君盍箎於清華。

權郡

村翁初度，素無麟紱之祥；地主親臨，忽有驪珠之贈。新腔叶律，暮齒生光。共惟某官清若冰壺，皎如玉樹。先皇之所親策〔一〕，諸老莫不知名。偏壘局才，未足展治中之逸足；大賢爲政，不必分刺史之真符。每設醴以待穆生，亦屏騎而過黄憲。掞摛麗藻，披拂朽株。材思已衰，安敢和郢中之曲；風謡甚美，尚能續沂海之歌。

〔一〕親：原作「新」，據小草本改。

又

某倦返故栖，老逢初度，無桑蓬壯志，有弓劍餘哀。敢圖地主之仁賢，深念山翁之耄耋，騰牋問勞，實篚匪朌。顧朽質安知龜鶴之年，犯先賢兼取熊魚之戒。擇而辭受，甚矣銘藏。苟令熏衣，願丐筆端之賸馥；盧敖據殼，儻陪物外之勝遊。

李禮部

廢《蓼莪》之卷〔一〕，老尚慕親；保樗櫟之年，公真愛我。贈錦心繡腸之作，爲霜顛梔面之榮。恭惟某官粲然有文，淵乎似道。弱水三萬里，追逐於羣仙；苦縣五千言，傳授於始祖。念陳人之暮齒，按樂府之新腔。會天津橋，踐西洛耆英之約；尋烏石路，誦半山老子之詩。第恐癃殘，難扳壽雋。

〔一〕莪：原作「我」，據小草本改。

趙梅州

吾年耄矣，辭荷橐而乞身〔一〕，君思飄然，倚玉簫而度曲。不圖暮齒，辱贈新腔。恭惟某官蟾桂高攀，虎符洊剖。詞章爾雅，諧樂府之六律五音；倫類貫通，知漢宫之千門萬户。乃弦古瑟，以賁左弧。忝陪洛下之游，敢云齒宿？欲和郢中之倡，自愧才衰。

〔一〕荷：原作「何」，據小草本改。

鄭太社

僕瀕耄耋，都忘熊夢之祥；君富才情，爲製鶴飛之曲。不圖俚耳〔一〕，忽聽新腔。恭惟某官虎榜名高，鵷行譽蚤。寧種杞菊，爲甫里之散人；不把蒲萄，博凉州之刺史。顧如遺老，舊客元樞，念其景迫於桑榆，祝以壽侔於樗櫟。蓬矢四方之志，寧復壯圖；朱弦三嘆之音，尚含古意。

〔一〕俚：原作「俾」，據小草本改。

林安溪

余學無成，冉冉至老；君詩多態，疊疊迫人。自慚皓白之餘，忽被青黄之飾。恭惟某官鑄出奇偉，掃空腐陳。粤自子雲、相如以來〔一〕，賦筆幾絶；孰謂少陵、謫仙之死，詩壇遂荒。挺生若人，將付此事。觀其賀樗庵桑蓬之作，借以發弓寮翰墨之豪。鶴瘦龜饑，朽質難希於上壽；鳳儀麟獲，高才必瑞於明時。

〔一〕粤：原作「奥」，據小草本改。

陳宰 僩

漢廷視草之人，厭承明而請老；河陽種花之令，歌樂府而華予。泠然古音，榮甚初度。恭惟某官書囊無底，吟筆有神。卧元龍之樓，素挾豪氣；至言偃之室，惟聞絃聲。分天孫織錦之章，華野叟垂弧之旦〔一〕。扈蹕第甘泉之頌，莫扳附於從官；聯袂和魯山之歌，願率先於耆老〔二〕。

〔一〕叟：原作「史」，據小草本、翁校本改。

〔二〕願：原作「原」，據小草本改。

蕭教授起大韓山長伯高

維摩居士老病，坐感歲時〔一〕；廣文先生高歌，聲滿天地。其榮至此，何德堪之！恭惟某官腹貯五車，筆扛九鼎。盍早給尚方之札〔二〕，云何采泮水之芹。侍夫子之席間，並進四科之高第；

期老人於圯上，非爲一卷之素書。奏雲和太古之音，華靈均初度之旦。雖田光納履，久已作於閑人；縱鄭老無氈〔三〕，所願陪於下客。

〔一〕時：原作「事」，據小草本改。
〔二〕札：原作「禮」，據小草本改。
〔三〕縱：原作「蹤」，據小草本改。

職曹官

一秃翁耄及，久矣引年；三語掾才高，爲之度曲。自慙垂暮，良費噓枯。恭惟某官承露金莖，臨風玉樹。隨羣而入，孰如我之賢勞；直道而行，不計公之喜怒。言念老生之初度，俾沾才子之殘膏。忽聆三嘆之音，倡焉寡和；欲效七襄之報，織不成章。

王縣丞 得三

余髪種種，忘麟紱之祥；君思飄飄，有驪珠之贈。自慚蹋颯，不稱揄揚。恭惟某官有是天才，輔以學力。章騰鶚薦，見知當路之諸公；書訪雀羅，加禮受廛之一老。燁然麗藻，賁此朽株。急景凋年，懶陳於弧矢；華星秋月，永閟於巾箱。

張監務 邦洵

上同。恭惟某官筆斡千鈞，胸蟠萬卷。興公之賦，擲地有聲；文昌之詩，如雲多態。言念老生之初度，俾沾才子之殘膏。忽聆三嘆之音，倡焉寡和；欲效七襄之報，織不成章。

方山長 至

落日没山西，吾生休矣；凉風起天末，子意如何？投贈新章，寵光初度。伏惟某官高攀月桂，薄采泮芹。侍天子之席間，進生徒而私淑；拜德光於牀下，爲耆舊而執謙。念陳人蒼顔白髮之餘，分才子黄絹色絲之製。凋年急景，屏弧矢而勿垂；秋月華星，寶巾箱而永閟。

楊縣丞 思謙

乖崖老尚書，匆匆忘初生之日；平原佳公子〔一〕，洋洋聞正始之音。恭惟某官漢關西名家，唐靖恭舊譜。暫爲假令，河陽之花盛開；見謂文丞，藍田之松對植〔二〕。顧如英妙，尤篤交游，念其晚暮之年，贈以陽春之曲。空煩墨客，按金縷之新聲；未有雪兒，拍紅牙而低倡。

〔一〕原：原作「元」，據小草本改。
〔二〕松：原作「私」，據小草本改。

士友

老夫耄矣，如焦穀之枯；鄉人好之，有靈椿之祝〔一〕。古音要妙，暮齒兢榮〔二〕。恭惟某官志抗雲霄，評高月旦。無友弗如己者，雖泛愛而親仁；善謔不爲虐兮，或以文而爲戲。贈以郢中之絶倡，擬之洛下之耆英。自顧衰頽，不堪拂拭。譏秦少游入《小石調》，子豈放潑乎〔三〕；陪傅大士唱《金剛經》，吾將逃儒矣。

〔一〕祝：原作「作」，據小草本改。
〔二〕兢：原作「競」，據小草本、翁校本改。
〔三〕放：原作「況」，據小草本改。

卓刑部

僕侵尋大耄，慕華陽真逸之風；公倡率羣賢〔一〕，開洛社耆英之會。固已有不貲之破費，乃復叨甚腆之匪朌。雖被高情，寔包厚媿。敬以璧返，均之銘藏。得鹿心灰，不記覆蕉之殘夢；吸鯨量減，浪云逢麴而流涎。姑削牘以稟酬〔二〕，別負荆而摧謝。

〔一〕公：原作「光」，據小草本改。
〔二〕酬：原作「訓」，據小草本改。

諸友醵飲

一老乞骸，久挂冠而還里；諸賢尚齒，欲載酒而過門。聯璧招邀，剥緘愧悚。折枝長者，式昭遜悌之心；先酌鄉人，敢曰斯須之敬。

黄教授

家温身寵，退臣莫報於國恩；兄事肩隨，舊友未忘於交誼。豈敢追攀於先進，居然獎借於晚生。恭惟某官齒宿而意新，年高而德邵。叔度汪汪之量，華胄相望；武公抑抑之詩，旄期不亂。念其昔叨末契，今亦暮齡，雖才不才之爾殊，然老吾老以相及。見鄉人長者則拜，況辱珍投；誦廣文先生之歌，難酬絶倡。

丁卯生日

林中書

短檠棄擲，僕烏覩青藜杖之光；老筆森嚴，公占斷紫薇花之樣。托錦心繡腸之作，爲禿眉黄髮之榮。恭惟某官聞正始音，識關雎亂。文則史，質則野，衆作皆然；齒之宿，意之新，一人而已。既備大宗師之全體，亦工《小石調》之新腔。慷慨高情，光華初度。某久抛書案，未減藥囊。

方苦昏花〔一〕，望金篦之刮膜〔二〕；恨無妙麗，倚玉簫而成聲。

〔一〕苦：原作「若」，據小草本改。
〔二〕刮：原作「剖」，據小草本改。

陳提刑

挂衣冠於神武，力請還山；立繡斧於雲霄，未忘同舍。託樂府新腔之妙，爲野人初度之榮。恭惟某官粉省望郎，蘭臺良史。吟玄都觀〔一〕，並遊各看於桃花；邑甘泉宮，大半已持於荷橐。雖近辭於禁密，猶遠有於光華。嘉其保晚節之香，示以禮高年之意。某情懷牢落，瞻視昏花。墨妙筆精，自可供清平之調；曲高和寡，若爲賡幼眇之音。

〔一〕都：原作「妙」，據小草本改。

鄉守趙計院

皇覽揆予初度，自感餘齡；諸侯不臣寓公，力行古道。贈以陽春之曲，賁其晚暮之年。恭惟某官皦皦冰清，巖巖壁立。憇棠訟少，拔薤才高。春陵之行，杜子美爲之起畏；南山之判，蘇味道見之必羞。隳括金石之音，輝華弧矢之旦。某堆懷銘惠，稽首拜嘉。歌益郡之中和，素非才子；誦魯侯之燕喜，殊愧風人〔一〕。

〔一〕愧：原無，據小草本補。

趙倅

僕老於劉子政，不記始生；君賢如趙德麟，爲歌古調。桑蓬焜耀，宫羽協諧。恭惟某官妙吐天葩，高攀月桂。漢京士子，相推舉太學之幡；唐朝公卿，争傳誦《阿房》之賦。躬行水利，永障濤瀾；客至冰廳〔一〕，但談風月。每念垂車之叟，今爲負耒之氓，託錦心繡腸之辭，假梔面霜顛之寵。某自憐韓老，慨然發於《秋懷》；所願秦郎，移此施之《春帖》。

〔一〕冰：原作「水」，據小草本改。

林農卿

樗櫟無用，幸天罰之偶逃；松柏有心，於歲寒而乃見。假黄絹色絲之作，爲蒼顔白髮之榮。恭惟某官館殿名流，山林特起。昔鵠來太液，曾賡應制之歌；今龍去鼎湖，空抱遺弓之泣。尚念同時之髦士，今爲謝事之秃翁，奏郢中而揄揚，率洛英而存問。兒童驚喜，里社傳誇。某自顧尪殘，曷堪提奬！目有赤眚，全抛插架之書；家無絳唇，空負繞梁之曲。

卓刑部

上同。恭惟某官以黄甲名流，居紫陽補處。以仁政代暴政，不數罟以取魚；視畬民如省民，争解刀而佩犢。渤海之璽書甫下，中山之謗篋已興。有歌詠發乎性情，無幾微見於言面。古調鏗鍧於郢曲，高軒領袖於洛英。某自顧尪殘，下同。

趙梅州

上同。恭惟某官卓雅不羣，勞謙自牧。石門泉濁，不能易夷齊之心；長樂瘴清，亦既奏中和之最。方擁旌旗於新府，未忘車笠之舊交。贈我好歌，華其初度。某目有赤眚〔一〕，下同。

〔一〕目：原作「自」，徑改。

趙工部

上同。恭惟某官甲殿上之傳臚，紹山中之文印。絛冰若杜子美，掃空萬古之詩人；太乙照劉更生，引領同時之學士。念申公八十餘之老，製秦郎千秋歲之詞。金石鏘然，桑蓬榮甚。某目有赤眚，下同。

林尚管

上同。恭惟某官通務之儒，識時之傑。機、雲不作，久無競爽之才；蘊、藻以來，復見二難之懿。骯髒弗容於細德，殷勤加惠於淡交〔一〕。隳括宮商，寵光弧矢。某目有赤眚，下同。

〔一〕淡：原作「談」，據小草本改。

莊省門

上同。恭惟某官家學傳衣，世科拾芥。義方孝謹，藻齋先生之嫡孫；詩律森嚴，戇庵老子之宅相。謂立登於要路，忽勇退於急流。隳括古音，光華初度。念此翁之晚歲，與吾父以齊年。某自顧尩殘，下同。

李書監

上同。恭惟某官漢甲科郎，周譽髦士。四庫書付之典掌〔一〕，六館生有所師承。始從烏大夫之招，壹如温造；不負衛將軍而去，獨有任安。檃括宮商，寵光弧矢。某目有赤眚，下同。

〔一〕付之：原倒，據小草本乙。

南劍林倅

上同。恭惟某官用世才周，康時志廣〔一〕。雙溪監郡，未免蹔而小之；萬里建侯，會當圖其大者。念陳人之初度，製樂府之新腔。某自顧尫殘，下同。

〔一〕志：原作「忘」，據小草本改。

邵武林倅

上同。恭惟某官科第摘髭，功名唾手。書上光範，蒙夾袋之知；舟近蓬萊，忽引航而去。暫作樵川之通守，未忘洛社之陳人。躁括宮商，寵光弧矢。某目有赤眚，下同。

徐提舉

大士無障礙，未回瞎漢之昏花；使臣有光華，尚記禿翁之衰朽。贈以驪珠之作，過於麟紱之榮。恭惟某官今之名流，古之遺直。雖冰霜勁節，屢聳瞻埋輪攬轡之威〔一〕；然金石交情，初不隔乘車戴笠之勢。灑翰示綈袍之意，遺詩賁弧矢之朝〔二〕。某自顧尪殘〔三〕，曷堪提奬！欲焚筆硯，難賡郢客之古音；永閟巾箱，留作鄴侯之家寶。

〔一〕埋：原作「仰」，據小草本改。
〔二〕朝：原作「期」，據小草本改。
〔三〕自：原作「目」，據小草本改。

方秘書

維摩病居士，忘蓬矢之紀祥；世南行秘書，倚玉簫而度曲。高情繾綣，朽質光華。恭惟某官氣欲凌雲，文如翻水。告於爾后，屢對賈生於席前；用之鄉人，肯拜德公於牀下。遂令俚耳，獲聽古音。某久廢燈窗，尚親湯液。傳玉函之訣，冀洗昏花；歌金縷之詞，恨無妙麗。

黄帥機林安溪〔一〕

求玉杵臼，歎刮膜之無方；唱金縷衣，忽倚簫而度曲。協諧律吕，焜燿桑蓬。恭惟某官粲然有文，淵乎似道。俗間火食語，一洗哇淫；天上步虚詞，罕聆幼妙。念病翁之華髮，贈才子之色絲。加厚久要，有光初度。某譬遶月鵲，固難擇木而棲；無囀春鶯，空負遶梁之曲。

〔一〕帥：原作「師」，據小草本改。

戊辰生日回啓

徐提舉

生也有涯，素安定分；壽則多辱，飽閲交情。矧相逢車笠之時，猶未忘弧矢之旦。事真創見，感不容聲。恭惟某官古典刑人，今文章伯。自漢大農平準之後，普沾紅腐之蓋藏；及暴公子直指以來，重識繡衣之風采。繩强宗以安善弱，薦健吏以勸事功。不圖濟南老生九衺之翁，曾是冀州刺史故人之舊。餉山濤常少，知欲者之不多；哀范叔一寒，有故交之餘戀。蟠屈烈日嚴霜之操，掞摛華星秋月之章。某受則傷廉，辭則方命。捧書亟拜〔一〕，驚雙明珠之暗投；倒橐冥搜，拈一瓣香而回向。

〔一〕亟：原作「函」，據小草本改。

鄉守趙計院

人生百歲，端如過隙之白駒；我瞻四方，僅有還鄉之黃鵠。感君侯之善頌，動蒙叟之喜心。擊鉢材慳〔一〕，報瓊禮闕。恭惟某官笑談霏屑，咳唾成珠。君苗讀士衡文，生欲焚其惡札；味道見審言判，死猶帶於羞容。似憐濟南之老生，遠引淇澳之君子。觀鄉意古，尚齒義高。某暫設門弧，永爲家寶。豈無愛客，舊雨去而不來；深恐偷兒，半夜負之而走。

〔一〕慳：原作「鏗」，據小草本改。

江倅

上同。動蒙叟之喜心。恭惟某官以簡易得民心，以安静爲政體。粤從闕決〔一〕，洗清俗吏之簿書；時與賓朋，管領冰廳之風月。憐才意古〔二〕，下同。

〔一〕粤：原作「奥」，據小草本改。

〔二〕意古：原倒，據上篇文字乙。

林中書

皇揆初度，莫報親劬；人羨久生，不知老至。揆摛鴻筆，光寵雀羅。恭惟某官文包化工，學到聖處。仲舒最宜詞掖，絲綸成一家之言；應氏三入承明，麻卷似六經之體。追唐元、白，軼宋汪、綦。若牋釋苦里蒙縣人之書，尤契合漢文竇太后之意。及穆陵髯絶，遼海鶴歸，似憐絳老之衰，許入洛英之會。托牙絃之古調，祝銅狄之高年。某自顧衰癃，難扳名勝。冰稜間道〔一〕，難酬平子錦繡段之章；虹氣亘天，永作米家書畫船之寶。

〔一〕「稜」原作「棱」，「間」原作「問」，據小草本改。

林農卿

上同，不知老至。厚矣金石交之好，贈之錦繡段之章。恭惟某官承絶學之傳，得先天之妙〔一〕。始奇陸生新語，今説詩書；及覽枚叔奏篇，尤稱賦頌。青雲失脚，白首抽身。以憐絳老之衰，許入洛英之會。托牙絃之古調，祝銅狄之高年。某自顧衰癃，難扳名勝。户外客屨，豈無跫然之音；帳中《論衡》，恐有負之而走。

〔一〕先：原作「光」，據小草本改。

卓刑部

上同。恭惟某官華省望郎，御屏賢牧。摩娑高先生，喬木皆已成陰；封植朱文公，甘棠至今勿翦。其治爲七閩之冠，雖去有百年之思。似憐絳老之衰〔一〕，許入洛英之會。下同。

〔一〕絳：原作「終」，據小草本改。

趙工部

上同。恭惟某官擅江夏無雙，壓杜牧第五。紹更生誦習〔一〕，頻下青藜〔二〕；畏臣甫蹉跎，久紆朱紱。昔與乃翁同隊，今觀吾子二毛。似憐絳老之衰，下同。

〔一〕 紹：小草本作「詔」。
〔二〕 頻：原作「類」，據小草本改。

方秘書

上同。恭惟某官至音自協宮商，妙語不煩繩削。早陪貞觀學士，登蓬萊山；中若開元翰林，對金鑾殿。衆皆非其類而狎其謫，公益豪於酒而聖於詩。似憐絳老之衰，下同。

李書監

上同。恭惟某官擅江夏無雙，亞杜牧第五。一鳴遂爲諸儒之倡，小却猶掌四庫之書。使之路泣多岐，可登梯而上矣；惟其壁立萬仞，乃拂袖而去之。似憐絳老之衰，下同。

蒲領衛

松栢後凋，歲寒乃見〔一〕；櫟樗無用，晚暮奚堪！極口揄揚，汗顔傳誦。敬惟某官幼好奇服，自鑄偉詞。岐鼓嶧碑，剜苔蘚而出；湯盤孔鼎，勒金石以傳。諸公服其終、賈之年，一日出於樊、孟之上。深慕先民之尚齒，每爲長者之折枝。濃炷寶熏，高攀碩果。某惰荒已久〔二〕，偶儷非長。吾貧乞兒，守君子固窮之語；公大檀越，辨菩提喜捨之心。

〔一〕寒：原作「晚」，據小草本改。

〔二〕荒：原作「流」，據小草本改。

見任官

僕拊瓦缶而歌，光陰晼晚；客吹洞簫而和，音節激昂。極口揄揚，汗顔傳誦。伏惟某官善養至剛之氣，能大所居之官。天時不齊，於民怨民咨而必察；人情可畏，何公喜公怒之足言。謂詔書尚禮於高年，若禮樂寧從於先進。觀鄉意古，尚齒義高。某幸以廛氓，儕於閣老。蘭芽初茁，香九畹以皆聞〔一〕；樗木不材，蔽十牛而安用？

〔一〕皆聞：原倒，據小草本乙。

林秋陳簿陳權糾楊法

老伏波，病維摩，已濱大耋；髯參軍，短主簿，猶記始生。極口揄揚，下同。

兩教授韓山長

毗耶居士，未脱灑於沉痾；廣文先生，尚記存其初度。揄揚極口，登受汗顔。伏惟某官如觀郭有道碑，似讀何生蕃傳。問絳人甲子，虚銷十載之光陰；同鄭老襟期，時與諸儒而斟酌。憐其暮景，贈以好歌。某暫設門弧，永爲家寶。何時樽酒，與太白而細論；向來瓣香〔一〕，容後山之回嚮〔二〕。

〔一〕來：原作「未」，據小草本改。

〔二〕容：原作「客」，據小草本改。

邵武林倅

上同林農卿。恭惟某官生夾漈比鄰，通囿山譜系。蓋嘗彈長官古調，章水去思；不必分刺史真符，樵人愛戴。無情公議，譽之不置；有力貴人，挽之者多。似憐絳老之衰，下同林農卿。

陳尚書

老馬八百價，僕已虺隤；天駟十二閑，公真汗血。運此成風之斲〔一〕，華予墮地之辰。恭惟某官沉酣古書，通達國體。爲君謨邑子，四諫祠於里門；作仲尼素臣，《三傳》束之高閣。歷諫大夫而恥屈節〔二〕，遷太常伯而徑拂衣〔三〕。似憐絳老之衰，許入洛英之會。灑銀鈎之華翰，祝銅狄之高年。濃炷寶熏，高攀碩果。愛存羊禮，登嘉重饗餮之𩐈〔四〕；答弄麞書，廢學恐偏旁之誤。

〔一〕運：原作「遲」，據小草本改。

〔二〕「諫」下原有「議」字，據小草本、翁校本删。

〔三〕「徑」原作「經」，「衣」字原無，據小草本改、補。

〔四〕登：原作「發」，據小草本改。

諸知縣

門設爵羅，都忘初度；驛馳駛足，惠我好音。伏惟某官下缺。

後村先生大全集卷之一百二十五

雜啓

王守工部 克恭

伏辱貽牋，寵斿折俎。重念某里巷晚出，與先進不同；州縣粗官，視勝流尤異。兹承宴享，稍異故常。豈無欲炙之心〔一〕，適有服緦之戚。陪孟嘗之珠履，難希上客之榮；招虞人以皮冠，願守匹夫之志。況是日尚留於鄰邑，以何名可拜於盛儀？所有餽金，敬當返璧。

〔一〕炙：原缺，據小草本補。

又

適辭盛禮，恐速嚴誅〔一〕。雖答語之甚温，故愚忱之未白。屬者大開公讌，高會羣賓，某方哭婦翁，尚留鄰邑，實不聞有下榻之命，亦未始控循墻之辭。迨還轅之及門，驚折俎之滿室，於義未有所處，雖食且不下咽。僕稍好修，何至於簞食豆羹而動色；公方待士，寧忍以飯囊酒甕而加人！欲望恕書生之清狂，責郡人以廉耻〔二〕，免爲饕客〔三〕，全在賢侯。儻他時賜出於有名，則下走誼難於方命。再瀆之罪，百拜以須。

〔一〕速：原作「踈」，據小草本改。
〔二〕責：原作「貴」，據小草本改。
〔三〕客：原作「各」，據小草本改。

楊守監丞　夢信

疇咨雅望，俶布寬條。入太學，咀英華，不作熱官之想〔一〕；問君王，乞符竹，皆傳廉吏之來〔二〕。方竊庇休，敢稽迎候？恭惟某官江鄉名族，場屋宿儒。惟本朝之道德詞章，萃見廬陵之郡；若閣下之父兄家世，尤爲多士之宗。昔者忠襄，仕於建鄴，虜窺天塹，群拜穹廬。方夷甫委師，將相至於失節；獨杲卿駡賊，天地爲之動容。使當代稱爲忠義之門，至奕葉不絶詩書之澤。載觀賢業，尤有祖風。臨履淵冰，肯墜清白之訓？放浪嶺海，不傍軟紅之塵。及吾丘奉最而來，興主父見晚之嘆。長安貴人之衆，車轂競馳；國子先生之賢，門庭獨泠。上書勇決而求去，當軸委曲而莫留。莆雖斗大之州，帝則印刓之久。兒童騎竹馬，問新牧之謂誰；佳士得朱輪，恨先驅之來暮。而況官府無酒鹽之榷，海鄉有魚稻之饒，士多知書，俗少梗化。爲丹荔黄蕉所誘，暫至南州；詠青苔紅藥之詩，即歸西省。某涉世甚淺，入山未深。少竊虚名，宜天公之見罰；晚歸舊隱，幸地主之相容。屬聞謡誦之載塗，始覺旌麾之壓境。石田荒，茅屋破，久安貧士之常；太守好，長官清，即是老農之幸。

〔一〕「熱」原作「熱」，「想」原作「相」，據小草本改。

〔二〕傅：原作「傍」，據小草本改。

新守陳夢龍

當宁掄才，專城作牧。鄉邦相望，新懷會稽太守之章；父老來迎，如見國子先生之面。稍修書禮，以候旌麾。恭惟某官書讀五車，詞傾三峽。朗陵荀有文若，視元、凱而有光；靖恭揚生敬之，方屈、馬而無愧。冠三舍俊造之選，號七閩文章之家。衆由徑以疾趨，獨盈科而後進。佐陪京之留鑰〔二〕，風月洊分；牧思陵之潛藩，瘴煙一洗。盍趣召吾丘而奉計，顧重煩韋守之凝香。眷此邦人，種何福德，鴻碩鎮臨之未遠，象賢選擇而重來。昔尚父報政於齊〔二〕，何其疾也；國僑遺愛於鄭，誰其嗣之？未有上冢過家，拜廳視事〔三〕，光復周公之舊宇，增陪召伯之憩棠，歷觀舊史所書，鮮如今日之懿。譜端明之丹荔，可繼先賢；對舍人之紫薇，莫須公等。某坐虛名之過實，爲衆毁之求全。岌岌之蹤甚危，狺狺之吠未息。身離禁苑，永孤明主之知；名列黨碑，尤當纍臣之罪。自嗟垂暮，偶未溘先。躬書詩以教子孫，力田園以奉公上。聞雙旌之孔邇，扶一杖而起迎。太守賓懽，猶記鳴禽之同樂；郎君官貴，恐難行馬之重窺。

〔一〕留：原作「流」，據小草本改。
〔二〕昔：原作「者」，據小草本改。
〔三〕視：原作「牴」，據小草本改。

潘守宮教　墀

遴選名儒，出臨雅俗。邦人欣欣相告，以屬望於班春；使君徐徐其行，孰不歌於來暮。亟馳尺牘〔一〕，往候雙旌〔二〕。恭惟某官稟奎昴之精英，鍾山川之清淑，蓋諸老並生於寶婺，而偉人多出於華宗。成公席下所聞，終身實踐；柱史殿上之叱，千古直聲。既盡讀善和之書，且單傳麗澤之學，不由介紹，自致清華。東觀羣儒推蔡邕，尤知漢事；太學諸生曰韓愈，宜爲人師。厭輦路之紛華，愛桐廬之瀟灑。衆欲別駕，詔遣追鋒。長孺庭之直臣，有足憚者；梁王上之介弟，遂使傳之。但嘗爲朱邸之賓，鮮不在烏臺之選。視猶浼己〔三〕，義不呈身。對揚咫尺之威，枚數中外之事〔四〕。痛哭陳治安之策，天爲動顏；長揖出光範之門，士有愧色。莆方弄印，帝命剖符。俗無澆淳，治有粹駁。昔鄭人嘗病鄉校之議，自孟子已形巨室之言。惟清可律懦頑，惟理可屈權勢，不必參伍以問牛馬，當如《中孚》之及豚魚。小國寡民，未究師儒之施設；聖君賢相，方褒牧守之循良。煖席未皇〔五〕，予環不遠。某乾淳舊族〔六〕，海嶠孤生。四紀驅馳，人知其文俗吏；一朝際遇，上擢以清望官。紊進士任子之品流，妨文人才士之塗轍。以兹蔽罪，良所甘心。乃若騰樂羊之謗書，殆未見張華之諫草。衆怒欲加於丹頸，寬恩獨念其白頭。獲以殘年，安於故里。聞擁麾之且至，將扶杖以願觀。僕視彼徐穉、任棠則慊然，侯賢於陳蕃、龐參也遠甚〔七〕。庶因暇日，可聽緒言。懸車而示子孫〔八〕，不容緩矣；灌園以奉公上，尚可勉旃〔九〕。

〔一〕亟：原作「函」，據小草本改。
〔二〕候：原作「侯」，據小草本改。
〔三〕己：原作「也」，據小草本改。
〔四〕枚：原作「放」，據小草本改。

〔五〕皇：原作「室」，據小草本改。
〔六〕乾淳：原倒，據小草本乙。
〔七〕句首原有「候」字，據小草本刪。
〔八〕車：原作「申」，據小草本改。
〔九〕可：原作「其」，據小草本改。

鄉守樂語

藩條俶布，方欣受許子之廛；鄉論素卑，乃特下陳蕃之榻。竊味伶倫之好語〔一〕，仰慙牧守之盛心。昔者諸侯尤待寓公，一國必有善士。任棠隱者，龐參候門而還〔二〕；林逋詩人，李及衝雪而訪。皆以道義爲輕重，豈計官資之崇卑？何況黄堂，初開華讌，衆觀位置，愚自劑量。龐眉多洛社之耆英，躡踵皆漢廷之儁茂。居常合席〔三〕，鉅容前之是後之非；獨享加籩，則是有其一慢其二。荷君侯之偉度，察野叟之真情〔四〕。玆蓋伏遇某官六館儒宗，兩京循吏。伯禽奄龜蒙之地，無忝周公；曹參避齊相之堂，以俟蓋老〔五〕。班春屬爾，來暮藹然。興懷嚴考之遺民，俾陪太守之下客。鳳凰見潁川郡〔六〕，必下璽書；鶢鶋集魯東門，奚煩鐘鼓！雖不敢傳誇於邦域，然謹當付授於子孫〔七〕。序鄉飲之儀，僕獲觀於古禮；託醉翁之樂，公自有於雄文。

〔一〕好：原作「外」，據小草本改。
〔二〕候：原作「侯」，據小草本改。
〔三〕常：原作「弟」，據小草本改。
〔四〕真：原作「貞」，據小草本改。
〔五〕俟：原作「侯」，據小草本改。
〔六〕潁：原作「穎」，徑改。
〔七〕授：原作「援」，據小草本改。

潘守餽歲

纍臣垂暮，不記換於歲華；仁牧頒春，忽喚回於暖律。箋函俯逮，蓬户增光。輟膳宰之珍羞，分兵厨之餘瀝，雖枵腹頓爲之醉飽〔一〕，然厚顔殊愧於老饕。嘗鄭君之羹〔二〕，自悲不洎〔三〕；食伯夷之粟，尤覺傷廉。

〔一〕飽：原作「飲」，據小草本改。

〔二〕嘗：原作「當」，據小草本改。
〔三〕洎：原作「洎」，據小草本改。

又

茅柴餞歲，澆田舍之微勞；絲勝頒春，分兵厨之餘瀝。里閈改觀，水陸畢陳。夫何視楚澤之纍臣〔一〕，幾若待甘泉之法從。某銘心無斁，捫腹有慚。從者絶糧，敢效仲由之愠；庖人繼肉，莫望子思之賢。

〔一〕夫：原作「天」，據小草本改。

潘守樂語

七十翁尚扶杖而戲，及觀德化；二千石有掣鈐之客〔一〕，爰秩初筵。屈符竹之尊嚴，爲桑蓬之光寵。恭惟某官在醇儒之目，有循吏之風。於前輩滿腔惻隱之言，終身是踐〔二〕；凡世吏奮髯武譎之事，一毫不爲。糧棲畝而有餘，雨隨車而輒應。由公方寸，使郡治平。如子産然，豈獨鄭人之母；有許行者，願爲滕君之民。興念希年，俯爲卜夜。擁韋郎之畫戟，訪杜老之草堂。山間明月，江上清風，固閑人之共有；竹裏行厨，花邊立馬，乃田舍之所無。雄辭傳播於親朋，盛事夸張於樵牧。某了無新意，徒愧老饕。感烈士之暮年，壯心未已；願先生之眉壽，餘瀝見分。

〔一〕挈：原作「製」，據小草本改。

〔二〕是：原作「足」，據小草本改。

趙守樂語

把茅送老，愧非洛社之耆英；畫戟行春，俾預梁園之賓客。初筵甚設，晚景有光。恭惟某官前輩典刑，故家文獻。聞絃歌於百里，孔門亟稱；陳雅樂於三雍，漢庭推重。甫布宣於明詔〔一〕，首存問於高年。加籩之禮隆，祝饐之誼古。腐儒之餐粗糲，烹雌常爨於扊扅；君子之酒旨多，饗鶢鶋奚煩於鐘鼓。謂其綴於蛾眉之末，引而進之狨槖之間。位置太高，覩瞻未允。託伶人之善頌，覺野叟之厚顏〔二〕。某口誦心惟〔三〕，齒衰才盡。續老饕之賦，竊比坡翁；作公讌之詩，難追子建〔四〕。

〔一〕「布」原作「希」，「詔」原作「語」，據小草本改。
〔二〕叟：原作「史」，據小草本改。
〔三〕口：原作「曰」，據《翰苑新書》續集卷四〇改。
〔四〕建：原無，據小草本補。

趙守寺丞

温詔趣行，輕裝赴鎮。聞嶠有壺公之勝，宅牧不輕；邦人望結輩之來〔一〕，聞風相慶。可無尺牘，以候雙旌！恭惟某官講貫於家庭，切磋於師友。黄巖萬家之邑，藹若誦弦；西橋諸趙之賢，尤其冠冕。乃如執事，克肖前人。其踐履則司直、奉常，其施設則省郎、中秘。三載令君之勤恤，百年父老之去思。洎擢廷紳〔二〕，蓋旌縣譜。爲丞再轉少留，宜列宿之可攀；乞郡三章勇去，雖六丁而莫挽。莆本樂土，守多名卿。屬此儉荒，加之供億〔三〕，遣防江之戍衛，募入水之佽飛。西北之事會無窮，東南之膏血已竭。國有三空之患，孰不懷於隱憂〔四〕；民受一分之寛，公盍念於斯語。靡容席煖，即有璽褒。某妄想灰寒，顛毛雪白。昔過鳴琴之境，嘗接緒言；今爲負耒之民，已尋初服。聞涓上日，喜托餘齡。騎竹迎細侯，固難入小兒之隊；尋花訪野老，尚能和大尹之詩。折屐之深，濡毫罔既。

〔一〕結：原作「紹」，據小草本改。
〔二〕洎：原作「洎」，據小草本改。
〔三〕供億：原作「洪意」，據小草本改。
〔四〕懷：原作「華」，據小草本改。

徐守寺丞樂語

僕侵暮景，歸先人之敝廬；公敬高年，設邦君之反坫。清歡卜夜，好語辟寒〔一〕。恭惟某官濟美當家，從游諸老。方冰山擅國，六卿三家之僭有萌；非楳埜據經，三綱五常之道幾熄。至今延平之遺愛，有古循吏之餘風。自執事之下車，與尊君而合轍。吏多饕墨，孰如龜腸蟬腹之清；俗尚苞苴，獨無鰕鮭鮆魚之獻。某所以辭邇聯而去國，亦惟樂美化而受廛〔二〕。息肩蝸舍之初，觸目鴒原之感。殷勤盛意，欲載酒而訪子雲；踧踖牢辭，辱下榻而禮徐孺。托優伶之善謔，備賓主之多儀。衆云吾侯〔三〕，鮮有此客〔四〕。愧非才士，不能歌蜀守之中和〔五〕；竊慕風人，尚可頌魯公之燕喜。

〔一〕辟：原作「辭」，據小草本改。
〔二〕美：原作「羹」，據小草本改。
〔三〕「衆」下原有「若」字，據小草本删。
〔四〕客：原作「容」，據小草本改。
〔五〕中：原無，據小草本補。

曹守司直

細札專城，前茅壓境。環千里而置守，親冊於朝；受一廛而爲氓，願耕其野。庸修短贄，往俟高牙〔一〕。恭惟某官襟度春融，丰神山立。侍緇帷之側，早趨庭而有聞；角黄策之文，屢鎖廳而得雋。嘗婉婉而贊閫畫，亦颯颯而草軍書。着鞭鶩聖哲之場〔二〕，進孰禦者；執璧封子男之國，斲而小之。既騰三異之聲，又著平分之績〔三〕。屬吏漢化，甫寘周行，而乃慨東畝之甘棠，乞南州之符竹。賓客惜翟公之去，無羅雀之嘆焉；兒童喜郭伋之來，有竹馬之迎者。靡待頒條而下教，皆思宿道而向方。謡誦四馳，報太公望之政；璽書中出，趣曹相國之裝。詎容偏方，久拜大惠。某幸因先契，辱在下風。昔文恭公同聲而相應，當端平際一面而定交，誨言書紳，翰墨盈篋。兹病叟荷鉏之地，在象賢賜履之邦。顧如衰殘，得所栖托。交通二千石，豈敢掣於齋鈴；廣袤三百弓〔四〕，粗足供於樵斧。瞻依深切〔五〕，甹叙莫周。

〔一〕俟：原作「矣」，據翁校本改。

〔二〕騖：原作「驚」，據小草本改。

〔三〕著：原作「着」，據小草本改。

〔四〕袤：原缺，據小草本補。

〔五〕深：小草本、翁校本皆作「采」。

曹守重陽節儀

山翁老退，方拾穗而行吟；地主仁賢，分泛萸之餘瀝。申以繼粟繼肉之禮，念其祝鯁祝饐之時。某拜賜何勞，傷廉是愧。無黄花散金之句，自嘆衰年；有白衣送酒之人，足酬佳節。

曹守樂語〔一〕

引年還笏，幸歸從太守之遊；卜夜加籩，示不臣寓公之意。霜顛榮甚，春脚盎然。恭惟某官奕世才華，一門貴盛。清詞麗藻，視建安七子而有光；讜論危言，雜慶曆四諫而無辨。是生冢嗣，尤得單傳，吏能少雙，縣譜第一。政惟佩玉，不利於步趨；亦既奉璋，攸宜於左右。衆觀三接，復擁一麾。建牙甫布於寬條，尚齒首存於古意。謂半世獲交於橋梓，異於稠人；念癡年偶長於枌榆，延之上坐。託優伶之善頌，發游戲之雄文。但恐趣入於天朝，不容久依於地主。某無勞厚饗〔二〕，有愧汗顏。德匪耆英，僕敢希於迂叟〔三〕？語多謬誤，公尚恕於醉人。謹課疏蕪，少伸銘謝。

〔一〕語：原無，據小草本補。

〔二〕勞：原無，據小草本補。

〔三〕敢：原作「放」，據小草本改。

曹守歲儀

宦情衰謝，已挂衣冠〔一〕；臺餽殷勤，曲相俎豆。辱鈴齋之殊禮，覺茅屋之歡顏。頗聞召節之將頒〔二〕，尚喜甘棠之暫憩。茲臨徂歲，加惠耆年〔三〕。某調饑方幸以充腸，爛醉不知其敗面。邦君七牢之餽，豈不厚哉；書生一飽之難，乃至於此。扶持裁答，皐緩增慙。

〔一〕挂：原作「推」，據小草本改。

〔二〕召：原作「名」，據小草本改。

〔三〕加：原作「如」，據小草本改。

曹守送重陽節儀

賢侯報政，借留憩南國之棠；退老投閑，扶憊把東籬之菊。方拊時而感慨，辱記節之殷勤。分兵厨涓滴之餘，輟賓筵方丈之食，脾神失喜〔一〕，竈鬼亦驚。靖節欲眠，不知其已醉；子思亟拜，安敢以弗恭！

〔一〕脾：原作「睥」，據小草本改。

曹守冬至節儀 一

村翁岑寂，無旨蓄以御冬；地主仁賢，委博封而記節。自憐衰颯，莫稱殷勤。龜腸忽享以八珍，鼠量曷勘於五斗！某登嘉僕僕，復命匆匆。聞養老之風，孰非懷惠；論食功之義，寧有不慚！

曹守冬至節儀 二

爐煨榾柮，方苦陰寒；臺餽酒肴，喚回陽律。顧如老朽，倍費記存。寂寂而守玄經，衰也久矣；僕僕而拜鼎肉，愧莫甚焉。

汪守樂語〔一〕

師儒出牧，親承天子之臨軒；退老明農，辱設邦君之反坫〔二〕。皆云初政，先禮高年。恭惟某官傑出名流，飽參前輩。忠恕若曾子，一言行之；通達如賈生，羣疑亡矣。既横經於朱邸，將執簡於烏臺。搢紳羨身去之輕，田里恨公來之暮。以清修革饕俗，以惨怛行新書。剖決如流，真庖丁無全牛之手；安静不擾，合老氏烹小鮮之言。甫下教條，初陳宴饗。爲穆生設醴酒，宜有重賓；與許行共饔飧，且延上座。首加惠於野老，示不臣於寓公。慨陳人之尚有典刑，廣聖世之不遺壽考。衮褒侈甚〔三〕，褐博歉然。某徒有枵腸，略無藻思。二頃田與五畝宅，已歸爲負耒之民；

一夜話勝十年書，何幸作掣鈴之客！

〔一〕語：原作「記」，據小草本改。

〔二〕坫：原作「玷」，據翁校本改。

〔三〕侈：原作「後」，據小草本改。

汪守端午節儀

病叟引年，託殘骸於地主；賢侯記節，分餘瀝於野人。視遇有加，觀瞻頓改。祝鯁之儀甚備，設醴之敬未衰。凉殿來薰，固莫和九韶之奏；晴簷曝日，尚能爲五袴之謡。心之銘藏，面以控叙。

趙守計院

細札專城，前茅壓境。夕瑣有鳳毛之美，照映清規；昕庭選麟趾之英，拊柔遠俗。先聲至止，輿望翕然。恭惟某官承露金莖，臨風玉樹。聞多學廣，講貫熟於家庭；行治身端〔一〕，清苦過於韋布。昔淳祐世，若無惰翁〔二〕。一老凛然，漢中壘之忠；諸郎籍甚，唐王孫之秀。神臯婉畫，計邸提綱。平進可立登於雲霄，廉取又出分於風月。御屏柬記，爲聖天子而分憂；晝戟森嚴，奉太夫人而行樂。顧是邦之何幸，喜吾侯之此來。必迹捕椎埋以安善良〔三〕，必鋤治譁訐以厚風俗。村無犬吠，野有犢耕。吏民相安，惜頒春之來暮；公卿有闕，將選表而入爲。某久矣明農，加之謝客。人欺耄齒，迫暮景之桑榆；天許閑身，管春風之花柳。治道聞太守且至，打門爲軍將所驚，亟闖高牙，庸修短贊。魯侯燕喜之頌，誰不效忠；蓋公清静之言，愚將有獻。

〔一〕身：原作「聲」，據小草本改。
〔二〕惰：原缺，據小草本補。
〔三〕埋：原作「理」，據小草本改。

趙守樂語

凝章守之香，咸觀初政；設穆生之醴〔一〕，先享高年。已爲野老而扶犁，尚辱邦君而反坫〔二〕。清歡欵洽，皓首兢榮〔三〕。恭惟某官尊行聞知，被服儒雅。在昔毋惰〔四〕，爲穆陵之名臣；至今象賢，有高陽之才子。莆雖閩之支郡，侯乃朝之偉人。公俶頒春，民惜來暮。盂水本薤，孰敢犯於清規；茇舍甘棠，留無窮之遺愛。昭蘇幽隱，拂拭衰陳。似憐北山愚公，開九袠之年矣〔五〕；固匪南州高士，下一榻而禮之。託優孟之微辭〔六〕，寓武公之善謔。第鳳翼且高翔於千仞，恐鷦巢難久借於一枝。某寖疏雪案螢窗〔七〕，真成飯囊酒甕。僕雖耄耋，願歌太守之中和；公素寬洪，必恕醉人之謬誤。

〔一〕醴：原作「體」，據小草本改。

〔二〕坫：原作「玷」，據翁校本改。

〔三〕兢：原作「競」，據小草本、翁校本改。

〔四〕情：原作「情」，據小草本改。

〔五〕衷：原作「褱」，據小草本改。

〔六〕託：原作「記」，據小草本改。

〔七〕寖：原作「寢」，據小草本改。

趙守重陽節儀

病叟乞骸，都忘佳節；賢侯尚齒，加禮高年。飫藜莧之枯腸，霑菊萸之餘瀝。香清戟衛，雖晝諾而坐黃堂；廚少炊煙，猶吐哺以待白屋。予之過禮，受者傷廉。僕僕登嘉，惓惓摧謝〔一〕。

〔一〕摧：原作「推」，據小草本改。

趙守至節儀

伏以懷太守章，登觀臺而書瑞；遺老人食，覺田舍之生光。温温其和，僕僕而拜。蓋以祝鯁祝饐之禮，施之荷蓑荷笠之人。非有微勞，乃叨厚饗。詩慚臣甫，憶曾捧於御牀；賢匪子思〔一〕，豈敢辭於臺餽！

〔一〕「子」下原有「孫」字，據小草本删。

江倅至節儀

蟬腹龜腸，都忘節物；鸞刀犀筯〔一〕，分遺老農。恭惟某官有名父之風，在象賢之目〔二〕。西京博士，學守禮經；南朝文通，夢懷色筆。久蓋雲霄之闊步，尚煩風月之平分。興念陳人，忝交先德，委餉宰夫之盛饌，寵光病叟之餘齡。非有微勞〔三〕，乃叨厚饗。下同。

〔一〕犀：原作「犨」，據小草本改。

〔二〕目：原作「日」，據小草本改。

〔三〕黴：原作「衛」，據小草本改。

趙守年儀

伏以千里宅生，元日膺履端之慶；一廛占籍，暮年蒙養老之仁。遂使寒蹤，頓回春意。分桂酒椒漿之餘瀝，輟雕盤冰筯之珍羞。負耒爲氓〔一〕，未肯信並耕之論；推食食我，安敢忘一飯之恩！

〔一〕耒：原作「米」，據小草本改。

江倅年儀

去國歸耕，久上引年之請；監州好事，忽頒餽歲之儀。恭惟某官典刑老成，風流文獻。遯翁乃東家夫子〔一〕，嘗接緒言〔二〕；尊公如銅川府君，親傳先訓。念桑榆之婉晚，分椒栢之棄餘。遂使寒蹤，頓回春意。某垂垂及耄，僕僕拜嘉。負耒爲氓，幸占把茅而送老；推食食我，敢忘一飯之必償！

〔一〕夫：原作「天」，據小草本改。

〔二〕緒：原作「者」，據小草本改。

鄉守告朔

某茲審霉潦初晴，槐陰亭午，若時賢牧，丕擁藩鼇。公平而兩造解仇〔一〕，擊斷而諸豪循理。河内方思於借寇，潁川行見於徵黄〔二〕。某屬已喪明，艱於告朔。作詩以歌太守，僕未能焉；輕身以先匹夫，公真過矣。

〔一〕仇：原作「咸」，據小草本改。

〔二〕潁：原作「穎」，據小草本改。

通判

某茲審霉潦初晴，槐陰亭午，若時少尹，丕擁蕃釐。耕於野，出於涂，無追胥吠犬；入吾室，對吾飲，惟明月清風。行箠鵷行，寧淹驥足？某失明已久，告朔靡謡。輕身以先匹夫，公真過矣；作歌以美別駕，僕未能焉。

鄉倅端午節儀

某伏以一廛送老，厭苦病魔；半刺多情，温存節物。城闉驚羡〔一〕，村落傳誇。恭惟某官履踐前修，沾濡先訓。考亭夫子，親接緒言；唐世詩人，實傳宗派。暫屈賢而丞郡，尤敬士而愛民。當湘濱競渡之辰，念林下歸田之叟，輟犀筯鸞刀之享，閔龜腸蟬腹之饑。人方翕翕以世情，公獨惓惓於先契。某室方生白，突久不黔。耄老無能，徒抱食珍之愧；大夫有賜，敢稽拜命之恭！

〔一〕城闉：原作「域閨」，據小草本改。

涵頭鄭監鎮

爲農去國，林間方力於灌園；有客過門，松下忽驚於喝道。篋明珠於袖裏，飾斷木於溝中。恭惟某官秀禀天台，名傳谷口。善言善行，親從前輩以講明；古貌古心，不入時人之嗜好。寥落三家之聚，沉冥一世之豪。微而蠻觸之争，大則虞芮之訟，紛紛求決〔一〕，往往質成。書判流行，極東聊攝、西姑尤之境；規模布置，真右扶風、左馮翊之才〔二〕。然君子之道中庸，顧本朝之法嚴密。姑平一閧，即輅九遷。某久去闕庭，苟安田里。未嘗射虎，不煩灞陵尉之訶；間或騎驢，幸免華陰令之詰。不圖髦士，惠顧秃翁。歌詩人《伐木》之章，奏賢者班荆之語。傍觀榮甚，内省闕然。署門而謝交情，自慙廢退；隔年而還詩債，尚恕耄荒。

〔一〕求：原作「未」，據小草本改。
〔二〕真：原作「其」，據小草本改。

莆田翁縣尉

南昌尉雖卑，素有仙曹之號；北山公已老，方爲愚谷之民。猥辱貽牋，敢稽還贄？恭惟某官讀書之眼如月，奏賦之氣凌雲。疇昔先登，既看花於瓊林之苑；藉令小却，宜給札於玉堂之廬〔一〕。云何虎豹之守關，尚使騏驎之行地！顧士之窮達莫不有命，而官無大小皆可及人。警夜詰姦，奚止訶灞陵之獵〔二〕；箋天論事，聳觀上文石之書〔三〕。某叱黄犢而力田〔四〕，盟白鷗而同社。爲先人守丘墓，投老何求〔五〕；無惡少瞰屋山，即君之惠〔六〕。

〔一〕札：原作「禮」，據小草本改。
〔二〕奚：原無，據小草本補。
〔三〕上：原無，據小草本補。
〔四〕而：原作「之」，據小草本改。
〔五〕求：原作「未」，據小草本改。
〔六〕君：原作「居」，據小草本改。

興化周簿

沈教授 因夏

仙遊林尉〔一〕

〔一〕小草本此處空兩頁，查該本總目，知缺以上三文及《魏知録》之前半部，其中《魏知録》可據《翰苑新書》補足，故存此三題以備考。

魏知録 必昌

都曹贊畫，固殊蠻府之參軍；驛使傳書，首訪漆園之傲吏。肅容而讀，舞手不知。恭惟某官有是天才，輔以學力。昔大君子策勳翰墨之場，以甲科郎標名忠義之傳，丹桂之芳傳子，羽林之典録孤。粤從妙齡，已著華問。至今毘江之俗，猶言少府之清。曷不登畿，肯來糾郡。阮生趨府，信知語掾之獨賢；龔守還朝，會與議曹而同拜〔一〕。某身投巖壑，景薄崦嵫。夫何幕下之名流，尚記漳濱之病叟！鏗鍧雅奏，粉黛醜顔。子寧不嗣音，我老既難趨於賓謁；余方有公事，君忙未必喜於客來。聊課蕪詞，少酬藻思。

〔一〕自篇題至本句「會與議」原無，據《翰苑新書》續集卷一八補。

朱仙遊 濬

力田以給公上，不辭漢陰叟抱甕之勞；輕身以先匹夫，猥辱信陵君執轡之禮。恍貽戕之寵甚，愧還贄之斐然。恭惟某官秀美所鍾，典刑是似。伯魚《詩》《禮》，蓋其少小之習聞；子思《中庸》，得於家庭之密授。真不忝儒先之後〔一〕，肯屑爲恩澤之侯！萬里戍玉門關，一朝通金閨籍。傳聞新治，誇説長官〔二〕。本原於文公之書，緣飾以循吏之傳。坐令野老〔三〕，聯袂和《蔦于》之歌；使過聖門，聞絃發莞爾之笑。竚騰三異，亟輅九遷。某久忝通家，頃仕寓里。名祖名父，嘗瞻龍虎之傑魁；難弟難兄，每羡鵠鸞之停峙。兹聆百里之出宰，幸託一廛而爲氓。愚公居北山，不改迂疏之素；仲弓使南面，庶漸教化之餘。

〔一〕真：原作「貞」，據小草本改。
〔二〕誇：原缺，據小草本補。
〔三〕坐：原作「道」，據小草本改。

仙遊鄧宰 桂發

冠挂神武之門，迫耄期而得謝；花滿河陽之縣，忽春色之見分。麗藻粲然，華顛榮甚。恭惟某官在英雋之目，就子男之封。學道愛人，爲武城而得子羽；貴德尚齒，避齊堂以舍蓋公。至如野老之退閑，亦辱令君之嘉獎。某强搜枯思，莫報珍投。宓子彈琴，自然單父之化；許行負耒，願爲滕國之民。

新莆田陳宰 僩

飛鳧入境，肯爲五斗而來〔一〕；化鶴還鄉，遂有一枝之託。漫剌方慙於後至，華牋遽辱於先施。恭惟某官孟光爲賓客所歸，元龍負湖海之氣。幕謀縣譜〔二〕，能聲蚤著於二邦〔三〕，酒聖詩豪，餘事亦雄於一世。所以落落而難合，由夫皓皓之易污。君子焉可厚誣，諸公於是交辟。鏤無冷處，豈惟吾邑之凋；琴有古音，方聳斯人之聽。必少打門催錢之吏，必多受廛願耕之民。昔菊荒彭澤之籬〔四〕，久幽不改〔五〕；今花滿河陽之縣，舊觀復還。鶚表朝馳〔六〕，鵷行暮召。某掛冠北闕，負耒西疇。忽聆新尹之臨〔七〕，深動陳人之喜。得澹臺子羽，僕願事賢；朝司馬相如，君非謬敬。

〔一〕來：原與下句「化」字互倒，據小草本乙。
〔二〕譜：原作「諜」，據小草本改。
〔三〕著：原作「着」，據小草本改。
〔四〕彭：原作「影」，據小草本改。
〔五〕幽：原作「齒」，據小草本改。
〔六〕鶚：原作「鴞」，據小草本改。
〔七〕忽：原作「刎」，據小草本改。

趙司理

阮生辟掾，頗聞三語之佳；許子爲氓，恨受一廛之晚。既涓上日，敢順下風。恭惟某官丹穴鳳雛，渥窪驥子。漢宗室老，昔尤重於辟疆〔一〕；唐諸王孫，今孰如於長吉〔二〕？

〔一〕昔：原作「者」，據小草本改。

〔二〕此下原與《失題》一文連屬。據小草本，此後空二頁，則當有缺文。參後文校記。

陳教授

蕭教授

韓山長〔一〕

〔一〕以上三題原無，小草本此處空二頁，查該本總目，知缺此三文，姑存題以備考。

失　題〔一〕

某懷執鞭之素願，辱銜袖之先施。有朋遠來，學無廢於時習；縱我不往，子寧忘於嗣音！

〔一〕本文原與前《回趙司理啓》連屬，文意似亦可通，然小草本此前空兩頁，該本總目亦多三題，故分別成篇。又據總目及文意，此似當爲《回韓山長啓》之後半闋。

張添教　誂

諸侯學曰泮，方推廣於化原；一卷書立師，示褒崇於經術。挹清標而起敬，讀偉製而失驚。恭惟某官聖處窮探，賢關獨步。生梅溪、常州之里，尊聞行知；游水心、止齋之門，薰香摘艷。

既笑談解褐，宜騰踏飛黄。屬聖世作新，博選材名之士；厭舉人雕篆，將興理義之文。莆雖小邦，代有巨擘。必表章蔡端明、陳諫議之存稿〔一〕，必物色林艾軒、鄭夾漈之遺書〔二〕。開後學之心胸，續前修之氣脉。廣文到官舍，莫嘆無氈；學士登瀛州，會看給札〔三〕。某少嘗肄業，老已明農。雖甚惰荒，未忘親炙。無友獨學，每懷孤陋之慙；有朋遠來，庶獲切偲之樂〔四〕。

〔一〕稿：原作「膏」，據小草本改。
〔二〕漈：原作「際」，據小草本改。
〔三〕札：原作「禮」，據小草本改。
〔四〕偲：原作「思」，據小草本改。

趙録參　若璡

老子癡頑，既休休而謝事；參軍俊逸，真亹亹而逼人。勞謙首辱於貽牋〔一〕，衰憊遂稽於還贄。恭惟某官讀書之眼如月，作賦之聲摩空。太白才名，豈非仙謫〔二〕；汝陽眉宇，見謂天人。耻躁士之九遷，慕高賢之三語。至公不撓，未嘗聞誰毁誰譽；直道而行，安知有公喜公怒。貴名方起，賢業叵量〔三〕。某疾病交攻，應酬盡廢。久懷剌字，賴龐公之入城；亦有芻言，俟裨諶之謀野〔四〕。略抒摧謝，良愧荒疏。

〔一〕首：原作「守」，據小草本改。

〔二〕仙：原作「先」，據小草本改。

〔三〕叵：原作「巨」，據小草本改。

〔四〕俟：原作「偀」，據小草本改。

林司理 季穎〔一〕

短衣飯牛，鄙拙之歌叩角；高軒下馬，文章之氣如虹。和予者誰，逼我太甚。恭惟某官撐腸萬卷，過目十行。盡掃腐塵，不煩繩削。胸襟灑落，從神仙吸風露中來；材思清新〔二〕，非世俗食烟火人語。有士如此，何官不宜？爲囚平反〔三〕，諒必無於冤獄；令公喜怒，豈所望於參軍。大宜映石渠之藜〔四〕，小亦通金閨之籍。必騰而上，無淹此留。某久不逢刮膜之醫〔五〕，常欲求擊蒙之友。二尺檠綴字，已付來生；一樽酒論文，豈無暇日！

〔一〕季穎：原無，據小草本補。

〔二〕句首原有「從」字，據小草本刪。
〔三〕囚：原作「因」，據小草本改。
〔四〕藜：原作「黎」，據小草本改。
〔五〕刮：原作「剖」，據小草本改。

後村先生大全集卷之一百二十六

雜啓

答湯伯紀論四六〔一〕

伏承枉教，過許儷文，深惟空疏，不稱是奬，以至切磋之論，尤明愛助之心。念昔宦游，猥塵賓佐。當插羽流星之交至，多據鞍横槊而立成。蓋率然供記室之求，非以此爲名家之製。亦有偶誦文而著價，未識面而露章〔二〕。以幕僚而施諸府公，以門生而用之座主。呼君房以足下，既難學子陵之高〔三〕；斥桓公爲老兵，安敢效孟嘉之醉！故於酬答之際，未免抑揚其辭〔四〕。然而博觀陳編，頗見前輩。于頔健將，退之擬所作於商、周；嚴武粗才，子美方其賢於顔、賈。或以爲窺濤海而悸慄，或以爲繫雪山之重輕。若乃廬陵之於文僖，眉山之於安道，皆以游從之舊，每形推許之間，曷嘗謂文字之瑕疵，適足見風流之篤厚。顧如執事，方負軼材，小欲騁落霞孤鶩之詞，大欲秉檢玉泥金之筆。務爲高簡，恐貽賣菜之嘲〔五〕；盡黜菁華〔六〕，似匪粲花之體。誠願於俊壯雄深之外，加委蛇曲折之功。出之無窮，讀者不駭。大慗謂之大好，每觀舊作而忸怩；小人可以小知，烏覩斯文之鉅麗。方將廣吾子之意，聊亦發老生所懷。斐然有云〔七〕，亮之而已。

〔一〕湯：原作「揚」，據四庫本改。湯伯紀即湯漢。
〔二〕章：原作「草」，據四庫本改。
〔三〕雜：原作「雜」，據四庫本改。
〔四〕共：原作「某」，據四庫本改。
〔五〕「責」原作「買」，據宋刻本、小草本、翁校本改。又「嘲」原作「潮」，據四庫本改。
〔六〕菁華：原作「着葉」，據宋刻本、小草本、翁校本改。
〔七〕斐：原作「裴」，據四庫本改。

回湯仲能撫屬

光奉贊書，來參婉畫〔一〕。我公始至，方招温、石之流；此士肯來〔二〕，徑處鄒、枚之右。輒修短記，往候先驅。恭惟某官性極高明，行尤峻潔。羣謝諸王之外，誠家世之鮮儔；二蘇三孔以來，復弟兄之競爽。頃裨大使，出護陪京，方觀要路之登，忽勇急流之退。雖入山避謗，幾不調者十年；然飲水著書，亦足傳於千載。兹改調於琴瑟〔三〕，果來赴於弓旌。側聞公朝，屬意人物。

方將命議郎而草新奏，遣掌故而訪遺書〔四〕。何況元侯已召還於闕北，豈容雅士尚留滯於周南。某華髪漸多，壯心都盡。昔棄真如於苦李〔五〕，今留頗似於繫匏。方喜論心，竟成交臂。嵇康性懶，煩見索於報書；司馬才高，惜不覩於授簡。

〔一〕來：原作「釆」，據宋刻本、小草本改。
〔二〕肯：原作「昔」，據四庫本改。
〔三〕改：原作「蓋」，據小草本改。
〔四〕訪：原作「放」，據小草本改。
〔五〕真：原作「貞」，據四庫本改。

回京尹

某恭審妙選名卿，兼行大尹〔一〕。權尊任寵，固先彈壓之威〔二〕；物貴幣輕，尤賴變通之術。除書初播，輿望交歸。某深喜微踪，密依巨庇。昔嘗捧刺，繼辱貽箋。問馬及牛，共仰神明之見；騎驢銜節，竊欣禮數之寬。

〔一〕兼：原作「恭」，據四庫本改。
〔二〕先：原作「光」，據四庫本改。

回游提刑入國門〔一〕

某恭審顯膺嚴召，趣覲清光。龍汐九淵，昔批鱗而引去；鳳翔千仞，今覽德以來儀。端士進爲，輿人相慶。某服膺已久，識面未諧。仰李渤如景星，行將快覩；挹濂溪之霽月，願聽雅言。

〔一〕以下四文原缺，兹據四庫本《後村集》卷二九補。

回馬揖投贈

居洛去官二十年，不記班荆之雅；自郢及我九百里，忽蒙委刺之勤。信哉奇男子之爲，念此舊長官之老。伏惟某人鄉推秀孝，家有父師。大宜紬石室之書，續成《史記》；小亦給尚方之札，使賦《上林》。何挾才之尤高，而行路之甚左。客車都甚，富明珠拱璧之投；田舍蕭然，闕白飯青芻之禮。又緣衰病，全廢應酬。體羸不任於衣冠，臂痛久疎於筆硯。止子路宿，莫陪長者之雅言；

送李愿歸，空羡幽人之獨往。

回杜制置送御書

某伏領台翰，寵賜所刻宸翰二軸。仰惟聖天子眷禮之隆，固爲鮮儷；然非大元帥功名之盛，詎足以當。坐令雪案螢牕之間，恍如奎躔虹氣之屬。光芒發越，聞見傳夸。某首誦睿謨，窺光武十行之妙；徐觀跋語，歎孔明二表之忠。既盥手以寶藏，敬叩頭而摧謝。

謝黄慥制機惠文藁

某頃因行役，辱貺巨編，及歸道於樵川，遂滿裝於漁艇。豈謂篙師失手，水怪垂涎。斗氣頓收，莫測延平之劍化；夜光下燭，始驚合浦之珠還。然某藻思久衰，匱藏惟謹。吟離騷於澤畔，方抱幽憂；誦子虚於上前，愧無氣力。姑憑惡札，少見謝忱。

答李宫教樂語

答衢守陳吏部樂語

答衢守謝大監樂語

回直院洪中書〔一〕

〔一〕以上四文各本並缺，兹從小草本總目存題。

回馬編修贈木主公贊書〔一〕

前缺之一言；渠欲焚黄，寧免謗嘲於三字〔二〕。空煩擾思，聊奉啓顔。

〔一〕原本失題，且僅存數語，兹據小草本補題。

〔二〕謗：小草本、翁校本皆作「傍」。

答賈都大謝贊書

皇華使遠有光，肅將上指；中書君老而禿，偶代王言。不能措於一辭，安敢當於儷語？恭惟某官金莖承露，玉樹臨風。誼所條陳，出先漢諸老生之右；志之賦詠，在中唐大家數之間。既入承明而至九卿，且坐黃堂而稱太守。屬台星之歸袞，貪夜雨之對牀。當群賢彙進之時〔一〕，覺巧匠傍觀之久。以鎔臺而臨遣，由黼座之選掄。攬轡而行，遂提封於九路；予環而入，將濟美於一門。某昔受魏王之知，今爲魯公之客，輒持殘錦，謬演新綸。元憲之有景文，更相輝映；子固之稱平甫，匪曰比周。勉課蕪詞，難追藻思。

〔一〕群：原作「辨」，據小草本改。

答江東漕趙待制謝贊書

妙選宗英，疊將使指，事權之重，今昔所稀，恭惟慶愜。某官水鏡清明，風斤敏銳。兼京畿澄清彈壓之任，衆謂當仁；陪雍時扈從論思之班，士無異論〔一〕。忽勇急流之退，果興當宁之思〔二〕。以從臣持節灌輸〔三〕，以王人提綱煮摘，必能參酌漢儒鹽鐵之論，斡旋唐人鞭笏之間。印綬若若纍纍，敻無近比；財貨沵沵暴暴，叶濟中興。既殫忠力於國家，盍即謨謀於廊廟。某偶緣薄技，獲草贊書。羡輶軒使之行，方立於霄漢；恨管城子之禿，莫鼓於風雷。乃勤貽翰之臨，且有濡毫之惠。所爲感悚，未易究宣。

〔一〕論：原作「流」，據小草本改。
〔二〕興：原作「輿」，據小草本改。
〔三〕持節：原倒，據小草本、翁校本乙。

賀馬相公

仗鉞策勛〔一〕，予環趣覲〔二〕。微仲其左袵矣，昔稱九合之難；歸公以衮衣兮，今閱三年之久。慶關宗祏〔三〕，喜動縉紳，恭惟驪惬。竊以某官許國精忠，康時老手。被髮纓冠救鄉鄰之鬭，力掎角於上流；綸巾羽扇蹙狂虜之鋒，汔掃清於多壘。雖曰旂常之紀績，猶煩樽俎之折衝。今則胡運寖微〔四〕，皇威未鬯，東逆雛之徂伺，西畔將之鴟張。近而饑民之火燒腸，遠而甲士之冷徹骨。孟子云如當世之欲平治，晉人謂非上哲必假英豪。昔萊公獲北門，以朝廷之無事；今司馬相中國，何遼夏之足憂！某平生勤巖石之瞻，一旦覩介圭之入。洪鈞轉一氣，方託化甄〔五〕；黄麻似六經，愧無筆力。所爲忻躍，未易揄揚。

〔一〕仗：原作「伏」，據小草本改。
〔二〕覲：原作「勤」，據小草本改。
〔三〕祏：原作「祐」，據小草本改。
〔四〕寖：原作「寢」，據小草本改。
〔五〕方：原作「風」，據小草本改。

回陳正言鄉會助筵〔一〕

共承真染，寵餉盛儀。雖蒲省尊嚴，不可領湖山之集；然枌鄉繾綣〔二〕，猶爲主洛社之盟。分餘瀝於美酒價十千之時，將厚意以青銅錢三伯之助。某與同朝之勝彦，及新榜之髦髦。望遺公若景星鳳凰，均託歡顔之庇；宴嘉賓而吹笙鼓瑟，誰無飽德之心！姑援筆以禀酬〔三〕，容摳衣而摧謝。

〔一〕言：原無，據小草本補。
〔二〕枌：原作「粉」，據小草本改。
〔三〕酬：原作「訓」，據小草本改。

答安溪黄宰謝薦〔一〕

鐔津一見，辱傾蓋之甚懽；輦路重逢，值斲窗之少暇。念鈍漢久稽於還贄，幸外臣尚可以露章。妄相品題，殆若抛引。伏惟某官爲有用學，讀未見書，才寡二而少雙，文千變而萬態。菖蒲花、蟠桃寔，曠劫間生；火浣布、切玉刀，至珍無價。同志請避三舍，諸老放出一頭。曾謂儒英，尚尋縣譜。聞絃而笑莞爾，猶有武城之遺風；聯袂而歌蔦于〔二〕，未害魯山之高致。風憲之緊除由此，乾淳之舊典則然。某身已明農，意猶勤類。服膺奇儁〔三〕，仰一鶚之材高；極口吹噓，恨匹雛之力薄。謹搜枯槁，少答謙撝。

〔一〕「宰」下原有「相」字，據小草本刪。
〔二〕歌蔦：原作「敬爲」，據小草本改。

〔三〕奇：原作「可」，據小草本改。

賀陳大諫

出綍龍墀，提綱騎省，識者相慶，翕然同辭，恭惟歡愿。某官風憲迭居，霜稜尤峻。近所建白，聞者作興。論王氏五侯，權門氣阻；奪堯佐四使，貴畹膽寒。皆他人噤不敢言，惟文王欣然能聽。緊頭直上，睿意可占。誦慶曆御筆之詩，既增光於歐、蔡；踐乾道元台之拜，行趾美於葉、陳。某猥以餘生，覩兹盛舉。作退之《諫臣論》，無復激昂；續子西《内前行》，尚堪勉强。

賀馬中書

南衙疏寵，西掖爲真。公當五星聚奎之時，尤其穎異；上於一佛出世之選，久矣印刓。仍居禁林，且冠槖從。斯文之慶，有識所同。蓋世運罕逢於休明，詞氣尤宜於盛壯。于湖未及而立，已掌贊書；水心晚迫古希〔一〕，力辭僇直。屬當宁敷求於英妙，顧在廷孰副於眷知。文不在兹乎，既已提鼇而對掌；年不可及也，更煩立馬而一揮。極儒生之至榮，亦公朝之盛舉。發帝之令，兼南豐、曲阜所長；秉國之均，踵盤洲、平園之拜。

〔一〕古：原作「者」，據文意改。

答卓漳州謝順寧精舍記

僕賣文莫售，直一錢而何堪；君着價太高，字三縑而不吝。厚幣侈多儀之餉，長牋摛絶妙之辭。拜賜何功，置慙靡所。恭惟某官窮理盡性至命，以孝事君則忠。素薄宦情，守逸少墓前之誓；及題庵扁，本横渠座右之銘。梁詞自寫其雅懷，壁記尚煩於拙手。有昌黎之序，今猶壯李愿之言；無安仁之才，孰能發彦輔之思。搜枯腸而屬藁，覺秃筆之無花。虚白之室屢空，玄黄之篚甚設。以至蟠屈九制一揮之體，揄揚再衰三竭之文。某懷惠情深，傷廉顙泚。老山之下，既買田築室之羨君；樂盤之中，願秣馬膏車而從子。

回陳尚書

僕慙陶弘景，迫晚節之宜休；公若龐德翁，凛高風之可敬。雖嘉遯無入城之迹，猶執謙尋同社之盟。厚意盎然，華顛榮甚。伏念某纍章𦋺𦋺，八秩騣騣。曩陪猊橐之班，報微涓露；今卧牛衣之集，景薄崦嵫。共承帝俞，許致君事，遂田舍翁初心之懇切，由鄉先達素論之洊揚〔一〕。當虎立殿上之時，主張甚力；及龍卧洛中之日，賞好未衰。既懸安車，尚陟奎閣。某愧謝函之後至，辱慶牘之先施。和台鼎之梅，方聳聽文德昕朝之制；煨地爐之芋，顧毋忘僧廬夜話之言。謹勒蕪詞，少酬藻思。

〔一〕洊：原作「游」，據小草本改。

賀陳尚書生日 一

伏審日迎長至，陽復之初；天佑中興，賢生此際。方燕申而山立，宜壽嘏之川增。恭惟某官以忠藎結主知，其出處關世運。晉鄙之俗，薰陽亢宗而爲善良；畏壘之人，賢庚桑楚而欲尸祝。當宁憶數百篇之論諫，上穹畀九五福之康寧。某屬迫耄惛，末由旅賀。此懷溢喜，莫籠鴿以放生；不腆菲儀，姑存羊而愛禮。

賀陳尚書生日 二

批龍鱗而抗疏，久著直聲；紱麟角以呈祥，光生闕里。輒陳菲薄，虔祝耆龎。恭惟某官直幹千尋，精金百鍊。擢居諫長號四緊頭〔一〕，跳入如來僅一蹴地。謂聽履而升矣，乃褰裳而去之。領洛社之耆英，主香山之詩酒。武公美緑竹，百齡必享於旄期；子房從赤松，千載猶高於雅志。某久矣得謝，老而失明。半芋煨殘，未踐招提之約〔二〕；瓣香拈起，有如釋子所云。

〔一〕居：原作「車」，據小草本改。
〔二〕踐：原作「殘」，據小草本改。

回林中書

儒有已試之效，難揜時名；臣實不如之章，僅存古意。公言之耳，私謝云何。恭惟某官典冊當行，風騷餘事。九重側席，飽聞世間謫仙之名；一顧傾城，醜却天下婦人之面。雖鴻筆焉能捨我，然蛾眉或者嫉予。小需加璧之招，忽抱遺弓之痛。嗣皇初政，代言尤重於斯文；先帝舊人，訪落必先於此老。某氣再而衰，三而竭；身三宜去，四宜休。恩許辭榮，法當薦代。素仰慕祁大夫之舉〔一〕，老未敢忘；不能進蘧伯玉之賢，死將有愧。因酬謙晛，聊發鄙懷。

〔一〕大：原作「文」，據小草本、翁校本改。

答劉提舉

王尊叱馭而至，徧行九折之塗；許行負耒而歸〔一〕，幸在一廛之列。褰帷戾止〔二〕，折屐跫然。念昔端平，嘗陪名勝。持孤論尾蜀珍之後，不謀同辭；及煩言罪濮議之人，盡歸一網〔三〕。動子夏離羣之嘆，誦淵明思友之詩。僕已挂冠，公方衣繡。强扶白髮，出輅皇華。使者騏騆，或可備周原之訪；故人鷄黍，儻肯爲田舍之留。

〔一〕耒：原作「手」，據小草本改。
〔二〕止：原作「至」，據小草本、翁校本改。
〔三〕網：原作「綱」，據小草本改。

與丞相 繳壽詞劄附

茲者伏遇光輔中興，篤生上宰。麟角繫繡紱〔一〕，現聖丘闕里之祥；烏飛銜紅巾，啓阿母瑶池之燕。壽綿箕翼，福比河沙。某受恩莫報於萬分，贊美常熏於一瓣。闌珊曉夢，嘗操前殿之制麻；下俚村歌，難被後堂之弦管。

〔一〕紱：原作「綬」，據小草本改。

婚書附

季子聘書

累世通家，有孔、李交游之舊；一村二姓，尋朱、陳婚嫁之盟。謀之既臧，卜云其吉。令愛小娘子素閑圖史，毓秀於閨房；某學生粗學箕裘，養蒙於家塾〔一〕。男女之時，今其及也；父母之心，人皆有之。每煩柯斧之言，遂合琴瑟之好。向平畢娶，庶無俗務之相關；德耀如賓，將見壼儀之可法。

〔一〕家：原作「學」，據小草本、翁校本改。

又請期

薄贄初通，縟儀俯逮〔一〕。深惟婦職以奉於蘋蘩，著在禮經不過於榛栗。兹拜兼金之侈，豈勝報玖之慚！逾小學之癡年，既突而弁；卜大歸之吉日，言結其褵。

〔一〕俯：原作「附」，據小草本改。

去華姪聘方氏

猶子承家，粗鄉評之無玷；比鄰擇對，以婦道之有聞。何況箴從，匪由媒伐。某姪長於世胄，雖慙羯末之風；令愛出自豪宗，蓋亦姬姜之比。信哉佳耦，申以盟言。主饋久虛，良切及時之願；結褵不遠，適當獻歲之初。

又請期

問名納采，已修不腆之儀；拂筴端蓍，兹卜始和之吉。屬臨銓集，敢請婚期。生蘭玉於庭，雖慙家學；薦蘋蘩於廟，竊喜婦賢。

答李氏聘書 爲姪孫女

卯金系冷，有息女之惸然；仙李根深，況賢郎之籍甚。昔忝交遊於三世，今通休戚於一家。決於長上之片言，略去俗間之末節。金屏繡褥，雖慊貴豪；行笥練裳，各隨豐儉。洞房停燭，畫眉將拜於舅姑；酒缸纏紅，坦腹誠堪於子婿。

又請期

求皇甚切，欲及婚姻之時；命龜以占，莫如姑洗之月。雖不腆之賫裝未具，然久要之道義素孚。及兹請期，敢不如約？願爲箕箒，固微容德之可稱〔一〕；如鼓琴瑟，庶若友賓之相敬。

〔一〕徵：原作「徵」，據小草本、翁校本改。

答方氏婚書

蒙仲子

子知父志，蚤馳跨竈之名；女嫁官人，矧托連墻之好！諏龜云吉，奠雁如彝。恭惟令嗣翰墨流傳，信高才之難掩；某孫女荆練淡泊，然内則之粗閑。於君家忝管、鮑之交，宜子舍踐朱、陳之約。一言而決，五兩以將。禮重館甥，孰謂非於吾耦；諺誇宅相，端有望於此郎。

又請期

累世通家，懷哉事契；一村兩姓，重以婚姻。良深倚玉之慙，敬拜訂金之諾。禮嚴奠贄，詩貴及時。曲水羽觴，適逢於修禊；洞房花燭，將遂於結褵。

姪孫士寅將仕聘潘氏

弟兄折桂，欽騎省之華宗；父子然藜，忝麟臺之遺緒。久爲嘉耦，殆有宿緣。某人令愛玉雪自將，曾靡内言之出；某姪孫某箕裘初習，適當中饋之虚。矧桑梓之連陰，喜松蘿之相託。前史美閨房之秀，其選極難；詩人詠家室之宜，于歸不遠。

答余氏婚書

孔、李世家，未忘舊好；朱、陳婚嫁，殆有宿緣。蕭然羅雀之居，盛矣委禽之貺。令孫摳趨力學〔一〕，何愧於伯魚；某姪孫女淡泊素風，有如於阿鶩。允爲嘉耦，奚假行媒？拜重諾之訂金，需佳期而合巹。仰瞻華閥〔二〕，宜生峙鵠之兒；預喜蓬門，必有乘龍之婿。

〔一〕令：原作「合」，據小草本改。
〔二〕仰：原作「仲」，據小草本改。

勝女回方氏定日書

兩家生子，盛年相當〔一〕；十月爲陽，小春伊邇。古重請期之禮，今差締好之辰。然諾不移，敬共以聽。金屏繡縟，雖難匹於貴游；竹笥練裳，諒不嫌於儒素。

〔一〕盛：原作「感」，據小草本改。

沂孫請期書

君子抱孫，老尤關念；丈夫有室，禮貴及時。端筴而占〔一〕，結褵伊邇。匪媒不得，敬聞《伐柯》之言〔二〕；之子于歸，允叶《桃夭》之詠。

〔一〕筴：原作「筬」，據小草本、翁校本改。
〔二〕伐柯：原作「柯伐」，據《詩經·伐柯》乙。

涣孫趙氏婚書

嫡孫承學，粗窺屋壁之藏；愛女鍾情，見謂閨房之秀。片語辱訂金之諾，敝宗深倚玉之慙。長令愛擬封縣主貴爲族姬，彤管之芳華博覽；某次孫學生涣名曰胄子〔一〕，青燈之習氣未忘。齊眉欽德曜之賢，坦腹愧王郎之選。諏龜云吉，奠鴈如儀。況梓里之連陰，而花封下缺。

〔一〕某：原作「其」，據小草本改。

後村先生大全集卷之一百二十七

上梁文 樂語、四友除授制附

慈濟殿

兒郎偉〔一〕！叢祠草創，合衆力而莫成；寶殿翬飛，不崇朝而立就。大矣神君之福力，卓哉太守之規模。英顯忠惠侯道媲松喬，術侔盧扁〔二〕。雖一旦蜕蟬而去，方劑失傳；然千年化鶴而歸，神靈如在。南通梅、惠，北暨福、泉〔三〕，處處幡華，家家香火。眷言莆壤，密介寶鄰。夏有痒，春有痟，苟精祈而必應；尸而祝，社而稷，亦報禮之宜然。爰相近郊，載規新廟。爲山一簣之纔覆，作舍三年而未成〔四〕，非遇偉人，孰圓佳話！我知郡某官視民苦樂，如己戚休。謂隆古泰和之時，疕瘍間有；而至人游息之地，疵癘必無。捐撙節之餘財，建顯嚴之閟宇。烏紗羽氅，炯落月之照梁；孔蓋翠衿，乘回風而弭節。非侈一時之輪奂，永爲千里之瞻依。讀《本草》者證神農，寧不謂醫師之祖；見甘棠而思召伯，安敢忘牧守之賢？遂爲短歌，助舉修棟。

兒郎偉！抛梁東，海色微茫户牖中。待取遠山供筆架，從頭細紀活人功。

兒郎偉！抛梁西，烏石崗邊有舊栖。箇裏神通隨處現，丹瓢藥笈不須携。
兒郎偉！抛梁南，突兀方壺鎖翠嵐。賣藥市中人不識，壺公却恐是同参。
兒郎偉！抛梁北，使君此去朝京國。祠旁古樹即甘棠，留教父老他年憶〔五〕。
兒郎偉！抛梁上，紛紛薌幣祈靈貺。炯然一片活人心，此是神君無盡藏。
兒郎偉！抛梁下，澗蘋堪擷茅堪藉。向來不作葷酒緣，至今羞入雞豚社。
伏願上梁之後，民無夭閼，神有馮依。漆華青黏，普授衛生之訣；黄蕉丹荔，常歌侑饗之詩。

〔一〕兒：原作「鬼」，據四庫本改。後同。
〔二〕盧：原作「廬」，據四庫本改。
〔三〕暨：原在句末，據四庫本乙。
〔四〕而：原作「規」，據四庫本改。
〔五〕憶：原作「意」，據四庫本改。

建陽西齋

紹興甲寅，温陵儲用創東偏；淳熙癸卯，三山黄謙創西偏。

儲令之高樓百尺，焕若更新；黄侯之老屋三間，凛焉將壓。曾是翬飛之觀〔一〕，出於轍涸之餘。西齋主人少慕紛華，晚趨平實。有農拾穗，薦書豐稔之祥；無吏詬租，常負催科之殿。幸而鮭舟相尾，沸鼎稍凉，廼即西偏，别規便座。屏廷中之械索，陳几上之圖書。藝菊盈坡，種花成徑。雖非子賤，聊自託於鳴琴；儻有澹臺，又何妨於入室。然節用愛人未之能盡，顧勞民奉己寧免有慙。庶退食自公之餘，思反躬補過之義。提短檠，照細字，老矣安能〔二〕；命巾車〔三〕，棹孤舟，歸哉未晚。廼爲巴唱，以相梓人〔四〕。

抛梁東，縹緲闌干在半空。收拾半生湖海氣，行藏都付倚樓中。

抛梁西，稽首文公有舊栖。雲谷已無人識路，泉荒木老暮猿啼。

抛梁南〔五〕，白首銖銖較米鹽〔六〕。却笑晉人無檢束，唾壺麈尾事清談。

抛梁北，北山翁肯留真蹟〔七〕。跨凌頡籀掩斯冰，自有蒼生無此筆。

抛梁上，日擬安輿來就養。青山盡處白雲飛，千廻百匝憑高望。

抛梁下，絃誦琅琅喧子舍〔八〕。未應當食嘆無魚，且可劬書如嗜炙。

伏願上梁之後，苟有苟完，爰居爰處，户無夜閉，簾有書垂。我思古人，去常如於至日；後之君子，當有感於斯文。

〔一〕是：原作「氏」，據四庫本改。

〔二〕矣：原無，據四庫本補。

〔三〕巾：原作「中」，據四庫本改。
〔四〕句首原重一「以」字，據四庫本删。
〔五〕南：原作「西」，據四庫本改。
〔六〕較：原作「交」，據四庫本改。
〔七〕北：原缺，據四庫本補。
〔八〕誦琅琅：原作「調瑲琅」，據四庫本改。

徐潭草堂

兒郎偉〔一〕！伏以作蠶繭以自纏，何時而竟；營菟裘而將老，此事已遲。爰相近郊，旋開別墅。後村居士忤當權而久斥，逢更化之特招。下帷生緩而迂，莫仰裨於顧問；中書君老而秃，終不任於使令。呼來虛霑綾餅餤之恩，歸去未有土饅頭之地。空蘇學士竹筒之積鏹〔二〕，得徐先輩草堂之遺基。所謂樂哉斯丘，豈必懷乎故宇。方桓司馬石槨則甚陋，視楊王孫裸葬則已奢。凹凸勢殊，經營而爲臺沼；綢繆力盡，拮据以有室家。驅出寢内散花之人，延入門前問字之客。香芹羹、鮮鯽膾，享貧者之八珍；長柄麈、短轅車，備閑人之九錫。免范、蔡扼吭而奪〔三〕，與稽、阮把臂而游。命乃在天，死便埋我。暮年窮巷，何妨廷尉之張羅；它日荒阡，不願曹瞞之灑酒。遂爲巴倡〔四〕，以相郢斤。

兒郎偉！抛梁東，夢覺東華杲日紅。却憶細旃開卷處，邇英今在九霄中。

兒郎偉！抛梁西，西掖西崑有舊栖。誰道相如堪視草〔五〕，寄聲太乙莫然藜。

兒郎偉！抛梁南，王謝争墩未免貪。門外釣磯都屬我，先生只喚作徐潭。

兒郎偉！抛梁北，塞垣未得新消息。欲隨飛將去防秋，白髮老翁難荷戟。

兒郎偉！抛梁上，絶頂古榕高十丈。飛來衆鳥有依栖，挽致萬牛無力量。

兒郎偉！抛梁下，一曲清溪帶茅舍。薄命休嗟奪鳳池，寬恩尚許同鷗社。

伏願上梁之後，息念彈冠，終身扇枕，肩負季路之米，手種邵平之瓜，觀書之眼復明，登山之力常健。於斯歌，於斯哭，勿違前哲之言〔六〕；全而生，全而歸，不辱先人之訓。

〔一〕兒：原作「鬼」，據四庫本改。後同。

〔二〕鏹：原作「繈」，據四庫本改。

〔三〕免：原無，據四庫本補。

〔四〕巴：原作「已」，據四庫本改。

〔五〕草：原作「筆」，據小草本、翁校本改。

〔六〕違：原作「遲」，據四庫本改。

碧雞草堂

兒郎偉〔一〕！避世金馬門之内，深悔昨非；結屋碧雞坊之西，偶諧高興。披荆之始，綿蕞而成。後村居士因卜寢丘，併營支壠。面勢挹莆之壽水，地名叶漢之陳倉。窮幽極深，堪續孟浩然之志；拔貧作富，不煩王録事之貲。百圍之樗櫟参天，數家之雞豚同社。煬争竈，舍争席，誰是主人；智樂水，仁樂山，豈無勝友！柴門延月，竹徑通溪。事如天而罔知，酒似泥而少醒。召王褒而從獵，徒夢遶於屬車；詣詹尹而卜居，尚心懷乎故宇。課蕪詞而紀實，助梓匠之落成。

兒郎偉！抛梁東，少日輕將仕易農。老去鄰家邀社飲，先生病着不能從。

兒郎偉！抛梁西，晚知茅舍勝金閨。寧爲野老騎黄犢，怕作祠官祭碧雞。

兒郎偉！抛梁南，一枕清風午睡酣。玉麈縱無人對壘，蒲團尚有佛同龕〔二〕。

兒郎偉！抛梁北，絲絇曾立虚皇側。未應放逐有遐心，夜夜起來瞻斗極。

兒郎偉！抛梁上，卜居惟此尤清曠。無千駟馬似齊侯，有百弓田如魯望〔三〕。

兒郎偉！抛梁下，一曲溪光風月夜〔四〕。兀坐漁磯不把竿，先生非釣虚名者。

伏願上梁之後，藏書不蠹，種樹成林。歲事豐登，常乞漿而得酒；老身强健，能拾穗以行歌。所願爲太平之民，不敢希無妄之福。

〔一〕兒：原作「鬼」，據小草本改。後同。
〔二〕龕：原作「眼」，據小草本、翁校本改。
〔三〕望：原作「侯」，據小草本改。
〔四〕溪：原作「漢」，據小草本改。

後村新居

兒郎偉〔一〕！伏以先世有敝廬之舊，豈敢圖新；平生無華屋之心，矧當垂耄。將侈大昭回之筆，乃經營清曠之居。後村居士掬寸管而得名，巢一枝而知足。暮年諸息，分户牖於蜂房之中；老子一身，獨棲宿於雞窠之内。叵堪局促〔二〕，思就寬閑。出金鳳於榛蕪，浴銀蟾於清泚。鷗來狎我，異山谷翁歸牛浮鼻之詩；龜不欺吾，合地理家迴龍顧母之説。敝華榱於坡上，揭奎畫於楣間。其東將魚菽而享先，稍西可雞黍而止客。東史草詞頭於高閣，陳法書名畫於便齋。無死友於朝〔三〕，不慕蕭朱之結綬；有同人於野〔四〕，寧從沮溺而耦耕。古老云七十者稀，癡人欲九百不死。抱膝孔明之榻，晞髮老儋之廷〔五〕。突兀千萬間見何時〔六〕，嘗發杜陵之歎；辛勤三十年有此屋，真如韓子所云。遂爲巴歌，以相郢斲。

兒郎偉！抛梁東，猶記祥雲一朵紅〔七〕。昨日螭頭夾香案，今朝牛背聽松風〔八〕。
兒郎偉！抛梁西，百年强半是單栖。老來井臼長辛苦，不似梁鴻有逸妻。
兒郎偉！抛梁南，掛起南窗設小龕。枕畔飛蚊牀下蟻，先生耳重睡初酣。
兒郎偉！抛梁北，北亭山有吾翁跡。不爲太史續家書，且向善和繙手澤。
兒郎偉！抛梁上，末後是真前是妄〔九〕。白身休要散吏銜〔一〇〕，血指元非舍人様。
兒郎偉！抛梁下，卧起與書相枕藉。山中底處覓金蓮，月光如晝何曾夜。
伏願上梁之後，家有蓋藏，鄰通假借。晉鄙之人多善，畏壘之山倍穰。爲愚池愚島愚堂愚亭，移嘉禾而錯置；非大寒大暑大風大雨，命小車而出遊。别腸空鯨吸之盃，老眼見蠅頭之字。恬侯奕世相傳，守孝謹之風；白傅他時一笑〔一一〕，領醉吟之謚。享無量壽，保不貲軀。

〔一〕兒：原作「鬼」，據小草本改。後同。
〔二〕叵：原作「巨」，據小草本改。
〔三〕無死友於朝：原作「無死於有朝」，據小草本改。
〔四〕於：原作「予」，據小草本改。
〔五〕老：原無，據小草本補。
〔六〕萬：原作「里」，據小草本改。

〔七〕朵：原作「孕」，據小草本改。
〔八〕今：原作「金」，據小草本改。
〔九〕妄：原作「忘」，據小草本改。
〔一〇〕衔：原作「御」，據小草本改。
〔一一〕白傅：原作「伯傅」，小草本「伯」作「白」，甚是。又按「白」指白居易，嘗爲太子少傅，世稱「白傅」，因改。

宜休堂

兒郎偉〔一〕！伏以未央前，甘泉北，忝法從之老臣；汾水曲，疏屬南，有先人之舊隱。惟尊幼殆幾於千指，於側旁增插於數椽〔二〕。後村居士少也劬書，長而委質。淵冰臨履，天日照知。通籍於寧廟憑玉几之前，結綬於穆陵收太阿之始。中緣狂論，久屏寬閑；晚察孤忠，遍塵清要。去猶賜張曲江之扇，歸尚揮疏大夫之金。何以萬間爲哉，不過一枝足矣。然三子各開户牖，諸孫俱及冠笄。前施紙帳禪床，清維摩之病思；後列書房織室，圓龐老之話頭。享武公緑竹之旄期，保叟黄花之晚節。乃爲巴曲，以相郢斤〔三〕。

兒郎偉！拋粱東，倒槖初增地百弓〔四〕。疇昔買鄰猶隔巷〔五〕，而今杖屨往來通。

兒郎偉！抛梁西，古我先君有隱棲。但願玉堂紅歲歲，丹苞萬顆壓枝低。
兒郎偉！抛梁南，二祖營棲似草庵。留蠹蟲書傳世世，生蝸牛屋等潭潭〔六〕。
兒郎偉！抛梁北，溪邊松檜參天碧。華屋留爲汝住場，欂庵却是吾真宅。
兒郎偉！抛梁上，禁中曾畫葫蘆樣。詩賦何嘗值一錢，光焰安能長萬丈。
兒郎偉！抛梁下，田父清晨邀賽社。溪山明秀可登臨，鄰里有無通假借。
伏願上梁之後，雨暘均調，田海上熟。蟹帶蠏，蛤含酒，厭飫老饕；魚通印，蠔破山，生涯爛醉。子平敕斷家事，叔夜懶報人書。挾兔園之策以訓蒙，駕雞棲之車而謀野。昔常衡千慮〔七〕，未免切老婆心；今不掛一絲，自然現壽者相。既安筦簟，必大門閭。

〔一〕兒：原作「鬼」，據小草本改。後同。
〔二〕插：原作「種」，據小草本改。
〔三〕斤：原作「斥」，據小草本改。
〔四〕增：原作「憎」，據小草本改。
〔五〕隔：原作「隅」，據小草本改。
〔六〕生：原作「住」，據小草本改。
〔七〕衡：原作「慮」，據小草本改。

樂語

宴張都承 袁州

曹裝已戒，方趨文德之衙；韋戟初臨，適在高陽之里。屈軒車之貴重，侍杖履之從容。恭惟某官龍章鳳姿，金聲玉振。策名四紀，僅存下國之靈光〔一〕；被遇兩朝，俱侍玉皇之香案〔二〕。舉世莫磷緇於大節，後生皆師仰其餘風。幼安似非晉人魏人，微仲不入洛黨蜀黨。當宁獨知其素守，追鋒趣覲於清光。雖弗忘魏闕之心，猶未起東山之卧。固知夫子薄萬鍾五鼎之榮，其奈都人望一馬二童之至〔三〕！上方渴想，公勿徐驅。我知郡編修吏部頃幸識荆，揭來剖竹。過揚雄之宅，將質羣疑；避齊相之堂，冀聞片語。爰舉宴嘉賓之典〔四〕，況當修禊事之辰。折花以當酒籌〔五〕，攀柳以留行色〔六〕。製鈴郡閣，獲陪揮麈之清談；秉筆中書，應許飛烏之反哺。某等敢颺口號，上粲台顏。

紫橐相將入帝京，朱幡邂逅此逢迎〔七〕。恭桑深得詩人意，拔薤寧希健吏名。麻卷明朝文德殿，深衣幾載洛陽城。祝公早畫安邊策，却致諸生起太平。

〔一〕下：原作「不」，據四庫本改。
〔二〕侍玉：原作「待處」，據四庫本改。
〔三〕「奈」原作「禁」，「至」原作「志」，據四庫本改。
〔四〕嘉：原作「家」，據四庫本改。
〔五〕折：原作「拆」，據宋刻本、小草本改。
〔六〕留：原作「流」，據四庫本改。
〔七〕逭：原作「追」，據四庫本改。

宴前湖南趙帥

撤山前之薇戍，方卷捷旗；訪江上之棠陰，忽聞歸騎〔一〕。乃爲薄具，以屈高軒。恭惟某官峻特而潔清，沈潛而剛毅。生長古靈之里，甚似前修；從游勉齋之門，見稱嫡子。真吾徒之畏友，亦近世之名卿。清標洗五嶺之貪風，妙算掃重湖之妖祲。集衿佩於凋零之後，多所講明；膋金湯於談笑之間〔二〕，一何神速！方名垂於竹帛，乃興動於林泉〔三〕。魯望江湖散人，公雖甚適；更生宗室遺老，上必見思。會有鋒車，徑歸禁橐。我知郡編修吏部交遊最蚤，聚散靡常。晚繼踵於前規，復借光於鄰績。暫駐函關之紫氣，同凝燕寢之清香。把酒而登雲山，小休午暑；聯鞍而游雪鼓，尚約秋風。輒以心聲，寓於口號。

長劍高冠有駭機，平生受用一深衣。鳶方跕跕水中墮，鴻已冥冥天外飛。離索略憑巵酒訴，淹留却羡角巾歸〔四〕。祝公小住爲佳耳，莫與江邊父老違。

〔一〕忽：原作「弗」，據四庫本改。

〔二〕湯：原作「楊」，據四庫本改。

〔三〕動：原無，據四庫本補。

〔四〕淹留：原作「冥淹」，據宋刻本、小草本改。

宴唐經略 廣東

擁旄方面，瞻統府之宏開；易節嶺南〔一〕，屬外臺之初建。敬陳燕衎〔二〕，屈致崇嚴。恭惟某官直大以方，知仁而勇。殿中《燈籠錦》之疏，千載如生；博士《内前行》之詩，四夷傳誦。繇國朝而屈指，惟唐氏之有人。頃膺六察之除〔三〕，奚翅百函之奏。天子改容，宰相待罪，壯哉對仗之言〔四〕；都人祖送，畫工爲圖，賢矣拂衣之去。方倚下流之飛輓，俄移南國之麾幢。以宋廣平鐵石之腸，洗馬新息珠犀之謗。儉甚乖崖之絛褐，蕭然清獻之琴龜。坐令炎熱之區〔五〕，悉變清涼之境。賜履至於海，既憂顧之少寬；介圭覲於王，喜遄歸之不遠。我某官昔叨末契，今在下風。憶李白於江東，廻頭久別；訪安期於海上，握手劇談。非惟暢叙於交情，亦以協同於王事。況帳下之捷書踵至，而山前之戍甲已歸，細聽《金縷》之歌〔六〕，莫惜玉山之倒。萊相巨杯之飲，縱不能陪〔七〕；范公一筆之勾，庶乎知免。某等習優伶之小技，覩賓主之交懽，輒陳蕪音，聊啓玉齒。

元戎建纛粤王臺，廉使新持漢節來〔八〕。一紀別俱無恙在，二星聚豈偶然哉。清風可使貪泉變，老筆能驅瘴霧開。祇恐仁皇思質肅，日邊已有詔書催〔九〕。

〔一〕嶺南：原作「領頭」，據四庫本改。
〔二〕術：原作「術」，據四庫本改。
〔三〕察：原作「際」，據四庫本改。
〔四〕仗：原作「伏」，據四庫本改。
〔五〕熱：原作「熟」，據四庫本改。
〔六〕細：原作「世」，據四庫本改。
〔七〕縱：原作「蹤」，據宋刻本、小草本改。
〔八〕持：原作「特」，據四庫本改。
〔九〕邊：原作「間」，據宋刻本改。

宴新帥劉侍郎

中軍謀元帥〔一〕，瞻牙纛之初臨；皇華遣使臣〔二〕，屬軺車之再駕。將交驩於大閫，爰盛啓於初筵。恭惟某官清節致身〔三〕，丹心事主。爲諫官御史，開陳累百奏之多；於君子小人，終始無一言之誤。善類陰受其賜，明主深知其忠〔四〕。及拜瑣闈，垂登廊廟〔五〕，乃露章而勇去，雖天語而莫留〔六〕。旅矢彤弓〔七〕，寄專征於方伯；腰刀帕首〔八〕，紛來謁之小侯。教條清明〔九〕，鼓角讙亮。龍户馬人之相慶，蠻烟瘴雨之一空。鷓鴣去而蚌回，方共覩廉平之化；鳳凰儀而獸舞，行入賡喜起之歌。我某官幸甚登門，加之通譜。彈冠魏闕，舊陪盍簪之餘；攬轡周原，新託履封之內。久矣雲泥之懸絶，適茲嶺海之重逢。召鼓史以撾岑牟〔一〇〕，命佳人而戛鳴瑟。反坫爲兩君之好〔一一〕，聊永今宵；衮衣以上公而歸〔一二〕，無忘此日。某等俯陳蕪語，上啓玉顔。

帝城一別隔天涯，邂逅轅門此建牙。應是近臣勞侍從，頓令遠使有光華。他人豈得如同姓，王事由來本一家。却怕酒醒歸詔下，臘燒銀燭照梅花〔一三〕。

〔一〕元：原作「先」，據四庫本改。

〔二〕遣：原缺，據四庫本補。

〔三〕身：原作「自」，據四庫本改。
〔四〕主：原作「王」，據四庫本改。
〔五〕廊廟：原倒，據四庫本乙。
〔六〕雖：原作「惟」，據四庫本改。
〔七〕矢：原作「久」，據四庫本改。
〔八〕首：原作「守」，據四庫本改。
〔九〕清：原作「陳」，據四庫本改。
〔一〇〕撾：原作「過」，據四庫本改。
〔一一〕玷：原作「玷」，據宋刻本、小草本改。
〔一二〕衮：原作「卷」，據四庫本改。
〔一三〕燒：原作「曉」，據四庫本改。

宴吉倅王實之

瀛洲學士，爲江村半刺之行；句曲山人，惜親友中年之别。將秣馬膏車而去矣，乃殺雞爲黍而留之。恭惟某官志節日烈而霜嚴，文章水涌而山出。聲名蚤著〔一〕，不數黄香之無雙；科目小低，猶壓杜牧之第五。元化孕此五百年之間氣，同輩立於九萬里之下風。每以直道而事人，未嘗曲學以阿世。朱游折檻〔二〕，諸公暫請劍之言；陽子哭廷，千載壯裂麻之舉。一葉身輕，何去之勇；六丁力盡，而挽不回。有謫仙人駿馬名姬豪放之風〔三〕，無杜陵老殘杯冷炙悲聲之態。仲卿妻安牛衣之儉，超宗子真鳳毛之奇。下而一障，上而公卿，會應入手；徵以諫官，許以宰相，尚且掉頭。擁通德而著書，命便了而沽酒〔四〕。麗人歌陶秀實郵亭之曲，好事繪韓熙載夜宴之圖。賀客盈門，勸展驥而爲別駕；長官分席，嘆無蟹而有監州〔五〕。想像醉翁、澹庵之勁節高風，收拾平園、誠齋之殘篇斷藁。覺此行之不惡〔六〕，然小住而亦佳。方今圖回一新〔七〕，號召四出。加璧而延故老〔八〕，將行申公之言；前席而訪逐臣，必奉賈生之對。豈容州佐，屢屈天仙。況頭廳乃吾鄉兩相之迭爲，而鼻祖云異日二郎之必做。閉門而投車轄，莫惜盡歡；籠街而築沙堤，佇看大拜。風雲之會，期月猶遲。我崇禧吏部少同受業於河汾，晚共尋盟於洛社。辭暴公子之繡斧，未敢披襟；聽白司馬之琵琶，何須掩袂。素蒙鮑叔之知己，詎忍卜商之離羣。肯顧茅堂，不嫌草具。南轅北轍〔九〕，車輪慣見於別離；東主西賓，翰墨未妨於遊戲。俯陳下俚，仰獻初筵。

去國還山忽十期，看人著盡幾枰棋。碧鷄金馬非吾事，白鷺青原欠子詩〔一〇〕。魯國兩生肯行否，海濱二老莫來遲。暮雲春樹嗟修阻，得句從今舉向誰。

〔一〕著：原作「着」，據四庫本改。

〔二〕折：原作「折」，據宋刻本、小草本、翁校本改。
〔三〕豪：原作「何」，據四庫本改。
〔四〕沽：原作「沾」，據宋刻本、小草本、翁校本改。
〔五〕州：原作「客」，據四庫本改。
〔六〕覺：原作「角」，據四庫本改。
〔七〕回：原作「面」，據宋刻本、小草本改。
〔八〕故：原無，據四庫本補。
〔九〕轍：原作「輒」，據四庫本改。
〔一〇〕子：原作「於」，據四庫本改。

代中書令管城子毛穎進封管城侯加食邑實封制

四友除授制

提筆居公槐之位〔一〕，久倚任於英豪；剖符拓孤竹之封，肆褒崇於勳舊。仍加書社，庸勸士林。具官某出明視之宗，生廣寒之府。自伏羲造書而後，至蒼頡製字以來，居然貫通，靡不鈔纂。

始避秦師之獵，甘處隱淪；繼入周人之罝，遂陪衆俊。朕方興文治，妙簡䂂髦。尊顯以史遷之官，綿歷乎汾陽之考〔二〕。華顛欲秃，豈辭拔楊氏之一毛；清節自持，素耻簪晉臣之三窟。雖勳名異乎定遠之燕頷，然摹畫妙於右軍之鼠鬚。供内廷肆筆之娱，開寰宇同書之兆。或寫諸琬琰，或勒在鼎彝。博古通今，雖百世可知也；第功行賞，何萬户足道哉！益湯沐之舊畬〔三〕，涣絲綸之新渥。於戲！古者重分茅之爵，是謂封君；聖人有微管之言，深嘉仲父。毋廢朕命，以昌斯文。

〔一〕居：原作「舉」，據小草本改。

〔二〕考：原作「可」，據小草本改。

〔三〕益：原作「蓋」，據小草本改。

代毛穎謝表

位冠鳳池，乏英髦之譽；爵班侯國，忽加菜食之封。沐寵懷慚〔一〕，摛辭叙感。伏念臣中山舊族，東土寒生。昔西伯詢芻蕘，首往遊於周囿；及孝王好賓客，復延致於梁園。遂由衣褐之徒〔二〕，獲預汗清之列。居常摹畫軍國之務，非但馳騁文字之間。盡挫鋒芒，不覺顛毛之秃；久居掌握，豈勝指目之多。或誣其就縛於蒙恬，或議其見絶於孔子，或笑武安之頭鋭，或嘲蒲嫛之心長。衆方吹求，上獨拂拭。屢削牘而祈閑退，每賜札而示眷留。得於漸濡，庶幾直諒友者；賜之湯沐，豈若恩澤侯哉。兹蓋伏遇皇帝陛下奎璧之光燭天〔三〕，雲漢之章飾物。嘉臣冰霜勵操，素無三窟之謀；察臣嚴穴奮身，非有五樓之援〔四〕。疏分茅之異渥，酬執簡之微勞。臣敢不盡心服勤，碎首圖報？上林一枝，今以借汝，親逢明主之右文〔五〕；渭川千畝，比之封君，深愧古人之辭富。

〔一〕句首原有「矣」字，據小草本刪。
〔二〕徒：原作「往」，據小草本改。
〔三〕兹：原作「慈」，據小草本改。
〔四〕非有：原倒，據小草本、翁校本乙。
〔五〕主：原作「王」，據小草本、翁校本改。

代石鄉侯石虛中除翰林學士誥〔一〕

朕招延鴻碩，興起藝文〔二〕。博約鑽之彌堅，既咸推於宗匠；號令煥焉可述，其遂長於禁林。爰錫贊書，以旌儒彥。具官某内涵珍璞，外凛丰稜，不屑撓於他人，亦眼高於餘子。膺朝廷之物色，得於築巖；加師友之切磋，可以攻玉。性非燥濕所遷變，語不雕鐫而混成。一泓之水未足多，萬斛之源所從出。厭瓦注之拙野，易以精工；矯崑體之輕浮，返之古雅。不敢儕諸陶冶之列，居常置之几案之旁〔三〕。屬當北門獴直之虛，孰堪東里潤色之選。求人惟舊，朕殊惜居易之老香山；取友必端，卿何愧九齡之産韶石。遂予環於荒遠，俾濡墨於禁嚴。噫！王言如絲，賴發明於德音〔四〕；我心匪石，益磨礪於忠規。若時耆英，奚俟訓敕。

〔一〕除：原作「徐」，據小草本改。

〔二〕興：原作「與」，據小草本改。

〔三〕案：原作「接」，據小草本改。

〔四〕音：小草本作「意」。

代石虛中謝表

割紫雲之石，聊以自娛；上白玉之堂，出於親擢。持鈍頑之陋質，汙清切之邇聯。伏念臣品在下中，譜尤晚後。望脩門之日遠，覺幽谷之地寒。抱樸櫝藏，非敢索山人之價；剖珍包貢，不圖近天子之光。登之寶牀，藉以宮錦。澡身雖潔，仄目實繁〔一〕。議臣山之未醇，稱臣黯之太褊。

洗吹不已，竟難求索於疵瘢〔二〕；磨涅縱多，終莫磷淄於堅白〔三〕。豈必染馬肝之指，居然先鳳味而鳴〔四〕。奬發藻之微勞〔五〕，躋摛文之真拜。與陳玄、毛穎同召見，非供鎮紙之需；逢李斯、趙高不喜儒，獨結衡書之眷。仍分茅之舊爵〔六〕，出視草之新綸。茲蓋伏遇皇帝陛下操砥礪之權，剗雕鐫之弊。勒碑浯水，寧無老學之磨；應制金鑾，或用宮嬪之捧。致此支機之具，逼於華蓋之躔。臣敢不洗濯俗塵，切磋舊學？藉墨卿以風，顧雖慙臺閣之文；以石生爲媒，或可致巖穴之士。

〔一〕目：原作「日」，據小草本改。
〔二〕難：原作「雖」，據小草本改。
〔三〕終：原作「從」，據小草本改。
〔四〕味：原作「咮」，據小草本改。
〔五〕發：原無，據小草本補。
〔六〕茅：原作「弟」，據小草本改。

代陳玄除子墨客卿誥〔一〕

秦重卿爵，以客斯爲之；漢仍秦舊，位亞翰林主人一等。優游文字之間，而不責以吏課，有賓友之道焉。爾粲然有文，磨而不磷，雖嘗見闢於孟軻〔二〕，而或者謂其與孔子蓋相爲用。來從吾游，質凝重而氣芳潔，所長不在於點竄《典》《謨》、塗改《雅》《頌》而已。進之卿列，待以客禮。夫膏沃者光燁，漬久者色深，人之於學，何獨不然！余不憚於研磨，爾益思於策勵。

〔一〕誥：原作「詰」，據小草本改。

〔二〕雖：原作「雅」，據小草本改。

代陳玄謝啓

召同四友，愧濡染之非才〔一〕；仕至九卿，忽婆娑而就列。皆猶甄之賜也，非媚竈而得之。伏念某分上黨之枝，傳絳人之業。朝磨鐵研，夕映雪窗，雖皴裂欲無全膚，然燥濕終不改度。嗜古文字，班、馬之香是薰；與人交游，陳、雷之膠不解。弄翰之池盡黑，餬口之突不黔。偶陪泓、穎之名流，殊乏卿、雲之妙思。上恩甚渥，月輒給於一枚；舊學都荒，歲纔磨於寸許。中遭點黷，稍見擯疏。嗤晝駿之俳諧，指成蠅之謬誤。仲將之點如漆，世豈無於公評〔二〕；内史之灰復然，公真有於大造〔三〕。靖惟先世，僅受松封；曾是鯫生，驟躋棘列。兹蓋伏遇某官睟然見面，默而知言。潤色廟謨，不假丹青之力；劑量人品，尤嚴皂白之分。既湔黷黷之誣，仍玷清華之選。某敢不研精游藝，摩頂酬知〔四〕？杜陵金掌之詩，可謂榮矣；孫子漆身之事，竊有感焉。

〔一〕濡：原作「需」，據小草本改。
〔二〕評：原作「平」，據小草本改。
〔三〕大：原作「内」，據小草本改。
〔四〕酬：原作「訓」，據小草本改。

賜褚知白詔〔一〕

漢儒推尊誼、仲舒至矣，然於誼曰賈生，於仲舒曰董生，友之而已，獨於褚先生者師稱之，其爲世所崇尚如此。朕既召穎、泓、玄置左右，三人者皆言汝功用敏於竹帛，材質清於玉雪，博記古今之書，善摹國家之事，鋪張設飾，非汝不可。矧方幅之士沓至於朝，以焕三代之文，而舒六藝之風，雖欲卷而懷之，得乎？前求遺逸，舉茂異，不過令有司物色〔二〕，或下郡國遺詣公車。吾詔書手記不可數得，蓋以賓師之禮待汝，汝其幡然而起，賁然來思，副朕右文之意。

〔一〕褚：原作「楮」，按宋代文人游戲文字習稱紙爲「褚知白」，據改。下文同。

〔二〕令：原作「今」，據小草本改。

代褚知白謝表

臣無他技，方虞札惡之譏；帝有恩言，昭示衮褒之意。粉身報淺，汗背愧深。伏念臣自奮孤根，偶逢良匠，施風斤之巧斲，如月杵之精姸。早踐名場，不數曳白之卷；後游文館〔一〕，盡見殺青之書。雖屬辭之士着價稍高，然嗜利之徒見伐未已。諺嘲珣短〔二〕，庭議敞輕。量才則曰牧粗，奏技則云愈薄。方聖主飾昭回之際，固難負於馬圖；若愚臣窘邊幅之尤，僅可供於驢券。曾謂十行之明詔，俾陪三益之後塵，委穆之以百函之多，餉張華至萬番之富。大事則書之策〔三〕，安能措一字之謹嚴；小子不知所裁，徒自嘆成章之狂簡。兹蓋伏遇皇帝陛下取士常嚴於尺度，養財靡縱於斧斨。思妙化工，陋癡人之刻葉；辭根理致，異墨客之夭篠。顧慙側理之微，奚補右文之盛！臣敢不益思展究，少效鋪張？新智無窮，豈必爲蔡侯所造〔四〕；舊聞有攷，或能補遷史之亡。

〔一〕館：原作「舒」，據小草本改。
〔二〕嘲：原作「朝」，據小草本改。
〔三〕事：原作「字」，據小草本改。
〔四〕爲蔡：原作「無察」，據小草本改。

後村先生大全集卷之一百二十八

書

丁丑上制帥〔一〕

竊惟今日重戍在邊，兵力疲於暴露，民力病於轉餉，國力窘於調度，此中外痛心疾首之時也。某士之欲進言於戲下者多矣〔二〕，往往竊嘆私議，相顧莫肯發，曰不在於其位也，曰交淺言深也。某之不肖，厠於幕下之士，不可謂之不在其位矣；又蒙幸於左右者有年，不可謂之交淺矣。默而不言，誼不可也，情不忍也。

夫官以江淮制置使爲名，府事但兼之爾，而足迹不至淮甸，自江以北付之文移，晨起晏罷，坐曹據案，與治州縣無異。精力耗費於簿書而閫外之體統未明，智慮周匝於事物而天下之名義未講〔三〕，此失臨遣之意一也。官軍按甲不動，而藉山東群盗之力以收舊疆，彼皆以殺人掠貨爲事，欲其秋毫無犯，所至牛酒開門迎勞，其可得哉？沿邊守宰誘殺降附，騎淮惡少俘奪人畜，義旗所向，有旅拒而無響應，有堅壁而無倒戈，此失吊伐之名二也。張魏公、秦丞相雖邪正不同，然終身各守一説。今也知戰之必不可已而不敢力主也〔四〕，知和之決可爲而不敢深詆也。若攻矣而又欲守，既守矣而復欲攻。内無執持，遥有稟聽，擇善不勇，慮患太深，豈以去位爲難乎？此失去就之義三也。

凡此三失，愚請極論其所以然者。夫欲有事於仇虜，此天下之公憤也，非一家一人之私憾也，奈何不昌言於朝，不博采於衆，徒與二三君子籌之！彼唱甚高之虚言，我圖甚難之實事，不出力以助我而持論以律我，或漸變爲知難而退之説，或遂謀爲潔身而去之計。古之君子與人同樂，必與人同憂，今之君子預吾成而不預吾敗，共其安而不共其危，此愚所未曉也。

先生能以一身受公議之責，而不能以公議之欲爲者精白言之於上，何歟？蓋自南渡以來，國家畏虜之病何其深入骨髓也！昔也畏虜之新焰，今也畏虜之餘威，有可强之勢而自貶以趨弱，有可勝之理而預憂其必敗，謀國至此，可謂拙矣〔五〕。自古任責大臣，其胸中必有卓然不可易之見，至於成敗利鈍，雖以諸葛亮之明不能逆覩，然討賊之義不以成敗利鈍而遂廢也。今帷幄之籌無所堅決，疆埸之吏無所稟承，欲乘機進取則上制乎廟謨〔六〕，欲偷安退保則下畏乎公論。聚十數萬兵境上，退縮如處女之不窺門户也，謹畏如彭祖之觀井也。日月逝矣，機會坐失，如天下後世何！誠使吾之國人畏名義甚於畏仇虜，通上下爲一心，合中外爲一家，勇者請行而怯者不議其後，君子叶力而小人不撓其成，又安有下作而上不應、外欲爲而中沮之者哉？

凡今之持論者有三：怯者欲和，勇者欲戰，持重者欲守。虜亡無日，吾誰與和？和不足言也，試言戰可乎？下哀痛之詔以誓衆，移和買之幣以犒師，使名義暴白，如此則可以戰；若陽諱其名，陰喜其實，無大舉之勢而姑爲小偷之事，則戰未易言也。三制闖脉絡相通，連衡並進，使聲勢環合，如此則可以戰矣；若二邊不動〔七〕，一方用事，如人之身四體不仁而一臂粗舉，則戰未易言也。姑舍是言守，可乎？有張巡、許遠之忠義，使登陴之兵裹創飲血而不怨，如此則可以守；若勞役無度，甘苦不均，士卒凍餞而將帥歌舞娱樂，軍心解體，則守未易言也。有羊祜、杜預之恩信，使並邊之民知安居奠枕之樂，如此則可以守；若杵築未乾，驅之穿濬，穿濬未已，驅之營造，民心胥動則守未易言也。

夫戰守大事也，先生何不於此時與君相精講而熟訂之，因以立一定之規模歟！或謂方今廟謨淵深，外間莫測，如陣亡功賞，暴露犒賜，蓋有司細務，然而奏請累月不下，况於争大事乎？愚謂體統正則條目舉〔八〕，大事之不争，小事之所以不報也。先生何不亟言其大者，次言其小者，按行兩淮以覈軍實，激犒三軍以作士氣，求老成有方略之士與之共謀議，勿使之懷材抱道而有不吾以之歎，起閑廢有人望之將與之共功名，勿使袖手旁觀而有不盡用之恨。移江上諸屯之半於江北以省餽運，收北來流附之人於江南以示恩信，罷兩淮土木之不急者以休民力，旌沿邊吏士之死節者以勸戰功〔九〕。使風采精明，人心興起，開闢可以戰，閉户可以守，雖以之抗新造之邦可也，况於支吾殘敵哉！

夫臨大事、決大疑，在乎擇義精、立志果而已〔一〇〕。賊未授首，臣無還期，裴度所以平蔡州也〔一一〕；群疑滿腹，衆難塞胸，劉表所以覆荆州也。大臣以道事君，不可則止，使先生言而用則留，不用則幅巾還第，大節不毁，孰與得官職而失名譽者比哉！某日夜念此，憂思旁皇，不自知其言之出口，惟赦其狂簡，幸甚幸甚。

〔一〕制帥：原作「製師」，據四庫本改。
〔二〕矣：原無，據四庫本補。
〔三〕名：原作「明」，據宋刻本、翁校本改。
〔四〕已：原作「以」，據四庫本改。
〔五〕謂拙：原作「爲掘」，據四庫本改。
〔六〕乘機：原作「議」，據四庫本改、補。
〔七〕二：原作「一」，據宋刻本改。
〔八〕體：原作「休」，據四庫本改。
〔九〕勸：原作「觀」，據四庫本改。
〔一〇〕自前「之邦」至本句「在乎」，凡二十字，原脱，據四庫本補。
〔一一〕州也：原無，據四庫本補。

戊寅與制帥論海州

某竊見楚州再發攻具〔一〕，令李全等進取海州，某愚暗闊於情事，不敢借古爲喻，姑以燕山之役言之。自石晉失盧龍一路〔二〕，以藝祖之英武，欲復其地不可得。至宣和興師〔三〕，燕山再入版圖，可謂不世之儁功矣。方其告捷，天子御正衙稱賀，拜王黼太傅，童貫、蔡攸第賞有差。未兩年，燕山再陷而亂華之禍作，首謀誅竄，社稷隨之。嗚呼〔四〕！前得燕山〔五〕，真成不世之儁功，而後禍如此。今海州凋殘，僅存茅葦二三十户，未及燕山萬一。克城之後，海無資楚之糧，楚有餉海之費，憂自此始。某不敢深言，區區之愚爲制閫慮，非謂攻城未下也，政恐旦夕得城，論功行賞，大使必預，而後日始無詞以自解矣。其事近則目前，遠則數歲，是時雖悔〔六〕，噬臍何追！古人料事，雖千歲可知，下猶爲百年維持之計。豈以諸賢識見高古而思慮不及於數歲之後哉！愚謂不得海城，雖目前無美觀，然它日無後災。欲望熟察利害，審擇禍福，便置此事於度外。萬一楚州以捷來告，宜推其功與之，勿爲其餘波所及；若已班師，則乞明告朝廷，早行下楚州收拾，及今猶爲可也〔七〕。

〔一〕具：原作「其」，據四庫本改。

〔二〕失：原作「夫」，據四庫本改。
〔三〕宣：原作「宜」，據四庫本改。
〔四〕嗚：原作「鳴」，據四庫本改。
〔五〕前：原作「真」，據四庫本改。
〔六〕悔：原作「梅」，據四庫本改。
〔七〕爲：原無，據四庫本補。

庚辰與方子默僉判

某初入幕，朝野盛言虜衰〔一〕，及泗上一跌，始息進取之謀，以守易戰。某隨幕府至淮東，見劉琸擁兵三萬〔二〕，端坐山城，而維揚之兵不滿數千，始喟然悟築城之害，妄意欲抽減極邊戍兵，使屯次邊，以壯根本，其說不行。

至今春虜騎犯安、濠，攻滁，游騎已至宣化飲江。某與同幕王中甫輩至龍灣點視舟師，虜旗幟隔江明滅可數。於時金陵人情震動，外議以邊面無備歸怨幕畫。某在幕最久，得謗尤甚。二月二十二日，滁州圍解，江面定疊。三月三日，宣威轉廳，丞相傳天語，制帥諳悉江淮事〔三〕，不可去，某方敢控南嶽之請。制帥始令謁告，然移書光範，已爲求祠，蓋在幕之本末如此。旴眙屯二三萬，安豐屯二萬，濠、梁亦不下萬人，而合泗、維揚戍兵不滿五千，虜至宣化非人謀乖刺，理勢然也。諸賢之意，豈謂大將在極邊，虜必不敢入耶？許俊受圍七十日不敢出，於劉琸何尤？彼兢兢保一城且不足，欲其蔽遮江淮難矣〔四〕。山東事端甚微，今已横流，夫復何説？

劉越石、祖士稚乃是出門户外，就別人地盤上做工夫，不該本領。今日招納山東，是擔錢擔米出去做事，其法當有限止。本欲用此曹取邳、海，邳、海不可取〔五〕，遂納五萬人於兩淮，把自家地盤先作践一遍。此曹名爲忠義，實以饑驅，先殺忠義副帥沈鐸〔六〕，繼稱兵向南渡門，自羊家寨至鹽城、寶應，境内焚掠一空，通、泰震動〔七〕。主議者遏絶掩護而不敢詰，慢書至制司，極可惡。今又有濠、梁之捷〔八〕，氣勢愈王〔九〕，蓋舉國聽山東自此始矣。若朝廷打開門户，分曉做將去，以讎耻爲重，以成敗利鈍爲輕，猶云可也，但高、孝二宗辛勤積累之業〔一〇〕，恐難付之一擲。

今山東瘡口既闊〔一一〕，諸豪復引韃靼與我相聞，駸駸有結連夾攻之議，安知山東諸豪無郭藥師輩復生？聞已有帶韃靼牌號者〔一二〕，制帥鑑宣、靖故轍，深知其非，第恐任責別自有人。去年杜叔高獻策北通韃靼，豈特不通今古者發此謀哉！今將帥之才極少，劉琸敗衄之後〔一三〕，別無可言。許俊威名今年大減，李申之就禽〔一四〕，郭貴誠、石俣先後戰死〔一五〕，王辛只堪偏師小敵〔一六〕，去春遇大敵幾不免。向來淮陰、今者濠梁之捷，皆是山東人立功，可嘆可嘆。山東已納者歲費緡錢五百萬、米四十萬斛，其在東海、漣水二縣者不與焉，言之可爲寒心。

〔一〕衰：原作「哀」，據四庫本改。
〔二〕瑋：原作「瑋」，據四庫本改。
〔三〕帥：原作「師」，據四庫本改。
〔四〕江淮：原倒，據四庫本乙。
〔五〕邳海：原無，據四庫本補。
〔六〕帥：原作「師」，據四庫本改。
〔七〕泰：原作「秦」，據四庫本改。
〔八〕捷：原作「揵」，據四庫本改。
〔九〕愈：原作「俞」，據四庫本改。
〔一〇〕積累：原作「累世」，據四庫本改。
〔一一〕山東：原倒，據四庫本乙。
〔一二〕韃：原作「鞬」，據四庫本改。
〔一三〕衄：原作「劫」，據四庫本改。
〔一四〕申：原作「由」，據四庫本改。《金史》卷一五《宣宗紀》：興定三年（按：當宋寧宗嘉定十二年）二月「己未，行省安貞入宋境，破梁縣等軍，擒統制李申之」。是也。
〔一五〕俁：四庫本作「琟」。

〔一六〕辛：四庫本作「幸」。

辛巳答傅諫議〔一〕

蘄、黄二守死事不同〔二〕，誠如尊論。然何憲初護齊安，官吏士民過武昌，却以身還齊安固守。半月城破，爲虜騎擁入大江，死於赤壁磯下，見於安陸通判石孝淳體究申狀如此。許遠不死於睢陽，且獲與張巡同傳，蓋自古於死節之士例不求疵。方何憲再絶江，僚屬莫之從者，而單馬獨往〔三〕。彼寧不知往則必死，蓋知所處矣。今齊安逃死官吏士民反合詞以攻死事之守將〔四〕，偷生無責，守死有誅，近於太史公所云「全軀保妻子之臣媒蘖其短」者矣。疆埸之事，至危至險，兩勢相當，然後可責人之死節。漢高帝不誅守尉，謂其力不足爾。昔人於大棄官守之臣猶爲之説如此，況殞身喪元者哉〔五〕！劉韐一生從童貫，及河北死事，即謚忠顯；李若水誤靖康遠狩，及青城死事，自吏侍贈執政，謚忠愍；吕祉覆淮西一軍〔六〕，及淮口死事，自兵書贈資政，立廟合肥。此皆近事，誤國者猶棄瑕録忠，況未嘗誤國，直以力不足抗、握節而死者哉〔七〕！

蘄、黄素無備，虜十萬大入，江軍二千守關，皆百戰創殘之餘，其何以當？所痛者赴援大將握重兵，迂曲逗撓，坐視二城覆没。聞朝廷將明置典刑，是矣。然死事者無恤典，有煩言，何憲就如簡書所云，李茂欽死守孤城，不知又有何説。或言其不知變，坑陷一城生靈〔八〕，然則究竟如何則可？某愚見始終如此〔九〕，未審先生以爲何如。

〔一〕傳：原作「傳」，據四庫本改。
〔二〕蕲：原缺，據四庫本補。
〔三〕單馬：原無，據四庫本補。
〔四〕齊安：原倒；詞：原作「調」，據四庫本乙、改。
〔五〕「殞身」下原衍「之」字，據四庫本删。
〔六〕社：原作「社」，據四庫本改。
〔七〕握：原無，據四庫本補。
〔八〕坑：原作「抗」，據四庫本改。
〔九〕此：原無，據四庫本補。

乙酉答真侍郎

頃承大行遺詔，率土悲隕，念以尺書奉慰，繼聞新天子訪落召公〔一〕，未至，除命已四五下，又念四方賀書必盈几案，遂併前書不果作。駛足至，伏領誨翰〔二〕，捧對驚喜。聞以此月初發仙里，不知入對清光定在何日〔三〕。向得陳益夫湖南書，謂侍郎近於心上做工夫，出處語默方寸之間必有成説〔四〕，然猶虚心下問，仰見謙志。悠悠之談〔五〕，皆以不出爲是，但侍郎挾蓋世盛名，潔身亂倫之事自是做不得，逆知一出决不能免。世有一種人，好持高論責人，僕不敢效尤，姑言目前淺事以答尊意〔六〕。

上孝友，聞天下近日之事，輟朝不怡，聖意可見。昔永熙之世，廷美貶卒，德昭暴薨；明受之變，元懿夭歿，此則誠有可恨。今故王乃是爲盜迫脅，在朝廷宜下哀痛之詔，流涕慟哭，致孔懷終鮮之恨可也，厚葬美謚，盡送往飾終之義可也，今皆未之聞焉。在東朝則非鳲鳩平均之意，在上則少鶺鴒在原之情，萬世謂何〔七〕！哲廟之待徐邸、祐陵之待簡王〔八〕，即是本朝家法，誠能將明此事以扶人紀，第一義也。

其次邊事，某從前以爲大將不當在極邊〔九〕，今併制帥在極邊矣〔一〇〕。夫嬰城固守，守臣之事也；提兵出戰，軍帥之事也〔一一〕；發蹤指示，制帥之事也。今制帥處軍帥之地矣，又兼守臣之事矣。自昔制帥必居形勢之中，以應接四面事機〔一二〕，料敵而不臨敵者也，解圍而不受圍者也。設自臨敵，使誰料敵？設自受圍，使誰解圍？譬如下棋，必安排數著，制帥在極邊，是有第一著而無第二著也。猛虎出没無常，所以可畏；若棄山林而即城市，則人將烹食而寢處之矣。自移司以來，天下之勢偏重於一郡，帳衛單寡，手足盡露，壤地孤絶，氣脉不接，知愛極邊而不知愛次邊，知防邊城而不知防江面，極非長筭，今盍少徙於内乎？不特制帥當徙内，潤帥當在維揚不當在盱眙〔一三〕，昇帥當在合肥不當在安豐，騎帥當在滁不當在濠，江、池帥當在蘄黃不當在浮光。極邊諸郡城堅粟多，只合付之郡守。極邊有守臣，次邊有軍帥〔一四〕，江面有統府，自然國勢奠安〔一五〕。方今人物眇然，所用皆無賴新進，愚謂守臣要須得如田琳、李郁輩能守得一城者，軍帥要須得如李寶、趙樽輩能殺得一陣者〔一六〕，統帥要須得如鄭亨仲、劉彥修輩能制得諸將下者〔一七〕。平時既不素儲人才〔一八〕，如此三等人物〔一九〕，侍郎面上已有幾人，頗曾留意否？

若夫初政合行之事，尚多未講。歷觀前史，或焚錦繡，或出宮人，今未聞也；或訪故老，或求直言，今未聞也。前日非不褒崇耆舊，但隨人着少恩意而已，未嘗乞言也；非不收用名勝，但置之禮樂文字華選而已，未嘗與之圖事揆策也。上下箝結，諛悅取容。廟堂之上，不聞有如召公之於周公、唐子方趙閱道之於王介甫者；禁闥之內，不聞有如嚴延年之於博陸侯〔二〇〕、王樂道之於韓魏公者。此等風俗雖難驟革〔二一〕，亦不願諸賢薰陶漸漬之也。天下常恨公等三數人不用，今皆用矣。唐人有言：萬代瞻仰〔二二〕，在於此舉。願公無改初節〔二三〕，益進昌言，以答天下之望。

某極知侍郎非愛做官職之人，但魏元忠少立名節，末後不免捧制嗚咽。歐公當新法之際，有宣徽使并門過闕之命，韓公深憂之曰：「永叔莫被牽動。」及聞歐公力辭，方大喜。吕居仁末年云：「好相識惟恐其老壽錯做了。」陳圖南亦謂种明逸曰〔二四〕：「名者造物所忌，恐有物敗之。」惟侍郎勉旃。某久無一字脚入都，非侍郎寄聲，此書亦自懶作。

〔一〕落：原無，據四庫本補。
〔二〕翰：原作「翁」，據四庫本改。
〔三〕何：原作「曷」，據四庫本改。
〔四〕間：原作「門」，據四庫本改。
〔五〕悠悠：原脱一「悠」字，據四庫本補。
〔六〕尊：原作「真」，據四庫本改。
〔七〕句首原有一「万」字，據四庫本删。
〔八〕祐：原作「祜」，據四庫本改。
〔九〕某從：原作「其泛」，據四庫本改。
〔一〇〕併制：原倒，據四庫本乙。
〔一一〕也：原無，據四庫本補。
〔一二〕機：原在下句「而」字下，據四庫本乙。
〔一三〕維：原作「淮」；眙：原作「胎」。據四庫本改。
〔一四〕帥：原作「師」，據四庫本改。
〔一五〕奠：原作「尊」，據四庫本改。
〔一六〕寶：原作「實」，據四庫本改。按：李寶爲高宗朝名將，《宋史》卷三七〇有傳。

〔一七〕制：原作「道」，據四庫本改。
〔一八〕才：原作「不」，據四庫本改。
〔一九〕如此三等人物：原作「知此三數十人外」，據四庫本改。
〔二〇〕俟：原作「俟」，據四庫本改。
〔二一〕驟：原無，據四庫本補。
〔二二〕代：原作「伐」，據四庫本改。
〔二三〕願：原作「原」，據四庫本改。
〔二四〕种：原作「和」，據四庫本改。

乙酉答傅諫議

某竊審黼座興思〔一〕，驛書趣召，始有安車蒲輪之命，後有進職内祠之除，既爲朝廷喜，又爲先生憂。向使門墻不見，亦欲獻其狂瞽，况謙謙之志，諄諄之誨，安敢不竭愚衷以答尊旨！

竊謂先生有決不可出者三〔二〕，有至難言者四。召彼故老，雖是主上初意，此番乃因一從官建言而出命〔三〕，一不可出也；不苟合於爲左諫議之初，而彊起於謝事十年之後，二不可出也；自古及今少全人，先生修到這裏〔四〕，願爲天下後世深藏此璧，勿使少有瑕纇，三不可出也〔五〕。此爲不出論爾，出又有事在。夫有立主之功，非惟人謀，亦是天數，一難言也；當國二十年，習事多矣，而欲使之改志慮、變規摹以從我，二難言也；禮下絳侯，尊異博陸，漢之文、宣皆不能免，今遽以攬權聽斷責望主上，三難言也；當世要務，真、魏略言之矣，下於兩賢則太卑，高於兩賢則太傴，四難言也。然則先生將何以復於上乎？

疏賤小臣固不足以知君德，每聞天下稱頌堯言，蓋閱古今、識治亂之賢主也〔六〕。諸公不積誠意以感悟，乃張危言以攻激，諸公之誤甚矣。何況上方委政大臣，諸公乃於此時專攻上躬，謂之不中機會、不切事情可也，如時事何？爲先生計，惟有堅卧不肯起一着可以有辭於永世〔七〕。但力辭恩數之後，恐不免有囊封手疏之類，莫若爲上言賢士不可逐，直言不可罪。彼造膝附耳之語乃宣播於外，下之失不可追矣；此設鼓立木而求，乃譴怒其人，上之失不已甚乎！若夫忠義陸梁，寖有姚襄、侯景之勢；江面單弱，不及杜充、王權之時。識者方有被髮左衽之憂，而在廷諸臣莫有深言此事者，此亦深可悲也〔八〕。

〔一〕恩：原作「恩」，據宋刻本、翁校本改。
〔二〕三：原無，據四庫本補。
〔三〕命：原無，據四庫本補。
〔四〕裏：原作「衷」，據四庫本改。

〔五〕可：原無，據四庫本補。
〔六〕識：原作「誠」，據四庫本改。
〔七〕「可」上原有「不」字，據四庫本删。
〔八〕末句原無，據翁校本補。

乙酉與胡伯圜待制〔一〕

高、孝二祖畫淮立國〔二〕，守淮固密，守江尤嚴，觀戎帥置司之所，則此意可見矣。然則虚江面以實次邊且不可，況又虚次邊以實極邊乎？夫潤帥在盱眙〔三〕，昇帥在安豐，馬帥在濠〔四〕，江池帥在浮光，此向者調發之誤〔五〕。猝有緩急，盱眙高枕而真、揚横潰，浮光按堵而蘄、黄失守〔六〕，安豐、濠、滁堅壁而秣陵之人爲之荷擔而立，十年禍根乃在於此。執事者塊守死法〔七〕，莫肯變通，又併移制帥於山陽，其誤甚矣。近聞忠義人大掠，舳艫相銜〔八〕，出境而去。此猶虎入人家攫食牛畜，主人姑幸其去〔九〕，而不暇計其復來〔一〇〕。一旦突然而至〔一一〕，楚無兵，揚又無兵，江面必是震動。是時沿江制置使外何以待敵，内何以固圉，所謂水軍果可以防托，蒙衝戰艦果可以遏飛渡乎？然則建虚名而受實禍，其必沿江制置使當之矣。

爲今之計，惟有還戎帥於次邊〔一二〕，還統府於江面而已。維揚者，淮東一路之根本也；合肥者，淮西一路之根本也。今盱眙、安豐、浮光各屯二三萬人，而維揚、合肥僅有些少人馬〔一三〕，愛極邊而不愛內地，憂邊壘而不憂重鎮，獨何歟！蓋調發之初，諸賢氣鋭，但欲爲摧鋒渡河之勢，而不知鷙鳥將擊，政不如此。今者鋒不可摧〔一四〕，河不可渡，重兵貴將塊坐淮頭，智勇俱困，孰若稍徙於內乎〔一五〕？維揚實則淮東安矣，合肥實則淮西安矣，兩淮安則江面安矣。極邊諸郡〔一六〕，只合付之守臣〔一七〕，仍令諸戎帥各留統制官，以輕兵守之。昔人有守兵必有救兵，惟今日無救兵，還戎帥於次邊則有救兵矣〔一八〕。夫三軍諸將所以凛畏統帥者，雖係德望〔一九〕，亦由兵威。若兵威可恃，則鈐轄、總管亦足以彈壓；若兵威不立，雖都督、宣撫可得而玩弄。山陽南兵萬人，而北人多至十餘倍，許國者乃欲以制置使虛名傲之〔二〇〕，其反宜矣〔二一〕。歷考前代，未有開大幕府於山陽者，往時朝廷誤倚山東人爲重爾〔二二〕。嗚呼！目巨猾爲忠義〔二三〕，認群盜爲遺黎，撤去藩援，引入堂奥，導之以韃靼可以來之塗〔二四〕，示之以官軍不足畏之狀，邊臣誤國之罪上通於天矣。

今忠義叛矣，遺黎掃地而去矣，山陽空空一壘，不知制置使束手城內，制置何事哉？重兵盡在江北，江面蕩無一人，雖杜充、王權之時，局面亦未至如此危急。謂宜倚閣闢國拓地之虛談，講行保境衛民之實務〔二五〕，罷兩淮、沿江制置，別於江上建大帥〔二六〕，盡護江淮。聚精兵數萬，大使自將，時時以輕騎巡行次邊，使次邊江面旗幟之容、金鼓之聲隱然相接，則姦雄不肖之心可以少殺，國家必至之禍可以少紓。

〔一〕待：原作「侍」，據四庫本改。
〔二〕「立國」及下句「守淮」，原在後文「觀戎」下，據四庫本乙。
〔三〕潤：原作「閏」，據四庫本改。
〔四〕馬：原作「焉」，據四庫本改。
〔五〕發：原作「法」，據四庫本改。
〔六〕失：原作「夫」，據四庫本改。
〔七〕塊：原作「愧」，據四庫本改。
〔八〕舳：原缺；銜：原作「御」。據四庫本補、改。
〔九〕主：原作「生」，據四庫本改。
〔一〇〕「計」下原有「日」字，據四庫本删。
〔一一〕至：原無，據四庫本補。
〔一二〕次：原作「安」，據四庫本改。
〔一三〕馬：原作「焉」，據四庫本改。
〔一四〕今者：原作「金」，據四庫本改、補。
〔一五〕若：原作「共」，據四庫本改。

〔一六〕郡：原作「群」，據四庫本改。
〔一七〕守：原作「諸」，據四庫本改。
〔一八〕「救」下原有「邊」字，據四庫本删。
〔一九〕雖：原作「惟」，據四庫本改。
〔二〇〕以：原作「小」，據四庫本改。
〔二一〕反：原作「及」，據文意改。又「宜」字原無，據四庫本補。
〔二二〕時：原作「往」，據四庫本改。
〔二三〕目：原作「回」，據四庫本改。
〔二四〕導：原作「遵」，據四庫本改。
〔二五〕行保：原倒，據四庫本乙。
〔二六〕帥：原作「師」，據四庫本改。

戊子答真侍郎論選詩

昨承尊旨，令編《選詩》，今取百十三首作一冊申納，古詩九、漢九、魏十二、晉五十二、宋二十一、齊八、梁二。

古詩發乎情性〔一〕，止乎禮義。三百五篇多淫奔之詞，若使後人編次，必皆删棄，聖人並存之以爲世戒。其流爲後世閨情等作，幾於勸淫矣，今皆不取。五言祖蘇、李，首句云「結髮爲夫妻」，若俚而媟，然下文云「行役在戰場，相見未有期」，深合援枹忘身之意〔二〕。末云「生當復來歸〔三〕，死當長相思」，首尾皆有意義，不涉邪僻。班姬《團扇》之作，怨而不傷，臣妾之誼當然，張曲江嘗取其義。曹氏父子所作雖非過沛横汾之比，後世帝王筆力罕及此者。太宗英偉蓋世，其詩乃似書生，無復氣魄。水心譏貶二曹太甚，此論未公。王仲宣轉仄兵戈，諸詩略備時事。《謁帝承明廬》篇意多悲哀，然孝友之情備見乎辭。阮嗣宗云：「寧與燕雀翔，不隨黄鵠飛。黄鵠游四海，中路將安歸？」世亂憂深，言近指遠，似不可以人廢。張華答何邵，自謂優游卒歲矣，安知晚節之禍，足爲持禄固位者之戒。補《南陔》、《白華》二首，視三百篇固縣絶，比韋、孟豈不簡而勝乎？韋、孟太絮，及云「誰謂華高，企其齊而〔四〕，誰謂德難，厲其庶而」，其言粹美〔五〕，束生又不能道。漢作近古處直是逼真，魏晉以後不及遠矣。陸士衡「願君廣末光，照妾薄暮年」〔六〕，君臣之際深矣。劉越石「時哉不我與，夕陽忽西流」，每讀至此，常哀其忠憤不衰之志。盧諶輩雖不會做事，猶能上書雪主將，今時賓客止會賣主〔七〕，諶豈可輕訾，越石亦非泛愛。「借問蜉蝣輩〔八〕，寧知龜鶴年」，乃是殁而不朽之義，景純明數知死，非真有羡於龜鶴也。陶公是天地冲和之氣所鍾，非學力可摹擬。四言最難，韋、孟諸人皆勉强拘急，獨《停雲》、《榮木》諸作優游自在〔九〕，有《風》《雅》之趣。五言尤高妙。其讀書考古皆與聖賢不相詩〔一〇〕，而安貧樂道，遁世無悶。使在聖門，豈不與曾點同傳？但「素標插人頭，前涂漸就窄，家爲逆旅舍，我如當去客」，謂之達亦可，謂之婾亦可，與古詩《古墓犁爲田》一首欲並删去。世以陶、謝相配，謝用功尤深，其詩極天下之工，然其品固在五柳之下〔一二〕，以其太工也。優游栗里，僇死廣市〔一三〕，即是陶、謝優劣，惟詩亦然。顔不及謝遠甚，《五君詠》却是不易之論。鮑明遠詩體與左太冲相類，古意浸微矣。玄暉又工於靈運，《登孫權城》一篇如錦人機錦，玉人琢玉，非年歲經緯鍛煉不能就。但陶公於短章稀句中美刺褒貶確乎其嚴，而此篇押了十八韻，竟無歸宿，此豈可以智力争哉！《别范安成》一首盡離别之情，休文得意之作也。頃見阮嗣宗、曹子建、鮑明遠、江文通之類，皆有全集，陶詩篇篇可取，而蕭統止取五六篇無緊要者，則諸家傑作横遭絀落者，豈可勝計？

某本不敢當此差使，但先生長者諄諄命之，止得黽勉揀去，未必仰合師指〔一三〕。更望爲將全集子細看過，勿使觀者得以譏議，幸甚。

〔一〕句首原有一「詩」字，據四庫本删。

〔二〕袍：原作「袍」，據四庫本改。

〔三〕末：原作「不」，據四庫本改。

〔四〕企：原作「金」，據四庫本改。

〔五〕其：原作「不」，據四庫本改。

〔六〕妾：原作「忘」，據四庫本改。
〔七〕賣主：原無，據四庫本補。
〔八〕「借問」下原有「主賣」二字，據四庫本删。
〔九〕在：原在後文「五」字上，據四庫本乙。
〔一〇〕賢：原作「矣」，據四庫本改。
〔一一〕固：原作「故」，據四庫本改。
〔一二〕里：原作「重」，據四庫本改。
〔一三〕師：原作「帥」，據四庫本改。

後村先生大全集卷之一百二十九

書

與鄭丞相 一〔一〕

邇者朝廷大黜陟，大廢置，莫不犂然當於群心。凡前日臺閣名流犯嚴觸諱力争而不能回，山林孤士隱憂太息長往而不欲返者，吾相得政以來，事事罷行，人人收拾〔二〕。昔有所謂快活朝報，於今見之，天下幸甚。抑草茅諸生，猶願有獻焉。

留一鄧温伯、李邦直於内，卒能爲諸賢之祟〔三〕；改一役法匆匆，猶使小人得以藉口。我公規模全似元祐〔四〕，自此堅凝初志，開拓遠圖〔五〕，純用君子〔六〕，毋使一憸人得厠其間，力行好事，毋使一事一物之偶失其理，則我公相業煌煌赫赫，與温公相望於國史矣。

某自幼固已服膺道德文章之望，二弟希道、克遜肄業持志〔七〕，又獲親炙書册琴瑟之前。憶昨試邑建陽，適爲要路所嫉，組織言語，横肆中傷〔八〕，幾逮對御史府矣。時大丞相方在瑣闥〔九〕，深惟國體，力解當權，謂文字不可罪人，謂明時不可殺士，某之所以獲全要領，我公之賜也。兹聆廷告，輒綴儷語，且勒惡札〔一〇〕，以贊今者秉鈞當軸之慶，以叙向來生死肉骨之謝〔一一〕。筆硯荒廢，文義鄙淺，皇恐死罪。

〔一〕後村與鄭丞相書信凡十餘首，除第一、第六首分别標題外，餘皆滚同編次，今則每書標題，以便按文出校。後仿此。
〔二〕拾：原作「捨」，據四庫本改。
〔三〕祟：原作「崇」，據四庫本改。
〔四〕似：原作「以」，據四庫本改。
〔五〕圖：原缺，據四庫本補。
〔六〕純：原缺，據四庫本補。
〔七〕弟：原作「第」，據四庫本改。
〔八〕肆：原作「肄」，據宋刻本、翁校本改。
〔九〕瑣：原作「瓚」，據四庫本改。
〔一〇〕惡札：原作「要礼」，據四庫本改。
〔一一〕肉骨：原倒，據四庫本乙。

與鄭丞相 二

某茲以吉倅闕期迫近，挈累之官，行至福州，承興化軍遞至省劄，某叨被恩旨，令赴都堂審察。驟聞成命，深惕危衷。仰惟某官粵從登拜宰衡以來，尤以明揚士類爲急，璧帛首延於故老，弓旌歷聘於遺賢〔一〕，莫非采當世之公評，極一時之妙選。如某門蔭入仕〔二〕，人物冗瑣〔三〕。州縣奔走，無一毫可取之長；里巷浮沉，無久幽不改之操。頃遭讒慝，愈自退藏，常恐終老山林，不覩天日，敢謂江湖留落之迹，亦在廟堂記憶之中〔四〕！自非某官開誠布公〔五〕，哀窮悼屈，出之於溝壑〔六〕，抗之於雲霄，則某何以有此！前乎此未知仕進之榮，當泰道亨通之時，獲預拔茅連茹之數，然後知其榮焉。少之時未知遇合之難，及晚涂齟齬之餘，忽有築臺市駿之遇，然後知其難焉。此某所以捧拜公朝之誤渥，尋繹吾相之大恩，不自知其肺腑之激烈、涕泗之橫流也。

〔一〕旌：原作「旗」，據四庫本改。
〔二〕如：原作「知」，據四庫本改。
〔三〕瑣：原作「瓚」，據四庫本改。
〔四〕憶：原在「中」字下，據四庫本乙。

〔五〕非：原作「昨」，據四庫本改。

〔六〕於：原作「子」，據四庫本改。

與鄭丞相 三

某骨相多屯，謗傷易得，頃罹語禍，愈自退藏。忽逢真宰之登庸，自撫微生而忻幸〔一〕。庶可仰竊覆燾，俯謀稻粱。敢謂某官力援孤蹤，過采虛譽，疇昔既挈出於内溝之内，今兹又招延於開閣之初。未上謁於翹材，已挂名於除目。朝野之論，皆以爲我公當軸，序進百官，動守尺度，稱量群材，不差銖寸，獨於某超院轄而爲職事官，躐守貳而爲議幕，不計資級，寖階顯榮。奉慈母之安輿，食元僚之厚禄，化饑寒爲温飽，拔冗賤爲高華〔二〕。伏惟某官此恩此德，至深至重。雖無奇節，可效報於衆中；獨有孤忠，願終身於門下〔三〕。

〔一〕撫：原作「附」，據四庫本改。

〔二〕爲：原作「而」，據四庫本改。

〔三〕身：原無，據四庫本補。

與鄭丞相 四〔一〕

某昨蒙大造陶鎔，俾以朝銜，就兼議幕。將母携孥，竊稍累月，全家温飽，無非吾相之賜，一飲一啄不敢忘恩。惟是帥閫召除，遂無依托，去則有畔官離次之懼，留則有寡廉鮮耻之嫌。又況庭闈每懷鄉井，惟有歸投吾相，改畀祠官。已蒙本司備申，更望鈞慈矜允，俾得以漸休故里，稍讀舊書，不惟便於慈母之旨甘，亦可全乎孤生之去就。

〔一〕此篇與下文，底本原無，兹據四庫本卷四六補。參第六書校記。

與鄭丞相 五

某伏準省劄，令某日下前來供職。驟聞朝命，跼蹐靡寧。伏念某孤外小官，庸常下品，久矣山林之屏伏，偶然廊廟之記憐。將母携孥，全家就禄。方愜便安之私計，敢萌僥覬之躁心？第以帥既改移，身無依托，去未容於潔己，留頗覺於厚顔，遂投化鈞，力丐祠廪。豈謂書猶在道，命已臨門，拔之泥塗之中，抗之霄漢之上，靡勞連帥之建請，不待孤生之歸依，特加招徠，倍費陶鑄。某遭逢盛際，自當亟赴於弓旌；感激異知，尤欲進瞻於衮舄。屬以親年篤老，畏暑戀鄉，某與長舍弟克遜既俱蒙吾相褒擢，膝下不可無人。小舍弟克剛僥倖今歲班改，已注沙縣，旦夕可歸，歸則某可以奔走就職矣。

與鄭丞相　六〔一〕

某自辛丑秋出嶺，再叨召除〔二〕，再被論列，擢髮數罪〔三〕，噬臍省愆。明知實之歲走介上我公壽，某終不能貢尺牋，效寸芹，豈心力不如實之哉！癸卯仲冬，實之僕歸〔四〕，返辱大丞相先生親洒翰墨〔五〕，拊存危蹤，嘉奬微尚，父於愛子、師於高弟殆不能過。某平時於敵己以下書疏登時酬答〔六〕，而況於拜大丞相先生之賜乎！其所以遲徊瑟縮至今，良以無狀蹤跡尤能累人，而冢卿又廢置黜陟之所從出〔七〕，凡人之身豈能無過，苟欲加罪，何患無辭！而某每遭煩嘖，必有數語波及恩地，覺得謗石介者意不在石而在富，攻蘇舜欽者意不在蘇而在杜，此某所以居常懼惕而不敢安者，非惜身也，慮爲我公之累未已也。以此四年之内，姓名不至鈞門。然兩得祠，因謝時相父子書，明言某申公客也，不可畔去。又與其門下賓客之尤親密者書，云某除擢皆由申公，實事不可諱。又每語子弟曰：「我廢棄於時矣，汝曹世世不可忘申公。」亦每每發之詩文。循跡觀之，書問疏於實之，而心懷朝宗則有甚焉。近鄭幹德言歸，居相鄰，日相過，能言大丞相先生心甚安，體甚康，趣味益深，願力益弘，自恨肉身不羽，安得撰杖屨，挾書冊，侍洛下深衣之側，從鍾山蹇驢之後乎！因與德言共説大丞相先生退處十年，非惟國人久鬱周公居東之望，聖上亦有甘盤遯野之歎〔八〕。今兹睿斷赫然〔九〕，時事一新，我公舊學也，名宰也，雖欲挹浮丘而從赤松，得乎？旦夕必出而圖吾君矣。

〔一〕題下原注「第六首」三字，而原本此前僅有三首，當是缺第四、第五首而特於此注明。今既據四庫本補足，又統一編序，故删此三字。
〔二〕召：原作「台命」，據四庫本改。
〔三〕句首原有一「列」字，據四庫本删。
〔四〕歸：原作「婦」，據四庫本改。
〔五〕返：似當作「反」。
〔六〕時：原作「記」，據四庫本改。
〔七〕冢卿：原作「衮鄉」，據四庫本改。
〔八〕歎：原作「難」，據四庫本改。
〔九〕睿：原作「眷」，據四庫本改。

與鄭丞相 七

某敬惟某官有大勳勞於王家，發大願力救斯世〔一〕。嘉定初潛之策，不減魏公；端平一變之功，何慚涑水！鴻業既定，成功弗居，不待誦魏處士《赤松》之詩，已先動裴晉公綠野之興。惟一念隱憂於宗社，盍重來整頓於乾坤。凡朝夕輔台納誨之言，皆疇昔尊主庇民之學。少留勸誦〔二〕，有光紹興趙忠簡之前聞；遂拜辨章，將舉元祐文潞公之故事。世方有望，公亦何心！某一生齟齬，歲晚尤甚。頃由嶺嶠脱輓言歸，因山避謗，加以親年高，宦情薄，自分此生不復出鹿門、過虎溪矣，豈料殘年，復見天日！璧帛弓旌，旁午四出〔三〕，某庸瑣何物，亦蒙記憶，起廢察州。向非我公造膝開陳，極力薦進，則空谷纍臣，何以臻兹？然則心慮困衡，精鋭銷愞，小何以發擿姦伏，大何以廉立懦頑，庶幾藉手以見前修聞人之萬一乎！

〔一〕斯：原作「期」，據四庫本改。

〔二〕留：原作「晉」，據四庫本改。

〔三〕午：原作「牛」，據四庫本改。

與鄭丞相 八

某敬惟某官格天之業，浴日之功，兒童走卒所能稱誦。某獨以爲涑水公用元祐止九月，我公用端平僅年餘，然熙、豐以後無元祐，寶、紹以後無端平，則國之爲國未可知也。去之十年，然後士大夫有知公未深之恨，明天子有用公未盡之愧，安車强起，温詔苦留，冠秩孤卿，擁旄鄉國，備物典册，焜燿一時。至於賜第京師，錫帶玉府，先朝惟荆公以洮河之功、史相以潛邸之舊膺此異數，至公則又尊寵過之。然公之心以世運否泰爲己憂樂，世之論乃以外物去來爲公忻戚，均爲未知公者。何當解葱珩，脱孟勞，超然物外，使某輩得以追攀於半山蹇驢之後哉！某承乏將指，忽十閲月〔一〕，望雲念母，箋天乞骸，尚閟俞音〔二〕，反叨誤渥。自量忝竊，方此控辭。昔出翹材，今垂暮齒，獨有晚節，尤當愛惜。蓋嘗祈哀諸公〔三〕，冀爲解卸鞍馱，放逐水草，而悠悠不報。今天下惟公緇衣之好、綈袍之念終始不衰，一聞某此語，必爲惻然動心也。

〔一〕忽：原作「怱」，據四庫本改。

〔二〕閟：原作「閦」，據四庫本改。

〔三〕祈哀：原作「折衷」，據四庫本改。

與鄭丞相 九

某歷觀先正諸公相業雖異，要必君臣如魚水之契，同列如鼎餗之和，然後能相與以有成。富公有人望，一夏竦惎之於内，遂至終身懲創；金陵有主眷，一惠卿撼之於下，雖再至迄不能久。惟某官則不然，端平一變，追配元祐，社稷長久，終必賴之。不容而去，袖手十年，靈光巋然，天意所屬。聖上有知公未盡之愧，天下有用公未盡之恨。一旦金縢啓，白麻出，壞局振，膠絃調〔一〕，同堂合席者有下殿不失和氣之美，分陝授鉞者無繞牀措置西事之憂。至公血誠，可以對越，奮張天步，康濟時艱，雖韓、范之於先朝，趙、張之於南渡，元勳盛德，蔑以加矣。某負譴去國，狼狽出關，豈無交游，散如風雨。獨荷廊廟勛舊之老，再訪江湖放逐之臣，都人聚觀，以爲創見。自山林之蹟遠，徒軒廡之戀深。今茲翹材重開，多士復集，而某類先有物推之而去〔二〕，所謂命歟！昔李少卿身在絶漠之北〔三〕，聞子孟少叔用事，不覺失喜，此豈有絲髮世念哉？士懷恩舊，情有感觸，不自知其然而然也。某起卑渫，據高華，如人夢游鈞天，忽然夢覺，本無所喪，奚足追恨？獨是負明主之知，辱師臣之薦，常恐没世，莫白此心。舊揆予麾，懇辭未報，吾相播物〔四〕，啓擬曰俞。蓋深諒孺慕之情，且欲間讒慝之口。刿霑微禄，仍直小龍，人知罪累之已輕，自覺身心之俱泰。今而後入有辭以白其大人矣，出可以見魯衛之士〔五〕，没可以從先大夫於九原矣。

〔一〕調：原作「綢」，據四庫本改。
〔二〕有：原缺，據四庫本補。
〔三〕漢：原作「漢」，據四庫本改。
〔四〕相：原無，據四庫本補。
〔五〕士：原作「事」，據四庫本改。

與鄭丞相 一〇

某自端平去國，絶無再入之念，去歲獲隨召節望威顔，猶震灼不自持。然一對之後，旬月之頃，徧歷平生夢想不到之境界，躐取他人十數年躋攀不可上之官職。雖曰遭際君父，然一二年間，便朝邇英，明揚密啓，我公之於某可謂不遺餘力矣。負罪而行，衆所唾棄，我公獨飲餞之，又臨訪之，恩意綢繆，如惜其去者。士懷知己，中夕上心，未嘗不慷慨泣下也。顧佩服承君、道鄉之訓，一字不入帝城，耿耿此心，我公必垂察焉。某自聞黄麻告廷，喜而不寐，然爲宗社喜，爲善類喜，爲天下蒼黔喜，又爲先生憂。他人當國於安閑之際，先生得政於兵革之後〔一〕，某之所以憂也。昔仁祖再相富公，又謂歐公曰：「弼頃爲人所讒，今必顧慮，不若堅守前志。」竊觀近事，愈加謹重，豈非有所懲創歟？温公「天若祚宋」之語固疏，然「守道在己，成功則天」，亦名言也〔一〕。某昨在講筵，每因燕見，必進辨姦之説，言語比之他人尤爲苦切，我公試質之於上，必尚記憶，反受畏禍摸稜之名，寃乎哉！玉音鐫諭，使爲平詞，某不奉詔，自當誅矣，安敢更播之於外？進不敢枉道，退不敢潔名，所以竭小臣之忠愛，報明主之知遇也。奏藁具存，天下後世必有知此心者。前揆知某決不能出，漫畀左符，方以辭免未俞爲苦，一旦我公提筆，俯察至情，美職真祠，不禱而獲，所以保全某晚節末路者至矣盡矣。自我公再持魁柄，當世士大夫以至朋友親戚皆意某死灰再然〔三〕，某獨謂宰相當收拾天下士，豈私於門下客乎？某老矣，願如种明逸歸華山〔四〕、楊大年歸陽翟，不願如石守道、蘇子美，累他杜、富二公也〔五〕。祠請既俞，識與不識皆曰是子知止，皆曰吾相至公，然則某之不出要亦有微助於廟堂矣。

〔一〕革：原作「旱」，據四庫本改。
〔二〕也：原無，據四庫本補。
〔三〕朋：原作「明」，據四庫本改。
〔四〕种：原作「神」，據四庫本改。
〔五〕杜：原作「社」，據四庫本改。

與鄭丞相 二

某準省劄一道，除某宗正少卿，寵光遠逮，感涕交零。某竊惟當世賢士大夫不合而去者多矣，或往而不復返，或久而後見收，獨某甫去國即除職予鼃，甫辭鼃即晉職奉祠，甫食祠即起廢爲卿。中外之論皆謂某何人，乃辱聖君賢相記憶如此，拔擢如此，拉拭如此。猶記端平初，趙履常由小蓬遷此職〔一〕，某視趙無能爲役，而序進乃與之同，可謂極書生之榮遇矣。某厭退閑而喜進用，特甚於他人，放逐以來，闕庭翹館常在夢寐，自當奔走而就列〔二〕，豈敢裴徊而控辭！實以老親今年八十八歲，母子相依爲命，跬步不容相舍，臨漳近在五百里内，尚不能往。區區情實，去歲兩申朝省，言之悉矣。謹具免牘一通，專人詣光範門投獻〔三〕。欲望鈞慈特賜敷奏〔四〕，亟收新渥，俾奉舊祠，使士論皆曰先人老母有辭官養志之子，亦曰安晚先生有招而不至之客，某死且不朽。

〔一〕遷：原作「仙」，據四庫本改。

〔二〕奔：原作「年」，據四庫本改。

〔三〕句首原有一「等」字，據四庫本删。

〔四〕欲：原無，據四庫本補。

與鄭丞相 一二

某四月初再具免牘，未至間，共領三月末鈞翰一通，丁寧告戒，勉之一出，且知聖上曾問小臣何時可至。某自幼識字即知不俟駕之義，安敢稽留君命，徘徊顧望？況在列諸臣，或以科目，或以才學，自致通顯，惟某無科目而錫第入館，無材學而侍經掌制，此身秋毫以上皆君父之賜，而吾相之恩也。神馳魏闕，夢繞翹館，肉身無翼，恨不奮飛。實以親垂九十，目昏足弱，卧起痛楚，須人扶掖，每朝暮上下床呻吟，殆不忍聽，常在膝下則喜，出稍久則尋覓，一郡皆知。君親一致，忠孝一理，設使某知慕君而不知慕親，能爲臣而不能爲子，通國議論譁然而起，被以匡章子之名，是時吾君吾相雖欲保全〔一〕，不可得已。區區丹赤，具如前申，欲望鈞慈更賜敷奏，先爲某摧謝聖恩，次及親年大耋，迎而行、舍而去皆不可之狀，陛下至仁，必惻然從欲矣。

〔一〕相：原作「則」，據四庫本改。

與鄭丞相 一三

某七月十二日承本郡遞至尚書省劄一道，奉聖旨某除秘閣修撰、福建提刑者。洊盼異渥，深惕危衷。論譔之職素高，舉刺之權尤重。矧鄉部未嘗輕畀，在前修間有此除。如某昨迫親年，力辭卿列，但欲避匡章子之謗，不知犯防風氏之誅。荷君相之寬恩，需牧守之遠次。謝牘未登於翹館，除書復下於窮閭。便家廷綵戲之娱，動閭里繡行之羡。九族相語，一城聚觀。皆云吾相之維持諸生〔一〕，有甚慈親之顧復愛子〔二〕。丹心激烈，雪涕滂流。某粗從師友聞理道之言，素與鄉井無親冤之累〔三〕，萬萬不至於夸詡得意，報復任情，以孤使令，以辱啓擬。第貼職峻，恐物議未允〔四〕，占籍近亦令甲所禁，當辭一也；先朝如蔡君謨、林子方皆以忠直有節操，嚴冷無面目被選，某爲人欠風力，臨事少斷决，預有疲輭不勝任之憂，當辭二也。既具楷牘一通〔五〕，復齋戒熏沐，勒此惡札，專人捧詣政事堂，欲望鈞慈特賜處分。

〔一〕維：原作「成」，據四庫本改。
〔二〕顧：原作「類」，據四庫本改。
〔三〕鄉：原作「卿」，據四庫本改。又「親冤之累」，四庫本作「些芥之隙」。

〔四〕允：原作「充」，據四庫本改。
〔五〕具：原作「且」，據四庫本改。

與喬丞相

某伏準敕劄，差某主管華州雲臺觀〔一〕。不由祈請，實出記憐，竊自省循，第深感懼。某頃繇凡品，擢預俊游，獎遇特殊，謗傷交至。及收朝躋，尚忝州麾〔二〕。疚心未補於前愆，擢髮又遭於新劾。蓋以書生之習氣，不量事體之重輕，輒因對揚，冒獻狂瞽。孔門惡訐以爲直，漢法誅非所宜言。以至流傳，尤乖恭謹。咎雖已往，罪則如新〔三〕。仰荷化鈞，止收郡紱。某於是銷聲息影，甘爲聖世棄人矣，叢祠之命，飛落九天。自昔名人多有一斥而不復者〔四〕，如某庸瑣，何足深惜！今也仆而起，棄而收，倍費大丞相造化如此，癃老之母、襁抱之孩，歡喜相告〔五〕，感涕交下。

〔一〕州：原缺，據四庫本補。
〔二〕忝：原作「喬」，據四庫本改。
〔三〕如：原無，據四庫本補。
〔四〕斥而：原無，據四庫本補。

〔五〕「歡」原作「勸」，又「相告」二字原無，據四庫本改、補。

與李丞相 一

某伏準九月七日省劄，除某江西提舉，遜聞誤渥，戰灼靡寧。伏念某一介孤寒，三年閑廢，蹤跡久淪於畎畝，姓名不至於廟堂。朝無更相稱譽之交，身負不敢辨明之罪。居常循省，盍永棄捐〔一〕。不自意真宰登庸，群材奮起〔二〕，顧如困躓〔三〕，亦荷記憐〔四〕，擢諸祠宮，授以使指，不由寸援，盡出至公。他人放逐之而吾相招徠之，他人廢錮之而吾相拔用之。仰惟某官天地父母之恩，何以論報！捧戴除目，感涕交流。惟是江西名部，監司高選，恐非庸瑣，可副使令。謹因省遞之回〔五〕，輒露控辭之請，欲望鈞慈特爲敷陳，俾安愚分。

〔一〕捐：原作「損」，據四庫本改。
〔二〕群：原缺，據四庫本補。
〔三〕躓：原缺，據四庫本補。
〔四〕記：原作「託」，據四庫本改。
〔五〕回：原與下句「輒」字互倒，據四庫本乙。

與李丞相 二

粤從某官爰立以來，國人之論以爲廉如公儀休，公如孔明，敏如李文饒，好賢樂善如崔祐甫、裴垍〔一〕，而又持之以正，鎮之以重，凡天下第一義皆欲舉行，當世第一流皆欲收拾〔二〕。雖其間或制於獨斷，沮於邇言，然海内蓋已諒我公之心矣。觀其黜陟百官，進退群材，苟有可采，雖嫌且憎亦不終棄，如其不然，雖親且暱，未嘗超用〔三〕。有上書投贄守門而不省者，有掃迹滅影相去千萬里而見收者。某嘗妄謂他人爲身計，故分門庭〔四〕，立黨與；我公爲天下計，爲人才計，故泯恩怨，包同異。昔在韓、范，用心實然，惟先生足以繼之。方當内建皇極，外清邊塵，守國家制度紀綱之舊，延江表禮樂衣冠之脉，煌煌相業，與宋匹休〔五〕。

某罷郡未久，奉祠未滿，杜門訟過，絶意榮望。忽準省劄，除某江西提舉，謬叨進擢，第切兢惶。伏念某以甚庸之才，負不韙之罪，每與二三子者恐悸循省，慮有後禍。自吾相當國，然後喜而相告曰：「罪或者可以已乎！」山間林下，所望不過如此，至於拔拭之〔六〕，甄録之，本無此念，亦無此夢。何者？解雷霆叵測之威，一難也；和鼎鼐難調之味，一難也；韓公不能援尹洙，富公不能雪石介，又一難也。今大丞相先生之於某，犯三至難，著一轉語，遂由祠廪，徑畀使華。他人欲廢錮其終身，吾相獨哀憐其末路，此生有限，此德無窮。王通有言：「通於夫子，受恩罔極〔七〕。」韓愈亦云：「死於閤下之門無悔也。」某於先生亦云〔八〕。

〔一〕垍：原作「珀」，據四庫本改。
〔二〕拾：原作「捨」，據四庫本改。
〔三〕超：原無，據四庫本補。
〔四〕門：原作「明」，據四庫本改。
〔五〕與宋：原作「孰與」，據四庫本改。
〔六〕扱：原作「收」，據宋刻本改。
〔七〕罔：原作「罔」，據四庫本改。
〔八〕「先生」下原有「望」字，據四庫本删。

與李丞相 三

某昨蒙鈞慈陶鑄江西庾節，已兩具稟牘攉謝。惟是聞命之初，雖以從弟希仁同在一路爲疑，然遠方尚未知希仁被論〔一〕，將謂需次，故控辭申狀止言資望輕淺，不敢以弟兄妨嫌爲詞。十月下旬，忽得舊吏附至十月初七日省劄一道，前備某自述，後載改除旨揮。伏念某一介孤寒，旁無寸援，旬月之内，兩蒙某官啓擬甄録，倍費造化如此。大凡自江浙入廣則爲遠，自閩入廣則良便，蓋鈞意深念某，將以恤其困窮，安其杌隉〔二〕，雖使某自擇，何以過此？矧蒙威命不得再辭，令疾速之官。罪廢餘生，一旦進用甚超，臨遣至榮〔三〕，跪受除書，感泣不已。東廣仕者多爲風俗所移，鮮能自潔，某愚無它長，此行但當蘖食冰飲以革貪濁〔四〕，銖積寸累以裕財用〔五〕，庶幾不負公朝選使之意，不累吾相知人之明，聊可圖萬一分之報也。

〔一〕仁：原作「伋」，據四庫本改。
〔二〕隉：原缺，據四庫本補。
〔三〕遣：原作「遺」，據宋刻本改。
〔四〕冰：原作「水」，據宋刻本改。
〔五〕裕：原缺，據四庫本補。

與游丞相　一

某伏準九月七日省劄，除江西提舉，驟聞誤渥，戰灼靡寧。伏念某粤從罷郡還里，自知罪名稍重，姑以藏形匿影爲幸，都無復玷起廢之想。天日在上，實知此心。諸公間並不敢通書，歲一再寄聲於鈞門，問寒暄而已。敢謂某官主盟公道，軫記孤生，方在從班，有祠廩之授，繼在經帷，有史筆之薦。及居廊廟，力賜陶鎔，擢諸徒中，授以使指。生成卵翼，恩等所天，雖甚頑冥，寧不銜戴！惟是江西名部，監司高選，恐非凡陋可副使令，謹因回遞，輒具免牘，欲望敷陳，俾安愚分。某因有忱懇〔一〕，敢私布之。某曩因詩案〔二〕，不調十年，晚遇端平，暫出復處。以清談妨世法，猶未害也；因拙宦耗生計〔三〕，中年始受其敝矣。今冬男冠女笄，家火寖迫，環堵蕭然。若蒙某官造化之力，辭不獲請，遂可挈家就禄，陳湯逋貸，向平兒女庶乎有所指擬矣。更乞常以鄙言寘之鈞抱，如做文字之類，某酷所不喜。蓋素無科第，只合依本分做官，若位置一差，犯衆怨忌，爲世僇笑，是某官愛之乃所以禍之也，豈若在外面做粗官，有俸禄足以仰事俯育哉！

〔一〕懇：原缺，據四庫本補。
〔二〕某：原在後文「端平」下，據四庫本乙。
〔三〕宦：原作「官」，據宋刻本改。

與游丞相 二

某伏蒙鈞慈寵賜古律詩一編，若以爲孺子可教者。某即屏人事，細讀旬日。《述懷》八首，體大而思精，調嚴而義密，成已之餘，推以成物，光芒粲然，與朱文公《感興》之作相爲發明者也。蓋某嘗爲人子矣〔一〕，讀《東下自訟》、《生日感懷》之篇，而後知承順之道未至；嘗爲人夫矣，讀《故囊》之什而後知伉儷之誼未篤〔二〕；嘗爲人門弟子矣，讀與後溪父子諸詩而後知師友之際有可愧者；嘗爲守矣，讀「臨民本經術」之句而後知政事有未善者。至於以自修爲未足，欲友朋之夾持，以獨善爲未足，欲頑鄙之皆化，所謂與人爲善者也，分人以德者也。及云「去草寧容緩，滋蘭未厭多」，又云「不然沸鼎中，可復加煎烹」，自昔能爲此言者鮮居此位。相公今居此位，庶幾可以行此言矣。昔葉水心常云「洛學起而文字壞」，此論傷於激，如游、楊、胡文定父子文皆極工，意者水心未之覽耶？向使水心及見相公四百七十五篇，必悔前論。韓子謂「仁義之人，其言藹如」，前輩亦云〔三〕：「淵明不爲詩，寫其胸中之妙耳。」某妄謂相公句律尚可求之紙上，若夫滿腔惻隱之心，一團冲和之氣，學者烏能得其彷彿乎！向來彼相求之先生〔四〕，囊藁不輕出；某賤且廢於世〔五〕，而先生辱教誨之。既已襲藏巾笥，傳示雲來〔六〕，敬勒短札，仰謝私淑，因有無厭之請。某以序考之〔七〕，此編之外雜文凡三百五十一篇〔八〕。蓋興寄在詩，名節在奏篇，言論風旨在記序題跋策謚之屬，叙事在誌狀，游戲翰墨在騈儷，某所見者詩耳。宮墻之高，宗廟百官之富，某竊不自揆，願卒受業於門，惟相公幸矜許之。

〔一〕子：原作「之」，據四庫本改。

〔二〕什：原作「計」，據四庫本改。
〔三〕云：原無，據四庫本補。
〔四〕向：原作「尚」，據四庫本改。
〔五〕且：原作「者」，據四庫本改。
〔六〕示雲：原作「云亦」，據四庫本改。
〔七〕序：原作「亭」，據四庫本改。
〔八〕編：原作「篇」，據四庫本改。

與游丞相 三

某茲者伏審擢從本兵，進輔大政，真儒無敵，吾國有人，伏惟慶慰。日者鄭参去，東府虛，我公杜門謁告，視大位若將浼已。聖上察其忠實，嘉其恬退，而就拜焉，蓋舉國以聽公矣。某前引鄰侯，有所開説，良以其人本不欲婚而人主强之婚，本不欲官而人主强之官。惟其滋味薄而嗜欲少〔一〕，所以人主别作一眼看待。今我公亦無心於富貴，庶幾諫行言聽，膏澤可下於民矣。某前蒙誤恩，畀以江右庾節，其時猶未聞希仁参差〔二〕，謂是待次，故辭免狀不敢直以弟兄同路爲辭。前月末，聞某辭免命下〔三〕，乃知已荷公朝易節東廣。大凡自江浙入廣則爲遠，自閩入廣則爲便。矧此闕在淳熙間以處楊廷秀、林子方，某何人者〔四〕，而廟堂俾繼前修後塵。顧雖駑鈍，無以愈人〔五〕，至於檗食冰飲以革汙濁〔六〕，銖積寸累以裕財用，差有一日之長。異時解印而去，使廣人皆曰是能潔己奉公者，即所以報我公之知也。第有一説，不敢不預以告。如作文字之類，某實不願，如此位置，不過又爲人彈射，饑餓至死耳，如八十老親何！如四兒一女何〔七〕！惟某官終念之。人情各有便不便，某便於外不便於内。區區血誠，梵志倒着韈之説也。併發玉齒一笑〔八〕。

〔一〕滋：原作「茲」，據宋刻本改。

〔二〕時：原作「持」；仁：原作「伋」。據四庫本改。

〔三〕聞：原作「間」，據四庫本改。

〔四〕人：原無，據四庫本補。

〔五〕愈：原作「瘉」，據四庫本改。

〔六〕汙：原作「汗」，據四庫本改。

〔七〕兒：原作「境」，據四庫本改。

〔八〕齒：原重一「齒」字，據四庫本删。

與游丞相 四

某首春十六日準省劄，除侍右郎官。此皆某官念舊之誼高，憐才之意切，因元會之除吏，以孤生而竄名，恩德甚厚，親朋咸喜，而某獨以省愆未久、起廢太驟爲憂。方遲免牘之回，已有嘖言之及，尚從寬典，仍畀舊祠，某死罪死罪〔一〕。凡人負謗，必有罪名，使天下曉然知之。惟某所坐最爲黤黮不明，今年之劾曰圖作南宫也，明年之劾曰圖作西掖也。恭惟國朝清望官選於高科異等而不選於任子，選於館閣而不選於俗吏，流品既異，塗轍亦殊〔二〕。誰倡此名，鑿空架虚，嫁其禍於鹽米之俗吏、蔭補之庸夫。此言流播，非獨某之耻也，其羞朝廷、辱縉紳甚矣〔三〕。蓋避之嶺海不得免焉，避之田里不得免焉，待之十年之久而不得免焉。其實雕篆纂組，童年所嗜，今將耳順，一字不記，而惡名著人，如膩不可洗濯，如癩不可熏沐。每自傷悼曰：身不死，謗不止，烏虖冤哉！又自寬釋曰：聖上方開數路以取士，大臣不以一眚而廢人〔四〕，罪垢餘生，苟未溘死，但當掃去浮華，斂歸平實，以待清議之見察而公朝之不終棄耳。

〔一〕下一「罪」字原無，據四庫本補。

〔二〕塗：原作「除」，據四庫本改。

〔三〕羞：原作「差」，據四庫本改。

〔四〕背：原缺，據四庫本補。

與游丞相　五

某屏居却掃〔一〕，山深林密，踰年無一字至鈞門，獨有巖巖泰山之瞻，朝夕不替。去冬聞經筵之召，俄又聞事樞之拜。昔李少卿墮落異境，絶望天日，及聞霍子孟諸人用事，不覺動色。某亦人耳，其於相公之入也，烏能無鶴鳴子和、宫動商應之喜哉！顧念爲國計則當勸勉一出，爲公謀則當從臾勿行，賀書瑟縮，實以此故。既而傳觀巽牘，至於十數，凡小生所欲忠告，在明公略已盡言。然而上迫趣於惟行之令，下牽絆於同升之賢，則又有不可以常法論者。曰本兵，曰大政，他人一著脚此地，必根著不肯去。惟相公昔也先諸老而去，今也後群公而來〔二〕，視荆公晚拜頭廳不辭而至者，賢之遠矣。某舊臘叨恩起廢，念既有免牘申省，不敢不通諸府書。承受人言相公未至，遂先作二揆書，今以録本申乞鈞覽，願相公因與二揆議政〔三〕，采擇而施行焉，幸甚。某在南中嘗告相公第一不喜做文字，今甲子將一周，豈是弄筆硯時？及相公諸君子當朝，寒士得職之時，隨分在外，遷轉一兩任，略改换十年前官稱，即可納禄奉親，修身俟死，以從先大夫於九原矣。過此若有它望，天厭之，天厭之。

〔一〕卻：原作「欲」，據四庫本改。
〔二〕後群：原倒，據四庫本乙。
〔三〕願：原作「恐」，據四庫本改。

後村先生大全集卷之一百三十

書

與游丞相 六

某恭惟端、嘉以來，上之圖任非一相〔一〕，相之登庸非一人，然皆不出長安城致身高位者。惟某官不然，始在廷以不合去，後得政又以不合去，其視榮利如涕唾然，天子固已尊敬而注倚之矣。名最高，迹最近，召最早，來最遲，公之素心蓋如此。一旦聖意先定，告廷爰立，仕者舉笏曰：吾輩有宗主矣！耕者擊壤曰：天之欲平治矣。人心不齊，天籟自鳴，此豈可以聲音笑貌求者？方今急政要務曰君德，曰國本，曰朝綱，曰邊防，他人所不敢言與不能爲者，竊意吾相必以身任之。某獲罪鄞揆，退耕於野，有百千億劫不下山之誓，且奏記鈞門曰：「此生索性待公當軸。」安知今日，其言遂驗！孟子不寐，謝公折屐，未足以喻喜也。然晚節末路，曲荷陶鑄，内陞朝序，外擢職名，就某分劑言之，千足萬足，今無所欠，惟是反哺情切，欠一歸爾。吾相昔有牽掣，今造化在手，爲某解卸鞍馱，放逐水草，使爲太平幸民可矣〔二〕。

〔一〕相：原作「日」，據四庫本改。

〔二〕矣：原無，據四庫本補。

與游丞相　七

某初五日準省劄，奉聖旨，某令赴行在奏事。成命驟頒，危衷增悸。伏念某素無扳援，積困中傷，但思空谷之逃，不作脩門之夢。然且起久廢而居按察〔一〕，微寸勞而忝褒遷。取數過多，乞歸未遂，敢圖收召，俯及沉淪！孤忠荷君相之照知，遠迹煩朝廷之記憶〔二〕，恩私所逮，感涕交零。某之孤危，人所共知。及某官當國〔三〕，密勿啓擬，不進不休，迨茲出命，倍費造化。某以十年之戀闕，當倍道而造朝，況明時豈易遭逢，而近比不許辭免，但於某私計則有未安〔四〕。蓋以六十之兒〔五〕，上有九十之母〔六〕。前謂番陽去鄉差遠〔七〕，力求祠廩，或改閩郡。天日在上，實聞此言。設若貪仕路之向榮〔八〕，望親闈而愈邈，既犯天下之公議，亦爲名教之罪人。輒以丹忱，形之公牘，欲望鈞慈特賜裁酌，或尚可敷陳，改畀一麾，不惟母子暮年相保，亦某官加惠諸生、卵翼成就之初心也。

〔一〕察：原無，據四庫本補。
〔二〕遠：原無，據四庫本補。
〔三〕及：原無，據四庫本補。
〔四〕於：原作「當」，據四庫本改。
〔五〕以：原作「有」，據四庫本改。
〔六〕「上有」「之」三字原無，據四庫本補。
〔七〕陽：原作「易」，據四庫本改。
〔八〕向：原作「尚」，據四庫本改。

與范丞相 一

某十二月二十日承本貫興化軍遞至省劄，奉聖旨某除江東提刑，聞命震駭，莫測其繇。因念去歲被論畀祠，嘗勒惡札短啓摧謝，猥蒙鈞慈親洒答翰，諄復温厚，固已默寓哀窮悼屈之意。及兹旋乾轉坤，造化在手，首蒙啓擬，不待歸依，拔諸散地之沉淪，付以外臺之雄劇。此乃在朝卿監郎官所求而不可得者，某方在廢錮，安敢有此夢想！仰惟某官啄菢卵翼之恩，可謂勤矣。某先白家廟，次告親闈，聚族百口，一詞銜戴〔一〕。某筋力尚堪驅策，向者不憚入廣，今江東距閩爲鄰部，況一閑四載，寧不急禄？實緣孤危多畏，一旦吾相當國，復玷太騤，深慮微蹤又將不安。謹具免牘一封，歸命化鈞，冀寢誤恩。敢乞鈞念，速賜處分。

〔一〕銜：原作「御」，據四庫本改。

與范丞相 二

某今月念六日準省劄，奉聖旨某除將作監，驟聞成命，載惕危衷。伏念某昨閉户而投閑，未磨瑕累；兹起家而司臬，無補涓埃。事功謬悠，風采消靡。養親有請，方賴曲成；播物無私〔一〕，忽叨峻擢。由郎曹之秩序，陞匠監之班職，必王官積累而後遷，豈外臣夢想之敢到！仰惟某官振淹拔滯之意，超資越録之恩〔二〕，雖隕微生，莫酬洪造。但某自揣孤危而多畏，每因召用而挻災，况新命之過優〔三〕，慮僉言之未允，見具免牘，仰干化鈞。

〔一〕物：原作「初」，據四庫本改。
〔二〕資：原作「賢」，據四庫本改。
〔三〕優：原作「憂」，據四庫本改。

與范丞相 三

某前月廿九日因繳遞筒，嘗具稟劄，退而屬藁，擬辭匠監之除，忽得邸報，聞已改命，愓息以俟〔一〕。至十二月十一日，伏準省劄，某除直華文閣，依舊江東提刑。某竊惟大匠穹班，以待郎官之久次〔二〕；先朝奎閣，以旌監牧之有勞。豈伊名論之卑凡，併沐寵光之殊異！旁觀歆艷，內省兢惶。此皆某官記夾袋之儲〔三〕，篤緇衣之好，解十年未易解之謗，調衆口至難調之言，回白日之照於覆盆，息慈母之疑於投杼，遂令疏逖，坐致顯榮。

永惟吾相此恩之尤深，雖盡今生來世而莫報。重念某自收朝蹟，屢閱歲華。前此當軸數公，貽書盈篋，或便朝之密薦，或廣坐之誦言，徒有空談，孰爲實惠？某亦固窮而自守〔四〕，不少屈而有求。及某官登冠元台，兼收多士。因鈞問之下及，竭鄙情而上訴者，恃吾相道廣而無黨偏也，心平而無恩怨也，恃吾相之追念長公而未忘先人也。某官雖愛之深，主之力，然前後所賜鈞翰，未嘗少見幾微。一旦榻前啓擬，中書秉筆，超資越格，出人意表如此，乃以朝士積日累月而不敢望者度外拔擢之如此，乃排群議而一手挈提之如此。身可隕，恩不可忘。昔王文正公擢士而士不知，其言曰：「恩若己出，怨將誰歸？」誰其繼之，某官一人而已。

某初意實以親年高，家山遠，清溫既隔，夢寐不寧，欲辭繡斧之榮，復返綵衣之樂，冀將見祿換一虛稱，以華歸涂，以全晚節。今爲身計者皆遂，爲親謀者未諧。仰戴洪鈞之曲成，俯畏清議之交責〔五〕，望翹材而矯首，具免牘以陳情。敢丐鈞慈，特賜處分。

〔一〕以：原無，據四庫本補。
〔二〕待：原作「侍」，據四庫本改。
〔三〕此：原作「比」，據四庫本改。
〔四〕固：原無，據四庫本補。
〔五〕畏：原在下句「望」字下，據四庫本乙。

與范杜二相

某仰惟聖天子一旦躬攬大權，枚卜群公，以相印屬之真儒，莘、渭之舉也。制麻一出，學士大夫至於舉笏相賀，文、富之拜也。然今日之事至難，今日之相尤難。大丞相登庸之初，將慰人望必痛革時弊，將革時弊必先收人心。請試條前日之所以失人心者，以備采擇。

自昔朝廷必長養士大夫氣節而成就其聲名，比年號敢言者，著清節者，賢而有人望者，功名與己相軋者，皆爲一說以沮之，求一罪以加之，曰是空言無實也，是嘗誤某事也，是嘗主某人也，甚者毀其素履〔一〕，如溫公狎妓、東坡販鹽之類。初年有三十餘人之薦，其後取三十餘人者芟夷而蘊崇之，賢者掃影滅迹，更用一種刀筆俗吏、聚斂小人或瑣瑣姻婭以根據津要〔二〕，布滿郡國。一當革也。

自昔立賢無方，比年乃拘鄉貫，因惡一夫〔三〕，遂惡其類，併惡其鄉，喜者擢連枌榆，憎者錮及州里。夫惡閩士如呂吉甫輩可也〔四〕，不有蔡君謨、陳述古乎？惡蜀士如鄧綰輩可也，不有范景仁、淳夫、坡、潁兄弟乎〔五〕？二當革也。

孔明所用皆巴蜀人材，國家駐蹕吳會，既未能混一西北，銓選科舉多得閩浙之士，理勢則然。今進退人材者曰吾惡福建也，典掌文衡者曰吾抑閩浙也〔六〕。昔了翁彈蔡京，云「重南輕北」，分裂已萌〔七〕，況版圖日蹙，又於已蹙之中有所厭薄，何其甚不祥耶！三當革也。

分門庭，植黨與，非盛世事，比年以由我而進者爲賢，由他人而進者爲不肖。夫了翁非曾子宣所引乎？道鄉非呂嘉問所薦乎？謂鄒、陳不受知於曾、呂則不可，謂爲曾、呂之黨尤不可〔八〕，烏得以其始進議其終身？四當革也。

取鹽袋錢、變經總制法而守倅壞，增斛面、刷義倉而田里空，括浮鹽而盗賊起，奪天下利源歸國用房而版曹幾廢。先撥邦本〔九〕，大失民和，此其行事當革也。

自昔爲國，必有魁壘骨鯁之臣。淳化、景德間以王元之、楊大年重，慶曆以四諫重〔一〇〕，熙寧以三舍人重，元祐而後以元城、了翁諸人重〔一一〕。比年居緊官者，一則譽真宰之圖回，二則贊世臣之把握，至於事關綱常名教之大〔一二〕，相視噤齗，莫敢發口。向非諸生昌言〔一三〕，講官密啓，國無人矣。公卿大夫大不敢論諫〔一四〕，小不敢駁議，乃以捃摭細微爲守法，以沮抑孤寒爲奉公〔一五〕。干堂參部者魚貫客邸，或饑餓而死，狼狽而歸，起道涂之怨嗟，傷祖宗之仁厚。譬如巨室積善起家，一旦衰微，爲子孫者不思力行好事，增廣陰隲，而一切反以鍥薄，欲家之肥，恐無此理。此其大意當革也。

至於格非去佞之機括，修政攘夷之次序，大丞相固以身任而無俟於人言矣。昔人有云：「千人之諾諾〔一六〕，不如一士之諤諤。」自吾相宅揆，秉筆之士作王褒之頌〔一七〕，獻徂徠之詩者必已堆牀盈几，然而未必有益於吾相也。某懷昔受知之意與今起廢之恩，既自課一啓爲天下賀，而啓所不能言者，又齋沐裁爲此書〔一八〕，少效芹曝之忠。

〔一〕毁：原缺，據四庫本補。

〔二〕根：原作「振」，據四庫本改。

〔三〕〔四〕夫：原作「失」，據四庫本改。

〔五〕頫：原作「穎」，據四庫本改。

〔六〕抑：原作「仰」，據四庫本改。

〔七〕已：原作「有」，據四庫本改。

〔八〕謂爲：原倒，據四庫本乙。
〔九〕邦：原作「利」，據四庫本改。
〔一〇〕諫：原作「誅」，據四庫本改。
〔一一〕城：原缺，據四庫本補。
〔一二〕關：原缺，據四庫本補。
〔一三〕向：原作「尚」，據四庫本改。
〔一四〕諫：原作「議」，據四庫本改。
〔一五〕抑、奉：原缺，據四庫本補。
〔一六〕之：原無，據四庫本補。
〔一七〕士：原作「事」，據四庫本改。
〔一八〕此：原無，據四庫本補。

與辛執

某昨者叨恩入奏，嘗具尺牘少伸摧謝〔一〕，共想已塵電覽。某賤迹行至泉州，聞有臺劾，歸至田里，方見彈文罪惡如此，宜肆市朝以爲世戒，而明主寬洪，大臣長厚，不忍加誅，賦以祠稟〔二〕。雖進莫望天顔於殿陛，然退猶躬子職於庭闈，仰繄廟堂委曲全護之德，寸心耿耿，寧不知恩！

伏念某去國六年之久，而又游宦萬里之外，本爲公論所怒，止緣某官奬譽過當，汲引尤力，及茲收召，果觸危機。某少時雖以章句小技浪竊虚聲，年將耳順，憂患摧壓，耗忘都盡，常願歸耕〔三〕，以全晚節。大臣欲進擢之，見其盛壯時也；言者遽攻擊之，亦見其盛壯時也。向使大臣知其捐書惰學，必不仰累生成；言者知其倦游念歸，必不重勞驅逐也。凡此皆平日於踐履上欠功夫，文勝質、材掩德之所致。反復循省，無所怨尤，但當改已往之過，勉方來之善，庶幾上不辱殊知，下不羞先訓，它復何言！

〔一〕嘗：原作「常」，據四庫本改。
〔二〕賦：原作「職」，據四庫本改。
〔三〕歸耕：原倒，據四庫本乙。

與高樞密

某歲首伏準省劄〔一〕，除侍右郎官，此皆某官陶鑄啓擬之賜，矯首知皈。某自度孤危，必生悔吝，即具免牘，力言恐懼瑟縮不敢就列之意。俄聞又汙臺評矣。尚蒙寬典，仍畀舊祠，某死罪死罪。

伏念某莆之鄙人，二大父知名隆、乾間，先君諸父皆擢世科。惟某幼而失學，門蔭入仕。當世耆舊猶以其故家遺俗，多所獎進，絜齋侍郎袁公、竹隱諫議傅公屢薦於朝，不報。西山真公帥閩，以議幕招。内史洪舍人初除，以自代舉。蓋諸公假借之私，而非天下議論之公也。立朝之初，衆以爲喜，獨以爲憂，未久果逐。起廢守袁，數月又逐。後除廣鹽，某官以麟史之筆當鳳閣之制，推本其家世師友，次及其奏對議論，王言一出，多士盛傳。衆以爲榮，獨以爲懼，未幾召則逐，除郎則又逐。訂其所坐，别無過犯，亦非贓私，專云欲作文字而已。魚鳥至微，猶懲弓餌〔二〕，某亦人耳，端平之劾此罪也，嘉熙之劾此罪也，淳祐之劾亦此罪也，一何冥頑不靈，久而未知悔悟哉！況夫朝廷之大，科目之廣，乃使一米鹽俗吏實受此名，豈特某之耻，其羞當時、辱後世甚矣。

某弱冠筮仕，今將耳順〔三〕，於獄訟米鹽粗有一日之長。區區素心〔四〕，願以絲毫實用自見，不願以文字受知於人。廟堂苟不遐遺，筋力尚堪粗使，豈必加屨於刖、施髢於僧，食馬肝而俟河清乎？良由某命運窮薄，爲人鑿空，嫁此惡名。尚賴天子聖明，大臣忠厚，使從閒散，以避怨憎。殘年幾何，但當内訟而自新，固守以待察耳。

〔一〕伏：原作「狀」，據宋刻本改。

〔二〕猶懲：原作「懲於」，據四庫本改。
〔三〕「今將」至文末原脱，而誤將《與吴叔永尚書書》後半部闌入於此，兹據四庫本訂正。
〔四〕心：宋刻本作「志」。

與郭小坡〔一〕

某伏念端平甲午起下土，登周行，忝與當代名流同一除書。萬人海中，雖不及款侍誨言，然望而知爲吾叔度也。明公如鸞皇，縻之不可；某如鳥鳶，彈而後去。每懷清標，想高致，未嘗不起敬起慕，天日實照臨之。

某敬以某官平昔樹立見謂第一流人，一旦進居言責，國人皆喜而相告曰：是必能與天子宰相争是非可否者，是必能判别忠邪者，是不可以官爵誘、利害怵者。及諫紙一出，則又喜而相告曰：正論明矣，佞人去矣。人心不齊，天籟自鳴，誠之不可掩如此。前世小人害君子，或興黨禍，或設學禁，各爲一説以掃空其類。至於妄引經訓，倒植綱常，禁人不得説天理民彝，則自生民以來未之有。向非明公正色闢之，萬代謂何？韓愈有言，孟氏功不在禹下，某亦謂正言之功不在孟氏下。自此序遷諫大夫、中執法，天子盡行其言，天下舉被其澤矣。

某初元召審，行至三山，願留西山先生幕府，蓋自審不堪立朝爾，牽聯一出非本謀也。師死不去，或者罪之，所以有丙申之逐；又掇拾師之緒餘，見之對揚，或者怒之，所以有丁酉之逐。齒朝年餘，典州數月，謗咎山積，退而杜門，自分老死田里矣，然猶孤危凜凜，不敢自保。及聞朝陽之鳴，然後與友人方右史私相語曰：「上用端人，吾輩之罪或者可以已乎！」矯首雲霄，不忘瞻戴。

〔一〕此文爲底本所無，據四庫本《後村集》卷四七補。

與吳叔永尚書

某丙申去國，獨荷尚書與洪丈端明聯騎訪別。歲月易逝，昔未知命，今耳順矣。張公九尺之身，翰林萬丈之文，何嘗一日不在心目！楊右司在郡時，每欲附拜尺書，又念得罪少公而登門未已，雖合於善不吾與將强而附之論〔一〕，然恐非君子上交不謟之義。況《傳》云親戚不悦，不敢外交，近者不獲，不敢求遠，竊意尚書篤於友愛，非但某不當自通而已。

前和高詞，末章所謂「洗空」者，即是采用退之《聽琴》之語，韓與潁師豈嘗有纖芥哉！妄意謂尚書樂府之妙不異潁師之琴，實無他腸。粤自高牙大纛作屏洪都，相距僅三百里，豈不欲修書札〔二〕，問專城，瑟縮至今，猶前志也。敢謂大君子高懷曠度，超出古今，精筆妙墨，俯逮卑晚，捧對驚喜，如蔡邕之得《論衡》、辯才之獲《禊帖》，而今而後，尚書既無訑訑而拒之色〔三〕，某安敢不源源而來乎！

端平從官皆已秉事樞，惟尚書猶以直學士臨大方面〔四〕。向者尚恐當軸未相孚，果山既相，道同志合，聲應氣求，竊意旦夕必問兩社矣。某宦情薄，親年高，去春爲范、杜二公好語牽挽一動，非所樂也。自去春屢告果山，力求清漳以便親養。已有陶鑄消息矣，聞直翁辭越，亦求此州，遂失指擬。臬事書考又踰兩月，已除陳叔方爲代，但此距永嘉千餘里，猝未能至〔五〕。天氣向熱，觸熱奔走，其何以堪？

凡人皆有劑量，某門蔭入仕，内至郎監，外至麾節，劑量極矣，更求毫芒之益，是乾没無已時、嗜進無止法也〔六〕。以此力辭入奏〔七〕，不足陳於尚書之前。

比聞令嗣知丞不起，妙年玉樹脆折，上惱慈抱，誠何以堪！然斯文命脈繫於元身，更望玩《老》《易》，齊彭殤，使之漸遠漸忘可也。

〔一〕善不吾與將强而附之論：四庫本作「善論將不吾與强而附之」，據宋刻本乙。

〔二〕「豈」字以上原脱，「不欲」至文末原誤接於《與高樞密書》（見前）之末，兹據四庫本補正。

〔三〕訑訑：原作「驅驅」；色：原無。據四庫本改、補。

〔四〕直：原作「真」，據四庫本改。

〔五〕猝：原作「獨」，據四庫本改。

〔六〕乾：原作「朝」，據四庫本改。

〔七〕力：原作「立」，據四庫本改。

與鄭邵武

疇昔親炙，每聞餘論，謂它日必官君瑞明府之子〔一〕，以報大監罔極之恩，某與子敬左司聞而歎伏。邇年以來，此説稍斷續，莫曉其故。豈以君瑞既殁而寒盟耶？閣下爲人磊磊落落，決不忍如此。意者婦人女子有以動摇之耶？或宗族親戚有來破鬭者耶？吾輩處大事〔二〕，當斷諸心，豈可謀於人？閣下之官受於大監，能爲此舉，止是常情，未爲卓行，萬一不能然，則閣下許多英風誼槩晚節掃地盡矣〔三〕。當大監奏任閣下時，君瑞雖已登科，下面猶有三子，舍子任弟，是托孤於賢弟矣。今大監直下遂無齒仕版者，手足之情，寧不動心！某又憶君瑞在時，事叔父如事父，今叔父以他人爲子孫，而擯大監子孫於門墻之外，某心猶覺不安，於閣下心安乎！知此事始末惟子敬與不肖，子敬逝矣，非不肖誰啓發閣下者？《傳》曰：「使死者復生，生者不愧其言。」然死者無復生之理，生者有見死者之時。吾輩壽非金石，此事不早定，它日閣下何以見大監，某何以見君瑞於地下哉！去冬運管顧兄席上曾開其端，閣下頗似感悟〔四〕，別後不知又作如何商量。凡人奪嫡謀宗〔五〕，無所不施其智巧，若不以大義自裁斷，而囿於他人智巧之內〔六〕，未有不顛倒錯亂者，曷不隱之於初心，采之於公論乎〔七〕！又聞令嗣新除學士，力主君瑞一房，蓋其材雖不足以望嚴君，而其德宜爲鄭氏之子矣。敢拜手爲閣下有子賀，惟閣下反復愚言而處分焉。此事於立孫無相妨，華屋良田與吾之孫，獨以一命與吾兄之孫，兩得其所矣。某言之，閣下行之，人必曰潛夫景輔之益友也，以道義相期，有過必規。某不能言之，閣下不能行之，人必曰潛夫景輔之狎友也，平時酒食游戲相追逐而已，如景輔晚節何！不覺因書悉吐露之，知我罪我，席藁以俟。

〔一〕瑞：原作「端」，據四庫本改。
〔二〕吾：原無，據四庫本補。
〔三〕盡：原無，據宋刻本補。
〔四〕悟：原作「寢」，據四庫本改。
〔五〕謀：原作「孫」，據四庫本改。
〔六〕内：原作「由」，據四庫本改。
〔七〕采：原作「未」，據四庫本改。

答南雄翁教授

僕端平初爲郎，與直翁侍郎徐公同舍相好也〔一〕。南來得侍郎書，誦足下及河源令君之賢。侍郎素强直，不輕許可，不待覿面固已心敬矣。便風辱書，陳義甚高，委教甚富，益歎侍郎取友之端而恨僕納交之不早也。人情喜面諛，雖至親骨肉間猶有隱情，足下於僕風馬牛不相及，而意氣傾倒〔二〕，攻瑕指疵，慨然以訂頑砭愚自任。推足下之心，將以其美諸身者而淑諸人也，僕雖駑怯，敢不佩服？然足下所以教我是也，其所以自處非也。

自昔聖賢著書立言者多矣，曰百世以俟聖人而不惑，曰後有子雲，必好《太玄》。是當時之人皆不足以知，必復有聖有賢者出然後知之。知不知，聖賢之書與言自若也。今足下之詩幽然以深，其文困然以長，而又頗自貴重，知者尚寡。足下以知者之寡也，遂有望當世、責時人之意〔三〕。望知者可也，又望不知者焉；責故交可也，又責素昧者焉。足下論著如此，意其中必有充然自得者，而又據科第爲師儒，未曰不遇，何至遽效阮籍之慟、唐衢之哭哉！嚮使足下徒步取拜相，白衣入翰林，其足樂乎否也？僕它無以愈人〔四〕，但遭詩禍以來，灰心仕進，其後復出〔五〕，非心思巧力所能致也，然懲艾益深，謹嘿益甚，天真益斲喪〔六〕。足下當責其栖栖爲佞〔七〕，而反譏其皦皦難全乎！

噫，足下所責乃故我，非今我也。僕立朝逐於朝，補郡逐於郡〔八〕，起廢乘使者車僅數月爾，所得俸賜斤斤然事育之不足，何以致珠履而供車魚乎！足下引四賢之事以相勉，彼皆立名譽、建事功於當世者之所爲也，僕力不任此，故當付議論於身後爾。況黄卷之中皆吾師友，四海之内皆吾兄弟，僕之學何嘗獨而黨何嘗孤乎？聞當撤棘，儻肯過訪，不惜面商摧也〔九〕。

〔一〕直：原作「真」；舍：原作「合」。據四庫本改。
〔二〕倒：原與下句「攻」互倒，據四庫本乙。
〔三〕時：原作「事」，據四庫本改。
〔四〕愈：原作「瘉」，據四庫本改。
〔五〕後：原在「出」字下，據四庫本乙。
〔六〕斲：原缺，據四庫本補。
〔七〕佞：原缺，據四庫本補。
〔八〕郡：原作「群」，據四庫本改。
〔九〕摧：原作「攉」，據宋刻本改。

答林公掞監場

僕與足下同里閈，又與賢冰翁南宫舍人接交游，聞俊聲，仰下風之日久矣〔一〕。顧壯老不相謀，鋭惰不同調，常欲親炙而不敢。自去歲至今，足下以所著《易》學及詩文教詔之者三〔二〕，以書開曉之者亦三。時先親已病，僕之方寸已亂，曾未一酬答，而大禍至，血氣摧傷，性靈顛倒，十事九忘，不可以人理責〔三〕。而足下尚復不棄，勵以前輩居喪講學之事，誠足下待朋友之厚，望朋友之切，然僕豈其人哉！昔人有云：「人言當指實，寧可面諛〔四〕？」僕少時讀書，粗了治亂成敗，未嘗窮經析理，爲文字多諧世趨俗而少古意。前諸老過聽，後聖上誤知，猥以文史叨進用。及侍邇英，力以不通經辭，迫於威命，每一進講，面汗心愧，然後知學力如弓，分寸不可勉强也。

足下之所以誨僕者，《易》學也，詩文也。僕於《易》或未能分其句讀，豈能賾其精微哉？理學至伊川，數學至漢上，亦云至矣，然考亭已微與二家異〔五〕，鶴山又與考亭異，南塘、虛齋皆求新義於諸儒未發之外，皆以其説陳之旃厦。雖貴爲侍從，加以明主稱制臨決，而承學之士未之能信，然則足下之書縱使南塘、虛齋見之，明主之力尚恐未能剖鑿一世之聾瞽，統一群儒之議論〔六〕，如僕庸瑣，何足以贊美其萬一乎！諸文惟有韻與無韻之作爲近古，偶儷最俗下，不必苦求工〔七〕，然不工又不可讀。先朝孫明復、胡安定俱以經爲人師，曷常有一篇文字行世哉！考亭論荆公、東坡門人，寧取吕吉甫而不取秦少游，其説以爲吉甫猶看經書〔八〕，少游翰墨而已。足下既爲《易》學，占得地位高，而又欲求工於文，無乃反自狹小自卑陋乎！

足下又條《易》學數端，俾區别以對，若主司策進士之爲者。僕聞程氏將歿，自言《易傳》只説得七分。足下以程氏之《傳》爲然耶，當補其三分之未發者可也；以爲未然耶，當自爲一書，藏之名山，百世以俟聖可也。上起鄭康成、王輔嗣、韓康伯，下至鶴山、南塘、虚齋諸家之説，皆當以程氏傳爲準可也。此事體大，他日足下學成書傳，僕此膝雖不屈於他人，將爲足下屈矣。

〔一〕仰：原無，據四庫本補。
〔二〕所：原無，據四庫本補。
〔三〕不：原無，據四庫本補。
〔四〕寧：原與上句「實」字互倒，據宋刻本乙。
〔五〕然：原無，據四庫本補。
〔六〕一：原無，據四庫本補。
〔七〕必：原無，據四庫本補。
〔八〕猶：原作「尤」，據宋刻本改。

後村先生大全集卷之一百三十一

書

答翁仲山禮部

某伏承寵示新修《蜀漢書》四冊，讀之，與考亭大旨合。陳同父有此意，然所見頗疎略〔一〕，惟公此書甚精密。某昔聞書之萌芽尚且躍然而喜，今覩書成，如獲拱璧。即欲作數語附卷尾，緣有一疑，不敢自默。後主不克負荷，貶之誠是，但自漢至今，所以扶持蜀、主張蜀，非私厚昭烈、武侯也〔二〕，以其存漢也。所以斥絶魏，貶抑魏，非私惡曹氏父子也〔三〕，以其篡漢也。方操相漢，時人目爲漢賊，亦曰鬼蜮，人心公議不可泯没久矣。禪雖庸騃失國，但須有王者作，如藝祖之絀削劉鋹、李煜可也〔四〕，否則秉筆者自用《春秋》褒貶之例絀削之，亦可也。操、丕父子嘗北面劉氏，豈宜加無禮於高、光之子孫哉！今曹氏貶禪爲安樂公，史筆因而稱之。蒙叟曰：「竊鈎者誅，竊國者爲諸侯，諸侯之門而仁義生焉。」愚謂曹氏加禪此名不足怪，史筆如此，無乃求仁義於竊國者之門乎？以義起例，則書愍懷者當加以劉、石所畀之號，書出帝者當加以耶律所封之爵，與《春秋》書公在乾侯、先儒書帝在房陵之説相反。

區區以爲禪不克負荷之罪不待加安樂公而後見，此乃是書一大議論，鄙意未安，不免傾倒以求商搉，儻蒙不以其老誖而辱教詔之，幸甚。若其它，則粹然無可指摘矣。

〔一〕略：原作「巖」，據翁校本改。

〔二〕侯：原作「候」，據翁校本改。

〔三〕惡：原作「要」，據翁校本改。

〔四〕煜：原缺，據文意補。李煜即南唐後主。

與鄭丞相論史

某六月初九日昧爽京遞至，準尚書省劄一道，備奉宣諭，取索某向來已修未成史藁，俾之繳進，仍具奏聞。荒材而爲黄旗漆牌所尋覓，孤臣之辱玉音天語之簡記〔一〕，此皆大丞相興念下客，常在懷抱。茲因史事，拈出姓名，示明主之訪求，見大臣之汲引。某窮塗暮景〔二〕，有此遭際，捧拜恩命，感極涕零。

伏念某頃蒙聖上過采虚名，錫第入館，本因史事，形之奎畫〔三〕。某雖空踈，疇昔有志，深願效涓埃於鉛槧之間，附名字於竹帛之末〔四〕。時伯晦侍郎與同館已分撰諸志，伯晦先入館，所作《天文志》略成書，餘人所作或方起草而改除，或未涉筆而去國。某之入院爲諸賢殿，分得《地理志》。區區愚見，以爲宣、靖以來狄禍雖慘，炎、紹而後版圖始裂〔五〕，如三京兩河關陝，中間歸疆失地許多大節目，疎略則非直筆，詳備則傷國體。又如舊志所載城郭山川，後來往往陵谷易位，某遂未敢進草，亦未敢於經筵奏知，姑白游丞相以此意。游公太息，以瞽言爲是。某始有書筒往復〔六〕，俄皆緹騎佚去。

章泉詩僕數數見，惟未覩大全，後又從故右司陶仁父傳澗泉遺藁。二老爲天下後世所重者，以人不以詩，然終身栖遁，其言議風旨僅□概見者，以其詩存耳。僕每誦其詩則懷其人之不可復見，見其門人則敬之，見其里人則敬之。

老病歸田，交遊掃迹，四方書問不至。一旦門有剥啄，攝衣出迎，蓋執事之使也。非有巵酒一面之舊，而函書橐詩，不遠千里以相發藥，且命之曰「聞之願一言以自壯」，若僕向之所施於二老者。僕之賢未至於二老，執事之材十倍於僕，此所以始聞之而驚，徐思之而不知所以措辭也。然熱復摘藁久〔七〕，合江湖士友贊卷數十家並觀，覺執事所作如蔡邕，狀異常人，雖欲遁逃自匿不可，如孟嘉在廣坐中亦可識，超然自有一種風骨。甚矣，執事之似東家丘也。其間用雪巢韻者真似雪巢，效誠齋體者真似誠齋，雖師二老而參取諸家，所謂善學柳下惠者耶！僕本空疎，加以荒落，輒題數語并詩二，往求商榷，庶幾它日托盛集以行也。飛潛異趣，末由簪盍，切冀爲斯文自愛。

〔一〕音：原作「者」，據翁校本改。

〔二〕窮：原作「竊」，據翁校本改。

〔三〕形：原作「刑」，據翁校本改。

〔四〕竹：原作「作」，據翁校本改。

〔五〕始：原作「如」，據翁校本改。

〔六〕按原本此句自「始有」以下屬另一葉。細審此下之文，無論文意、語氣均與上文不協，疑中間有脱簡；「始有」以下乃另一篇之文。

〔七〕熱：疑當作「熱」。《摘藁》似指趙崇檫《江村摘藁》，見本集卷九七《趙逢原詩序》，然則此文當爲與趙逢原書之殘簡。

答陳卓然

僕與足下向無一日雅舊〔一〕，而華裾過門，贄卷盈袖〔二〕，以舉人見主司之禮而施之於槁項黄馘之病叟，足下於僕可謂厚矣。長牋反復，若深自晦匿而有所求借於盲聾者，豈非過聽虚譽，知盛壯之故吾，而未知衰竭之今我乎〔三〕？

及讀所作《冷風閣賦》，立意雖高，至於修辭之際，竊所未喻，試與足下商榷焉。《離騷》爲詞賦宗祖固也，然自屈、宋没，後繼而爲之者如《鵩鳥》、《吊湘》、《子虚》、《大人》、《長楊》、《二京》、《三都》、《思玄》、《幽通》、《歸田》、《閑居》之類，雖名曰賦，皆騷之餘也。至韓退之恥蹈襲，比之盜竊，集中僅有《復志》、《感二鳥》二賦，不類騷體。柳子厚有《乞巧》、《罵尸蟲》、《斬曲几》等作十篇，託名曰騷，然無一字一句與騷相犯。僕嘗謂賈、馬而下，於騷皆學柳下惠者也，惟韓、柳庶幾魯男子之學柳下惠者矣。

足下賦此閣，當於《列子》書中采至言妙義，以發其超出形氣、游乎物初之意。今自首至尾，字字句句不離一部騷辭〔四〕，與韓、柳軸異，與近世《秋聲》、《鳴蟬》、《赤壁》、《黄樓》之作亦異，與山谷自鑄偉辭之説尤異，此僕所未喻也。然僕捐書惰學久矣，聞足下師太常洪公，其往問焉。僕新哭猶子，悲惱無聊，或足下未行，尚謀欵盡。

〔一〕「向」原作「可」，「雅」原作「摧」，據文意改。

〔二〕盈：原作「御」，據翁校本改。

〔三〕知：原作「所」，據翁校本改。

〔四〕「一」原無，「騷」原作「是」，據翁校本補、改。

與陳抑齋

比者伏審兩朝委質，八袠應期〔一〕，耆英十數公，孰有過本命二十歲者〔二〕，曾不數於絳人，竹帛流芳，士民屬望〔三〕，伏惟慶慁〔四〕。蓋昔人云活千人者有封，前輩□練夫人全一城而章氏一門貴盛。庚寅、辛卯間，紅□跨州連縣，略如漢唐之季，於是明公建旗鼓，犯矢石〔五〕，奪赤子於虎狼之口，所全活者不知其幾千萬億，視活千人之少、一城之微，萬倍之矣。聖朝恨無可酬之官，明公每有不肯做盡它底之意。然則不扶靈壽而健，不飲菊泉而壽，不金塢丹穴而富，不衮衣繡裳而貴，亦天道報施，乘除之理然也。某素知公不講初度〔六〕，故常年不敢遣俗禮。今歲適值磻溪紀年，輒課小詞一闋申獻，少見門生故吏爵躍善頌之意。

〔一〕應期：原作「與數」，據翁校本改。
〔二〕者：原無，據翁校本補。
〔三〕士民：原缺，據翁校本補。
〔四〕慁：原作「恩」，據翁校本改。
〔五〕石：原無，據文意補。

〔六〕不：原作「下」，據翁校本改。

答翁仲山吴明輔

某辛亥召對〔一〕，以不攻安晚過失爲衆論譏詆，端拜受之，不敢自明〔二〕。或見教曰：「子爲詞臣講官，日日可論事，一對之頃，不足深咎，當要其終耳。」某初欲因争職事決去，而冷曹無事可争。偶進故事，略言時弊，謂小臣能輕去就，雖大事可論，大臣能輕去就，雖内降可執，且引杜祁公以諷。安晚語同列：「且請他空這裏坐，做杜祁公與某看。」聞之山如此。自此每因故事必進忠規，歷歷可數〔三〕。及草小吏答詔，安晚一夕三簡諭止，某不敢苟狥以求容。又言版曹當用儒臣，不可專任能吏。安晚雖益不樂，猶欲保全其去。而某於禋後適有一疏論山相，荷聖上納。聞外間聞其直前而不知其論何事，某又不納副封，安晚始疑其二於己。直前十月十三也，逐去閏十月廿七也，蓋在列數月本末如此。

某每至相第，旅進旅退，非更闌夜半客也〔四〕；職在詞翰，非預其謀畫也；本以片文隻字受知，非有他繆巧結納也；只識元老，未嘗交其子弟也。某人自小司成遷左螭，某自大蓬遷右螭，安晚之待某如此，時賢之責某乃如彼，豈平心之論乎！某每見諸人入未嘗發一言〔五〕，出則妄云曾論某事〔六〕，以熱瞞流俗而釣取虚譽，心甚鄙之，山相之事是也。

某舊疏藏之六年，近聞其逝，謾録本去。執事察僕用心，豈懷利而飾詐、瞞人以釣譽者哉？某宦情世法已置膜外，是身衰病，會當變滅，毁譽安在？恩怨奚有？但使此一種人持論，以一時之愛憎爲毁譽，而不考察其人之平素，則實有耿耿未能平者。

〔一〕召：原缺，據翁校本補。
〔二〕明：原缺，據翁校本補。
〔三〕可數：原缺，據翁校本補。
〔四〕夜：原作「房」，據翁校本改。
〔五〕某每：原作「每某」，據文意乙。
〔六〕某：原無，據翁校本補。

答鄉守潘宫教

某官立身有本末，入朝無附麗。嗚陽一疏，沉着痛快，紙價爲高。請麾而去，豈嚴憚黯耶，抑欲詳試望之耶！或謂莆難治，非也。他置勿論，如葉監叔嘉、范卿仲治〔一〕，至今爲人所思，皆婺人也。如聞田里之論，咸謂是邦不覩儒者之治久矣，將於閣下乎觀政。某雖耄荒，敢不躬率耆老子弟以奉條教，豈但有門户丘墓之托而已！某一生坐虚名負累，所得毫芒，而所喪丘山。六十再入已誤，六十五三入又大誤，幸皆不旋踵斥去。今距掛冠僅有一歲，已卜首丘，治冢舍〔二〕，冥心待盡，庶幾全而歸之，以從先大夫於九原爾。空村寂寂，忽聞兒童有騎竹馬迎細侯者，某衣裳倒顛久矣，猶當扶憊旅謁旌麾於道左。臨風欣抃之至。

〔一〕治：翁校本作「治」。

〔二〕冢：原作「家」，據翁校本改。

答鄉守趙寺丞

唐自天寶、至德以後，天下多事，民生窮蹙，觀察使但知督賦，牧守但知剥下，而元結、陽城相繼典州〔一〕。結之言曰：「追呼且不忍，況乃鞭扑之！」城之言曰：「撫字心勞〔二〕，催科政拙。」某聞閣下此來，語邦人曰：「是公亦當今之元結、陽城也。」群下翹首企踵以覯下車第一義〔三〕。某老矣，視世間一無可戀，不自意飾巾待盡之際，獲爲負耒願耕之氓，鷦鷯一枝，有所棲托。引睇前茅，云胡不喜〔四〕！

〔一〕繼：原作「斷」，據翁校本改。
〔二〕字：原作「是」，據翁校本改。
〔三〕群：原作「孰」，據翁校本改。
〔四〕文末原有「舊書」二字，據翁校本删。

答鄉守楊編修

晨起軍將打門，忽墜書函，禮逾情過，雖使段干木、田子方之流猶不敢當，況若某之庸庸瑣瑣者乎！捧讀百過，茫然不知所以稱塞。抑府公有問，某安敢嘿無一言？

一曰屬邑補納之害。始緣郡家催科過嚴，以最高之數爲定額，屬邑計無所出，使群吏各搜尋訟事而施伯州犂之手焉。不當笞而笞，不當圄而圄〔一〕，不當囚而囚，十數年於此矣。或問縣大夫曰：「何爲是非曲直之易位也？」則應曰：「不如此無以補納也。」其實鄉書手走弄産税〔二〕，不用功於版簿而用功於補納，此弊不革，萬物無所吐氣。然須府公視故府舊事〔三〕，鐫去甚高之額〔四〕，屬縣始不得以此藉口矣。

二曰民間私鬬之害。莆之民惇兵脆，本無强悍，邇來官府姑息，小小争鬩，不分曲直，而惟黨衆之爲畏，安坐拱手，養成跳踉叫呼之驕。一夫奮躍，百夫持梃而趨。不特尺籍伍符然也，田里之間騷騷有之矣。不治私鬬，此風不止。法禁結集，豈無深意？

此二事若甚淺近，然目前不可緩者，亦無出於此，閣下其留意焉。某猶記父老道故侯之賢者，林公景良也，名瑑。葉公叔嘉也，名禾。陳公魯叟也，名汶。樓公暘叔也，名昉。問其政事，則曰不妄取不妄費耳，不動摇增利耳〔五〕，不爲勢家所使耳。數君子者，無甚高之論而有無窮之思，以閣下視數君子，豈不優爲之乎？夫未見顔色而言，罪也，命之言而不言亦罪也，惟閣下裁之。

〔一〕兩「圖」字原作「圕」，據翁校本改。
〔二〕手：原作「乎」，據翁校本改。
〔三〕「故府」下原有「公考」二字，據翁校本删。
〔四〕額：原作「類」，據翁校本改。
〔五〕增：原作「憎」，據翁校本改。

又

共承一札專城，雙旌壓境，以掄魁鎮雅俗，其民將漸仁而摩義，其士將考德而問業，郡人之喜可知矣，某之喜又可知矣，特不敢犯新約束獻書啓耳。敢謂尊謙，特賜真染，輕身以先匹夫，今世豈復有此事哉！

某迂闊背時，立朝則逐，試郡則逐，爲部刺史則又逐，是蒙叟所謂不祥人，而玉川生所謂不唧嚠鈍漢矣。然亦有幸焉。昔龐公不見知於劉牧，杜陵不見容於嚴尹，今某也有賢地主爲之依歸，累世之松楸、先人之田廬皆在仁風教雨披拂滲漉之内矣，可不謂之幸歟！

答李元善侍郎

某自頃放還田里，聲銷響絶，與世相忘，不喜與人交游，而於當世富貴通顯之士尤望而畏之。不特是也，其於當世名譽議論之所宗主者，亦甚怕也。非謂能禍福黜陟，自家蓋已捐書惰學，見賢於己者自然面發赤而背流汗，不若與田夫野叟共治場圃而話桑麻耳。侍郎晚節遂與先朝曾子開、彭器資爲一流人。後缺。

後村先生大全集卷之一百三十二

書

答趙丞相

某伏自石壁胡卿爲繳納《郡山囿堂記》草，使還，恭領鈞翰寵答之後，繼聞我公登壇授鉞，開大幕府。某膂力已愆，既不能杖策上謁軍門，山林退藏，又不能飛牋申詞記室。未幾，又聞衮衣西歸矣，角巾東路矣。某平昔常愛魏野處士「好去上天辭將相，却來平地作神仙」之句，而惜萊公之不能用。今大丞相於寵利權位之際雍容脱灑如此，賢於萊公遠矣。自古名盛難居，功高易危。惟朝聞命夕引道者，程、魚之徒不能間；優游午橋、緑野者，牛、李之黨不能害。始以忠孝立身，終以明哲保身，竹帛所載，丹青所畫，未有我公之懿也。或者乃以辭孤棘、還節鉞爲高〔一〕，某曰公昔不受相印矣，毅避棘鉞特我公之細耳。第江表衣冠禮樂一綫之脉繫於元身，雖欲遁我生民，其可得乎？某犬馬之齒遂七十三〔二〕，形槁心灰，諸公貴人之所遺忘，新進後生之所狎侮，不自意當世元老大臣記憶諸生久而未衰，馳騎賜書，自昇至莆，三家村中莫不傳誇，謂此老叟有何由緣而辱大丞相知遇如此，錫賚如此。某肅使啓緘，伏讀數過，且榮且懼。某前擬《堂記》，每懼鄙拙，未必可用。兹承鈞旨，俾記義學莊始末於石，此大題目也，當得如錢公輔舍人者爲高平公秉筆。大丞相此莊此學過於高平，某之文不及錢舍人萬一，膽戰口呿，罔能措辭。雖留來使旬日，冥搜一篇，録本申獻。然事偉辭卑，於忠肅太師厚倫睦族之意、丞相繼志述事之美，不能發明一二。仰惟翹館材雋滿前，或委删潤，或令改作，某幸孰甚焉。

〔一〕節：原作「郎」，據翁校本改。

〔二〕七：原作「亡」，據翁校本改。

與泉守吴刑部

某自少隨牒四方，於當世名卿多所接識，獨欠閤下半面，常抱責沈之媿〔一〕。家距大府無二百里，往來者談大尹不容口，則又躍然有爲晏子執鞭之意。

惟温陵昔號殷實〔二〕，近亦凋敝，於是吾相輟望郎一行。於吏民身表率之而已，不以操切立威；於士民推誠感動之而已，不以鉤距爲明。於軍期雖甚體國，然委曲集事，不緣以病民；於荒政雖甚恤貧，然懇惻分濟〔三〕，不科配以安富。於互市以不貪爲寶，以道取予而無一毫霸政參於其間。郡人則曰公父也，願禀其教令〔四〕；賈胡則曰公佛也，願奉其琛寶〔五〕。先賢遠矣，清如梅溪，仁如西山，非閣下其誰！民夷翕然心悅誠服，惟恐璽書之徵還也。

〔一〕媿：原作「塊」，據翁校本改。

〔二〕温：原作「瘟」，據文意改。

〔三〕濟：原無，據翁校本補。

〔四〕禀：原作「訓」，據翁校本改。

〔五〕琛：原作「深」，據翁校本改。

回劉拱求墳庵記〔一〕

信安劉君請余記其再世墳庵，余方兼兩制，詞頭如山，諾之而未暇也。及余去國，過君里門，君來責前諾。余思尤鈍，記非倚馬可成，請徐爲之。因扣君求記之意，君歷歷言其詳，余喟然嘆曰：好貨財，私妻子，世莫不然，蓋有學士大夫亦然者。君奮孤苦，持門户，其意不在於奉其身、潤其屋而已，養素於羅雀之門而致美於下馬之陵，是真文靖公之孫也。君博學，欲應制舉，惜是科久廢，尚爲場屋遺才。前輩多自述世德，君乃屬筆於余，姑書此以答君意。

〔一〕此篇文字不類書信，恐編次有誤。

答葉新之侍郎

某辛亥叨塵班級，平生慕用，一旦識面卜鄰，幸孰甚焉！然方抱垂死之病而負不韙之謗，謁告乞去之日多，考德問業之時少，未幾遂譴逐矣。還山則四方書題一筆勾斷，如公入從出藩，皆不克奉牋以賀。東澗屢言公寄聲，顧雖老誖獲罪於不相知者，而未見絶於西澗，頗以自壯〔一〕。

軍將打門，忽領博封者二，拜手伏讀，其爲忻快無以云喻。侍郎遺愛在袁、吉，有百年之思，今又以其施之袁、吉者而施之建，歲荒而無流殍，俗獷而息剽敓，天會一稔，人皆以爲善政致和。此爲一番江面震動〔二〕，烽照甘泉，獸蹄鳥跡幾踐江左，識者咸曰使吾抑齋先生内秉鈞軸，外建旗鼓，虜詎敢爾！天啓聖心，局面一轉，當此之時，未知先生果能遂東之志否！

〔一〕以：原無，據翁校本補。

〔二〕自此句「一番」以下原本入另一葉，其文與上文全不相屬，似爲與陳抑齋書之末段，蓋中間有脱簡。

與趙保相

去冬竊承聖天子以胡馬飲江，朝野震恐，内出制麻，起謝傅於東山、裴令於緑埜，開大幕府，盡護諸將。大臣與國家相爲休戚，當此危急存亡之秋〔一〕，朝聞命夕引道，於兹半載，躬擐甲冑，自東徂西。雖少權兵分〔二〕，然忠貫日月，志安社稷，使亡命游魂天塹不能限之虜趦趄前却，憮然有懼色而不得逞，誰之功也！

昔夫子發微管之歎，某於我公亦云。今江左所恃以紓衽髪之禍者，惟信菴、秋壑兩丞相而已。合上下流之兵，掃清氛祲，毋令此賊有匹馬隻輪之返，惟其時矣，不可失矣。

〔一〕亡：原作「忘」，據文意改。

〔二〕兵：原作「矣」，據翁校本改。

與賈丞相 一

去春遣回維揚帳騎奏記之後，側聞衮鉞行路萬里，略無寧居。自傷齒耄，不能上謁轅門，途梗又不能貢𧸖丞史，寸念朝宗，天日實照臨之。

自兀朮金山遁去之後，江沱晏安，雖以逆亮凶焰不能飛渡。去歲九月四日，醜類十萬忽越天塹而至，朝野失色〔一〕，凜凜有被髮之憂。於時大丞相甫清蜀祲，一聞鄂警，投袂而起，倍道疾馳，身先將士，蒙犯矢石。虜在江南，大丞相方駐軍江北，彼欲攻城不克，欲濟師不能，一夕空群遁此〔二〕。蓋東南衣冠禮樂一綫之脉幾絶而復續者，國有人焉。下流邀功〔三〕，激虜返旆，舉國莫抗。大丞相奉詔進師〔四〕，桑蔭未徙而滸黄洲、白鹿磯亡命致死之寇或僇爲鯨鯢，或竄如鳥獸，或生擒面縛。露布一馳，國人相賀，曰而今而後虜懲創不復南吠矣〔五〕。

第此七八月以來，吾相泝巴峽，屯漢鄂〔六〕，援江南，以不貲之身跋履險阻〔七〕，大小百戰，却輿馬，擐甲冑，與士卒同飯卧起，汔能立大勳勞，以復命天子，以歸面太夫人，惟忠惟孝一念基之也。江上略定，上望公歸，以刻爲歲。飲至策勳，秉鈞當軸，度不出夏五。某耄矣無它望，有一休致狀，俟吾相坐政事堂，即專僕持詣光範，前書固嘗預致此請矣。

〔一〕色：原作「邑」，據翁校本改。
〔二〕遁：原作「道」，據翁校本改。
〔三〕邀：原作「繳」，據文意改。
〔四〕進：原作「帥」，據翁校本改。

〔五〕今：原作「令」，據翁校本改。
〔六〕漢：原作「溪」，據翁校本改。
〔七〕不貲：原作「不貨」，據文意改。

與賈丞相 二

去春初聞移閫外蜀之報，天下士識與不識，皆曰此乃元載、張延賞欲離間郭汾陽、李西平之故智，相顧拂鬱，髮上指冠。及讀出師之表，一則曰不得面君，二則曰不遑將母，又曰誓求死中之生，雖甚怯懦之夫，傳誦此語，莫不泣下。

時友人湯簿伯紀自建貽書，嫉相之姦，危公之行。某獨答曰：未必乾坤陷吉人！伯紀服。既而茸纛泝峽矣，韃橋斷矣，合圍解矣，帝羓歸矣。蜀祲甫清，鄂警又至，公不忍閉關自保，身先群帥，投袂疾趨。紫金山、青山峽相距不能三十里，親擐甲冑，犯矢石，與虜大酋對壘。以衮衣黃鉞之貴，俯同士卒，甘苦卧起者數月，訖能全累卵之孤城，掃如山之鐵騎，不世之功也。虜不能當，捨攻瑕蹀血數州之耕屯內地〔一〕。虎卧在庭，舉國凜凜，下流師老財殫，未奏一捷。大丞相奉詔進師，雪涕誓衆，桑蔭未徙，露布屢馳。豈國威靈，擣賊巢穴，除江表腹心之疾，寬陛下宵旰之憂。在昔赤壁、淮淝、瓜步、采石之捷，皆乘其未渡而蹙之〔二〕，至今號爲元功。若夫已越天塹，深入堂奥，奚車氈帳綿亘數百里，彼方且爲整居焦穫之計〔三〕，此乃談笑折箠而笞之，宸翰所云「吾民賴以更生，王室同於再造」，可謂實録矣。班師入覲，上方托國於公，中使郊勞，百官班迎，獨提一筆坐政事堂，爲天子建萬世之策而開太平之基，某何幸身親見之！

抑小人願有獻焉。立功名易，保功名難，聖如周公〔四〕，跋疐胡尾；賢如謝傅，挽鬚流涕。杜陵「功大心轉小」之句，曹武惠「江南斡當回」之語，大丞相講之熟矣，某奚所容喙？

某兩年來奏記丞史，預言侯公當筆，即請掛冠。今前言果驗，謹課啓事一通賀厦，及申省狀一封告老。某三兒一女，婚嫁俱畢，伏臘足以餬口，階官已轉不行，屢霑史賞，悉該廻授。若蒙大丞相金口敷陳，許其休致，長學生强甫見忝陞朝〔五〕，今秋禋霈恩許及親，某便可超轉大中之秩，是大丞相自庶官擢之爲從官也。況入仕五十餘年，今年事高，老態現〔六〕，若不趁大丞相造化在手，爲某結裹，機會一失，可追悔哉！爲鷹解絛，爲驢馬卸鞍馱，必仁人大君子所樂聞也。冒干鈞嚴，某席藁戰懼俟命之至。

〔一〕「之」字疑當在「捨」字下，讀作：「捨之攻瑕，蹀血數州，耕屯内地。」
〔二〕乘：原作「棄」，據文意改。夔：原作「感」，據翁校本改。
〔三〕焦：疑當作「樵」。
〔四〕如：原無，據翁校本補。

〔五〕陛：原作「陞」，據文意改。
〔六〕態：原作「懇」，據翁校本改。

與賈丞相 三

驟加殊擢，深駭危衷。伏念某曩自朝行，斥還民伍〔一〕，於榮途固已絶念，雖祠廪亦不敢求。近者自覺疲癃，力求休致，良以迫司空圖之耄，豈其慕陶弘景之高！方俟俞音〔二〕，忽叨除目。恭惟夾袋儲才之衆，適當魁柄入手之初〔三〕，上倚圖回，士觀啓擬。曾謂衡泌棲遲之久，尚在朝廷記憶之中。入館至清，起家甚寵，使殘骸之可勉，即重趼而疾馳〔四〕。而比年以來，衰態頓現，杖陪鄉飲〔五〕，尚費支持，扶上木天，寧逃嗤點！輒露巽函之懇，冒干鼎軸之嚴。欲望矜憐，特爲敷奏，因申公之告老，放浩然而還山，庶佚餘生，稍全晚節。

兼某常招虛謗，未免私憂，蓋今兹確然牢辭〔六〕，恐或者誣其觖望。前輩有歷二史而去〔七〕，異日復除庶官而來，或爲副都丞，或爲少宗正，歲月未遠，姓名可稽。獨某以白髮之陳人，忝青氈之舊物，夢想不及，班聯特高，所以仰祈反汗之恩，實緣不能陳力之故。憑恃鈞念，傾倒愚忱，某無任席藁俟命之至。

〔一〕斥：原作「升」，據翁校本改。
〔二〕俞：原作「愈」，據翁校本改。
〔三〕魁：原作「冠」，據翁校本改。
〔四〕趼：原作「跡」，據翁校本改。
〔五〕陪：原作「倍」，據翁校本改。
〔六〕今：原作「令」，據翁校本改。
〔七〕史：原作「吏」，據翁校本改。

回呂太尉

某聞天下有呂將軍，三十年於此矣。老書生雖怯懦不武〔一〕，然慕用太尉相公之英偉奇特〔二〕，常欲執鞭爲御而不可得。帳騎踵門，忽辱賜以鈞翰，位尊而禮謙，功大而心小，拜手伏讀，且喜且驚。

鈞諭某嘗有奏篇云云，再三思之，別無已見封事之屬，只是六月間因奏故事，一篇之中止有四句，合四句共有二十八字，略言兵財緣蜀閫亦兼總餉，乃是泛言，非有所指。況朝家未嘗施行，元本已束高閣，不謂游士過客妄加箋注，上誤鈞聽。仰惟閣下方爲聖天子倚重，身佩安危之寄，鼎鐺有耳，況某忝爲近臣哉！昨因禁中付下閣下免牘，令某視草，具述閣下忠義勳績〔三〕，欲乞鈞旨記室取上細觀，可見某惓惓尊敬之意。朝廷不可一日無相公，無僕輩當甚閑事。第所進故事四句實無所指，更望鈞慈恕其言之輕發，察其心之無它，庶乎免於戾矣。

某更不敢入文字辨明，見以衰病求去，謹因專使之還，輒飭竿牘攄肝膽以復於閣下。惟相公磊磊落落大丈夫，必能達觀，付之一笑。上憂蜀事之甚，願閣下北犁朝廷〔四〕，西擒瀘叛，早建郭汾陽、李西平之功，使僕輩秉筆作爲歌頌，是所望也。言詞拙訥，仰祈鈞照。

〔一〕懦：原作「儒」，據翁校本改。

〔二〕慕：原作「幕」，據翁校本改。

〔三〕具：原作「其」，據翁校本改。

〔四〕朝：似當作「胡」或「朔」。

與平江發運王尚書

關外下違遠之拜，忽見歲杪。每念白首重來，年歲間獲接夔龍之武，辱所以發藥其昏憒、礲其粗鄙者〔一〕，視丙午同朝時有加焉。方幸有所棲托，一旦慘別，如小國之無盟主，迷途之無導師，此懷耿耿，如何可言！

吳中災傷之餘〔二〕，上輟重臣出鎮〔三〕，並建臺閫〔四〕，亦既兼月。尚書以民爲憂而不以位爲樂，達壅蔽，訪疾苦，鰥寡孤獨顛連無告者皆得以情自白於大尹之前，左饘右粥〔五〕，家至戶到。雖公私之積猶可哀痛，然尚書之心則天知之，民知之。青社活民之舉，乃富公相業鎡基，尚書豈久於外者哉！

某新年七十六，不歸何待？前日送古心六和塔，見其張帆破浪，不覺健羨。亦已預草一劄，溫休致之請。辛亥以後，灰心十年，從牛背上拽下，做它許多官職，君相於某厚矣。惟有早退，庶幾不辱朝家起廢之恩。某以尚書汲汲荒政，非講人事、答書尺之時，更不敢贅陳。卓倅炎老成詳練〔六〕，嘗宰建陽，邑人稱其廉静。某亦舊令也，過舊治得之見聞，恐尚書欲知其人。吳江宰黃潁士奇頃爲興化軍之興化令，貴家有訟，黃判云：「父兄執法於朝廷，子弟執法於郡邑。」人亦傳誦。因筆及之。

〔一〕憒：原作「憒」，據翁校本改。
〔二〕吳：原作「實」，據翁校本改。
〔三〕輟：原作「輒」，據文意改。
〔四〕閫：原作「間」，據翁校本改。

〔五〕左：原缺，據翁校本補。

〔六〕「炎」下原有「子」字，據翁校本删。

回董相矩堂

某莆之鄙人，仕五十餘年，遇合少而齟齬多，最後由柱史斥去，負謗尤醜，絶望斯世。中間值大丞相當國，自念於門館非有雅素，況左右又無先容，亦不敢獻徂徠之頌而通涑水之書。不自意賤姓名猥辱啓擬，起民伍，畀治節。雖止或尼之，然大丞相拉拭擢用之意，某盡今生至來世不敢忘也〔一〕。蓋嘗兩奏記光範，自箋摧謝，俱蒙鈞翰賜答，至今寶藏。

某生於丁未，前立螭時方六十五，兩乞掛冠不報。俄而譴逐歸里，豫爲終制，自作家柩〔二〕，不以累子孫。庚申再出，非其志也，迫而來，來而不能脱耳。上以其舊詞臣，使草大丞相兩麻二詔，始得因王言以發明大丞相之孤忠大節，而劈析千萬世之公非公是。惟是筆力退惰，寂寥簡短，不能敷暢，用此爲愧。敢謂既徹大丞相巖電，過承稱賞，至於親灑翰墨以寵嘉之。某伏讀百過，以榮爲懼。某擬專一介至潭府通名，而廳下鳥合輩無可使者，姑作此幅箋藏之篋中，以俟端便。它容陸續申詞。

〔一〕今：原作「令」，據翁校本改。
〔二〕家：原作「家」，據翁校本改。

又

某去秋嘗拜一牋，仰酬鈞翰，日復一日，竟無便鴻。敢謂元老大臣過自挹損，洊賜親染，且蒙寵盼古銅薌鼎、牙薌罍各一〔一〕，古龍涎百餅，牙筯十副〔二〕，皆大丞相書室几案間所受用者。昔蔡公爲歐公書《集古録序》〔三〕，歐公雖致潤筆，不過惠山泉香餅之屬。某翰墨非蔡公之比，而大丞相所餉珍腆於歐公，某所以悚懼而不敢安也。尊貴之命又無違距之理，拜手登受，榮感難名〔四〕。

某白首重來，屢乞骸骨，夫豈不戀軒屐者，實以耆耄未謝，廉耻汨喪，戕天之詞苦，還山之興濃。上恩縶維〔五〕，反有冬卿勸誦之遷〔六〕。每思家山之遠，感年齡之暮，寢驚夢噩，終當決裂而去耳。蓋嘗扳湯伯紀，冀其來，爲解鞍馱。垂出命矣，輒復小遲，挽士不能寸，良以自愧。

〔一〕罌：原作「壘」，據翁校本改。
〔二〕「牙」下原有「已」字，據翁校本删。

〔三〕蔡：原作「察」，據翁校本改。
〔四〕難名：原缺，據翁校本補。
〔五〕恩：原作「思」，據翁校本改。
〔六〕有：原無，據翁校本補。

答劉少文

某自少壯好交游海内英儁，至老不衰。閑居無事時，四方士友委刺者必倒屣下榻，行卷者必還贄和韻，未嘗敢失禮於互鄉童子，人所共知。庚辛收召此來〔一〕，駸駸八秩，齒衰才盡，而身兼兩制，詞頭如山，日力不足，繼之以夜，僅了得公家文字，賓客不能迎，書疏不能答。非習懶而變節也，實以老病之軀當詞翰之任。若咎其貪戀榮寵，耆耄不謝，則敬當端拜受規；若責以閉門絶物〔二〕，無倒屣還贄之禮，則似不原其情，恕其老而文致其罪者。不但某有辭，將恐足下它日以如此之年任如此之職〔三〕，然後知其味也。

前日得啓事及闇人問答一篇，筆力浩蕩，如川方至。向使田光盛壯時，尚可與足下角力並馳，今病矣憊矣，惟有喘汗歎伏其奔逸絶塵不可追逐而已。需處、温二郡書，皆無雅舊，非有吝也，切幸深炤。

〔一〕來：原作「某」，據翁校本改。
〔二〕責：原作「貢」，據翁校本改。
〔三〕恐：原作「忠」，據文意改。

謝賈丞相餞行詩

某伏蒙鈞慈寵賜送行古詩一篇二十韻，某盥手肅容，朗誦百過。因念從臣去國，前後幾人，未有聖君賢相皆親札妙制以華其行者，某有何行能，蒙此褒異！蓋師相先生不但與之以美官，又與之以美名；不但擢其身，又擢其所薦之士。某雖去而未嘗去，雖身無補報，而後來者猶可備朝家任使。臨發復懷巨軸而歸，其事方之二疏，榮過之矣。惟是三載栖托翹林，出泊湖邊，不勝悽斷。況所賜詩詞古雅而義嚴密，軼陶、韋而追《騷》、《選》。昔王文正厚楊大年〔一〕，晏元獻厚歐陽公，然未嘗稱之於文字之間。某之遭遇豈直二疏之所無，亦楊、歐二公所未有也！歸當與睿藻勒之堅珉，以墨本申獻。逆旅紙筆不虔，某下情無任感榮之至。

〔一〕大：原作「太」，翁校本亦同。按文意，此處言楊億事，億字大年，因改。

回信庵書

某伏蒙鈞慈賜以《信菴詩藳》一帙，且辱鈞翰不鄙耄昏，使之著語編端。一聞鈞命，且喜且驚。此大差委也，某豈其人哉！周情孔思，既非淺見所能測，湘絃泗磬，又非俚耳所習聞，然平生好之篤如得之艱，頗略知古今作者旨趣。大率有意於求工者率不能工，惟不求工而自工者爲不可及。求工不能工者滔滔皆是，不求工而自工者，非有大氣魄、大力量不能。某於信庵丞相此編見之。謹齋沐課成拙語，手録仰求教誨，未知可作如此道否。或恐其間詞義未安，因風批示，容某改定，續申納也。年耄才竭，技止此爾。

就有申禀，某嘗見今紫微郎林肅翁夸示丞相所贈墨梅〔一〕，心甚羨之，常在夢想。不揆僭越，欲扳肅翁例，從丞相求一横軸，併乞跋以真染數字，使某殘年暮景得此自娱遺老〔二〕，且以傳示萬子孫。不勝臨紙祈扣之切。

〔一〕今：原作「金」，據翁校本改。

〔二〕自娱：原作「亂思」，據翁校本改。

後村先生大全集卷之一百三十三

書

徐内翰

某粤自癸亥拜領墨妙，於時身雖居於輦轂，心已在於澗阿。某猶未以爲然，既而乃聞冥鴻高飛矣，青牛出關矣，然後知矩山先生辦一去甚久，非世俗能點涴也〔一〕。每欲走僕問起居，又念吾二人在列，議論合爲一人，求去語言如出一口，雖君相知其老大忠赤無它腸〔二〕，然周身之防、謹語之戒，聖賢所不能免，不若相忘於江湖也，其心何嘗一日不願立夜雪而坐春風乎！

某兹讀邸報，竊審辭寵帥藩，冠班殿。先皇帝延登翰長，待之以汪彦章、綦叔厚之倫〔三〕；新天子尊禮宫端，華之以蔡君謨、蘇子瞻之職〔四〕。除書一播，輿論交歸，恭惟歡慶。内翰端明歷事兩朝，中間離合去就數大節皆可暴之當世，書之信史〔五〕。末後一著尤奇偉，雖欠了一柄青凉傘，然卓識雅量固不以彼易此也。

竹溪歸來〔六〕，盛言漢廷諸公惟矩山念村翁不少忘。昔涑水公謂「某與景仁生同志，死同傳」，某於矩山亦云。仲晦專書爲後林催詩序，某已冥搜數語，并一書授差來人，且祝仲晦送似〔七〕。時後林猶未有起家之命，忽見前下闕。

〔一〕世俗：原作「亶唾」；也：原作「已」。據翁校本改。
〔二〕腸：原作「賜」，據翁校本改。
〔三〕汪：原作「江」，據翁校本改。
〔四〕華：原作「葉」，據翁校本改。
〔五〕書：原作「言」，據翁校本改。
〔六〕來：原作「未」，據翁校本改。
〔七〕且：原作「耳」，據翁校本改。

答洪帥侍郎　一

某便風恭領寶翰，竊知侍郎與擇齋聯璧飛章，拈出寒齋長子《孝詩》三百上之公朝。上方以孝治天下，一旦此詩進御，山林一介之士姓名遂徹九重。雖此君隱趣已成，絶無希覬，然二公名重言重，素簡主知，必有小小褒異。它日附名寒齋傳尾〔一〕，萬鍾五鼎何以加焉！

〔一〕尾：原作「片」，據翁校本改。

答洪帥侍郎 二

某輒有管見，仰干穹聽。嘉熙丁酉，臺官蔣峴劾方大琮、劉某、王邁、潘牥四人在端平初妄論倫紀〔一〕，乞坐以無將不道之刑。先皇聖度如天，悉從末減，大琮罷右史，某奪袁州，邁失漳倅，牥免官而已。未幾四人抆拭擢用〔二〕，惟牥僅爲學官一倅而卒。其後三士委蜕，惟某殿後，遍銘三士之墓，於潘銘尤哀切，念之不忘。

故事，殿試前三名仕雖不顯，許澤一子。牥妻黄氏昨援第三人李方子例，乞官其子初明，已□省部契勘，都曹書擬，繼而從稟合辭爲之陳乞，謝、□二相許爲奏聞而未果。及咸淳初元，黄氏之請□□仰荷師相平章魏公念潘素出鈞門，嘗辱自代，□□化筆判呈，而潘地遠家貧〔三〕，無力守候趁逐，至今□□未拜卹孤之典。某與牥嘗同憂患，義當爲其陳乞〔四〕，□自恨已去國歸田，不敢出位。此等好事，非本路帥守監司誰當言者！况前此臺閫皆嘗有請，今不過拈出前話，欲望台慈倡率當路諸公，合辭力請，聖君矣輔必將朝奏暮可〔五〕，足爲忠臣義士之勸。

〔一〕潘牥：原作「潘昉」，據《宋史》卷四二五《潘牥傳》改。下同。倫紀：原脱「倫」字。按本卷《與徐憲書》（見後）云「某頃因妄論倫紀」，《宋史》卷四二三《王邁傳》亦云「蔣峴劾邁前疏妄論倫紀」，據補。

〔二〕人：原無，據翁校本補。

〔三〕家：原作「寧」，據翁校本改。

〔四〕陳乞：原缺，據翁校本補。

〔五〕矣：疑當作「賢」。

爲林先輩與廟堂書

某既耄又盲，不當出位白事。然受我公國士之知，雖耄且盲，偶聞一物不平，一事失職，尚欲傾倒，爲我公悉告。

某莆人，與邑子林鑄所居同巷，其人素端正有鄉譽〔一〕。既擢第矣，臺評謂其與方大猷同鄉，未與放行參注。某於此士深知其冤，恨已去國謝事，無路爲之昭雪。渠有《辨誣》一卷，言之甚詳，某試言其略，惟我公垂聽焉。

鑄以乙卯年賦中公試第二名，陞補内舍，又累八分成平校。此時大猷方爲齋生。鑄以癸亥賦中舍試陞上舍，此時大猷南遷已三載。鑄以乙丑類試中乙科，此時大猷南遷已五載。大猷丁巳年始解褐，由京教書庫爲學官，在朝三年，此時鑄一省試，兩舍試，皆遭黜。當大猷炎趍者瀾倒，大猷□創□□之舉，預者十餘人，鑄未嘗預。以鑄因大猷中舍遷高科，委是失實。

當六士之貶，同舍無敢舉幡者、祖道者〔二〕，鄉人無敢援者，惟某率鄉寓公醵金贐今察院黄器之之行〔三〕。鄉同舍中惟鑄與今婺教林寅公樸被載酒餞察院至徐村，信宿而後返。鄉誼皆謂某當爲訟寃〔四〕，瑟縮不敢者久之，聞六士中多有念之者。鑄所以得此謗，乃學舍争名争進之士粉黛其説，言路過聽，遂使此士含寃，某不爲一言，誰當言者！又聞渠本齋同舍聯名爲之哀鳴，可見公論所在〔五〕。欲望鈞慈參考鑄中舍選及類試月日〔六〕，便見與大猷了無相關，特賜化筆〔七〕，放行參注，使薄海之内無一物不平、一士失職，亦古大臣耻一夫不獲之盛心也。鑄《辨誣》一卷，謹爲繳達電覽。

〔一〕正有：原缺，據翁校本補。

〔二〕幡：原缺，據翁校本補。

〔三〕惟：原作「推」，據翁校本改。

〔四〕鄉：原作「鄒」，據翁校本改。

〔五〕公：原無，據翁校本補。

〔六〕鑄：原作「儔」，據翁校本改。

〔七〕特：原作「持」，據翁校本改。

與洪帥侍郎

某恭領近帖，諄復詳悉，如侍麈談，豈勝欣快！某目盲，只是歲除前兩三日及歲朝一兩次略有所覩〔一〕，俄又黑暗。時求空青於辨章，亦無之。前肅翁爲致二兩，初用略效，俄又不然。荷侍郎每每垂問，何感如之〔二〕！

某屢嘗爲子真謝知己，兹辱尊諭，令録《孝詩》，精加點對，徑發至帥閫，不必鄭重往建上之意，可謂曲盡薦揚之義〔三〕。即遣一介報子真，渠必遵承嚴戒。俟其發至，某當專僕申納。庭堅之請，辨章本亦念之，況侍郎言重九鼎，朝奏必且夕報。某亦當爲一二公言之，但私書非如公牘之可施行〔四〕，切望侍郎倡率。

馮秋、蕭教、韓山長，皆辱納采鄙言〔五〕，收之夾袋。此三士本不敢求大小狀，但得科目號曰「陽巖先生門人」，榮不啻足矣，某與有銘激。陳常卿仙去，侍郎朝聞訃，暮遺誄賻〔六〕，其諸孤合辭稱感〔七〕。長郎未至，此是其諸弟拜謝書〔八〕。今人在則栩栩笑語相追逐〔九〕，一死一生，交情見焉〔一〇〕。如侍郎之於故舊，可謂無愧於幽冥之際矣。

〔一〕覩：原作「睹」，據翁校本改。
〔二〕感：原作「敢」，據翁校本改。
〔三〕薦：原作「廌」，據翁校本改。
〔四〕非：原缺，據翁校本補。
〔五〕皆：原作「肯」，據翁校本改。
〔六〕誅：原作「誄」，據翁校本改。
〔七〕孤：原作「抵」，據翁校本改。
〔八〕此：原無，據翁校本補。
〔九〕今：原作「令」，據翁校本改。
〔一〇〕焉：原作「爲」，據翁校本改。

與徐漳州書

某昨因長學生之官，匆匆奏記，掛一萬漏，追憶悚然。學生前示台翰，勉渠將父就養，欲遣吏士盛供帳，以示招延，且謙謙然有避堂舍蓋之意，某何以得此於東崗哉〔一〕！

昔王卿順伯受先大父小狀，後先人在選調，欠一常員，王卿爲治使，不謀於先人，併爲合尖，於遞筒中封一紙告示與先人。後渠只有一子名友人，先人後爲浙漕，以副使削奉友人，并爲求一常員〔二〕。甚愛之，未嘗相舍。此子初筮新昌主簿，瓜熟，王卿必欲同往，相知皆諫云：「大卿歷浙漕，又歷京尹，如何去矮屋中坐得？」王卿問接人云：「新昌有猪肉否？有豆腐否？」答云：「皆有之。」卿云：「有此二物，如何住不得？」既至新昌，畏謹逾甚，終日在宅堂，未嘗出至照壁後，如子弟然。故人恐其岑寂，以書問訊，答言：「向來往事已成夢幻，今且摺疊作主簿宅眷。」某若摺疊作通判宅眷，有何不可？實以三子舍男女孫凡十一人〔三〕，篚笥細碎，米鹽薪水，皆老大區處，有不容獨照燭一房者，徒有感激東崗盛心，没齒不敢忘也。

學生得坐下風，觀道德而親典刑，可謂適我願兮。其資質諄謹，易流於懦，賢使長矯其偏，扶持雕琢之，庶免於戾。

〔一〕崗：原作「南」，據翁校本改。
〔二〕「一」下原有「當」字，據翁校本删。
〔三〕十：原作「千」，據翁校本改。

與李泉州書

某自頃承千騎出鎮之後，相望脩阻，缺然記室之問，徒有春樹暮雲眇然之思。兹者伏審晉班棘寺，出牧□城，事權擅藩府之雄，委寄兼琛臺之重，按臨所至，觀聽一新，伏惟歡慨。温陵重鎮，調守必名公鉅卿，上以近歲事力單，調度廣，不獨郡難，互市亦難，思清慎公勤之賢變通而作新之〔一〕，所以度越拘攣，屬之執事。先内相清德遺愛入人骨髓，一旦象賢求復周公之宇〔二〕，必有以清宿弊而慰人心者。世俗所謂拜廳之榮，何足爲門下道哉！

某今年遂八十二，别後去歲中元得目疾，百藥弗遂，愈喪其明，黑暗之苦不可言，命也，奈何！牙纛之來，恐不能出迎矣，先此候問前茅，少見賀意。

某平生與故王臞軒實之、方鐵庵德潤最友善，今鐵庵子孫方通顯，惟臞軒僅有一澤及□□子掀字子騰，亦甚才俊，但因憂患未過銓，家素貧薄，臞軒又不比它人有蓄積遺後人，某與竹溪深念之，屢薦於諸公。自古心召歸之後，久無攝局，尤覺艱窘。與竹溪謀，執事旦夕壓境，合共薦此郎。王卿亦受知於先内相，兩司權重事繁，州官恐不欲增尤負，琛臺儻有牓使，儻蒙台念以臞軒嘗登内相之門，爲此郎安排一喫飯處，使積累斗升爲赴銓參選計，如某與竹溪被惠。幸甚〔三〕。

〔一〕慎：原缺，據翁校本補。
〔二〕旦：原作「且」，據翁校本改。
〔三〕幸甚：原無，據翁校本補。

答劉嵊縣書 同祖

某既耄而瞽，眼前故舊或不相聞，況閩浙相望修阻，乃軫記衰朽，函書實篚，遠相煖熱。此事古或有之，叔季風俗媮薄，未之見也，讀之感慨。用和才學，乃使之徒勞郡縣，催科聽訟，雞鳴漏盡，坐曹未休，彼巍冠廣厦、前席宣室者又何人哉？向使脩齋少留，用和接武於鴛鷺行久矣〔一〕。歷觀前輩文章事業，鉅公有必□最，巴東夷陵是也〔二〕，況當路皆知己乎！

某六根既不全，盬禁思索，友勸自嘿，用和亦引張湛「損讀書、省思慮」二語，可謂有味之言。但某讀得多少書，思量到甚處，直以福過災生耳。近作無人抄寄，石塘有刊本，曾見之否？録示儷語六篇，惜乎不用之於黃麻紫誥，未免斲而小之耳。

〔一〕矣：原無，據翁校本補。

〔二〕巴：原作「已」，據翁校本改。

與石壁胡卿書

某自去歲重九失明以來，一字不能寫，遂疎記室之問，獨有皈向，寸心拳拳。

某疇昔受信菴丞相國士之知，聞其仙去，不覺爲天下慟。身雖退老，尚能記憶此公平生忠孝大節、開濟元勳，庶幾刻之金石，附名於不朽。不謂天奪書眼，區區此願亦莫之遂，每一念至，怱怱如狂。

田舍無邸報，不知節惠二字及褒贈官品，以故未得遣玉下束芻之奠，先爲薤章五首以泄此哀。然舉國誰可舉似者，今録呈石壁〔一〕，想經電目，亦爲之沾襟及袂而重云亡殄瘁之痛也。

〔一〕今：原作「令」，據翁校本改。

與竹溪林中書書

録示《飛躍亭詩》，篇篇有飛躍意，與卷中諸賢高談闊論，諄諄然解「費隱」字及「勿忘勿助長」數句，與飛躍全無相關者大有逕庭矣，某所謂先得我心同然者耶！《鏡中我》詩未知唱首云何，所和三篇可繼五柳公《形神》之作。此三字某只是小書厨，收書不多，但記得前輩有「鏡中有客白鬚多，鏡外先生識也麽」之句，又記得自有五言云「有時臨鏡問，此老是何人」，此類不可勝記。

與李應山制置書

某暮年僅存右目，去歲中元忽又昏花，百藥弗愈，遂喪其明，四方書問一筆勾斷，雖元勳重望、負荷國家安危治亂如明公者，亦不能以閑漫姓名自通於帳下。然每聞元戎洪毅忠壯，朝聞命，夕引道，行臺無一日寧居，或臨絶塞，或泊賊壘，大小百戰，其鋒不可當，由是中國無獸蹄鳥跡，玉關閉而金甌全。南渡諸老經營江表，功業赫赫煌煌，内惟容堂，外惟應山而已。子不云：「微管仲，吾其衽髮。」某於閣下亦云。

某昨爲亡友李艮翁禮部長子濟孫皈依大閫，仰荷陶鎔不遺餘力，遂成三考，且獲小狀而歸，如某受惠。渠歸至京，艮翁奄忽仙去，妻子負土踰歲〔一〕，甫畢窀穸，埋辭亦某所爲也。明公念舊賓客，必爲惻然。

某又有迂闊之請，鄭武論玠亦某筆硯之友，薦於容堂，又薦於應山。其才學可以貴顯，不謂終於一倅，生理素薄。長子名鎮，秀整有父風，昨負笈徒步拜北平王於馬前〔二〕，荷明公以故人稚弟，卹其寒飢，周其困乏。此郎幼歷憂患，能刻苦，歸以明公麥舟之惠傾橐奉母，與弟妹之幼小者共之，不私有一錢，人以爲難。忽踵門來言，山公恤孤之意未已，若欲位置於履屐之間，使沾一命以養其親而成其家者。某聞而嘆曰：叔世所謂賓主，見之不使人厭、出户不復使人思者多矣。武論之墓木已拱，明公懷其人，欲澤其子。待士如此，天下賢俊聞風感慨，孰不願登昭王之臺而客平津之館乎！泣求□言，爲之拈起。某念武論兄弟平生從遊，自嗟老病如此，無氣力可效，無俸禄可分，只得爲之皈依明公，就大幕府陶鑄一郎秩，庶可以入監當差遣。若進武以下則近制參選生受。某亦欲爲作太師平章魏公書，適已爲子弟鄉人有所干請〔三〕，不敢重疊。惟公明深而生成之〔四〕，振德之，武論有知，豈不效結草之報？

〔一〕踰：原作「喻」，據翁校本改。

〔二〕北：原作「此」，據翁校本改。

〔三〕鄉：原作「卿」，據翁校本改。

〔四〕深：疑當作「察」。

答洪帥侍郎書〔一〕

某一病至九月，翳膜未開〔二〕，墨暗如故。雖獲空青點試，暫明復昏。昔卜商有「天乎予之無罪」之嘆，僕安敢然，必是修爲有獲罪於天而不自知者，又不然則是年高質朽，不比少壯。人有回光返照之理，命也，奈何！

侍郎所教却應酬、省思慮，真藥石之言。某間作小小詩文，亦不甚費思索，但賦性褊狹，被人激惱，時有少忿怒，頗覺傷和，雖搏頰噬臍，悔之無及。今當書陽巖儆語於座右矣〔三〕。石塘《孝詩》已累趣其寫納，得其近書，知已徑授之帳犀，直徹電覽，不復發來此間，竊想已拉擇齋吹送上天。渠兄弟感激二公推轂之恩不容口，必自能奏記摧謝。

某伏蒙敓貺玉面狸、宣瓜、牛酥，皆日用飲食所需，莧腸屬饜。昔人云一飯必償，某已去爲農，雖欲報德而無路矣。呵呵。陽巖去約無妄費，聞燈夕只費二十千，今一旦餉買山錢多至三十萬〔四〕，真欲塞破措大屋子。某幸有山不必買，但久病，醫禱之費不貲，得此錢支吾乏絶〔五〕，真所謂雪中送炭。時擇齋亦遣人來，庾臺司存所謂季氏富於周公，而所遺藥貲僅及陽巖三分之二，擇齋儉德又高於陽巖矣。

〔一〕帥：原作「師」，據翁校本改。
〔二〕翳：原作「醫」，據翁校本改。
〔三〕儆：原作「敬」，據翁校本改。
〔四〕十：原作「千」，據翁校本改。
〔五〕乏：原作「之」，據翁校本改。

又

某介恃雅好〔一〕，輒有白事。某疇昔受西山先生罔極之恩，陽巖所知。自幼至老，所以粗有植立於世者，誰之力也！某終身不敢忘。

前爲懷安尉求知於陽巖、擇齋二公〔二〕，皆以毀譽難調而止，某亦羞縮不敢復言。但人家子弟不可槩論，二公方物色故家象賢，於此盍有分別〔三〕。竊見臨漳添倅真司令紹祖，西山之聞孫，仁夫之長嫡〔四〕，橘洲姚公之愛婿，某素所敬畏之友也。邑最開朝蹟，又倅信漳，已書一考，思親丐祠寧廟而歸，無一毫躁競意。在漳與學生情好如親手足，擇齋聞其賢而薦之。真倅書云，平生尊敬陽巖，幸在使星臨照之下，陽巖一語重於九鼎，欲某因書拈出其姓名。某受先師之知，且與橘洲同侍從，又稔知司令之賢與少君不同，謹以其任狀緘納，庶幾自漳還建，有辭以白其家廟親庭。今之臺閫薦士無數，然二公之薦與他人不同，此司令兄所以介羽言而請，某所以不容已於言也。儻蒙采納，幸甚幸甚。

〔一〕雅好：原倒，據翁校本乙。
〔二〕二：原作「云」，據翁校本改。
〔三〕有：原無，據翁校本補。
〔四〕嫡：原無，據翁校本補。

回劉汀洲書

某行天下老矣，凡士大夫中有孝於親、忠於君、宣勞於國、垂名於世者，雖久別未嘗不仰止高致，雖素昧未嘗不願交下風。如賢使君自狂猲透渡、天塹失險以來，入籌帷幄，出冒矢石，大小百戰，汔掃妖氛而奏戎捷。策勳飲至〔一〕，宜從晉公朝京師，大當如董晉取卿相，小當如李正封輩歷臺閣，而執事方高蹈遠引，出幕持麾，幾於十年。臨汀雖閩支郡，而接傜蜑，君相擇文武有威風者以撫鎮之，弄印甚久，舉以屬公。自開府禡牙以來，畬人之附固者、逃卒横民之喜亂者，掃葉滅迹〔二〕，厥功茂焉。某鄉人多南官，還里具能言之，未嘗不起敬起畏。惟是既耄且盲，四方書問一筆勾斷，乃承撝謙〔三〕，先枉書題。累數百字在紙上，皆有光怪，朗誦數過，欣快無已。

某伏承台諭，以先大君子提刑寶章公隧碑囑筆於僕。某少游閫幕，於蘄、黄間事耳目之所覩記，非得之傳聞者。與駕部公同患難兩年，異姓兄弟也，雖未識先君子，然嘗聞之於駕部公者詳。今遂得秉此筆，以述賢賓主衛社捍塞之偉績以詔不朽〔四〕，顧非幸歟！矧玉局弟朝夕慫慂，不遺餘力。某八十二，弟亦八十，相與反覆家傳〔五〕，嘆其詳實。僕既脱藁，又招舍弟點對，楷録一本申納。誌一千二百四十四字，銘三百一十五字。又有管見，合請契勘修定一紙，乞電覽，速遣一定本見報，幸甚。

〔一〕勳：原作「點」，據翁校本改。
〔二〕葉：原缺，據翁校本補。
〔三〕乃承：原缺，據翁校本補。
〔四〕述：原作「還」，據翁校本改。
〔五〕反覆：原作「友愛」，據翁校本改。

與徐憲書

某頃因妄論倫紀，爲新尚書論擊，中傷甚深，流落於外，無人敢拈出者。及衛王薨，始有諫官鄭寀爲某訟冤，見於奏疏。由是先皇悔悟，再蒙收用。某懷鄭公知遇，終身不敢忘。南劍司户鄭鄰，鄭公猶子，受其奏薦，猶有先世典刑。前得兩小狀，皆某之力，然至今未有爲合浮屠之尖者〔一〕。適值擇齋並建兩臺，薦員稍寬，儻蒙鈞慈惻然興念〔二〕，成就此郎〔三〕，使某他日有以見鄭公於地下，幸甚幸甚。

〔一〕尖：原作「失」，據文意改。
〔二〕鈞：原作「熏」，據翁校本改。
〔三〕成就：原作「成持」，據翁校本改。

與淮閫賈知院書

士友黄牧與某同邑，所居相去可二十餘里。某多在田里，黄兄多遊江湖，前此未及識之，年來聞其雋聲籍籍。一日忽攜其四方之文相訪，讀之鍛鍊有功夫，警拔出胸臆，不蹈襲古人已陳之芻狗。其年方壯盛已如此，使之稍加歲月，兼采諸家，不主一體〔一〕，其進未可量也〔二〕。因扣其客遊有何人賞識，黄曰：「惟伯晦侍郎王公與一二君子客我〔三〕，惟同知相公以一命官我〔四〕。我將挾初補文牒以應漕舉，然家貧早孤，扉屨僕馬之資無所出，我將杖策謁同知相公於轅門〔五〕。」某答曰：「相公既以一命爲子發身，又干相公求資身乎？」黄曰：「昔陝西高平公〔六〕，雖横渠亦謁之；今相公亦昔之高平公也〔七〕，舍此不往，將安所歸？」某戲之曰：「昔吕醫山人衣破衣〔八〕，繫麻鞋，乃責不足於韓公，公亦熏沐而收拾之，安知相公不熏沐子、收拾子乎？」某老矣，於邑子皆不能忘情，而此士又同知相公之所已識，故敢犯顔開薦口焉。牧後改名以牧，乙丑進士〔九〕。

〔一〕主：原作「至」，據翁校本改。
〔二〕量：原作「童」，據翁校本改。
〔三〕客：原作「容」，據翁校本改。
〔四〕以一：原倒，據翁校本乙。
〔五〕杖：原作「秋」，據翁校本改。
〔六〕高平：原作「用」，據翁校本改。
〔七〕句首原有「高平公」三字，據翁校本删。

〔八〕醫：原作「醬」，據翁校本改。

〔九〕據文意，文末二句當屬追記文字。

與方蒙仲制幹書

黄兄牧，水南人，乃翁登第而不得年，此兄早孤。某多游江浙間，近方見其四六〔一〕，筆力極警策精詣〔二〕，咄咄逼人〔三〕。自言久在伯晦侍郎書館，侍郎薦之壑相，壑相析爵官之。吾鄉有俊才如此，吾輩皆不及知，而伯晦侍郎獨知之，又客之，又薦之，其早貴爲名卿不亦宜乎！因黄兄遊邊，知其嘗識壑相，輒以書温伯晦薦語書藁録呈。念兄方領袖幕府，不獨以黄兄薦於壑相，又薦於兄，庶幾黄兄無塗窮之嘆矣。

〔一〕六：原作「大」，據翁校本改。

〔二〕詣：原作「諳」，據翁校本改。

〔三〕逼：原作「迫」，據翁校本改。

答余安遠令 師夔

某衰朽杜門，鄉國故舊、江浙交遊散在四方，一筆勾斷，都無隻字往來。皁吏有持雙緘至者，初疑緘題之誤，徐審其然，剥讀以還，良仞高誼。名家美材，俯就瘴邑，切聞溪峒向化〔一〕，田里安生，可見琴調和平所致。所欠合潁，必有欣然任責者〔二〕。與瑞金明府接踵通籍，爲此邑盛事，不亦仕宦之一快乎！

某年事高，世味薄，已決意掛神武衣冠，它無可言。别牋諄諭，尤切不鄙。向來瑞金合潁，果是宵人有力。今某使雲竹吏部頃臨吾邦〔三〕，某在寓士中最與之厚，亦猶前臬使趙丈也〔四〕，曩既與瑞金推轂，今豈於門下不盡情邪！已就染一書，及此曲折。度新太守未便至，某書至幸即投之臬使，及秋剡未上，早圖之爲佳。書語别紙録呈。

〔一〕切：原作「功」，據翁校本改。

〔二〕責：原作「貴」，據翁校本改。

〔三〕今：原作「令」，據翁校本改。又「某」似當作「臬」。

〔四〕「丈」下原有「猶司」二字，據翁校本删。

與趙憲 與譚

安遠號爲瘴窟，仕者莫不憚往。莆有二士，乃相繼綰銅墨焉。前令則瑞金明府林珙辰，垂滿欠合尖。某與前繡使趙左司有交承之好，爲求之左司。左司文字發盡，轉薦之太守，遂脱選坑〔一〕。今令余師夔又欠合尖，知某向來受廛，辱知最厚〔二〕，又知瑞金明府向來成就因某一書之力，遂援例以爲請。某年事推排，遂爲鄉老，於後來英雋無親疎厚薄，皆欲其成就。不避僭越，敢以其人薦於節下。切知閣下甚念余令〔三〕，嘗蒙千金之諾，許薦於新太守。今則開藩不遠，秋風一别，全在吏部一言，余令終身之通塞榮悴係焉〔四〕。其人乃鄉間故家，子弟多俊才，有登第入學者。此兄通練而詳審，仰惟膚使察之詳矣。

〔一〕「選」下原有「令」字，據翁校本删。
〔二〕「知」下原有「辱」字，據翁校本删。
〔三〕令：原作「冷」，據翁校本改。
〔四〕係：原無，據翁校本補。

後村先生大全集卷之一百三十四

書

與平江包尚書

某粤自弱冠獲接敏道先生交遊，講貫德誼久矣，不意歲晚收召，忝陪耆英後塵，同扈屬車法駕，同侍細旃廣廈。雖駮雜有慙於醇粹，淺膚莫測於高深，然葵藿之心、芻蕘之言，惟明主知之，同列知之。及其乞骸得請，則又領袖群公，張飲木天，以祖其行。既賡聖製，復貽雅什，肦厚贐，示繾綣惜别之意。某平昔遭後生描畫〔一〕，晚暮乃爲元老知奬，如之何而不喜也！兩載追隨，一旦暌異，鑽堅仰高，至形夢想。

歸田累月，方欲奏記賀文昌台斗之拜，俄而大漕右扶風除書狎至。雖爲一州三路喜，然汲黯守淮陽，望之試馮翊，白首魁壘骨鯁之臣不居中而補外〔二〕，識者莫不爲漢廷惜也。吴人德公遺愛，如甘棠之思召公，不勞施爲，坐以無事。五月報政，即慶袞歸矣。

某耄昏，非治筆硯之時，既歸一書不寫，一字不做，然後知有生之樂〔三〕，但終當挂此冠，方是快活自在人也。宏齋先生此行度爲君相所强，吾儕各曾做它麾節，今七老八大，豈能更押花字判狀催科乎！狂奴故態〔四〕，聊發玉齒一粲。

〔一〕畫：原作「盡」，據翁校本改。
〔二〕鯁：原作「鞭」，據翁校本改。
〔三〕生：原作「知」，據翁校本改。
〔四〕狂：原作「在」，據翁校本改。

答信庵丞相書

某舊冬因潭府使還，草草奏記，時歸未息肩，硯塵寸許，不能備竿牘之禮〔一〕，一愧也。所擬《信庵先生書詩序》，貪於附名杜集，冒然爲之〔二〕，無卜商、衛宏之學，豈能知《風》《雅》之意？二愧也。居常自訟，恐爲我公帳下兒所笑。

佛生前三日，茅簷鵲噪，開户視之，則丞相仲春中澣所賜書函畫卷，匱玉篚實，一旦塞滿措大屋子。某既進使者，問東山墅、獨樂園起居，又會姻族子孫觀書展畫與篚盼諸寶物，以至鄰曲亦來求觀，皆云某窮谷一叟，何以得此於元老大臣！巾襲扃鐍，世世寶藏，不敢失墜。初援肅翁例求小小横軸耳，至於一掃匹楮，老幹槎牙，修枝勁峭，疎英的皪，功參造化，非腕中有千斛力，毫端無一點塵，安能臻此妙哉！某耄矣，遂與此二軸同卧起，飢以當餐。所恨齒衰才盡，無簡齋傑思，僅能冥搜一律詩〔三〕，少寓激烈摧謝之意。

某犬馬之齒七十七矣，尚能親燈對卷作細字。每念諸老惟丞相巋然如靈光殿，後勛業福壽未艾，某雖遲暮，猶冀及見衛武公入相、郭中令書考也。

〔一〕牘：原作「讀」，據文意改。

〔二〕爲：原作「謂」，據翁校本改。

〔三〕詩：原作「時」，據翁校本改。

回劉汀州書

某昨承台命，以先寶謨公宰上之題見托。閣下方以才業用世，所與交皆天下豪俊〔一〕，顧以此重任囑之齒髮殘禿之叟，豈其人哉！僕不佞，於世之志士仁人雖生不同時，没不識面，嘗欲訪求其遺事以補史之闕文。況半生奔走兵間，於先寶謨勳勞志業皆耳聞目擊，一旦因賢嗣顯揚之請，遂得附名驥尾以昭不朽〔二〕，豈非幸歟！所恨齒衰才盡，事偉辭卑，未必上愜雅意。兹承親翰獎借溢美，謙謝過情，非所以敢當。某昨條列所擬以求商確，乃蒙録示定本，比某元藁損益只二十六字〔三〕，而高曾世次、三代名諱封爵皆粲然詳備。某元藁雖已刊行，今再以增字别刊一板，却易前板毁之矣。恐閣下望消息，不敢久稽承使，亟此以復將命。俟再刊棗本，就印納也。

〔一〕交皆：原倒，據翁校本乙。
〔二〕昭：原作「詔」，據翁校本改。
〔三〕只：原作「尺」，據翁校本改。

答鄉守潘宫講〔一〕

某承下問兩刹見闕住持，不知此間有好僧可充選否。某竊見莆、福郡計全仰僧刹，率以獻納多寡定去留，福謂之實封，莆謂之助軍。故好僧皆不肯住院，惟有衣鉢無廉恥者方投名求售。某居嘗不喜接納緇流，間有一二好僧相識，皆不樂住院者，試爲閣下言之。其一名宗表，其一名元盼。向來鄉侯見問〔二〕，屢以二僧爲薦，既而招以甲刹，皆不能致。某謂選此等高僧居大刹〔三〕，譬如朝廷召趙昌父、劉平國，雖未必來，畢竟是一段美談，亦可以愧實封、助軍之髡。敬以此復命。

〔一〕宮：原作「官」，據翁校本改。
〔二〕鄉侯：原作「鄉侯」，據文意改。
〔三〕謂：原作「爲」，據翁校本改。

答林中書書

某方念稍疎記室之問，專馳送中冠多荔，雖弊鄉所謂游丁香、温陵所謂法石白號爲名品，甘滋不過如此〔一〕。尋常此品歲歲親朋輟惠皆所不逮，豈天生尤物，關係氣數，亦如山川炳靈，鍾爲偉人名士，不可以常理論耶！某日與子姪親朋各啖一二十顆，惟恐其盡也。敝里土産稍著名者不足進矣，更不敢獻一顆。玉堂紅、皺玉開花結子之際，爲大風雨損傷，著枝者少，聞郎官紅更無一顆，豈莆荔亦如莆士之不遇時耶！某亦有二三種中品，且看成熟如何，深恐無以答木瓜之贈爾。

時事聞廟論每事放寬，宗社之慶。瀆山幸自閑退，華封之祝不謂觸動禍機，幾於無病而自災矣。忠齋辭閫奉祠甚穩當。省身帥湘亦是上面挨排，未行。碧梧進爲，必能引類。昨竹溪初去國，碧梧書來，云東澗去，竹溪又去，出與誰語，浩然念歸，此意不應便忘却也。聞朝家欲就進陽巖恩數〔二〕，更留此公一年，豈獨吾徒所願，閩人孰無借寇之心？伯紀亦非急禄者，縱是見次，亦未必來。某託景行招吉州名醫〔三〕，未得回訊，萬一肯來，書眼猶有萬一覬。太淵以何時發孔庭？

經過又有逢迎扣擊之便，顒俟顒俟。

〔一〕甘：原作「耳」，據翁校本改。
〔二〕恩：原作「思」，據翁校本改。
〔三〕吉：原作「告」，據翁校本改。

與馬中書書

某前拜尺箋爲一佛出世之賀〔一〕，未幾恭領答翰，情續密語蟬聯，可謂久而不忘、尊而能謙者矣。自頃一二君子勇退，朝野所恃以扶世道而繫人望者惟閣下。近見邸報，丐外者再，疎逖不知事體，反覆思其説而不可得。向來否運，賢多在野，或國空無人。今上方招延，相亦茹納，當世所謂鴻碩英儁參錯津要。間有出晝者、歸魯邸者，然甲去而乙召〔二〕，丙出而丁入，中外曉然知公朝仄席之求愈急，緇衣之好未衰。

夫難平者事也，難得者時也，閣下遇如此之時，宜領袖諸賢，推廣君相之德度，陪輔朝廷之遺忘，以弭外患而開太平，奈何亦欲爲冥鴻之舉以拽動陣脚哉！鄙人之所未諭也。伯紀在列，已不得書，還江鄉亦無一字，出處如何，閩人甚望其來也。修齋既斷來章，可出否？

〔一〕佛出：原倒，據翁校本乙。
〔二〕乙：原作「一」，據翁校本改。

與丞相書

某伏自陳澈計議行，奏記爲從弟希仁、長息强甫致陶鎔之謝，後以衰病，闕然申詞，矯首如晦之天，飲啄不忘。某事師相如天地父母，一語不實，天日照臨。

某春首平地失足一跌〔一〕，傍有扶者，不至敗面，然腰脚閃肭，痛不可忍。至四月轉甚，自草一奏乞休致，申郡借邸借兵〔二〕。欲發間，醫療稍瘥。始者卧起須人，既而稍能步履。然暮年拜起本艱，及跌後遂不能拜，今歲禁烟與夏秋兩季家廟先塋〔三〕，一族四世共修時祀，獨扶立傍觀。形骸如此，十目難掩。初謂筋骨傷百二十日可復，今半年未復，是終身不能拜矣。素無目疾，入秋忽左目赤痛，牽起右目痛如剜割，呻吟之聲聒及鄰墻。病中靖思，災厄如此，別無消殃弭禍如昔人願須臾無死，以觀德化，顧四月間奏牘并申省狀嚴然在几案間，謹走長鬚詣闕庭朝堂投下。欲望鈞慈念某譬之牛馬，力疲思解穿鼻絡首之勞，少遂飲食齕芻之適，特爲敷奏〔四〕，直降指揮，從其所請，使朝野皆知聖世有活致仕之人，翹館有全晚節之士，賢於舉扶易簀而後倩人代書名者遠矣。

追記庚申春有此請，時師相初歸衮，謂某已叨收召，退回奏函，今猶襲藏。後來忝竊許多官職，千足萬足，夫復何求！回視庚申，昔七十三，今七十八矣，垂老衰鳴，惟師相終始持成之〔五〕。

〔一〕春：原作「眷」，據翁校本改。
〔二〕邸：原作「邱」，據翁校本改。
〔三〕塋：原作「瑩」，據翁校本改。
〔四〕特：原作「時」，據翁校本改。
〔五〕持成：原倒，據翁校本乙。

又

某七月初因衰病交攻，輒具奏函申牘及手書，遣村僕詣朝堂記室投下。若非眇跛不能視履，筋力不可勉强，豈肯舍吾君吾相而入山入林乎！僕至修門，適值聖上側身修行、大臣焦心勞思之際，意謂戴盆未必能望天矣，乃蒙鈞慈記憶，袖奏開陳，憐牛馬負重之力疲，察雀鼠貪生之情切，動凝旒之穹聽，遂還笏之初心。歷觀先朝，惟王文正能聽楊大年之歸，惟温公、申公能聽范景仁之出〔一〕。某雖不足以企楊、范之萬一，然師相位置人物、保全士子之衡尺度量，視兩文正及正獻公廩廩乎出其上矣〔二〕。

某既準省劄即日望闕祓受繫銜，徧告族戚子孫曰：昔丐也，由權尚書忝真學士；告老也，由茂陵寶皮陟光堯奎閣。自顧有何才學，有何勞績〔三〕，而師相每超資越格奬擢之如此〔四〕。始猶欲効昔人鷄鳴犬吠之報，今已飾巾待盡，永無捐軀碎首之路矣，而師相於其末後一着尚結裹之如此，某所以拜命而傴僂、捧詔而嗚咽也。

某所患目疾初謂偶然，今百餘日轉甚。八月間猶彷彿見物，今則掩了右目則左黑暗無所覩，遂恐成偏盲矣〔五〕。災厄如此，不納禄可乎？某初欲俟告下發謝吾君吾相表啓，又恐阜緩。既有省劄，不敢更候綸言。暮年專用右目，昏眵不能詳謹，尚容續録奏記〔六〕，仰乞裁幸。

〔一〕聽范：原作「不犯」，據翁校本改。
〔二〕其：原作「具」，據翁校本改。
〔三〕績：原作「續」，據翁校本改。
〔四〕超：原作「起」，據翁校本改。
〔五〕盲：原作「育」，據翁校本改。
〔六〕續録：原倒，據翁校本乙。

又

慰國哀

某十月中澣遣二僕賫謝致仕表牋及光範啓劄詣朝堂投獻〔一〕，約十一月初二定到。繼聞所遣人在建寧病足痛〔二〕，未知果如元約否。至十一月十三日，忽奉先皇遺誥，驚駭顛仆，絶而復蘇。仰惟先皇在宥四十一年，深仁厚澤浹民骨髓，一旦上賓，凡爲臣庶，哀同喪考〔三〕。況大丞相君臣遇合〔四〕，雖商周於阿衡、尚父無以加，遂能一洗胡塵，再造江表。方當千秋萬歲同享太平，不吊昊天，有此巨變，鈞抱追痛，其何以堪！然先皇之顧命付託至重，新天子之虚懷眷倚至隆，兩國太夫人之鍾情屬望至切，天命人心之關繫者至大，更望節抑，以慰先皇在天之靈、陛下總已以聽之意〔五〕、兩國愛子之念，下以慰朝野巖巖之瞻。總護之請，大丞相之忠也；以報政代行，新天子之明也。如召人望，起遺逸，皆甚盛之舉，聞者興起。

某自端平甲午始登纖，事先皇三十一年。中間爲蔣峴中傷，後爲高斯得輩描畫〔六〕，自分永棄，聖度如天〔七〕，曲相保全。及大丞相衮歸薦進，即日召用，起散地，忝從槖，片文隻字每蒙天語奎畫嘉奬。及其乞骸則叨錫賚，挂冠則加職名。曾謂謝表未通，仙凡已隔，煩冤雨泣〔八〕，涙盡繼之以血。又走長鬚往投功德疏、表牋，且拜手奏記，申詞起居〔九〕。

某□一介之士，必有密友以開心胸，以濟緩急。大丞相負荷何等重擔，某雖老朽，每誦味詩人之言曰：「仲山甫舉之，愛莫助之。」茲聞古心樞密之召，作而曰：庶可以助吾相矣！飾巾待盡之人，不應有所開説，然父子宗族愛吾相恩意非他人比，故每每獻其狂愚，不敢以疎遜而廢忠愛之意。惟鈞慈財幸〔一〇〕。

〔一〕澣：原作「濟」，據翁校本改。

〔二〕繼：原作「維」，據翁校本改。

〔三〕哀：原作「衰」，據翁校本改。

〔四〕遇：原作「過」，據翁校本改。

〔五〕意：原作「噫」，據翁校本改。

〔六〕畫：原作「盡」，據翁校本改。

〔七〕如：原作「知」，據翁校本改。

〔八〕泣：原作「位」，據翁校本改。

〔九〕申：原作「甲」，據翁校本改。

〔一〇〕鈞：原作「鈎」，據翁校本改。

與丞相書

某前不自揆，輒勒惡札奏記丞史，先蒙鈞慈賜以親染，眷憐稱獎未替疇昔，不以其乞骸還笏而麾之於門墻之外，固已不勝其榮耀矣。既而又領鈞翰一通，若答某別幅者。某潛深伏奥，與坎蛙奚異！雖新天子求言〔一〕，大丞相集思〔二〕，獨無食芹之獻。灰心息念，惟舐犢未忘。雖屢經恩霈，未湔過名，洊有磨玷之請。師相諒其耄荒，察其怵迫，或納之萬頃之量，或賜之千金之諾，人非土木，寧不感動！至於盼餉准白鹿脩，輟鸞刀犀箸之味，飫龜飢鶴瘦之腸。昔人謂推食食我，又曰一飯必償，某於師相亦云。

某茲讀邸狀，共諗麻宣文德，冊拜公台。先皇大攘夷復古之勛，爰立作相；今皇重定策受遺之老〔三〕，能自得師。竹帛流芳，旂常紀績。某每謂社稷之臣可以託孤寄命〔四〕，臣子之誼見於送往事居〔五〕。自渡後元台遇因山之役〔六〕，類不親行，惟周益公於阜陵往返竣事〔七〕，雖趙忠定已不能繼〔八〕，至師相始破拘攣之説復之舊。同列留之，侍從給練留之〔九〕，舉朝通國留之，上而玉音奎畫累累留之，而囊封袖疏，傾竭肺肝，曰非此無以報穆陵。忠臣義士，孰不心悦誠服！自靈駕發引以至虞主升祔〔一〇〕，穴藏廟祭，動合禮經，山君川后，各來扈衛，紓兩宮之哀慕〔一一〕，格列聖之顧歆，師相於國家可謂忠且勞矣。對揚之拜〔一二〕，前此屢辭，茲有不可得而辭者。

某頂踵皆出化鈞〔一三〕，向也雖老未衰，尚可効昌黎、徂徠，作爲歌詩，以鋪張閎休，形容盛德。今衰也久矣，屏迹三家村，朋友凋零。蒙仲已葬。艮翁自湘中歸，老病罕見面，別無假手處，不免自課駢儷一篇，百拜稽首，少見門下士蟲鳴螽躍之意〔一四〕。師相視其筆力方退之何如〔一五〕，此可以見其才盡矣。

〔一〕新：原作「親」，據翁校本改。

〔二〕相：原作「祠」，據翁校本改。

〔三〕皇：原無，據翁校本補。

〔四〕某：原無，據翁校本補。

〔五〕居：原無，據翁校本補。

〔六〕自渡後：似當作「自渡江後」或「自南渡後」。

〔七〕周益公：原作「公周益」，據文意乙。按：此指益國公周必大也。

〔八〕忠：原作「中」，徑改。按：趙忠定即寧宗朝右相趙汝愚也，謚忠定。

〔九〕侍：原作「待」，徑改。

〔一〇〕以：原缺，據翁校本補。

〔一一〕慕：原作「暮」，據翁校本改。

〔一二〕對：原缺，據翁校本補。
〔一三〕頂：原作「頃」，據翁校本改。
〔一四〕少：原作「小」，據翁校本改。
〔一五〕力、之何：原無，據翁校本補。

又

某茲者伏審明主獨觀，師臣再相，上以鞏固一祖十二宗艱難之業，下以慰安四海億兆人瞻儀之心，恭惟驩慶。

某嘗妄論師相再造之功可能也，至於孤忠大誼，純意國事，惟天惟祖宗知之。既却大敵，夷大難，常情皆曰小康矣，已治矣，我公方且渺然深思長慮，革中外膠轕未易革之弊〔一〕，任士大夫脂韋不敢任之怨，無論叔季大臣，雖三代之佐及先正杜、范、韓、富，有不可得而能者。一旦先帝上賓，今皇御極，逢主少國疑之際，則勤勞王家，感功成身退之言，欲超摇物表，留侯、范蠡之後纔見一人而已。奎畫由庚置者數十封，廷紳馳軺傳者七八返，六丁力盡不能挽回，至煩東朝札諭、朱邸調娱而始衮歸〔二〕。古有所謂不召之臣，有所謂招之不來、麾之不去者，今於師相見之。

某謝事爲農，百念灰冷，然一生託質翹材，恩等所天。始聞扁舟歸越，思其説不可得，爲之卧起顛倒，欲效杜□□、陽城上疏明房太尉、陸宣公之忠而無路可達。及讀四月二十七日麻制，乃知赤舄㠩歸，金甌重啓，然後手舞足蹈〔三〕，欲倣石徂徠、唐子西作《聖德頌》、《内前行》，爲奮庸熙載之賀〔四〕。又自傷其齒衰才盡，自鳴而自止也〔五〕。亦既牽課駢儷一篇申獻記室，復勤惡札自述其皈依喜躍之情如此〔六〕。

〔一〕句中前一「革」字原作「華」，據翁校本改。
〔二〕始：原無，據翁校本補。
〔三〕「後」下原有「之」字，據翁校本删。
〔四〕奮：原作「忿」，據翁校本改。
〔五〕止：原缺，據翁校本補。
〔六〕「勒」原作「勤」，「其」字原缺，「情」原作「倩」，據翁校本改、補。

答歐陽秘書書

某自束髮走四方，所至友其賢儁。每與交游别，雖其人有名譽，致通顯，乍别惓惓不忍舍，稍久覺此心□□，愈久則忘之矣。惟與巽齋别已四年〔一〕，心之惓惓常□湖寺祖餞時。巽齋清貧不能照濡我，退閑不能軒輊我〔二〕，所謂心之惓惓愈久愈不能忘者，非心悦而誠服之歟〔三〕！晉人云清風朗月必思玄度〔四〕，僕於巽齋亦云。

今登朝則根著不去，一失位則如諸侯之失國家，前此二十年閑無留滯之歎，一旦白日登瀛州，進爲之喜。其來也，士欣魯野之見獲；其去也，相惜山之失端〔五〕。始謂公論未泯，時望所歸，必且遣巫陽招□〔六〕，莫留孟子之去。如聞有萬卷充棟，無一字問，豈不誠然大丈夫哉！

某辛亥爲柱史，嘗兩乞休致，初相三温前請，疏格不行。庚申强起，留不兩年納禄，乃報可。追念平生無一可采，獨荷先皇度越拘攣〔七〕，賜科第，收卑冗〔八〕，登津要。中間妄論駁權姦，最後排慝攻嵩，爲蔣峴、章琰、鄭發抨□描畫，而峴、發尤加醜詆，或乞嚴誅，或乞永棄。聖度曲相保全，斥未幾，起爲監牧矣，去寖久，召爲侍□矣。片文隻字〔九〕，每形天獎，堯言奎畫，寶藏於家。壬戌之秋，得請而去，賜寶扇、御詩以華其行〔一〇〕，以待李竹湖□□僕。及甲子夏因病左目偏盲，自膸危篤，宸衷惻職三等〔一一〕，許挂其冠。自頂至踵，皆先皇之賜。曾未旋踵，而遺詔至矣，南内之帳殿虚矣，橋山之弓劍藏矣。士懷一飯，感激思報，僅如雀鼠貪生，上不能爲秦繆之三良，下不能如田横之二客，隱憂泣血，終此身而已。

某歸老故山，禄賜之餘，生事粗足。宰物者嘗因客問所欲〔一二〕，僕云千足萬足，實無所求。諸公貴後罕通書。古心道誼交，其召也，某以巽齋托之，亦及一二背時朋友，不知其力能推轂天下士否。因一健者之故，使翹館不敢揖客，館閣不敢儲材，此何理哉！方山長言，巽齋辭榮非有萬鍾五鼎之入，賣文非有九千縑、千斛米之謝，新居綿蕝，垣墻籬落未完，而數房功德待公而舉爨〔一三〕，范公義莊遺意也。恨某方爲諸孫涓日納婦，目前未能致毫芒愛助意，須來歲圖之。

徐憲故交，屢爲言皇華咨諏之義，當訪諸忠信之人。部内有巽齋，屏騎訪黄憲可也，下榻禮徐孺可也。又言文宋瑞禮部行部小疵〔一四〕，不足以揜立朝大節。聞其僑寓新淦，當勸其鄉人迎歸，以厚風俗。果以鄙言爲然否？山長哭兄，其堂上悲泣思鄉，奉安輿還里，極是。適徐□經從，遣騎致書幣，欲羅之入幕，某勸其俯就。此兄欲先還吉而後之贛，亦是。匆匆訪別，欲言浩蕩，挂一漏萬，尚須續布。

〔一〕巽齋：原作「選齋」，據下文改。歐陽守道號巽齋。

〔二〕輕：原缺，據文意補。

〔三〕服：原缺，據文意補。

〔四〕玄：原脱，按《世説新語·言語》：「劉尹云：『清風朗月，輒思玄度。』」玄度，許詢也，據補。

〔五〕「山」上疑脱一字。「失端」，疑當作「失瑞」。

〔六〕且遣巫陽招□：疑當作「旦遣巫陽之招」，與下句「莫（暮）留孟子之去」相對。

〔七〕度：原作「育」，據文意改。

〔八〕收：原作「牧」，據文意改。

〔九〕隻字：原作「集家」，據翁校本改。
〔一〇〕御詩以華：原作「御時以筆」，據翁校本改。
〔一一〕惻職三等：疑當作「惻然遷職三等」。
〔一二〕因：原缺，據翁校本補。
〔一三〕功德：疑誤。
〔一四〕文：原作「交」，徑改。文宋瑞，文天祥也。

又

某伏承委教雄文一編，衰惰久矣〔一〕，巽齋尚欲私淑之耶！旬月翫味，飢腸頓飽，昏眸重朗。蓋記十三，序、贊、題跋六，四六一，古律詩二十三。僕讀他人文或拘狹不調鬯，或支離欠警策，或膠舊聞，或少新意。至巽齋所作，委蛇曲折如絃廟瑟而繰纏繭，菁華穠艷如謝朝華而啓夕秀，精義多先儒所未講，陳言無一字之相襲，雖累數千言而義理一脉，首尾貫屬，讀之使人心滿意足。其間爲有位者記輪奂，尚可企而及，若《吟爐》，若《靈泉院》，皆無可説，而巽齋亦剪裁殘錦以衣被之，可見筆力寬餘矣。

頃文宋瑞示《碧落》、《翠微》二記碑本，私謂《碧落》篇似《有美堂記》。今見《答承心制問》，似爲人後議扡梁之作，雅俗語皆可傳誦，每置此編几案間，以警退惰。詩比舊作精進，内長篇似韓，短章似柳。相距二千餘里，安得與公把臂論文如辛酉、壬戌時乎！某内去第三藁，巽齋暇時試一過目，用考試法，合作者與朱點，不合者加紅勒帛付下，雖老尚欲切磋此事也。譚訓之殁許多年，心常懷之，乃不知其諸郎人人有集，生子不當如仲謀耶！得其書，以山長行速未能答，見聞或因書先乞致意。其父子文編各欲着數語於後。併恐台悉。

〔一〕惰：原作「情」，據翁校本改。

答趙檢察書

諸作清新俊逸，一一皆自肺肝流出，得於天者信不可及也〔一〕。但詩家事闊語長，未易悉數。足下若欲與今世所謂詩人角勝負〔二〕，固足以勝之矣；若欲做向□□上則書其材料也〔三〕。意其工宰也，必多讀然後能□□，必精思然後能妙巧。區區謂足下今日見詩之□□出之多，它日知詩之難，未免縮之少。惟少則有□□妙巧者出矣。

〔一〕不：原無，據翁校本補。

〔二〕與：原缺，據翁校本補。

〔三〕上：原作「大」，據翁校本改，然似當移在所空二格上，所缺二字似爲「功夫」。「做向上功夫」，宋人論學者多用此語。

答陳主簿開先書

□□□章句。讀古人文字，有一篇善者，片言隻字好者〔一〕，口誦而心説之。讀今人文字亦然，讀愈多□□□久之不覺心通意悟，下筆若道家所謂顱門開〔二〕，□□所謂桶底脱者。頗爲諸老所推，然亦以此賈□□□□患難。五十以前，筆力方健，盡洩於詩及散語〔三〕。六十始攝書命〔四〕，六十五始入禁林視草，七十四始□□□□，詩及散語束閣而四六遂孤行矣。七十六□□□□，七十八而掛冠〔五〕，四六絶筆而詩與散語稍稍溫習〔六〕，八十齒衰才盡。凡足下所稱獎乃故吾非今吾〔七〕，不敢當。

足下它文恨未之見，儷語□□□□志氣如書濤〔八〕，骨幹如禹柏，紀律如條侯之營，寶貨如石季倫、王君夫之家，此僕之所願贏糧重研而求、擔簦負笈而從者也。僕未即君而君顧即僕，豈過聽歟！抑謙志歟！《語》有之，「無言不酬」，某抖擻枵腹未有以詶君者。

抑聞之，材有定分，學無正法，惟文亦然。半山、初寮、平園三數公大典冊信鉅麗矣，歲晚諸表愈精妙，少作有所不逮。無它，勇猛則進，退惰則衰竭爾。足下既有志兹事，敢進其一得以答嘉貺。朋儕往復，當相□□，未知盛表云何。華宗譜牒及通德里名〔九〕，因風示及。

〔一〕好者：原缺，據翁校本補。
〔二〕開：原缺，據翁校本補。
〔三〕語：原缺，據後文補。
〔四〕六十：原缺，按劉克莊生於淳熙十四年（公元一一八七年），淳祐六年（公元一二四六年）兼權中書舍人，即「始攝書命」，時年六十，據此并參後文補。
〔五〕「七」原作「而」，據文意改；「冠」原作「魁」，據翁校本改。
〔六〕習：原無，據翁校本補。
〔七〕今吾：原脱「吾」字，據翁校本補。
〔八〕「書」字似誤，翁校本改作空格。
〔九〕牒：原作「諜」，據翁校本改。

答吳帥卿〔一〕

某淳熙遺民，瀕海孤士。雖抽還手板，難責以搢紳士大夫之儀〔二〕；然栖託履封，猶在於畎畝老農夫之列。既客修門識李邕之面〔三〕，及行四方聞季札之名〔四〕。粵自元侯，來臨長樂，民願耕滕文公之野，士喜登燕昭王之臺，獨呻吟卧養病之坊，莫奮起載出疆之贄。不圖騶騎〔五〕，遠訪田廬。俗慕時名，染鬚而輕前輩；公行古道〔六〕，輕身以先匹夫〔七〕。殷勤疊幅之朵雲，羅列陳庭之篚實。親朋傳誦，樵牧豔榮。衰翁何德堪之，君侯之賜大矣。

恭惟某官其文獻接乎諸老，故體用該；其學問本乎詩書〔八〕，故源流正〔九〕。出其緒餘，足以聳動一世，追企前修，列郡以循良稱〔一〇〕，刺部以風力著〔一一〕，所謂有本者如是歟！自漢以來，京兆尹多用健吏，張敞治《春秋》，於文法中時有縱舍，然以一語之謬殺絮舜，與廣漢奚異？如走馬畫眉非儒者氣象，有體輕之譏。明公之彈壓輦轂也，茂草圜扉〔一二〕，無滅耳荷校之囚者〔一三〕；凝香燕寢，無列屋閑居之人。前尹或興筦榷〔一四〕，或媚奥竈，以市恩寵、固權位。使恕齋能祖其故智，必根着不去，雖去而責備者猶誦言其清節，誠之不可掩也如此。高牙大纛自建而福〔一五〕，七聚之人皆謂其崇儒禮士如唐常袞，愛民戢吏如本朝蔡公〔一六〕，未嘗鈎距而情僞得〔一七〕，無所黥籍而泉貨通。聞體候小愆則拳拳善祝，及芝朮奏喜則欣欣相告。方且尚齒而貴德，安老而懷少，宴高年之詩傳播四方，它日爲八荒開壽域，由此推之耳，某恨不得撰杖屨以從游。某少不如人，今平頭八十，誰復比數！恕齋所至，友其士之仁者，猶以藩會府爲未足〔一八〕，凡占籍巡管之内如某輩，亦不憚屈己忘勢，如敬重客〔一九〕。紬繹獎飾之辭，期待之意，皆非衰殘所克負荷。甲子一病，目偏盲，專用右目二年矣，作字極艱，然平生與人書尺俱自札〔二〇〕。此兩日稍晴暄，扶就風簷，力疾奏記，少酬洪施〔二一〕。欲言浩蕩，紙窮而止。

〔一〕吳：原作「英」，據翁校本改。
〔二〕士：原缺，據翁校本補。
〔三〕既：原無，據翁校本補。
〔四〕及：原作「而」，據翁校本改。
〔五〕驕：原缺，據翁校本補。
〔六〕道：原缺，據翁校本補。
〔七〕輕：原缺，據翁校本補。
〔八〕詩：原缺，據翁校本補。
〔九〕源流：原倒，據翁校本乙。
〔一〇〕列：原缺，據翁校本補。

〔一一〕著：原作「着」，據翁校本改。
〔一二〕茂：原缺，據翁校本補。
〔一三〕「囚」下原有「者」字，據翁校本删。
〔一四〕摧：原作「摧」，據翁校本改。
〔一五〕而：原缺，據翁校本補。
〔一六〕本：原作「木」，據翁校本改。
〔一七〕「鈞」原作「鈞」，「僞」原作「爲」，據翁校本改。
〔一八〕猶以：原作「以未」，據翁校本改。
〔一九〕客：原作「容」，據翁校本改。
〔二〇〕與人：原缺，據翁校本補。
〔二一〕洪：原作「諫」，據翁校本改。

内簡〔一〕

某伏承別幅，不以衰年退惰、獨學孤陋，而賜以《二忠言行》一帙，及恕齋扁兩大字、二記三跋，所以私淑而善誘之者，皆爲人子爲人臣之大經大法。某講聞高誼之日雖久，然此二書前事未見。晚兼掖垣，少公除郎，當草贊書，訪朝列以二難德業，吳彥凱始歷言昆季學問人也，居今而行古道者也，遂以其語載之綸言，由是始有執鞭爲馭之意。

俄而明公仗鈇鉞、建大督府，某以耄耋之叟忝版籍之民，凡明公發號施令，移風易俗，合於《中庸》所謂中和，蓋公所謂清淨。某昔耳聞，而今目見之，然後自愧前此淺之乎知公，而深服彥凱擇交之不妄也。至於《講義》、《讀易絶句》〔二〕、《獄空詩卷》、《建安堂記》、《平心録存藁》諸書，一旦陳之几桉，歡喜踊躍，如窶人之暴富、昏眸之重朗也。

某沿目眚讀未終卷，尚容各疏筦見於卷末以求斤削。使還匆匆，先借麗韻和《歲除》《獄空》五言、《宴高年》七言各二首，儻辱電覽，有以切磋之，將繼此而進也。

〔一〕翁校本題作「又簡」。

〔二〕句：原作「白」，據翁校本改。

後村先生大全集卷之一百三十五

祝文　九十四首

謁夫子廟　以下並建陽作

昔者聖門弟子莫不以治邑爲難，況今之邑尤難於夫子之時。某之才不足進於弟子之列，特以格法，來領民社，其何以慰塞是邦父兄耆舊之心哉？抑權力雖輕，法令雖密，若夫離於理而背於訓者，某不忍爲也，況夫子巍然臨之乎！

謁諸廟

國家秩祀百神〔一〕，選任群吏，凡以爲民也。吏無愧於民，斯無愧於神矣；神有德於民，斯有德於吏矣。某與神皆當勉之，敢告。

〔一〕秩：原作「扶」，據四庫本改。

縣土地

某試邑於兹，欲與神人相安，視事之始，敢告。

士師

獄者，人命之所繫也。今之令奪於他事，不得盡心焉，某也何敢然！

文公 丙戌春祀

嗚呼！巍巍文公，宋之夫子；翼翼考亭，建之闕里。竹林蕭蕭，下有精廬，於此授徒，於此著書。後千百年，過者必式。拜俯洒掃〔一〕，邑令之職。昔祀於寢，今遷於堂。配以高弟，皦如兹觴。

〔一〕拜俯：原作「俯臨」，據四庫本改。

勉齋

嗚呼！觀其翁婿之際，觀其師友之際，可以知勉齋矣。某爲令於兹，始以勉齋侑食文公，蓋當世士友之公論，而非吾黨小子之私情也。

文公 丙戌秋祀并奉安新祠

嗚呼！事關風教，昔人下車入境之先務。某來此三百日然後新祠落成，可謂無勇矣。乃以仲秋次丁，率僚友薦籩豆於祠下，惟先生鑑之。

勉齋

仲秋次丁，諸生修祀事於文公先生新祠，以勉齋先生配。

文簡劉公

某昔以童子拜父執於朝，今與士友拜鄉先生於學〔一〕。嗟夫！年邁而時去，學惰而智昏，平生所聞於公者廢忘盡矣。然爲斯邑，聽訟治賦，未敢失儒者大指，抑公實教誨之。

〔一〕學：原作「朝」，據四庫本改。

文公 丁亥春祀〔一〕

今天子讀四書傳註，追懷儒宗，親洒宸翰，師垣公爵，赫然光寵。昔夫子追王於唐朝，而兖、鄒以下封爵皆後世有司所裁訂，未有議論定於當時、褒崇發於獨斷如陛下之於先生者也。敢因舍菜，敬奉豆籩以告。

〔一〕丁亥春祀：原無，據四庫本補。

勉齋

諸生以次丁有事於太師、信國文公先生之祠，以勉齋配。

文簡

士大夫爵高而德尊，身歿而言立，上之史官、下之太常而朝無貶辭〔一〕，祠之學宮、列之先賢而里無異論，如吾文簡公者，可謂盛矣。某粤自稚齒，嘗聞緒言，謹率諸生，共修春祀。

〔一〕而：原無，據四庫本補。

文公 丁亥秋祀

某等既以仲秋上丁有事於先聖先師，兹復以次丁有事於文公。

勉齋

某等茲以仲秋次丁有事於文公先生，以勉齋配。

文簡

某等釋菜於竹林精舍之翌日，有事於文簡公之祠。嗚呼，敬之至矣！

水退謝諸廟

鄉者水冒通衢，邑人大恐，某躬禱祠下，中夕水退。嗚呼，神真無愧於血食矣！不腆牲幣，以答靈貺。

諸廟祈晴[一]

嗚呼！昔者雨，禱而止，田倍熟，民大喜。曾幾日，雨不休，民皇皇，喜者憂。民無辜，咎在吏，神其忍，虧一簣？抉陰霧，舒陽光，民歌舞，神樂康。

〔一〕諸：原作「請」，據四庫本改。

又

庵山廟

嗚呼！穀自布種下秧以至於秀實，其成之艱矣；農自於耜舉趾以至於刈穫，其致之勞矣。忽雨不止，坐妨收藏。嗚呼，成之艱、致之勞者，豈不甚可惜乎！天乎神乎，忍爲之乎！某憫農夫之勤苦，悼小民之怨咨，耳檐溜如聞啼號，目嘉穀如割心髓，奔走群望，未臻嘉應。惟神受百年血食之奉，主一方雨暘之權，用敢躬謁祠下，稽首祈哀。神其驅掃陰霧，軒豁陽光，既全歲功，亦活民命。

又

蓋竹院

嗚呼！成一歲之稔難，爲數日之晴易，畀其難者而不畀其易者，豈神有愛於民歟！抑吏之不肖，無以媚神而然歟！吏知罪矣。雖然，雨不止，穀不收，歲荒民流，上帝震怒，吏且誅殛，則凡血食於此土者，其得漠然無情哉〔一〕！闔陰闢陽，披霧出日，在俄頃之間耳。敢奉蘋幣以祈。

〔一〕「情哉」至文末原缺，據四庫本補。

諸廟謝晴〔一〕

嗚呼！秋冬之交，兼旬陰霾，坐憂嘉穀，化爲荒萊。惟神之仁，惟民孔哀，斂雲歸岫，杲日昭回。場圃之間，歡聲如雷。晴未愆期，雨不爲栽。神於吾民，真有恩哉。乃挹澗泉，注此一杯。

〔一〕此下十八篇爲底本所無，據四庫本《後村集》卷三六所載補。

庵山廟謝晴

嗚呼！日在丁亥，款祠乞靈，己丑雨止，甲午遂晴。青天白日，萬里開霽，壯者腰鐮，老者拾穗。神之於民，如鼓應桴，酸酒瘠牲，神勿吐諸。

蓋竹廟謝晴

九月庚辰，至於乙未，淫雨不止，歲事幾敗。某恐懼齋祓，乞靈於神，升車而簷溜止，出郭而宇氣清，款廟而午霧開，返舍而暮霞出。如是旬浹，霽華被野，田里相慶，場圃畢功。嗚呼，神所以廟食吾邑歷數百年如一日者，豈偶然哉！不腆卮酒，敬答靈貺。

奉安四君子祠堂

兩太史

嗚呼！紹興之初，相主和戎，孰折其議，兩太史公。朱遷考亭，子爲儒宗；范世有人，喬木清風。先賢有言，志同傳同，合而祠之，疇敢不共？

兩聘君

嗚呼！高皇南渡，物色草堂，值檜入相，引身高翔。阜陵勃興，聘召艮齋，拜疏不已，拂衣歸來。草堂節全，艮齋言立，誰謂華高，庶企而及。

文公 戊子春祀

嗚呼！統緒復續，義理復全，先生之大造也；歲月遄邁，聞見日卑，後學之大恥也。某與諸生脩春祀於祠下，進瞻德容，退考遺編，敢不勉旃！

勉齋

某往從勉齋於江淮，方有軍旅之事，不果北面執經焉。歲晚來兹，遂成大恨。造其居，田廬之蕭然；讀其書，義理之淵然。嗚呼，足以信勉齋之道矣！春祀有嚴，諸生推某初獻。

文簡

嗚呼！文簡公朝之名臣，里之前輩，而某先君子之執友也。諸生來告春祀，某拜伏祠下惟謹。

文公 戊子秋祀

古之人擇鄉而居，擇里而遊。東陽今洙泗也，某俯仰三載，治無可紀，其所以未爲田里唾駡者，非先生之緒言遺論有以教詔之乎！戊子秋祀，於是某將授代矣，徘徊祠下，猶不忍去。

勉齋

某既以勉齋侑食文公，真、陳二公聞而然之，學者莫不然之。嗚呼，百世不可易矣！

辭夫子廟

某爲宰於兹，無以淑艾其士，撫柔其民，秩滿而去，有愧於言偃、子賤之流多矣。敢告。

辭諸廟

某來無異績，去無遺愛，然三年之内，圄空訟少，吾民不識水旱，神之賜也。秩滿當去，稽首祠下。

土　地

某三年依神而居，一旦别神而去，敢不告乎？

仰山 以下並袁州作

某少讀《韓集》，知神功惠。自唐至今又數百歲，神於袁人眷顧罔替，袁人於神飲食必祭。某剖符入境，靈瑣首詣。時方艱虞，兵寡民弊，眇然長慮，何以爲計！惟神洋洋，左右上帝，永相此方，捍菑祓盩。民各樂生，吏亦免戾，神不我吐，歆此醴幣。

韓文公廟

烏虖！先生立身之名節，垂世之文章，史臣比之山斗，不可學也；至於出牧潮、袁，二州之人皆奉嘗之至今，則某願師法其萬一焉。視事之初，敢告。

夫子

仕於州縣，皆嘗讀聖人之書者，及夷考其所爲，有不得罪於聖門者，幾何人哉？某忝牧此州，愚無它長，它日倘不得罪於其民，斯不得罪於聖門矣。敬謁學宫，用敢上告。

諸廟

某爲天子之吏，但能輕刑薄斂、拊摩天子之民而已，至於禦菑捍患，使水旱寇攘不能干犯，非神孰尸之乎？視事云始，稽首祠下。

土地祝文

某蒙恩此來〔一〕，既入州宅，且視籀文矣，徼福於神祇，庶克奠居。

〔一〕恩：原無，據《袁州府志》卷一一補。

祈雨

某於兹守土，荷神之休，四封之内，良苗滿野。涉旬不雨，已覺亢乾，一稔之望，在民甚切，常暘之咎，在吏甚恐。瓣香稽首，神其格思，油然沛然，以相歲事〔一〕。

〔一〕事：原作「月」，據《翰苑新書》別集卷一一改。

諸廟再禱

某屬以庚子禱於祠下〔一〕，爰及癸卯，天瓢翻瀉，一溉之餘〔二〕，旱苗少蘇〔三〕。俄復開霽，焦卷如初〔四〕，連朝雨意，風吹雲閣〔五〕。咎孰執哉〔六〕，由吏德薄。不腆蘋幣〔七〕，且謝且祈。願續前功〔八〕，神亦有依。

〔一〕某：原無，據四庫本補。

〔二〕餘：原無，據四庫本補。

〔三〕旱：原無，據四庫本補。

〔四〕焦：原作「集」，據四庫本改。

〔五〕閣：原無，據四庫本補。

〔六〕咎：原無；執：原作「誰」。據四庫本補、改。

〔七〕蘋：原作「饗」，據四庫本改。

〔八〕願續前功：原作「後續前」，上空一格，據四庫本改、補。

仰山謝雨

某丙午躬詣靈瑣〔一〕，甘雨隨應，戊申雨猶未止，黄埃赤日一變而爲冷風清露〔二〕。嗚呼，非神其誰爲之！謹奉醴幣以謝〔三〕。

〔一〕某：原無，據四庫本補。
〔二〕日：原作「土」；一：原無。據四庫本改、補。
〔三〕幣：原無，據四庫本補。

行宫并諸廟〔一〕

某奔走羣望〔二〕，旬浹於兹〔三〕，癸卯之雨，一溉而止。丙午而後〔四〕，霢霂未已〔五〕，槁者沾濡，萎者奮起。三日之霖，麟筆所喜〔六〕，敬苇澗濱〔七〕，布諸祝史。

〔一〕并諸：原無，據四庫本補。

〔二〕某：原無，據四庫本補。

〔三〕旬浹：原無，據四庫本補。

〔四〕後：原無，據四庫本補。

〔五〕霢霂：原無，據四庫本補。

〔六〕喜：原無，據四庫本補。

〔七〕敬：原無，據四庫本補。

再祈雨

季夏不雨者踰旬，幾害早稼，神既沛然施惠矣。初秋不雨者兼旬，將害晚稼，神豈恝然忘情乎！若守無狀，咎以身當〔一〕，斯民何辜，願拜神惠，興雲致雨，俾歲有秋。

〔一〕咎：原無，據四庫本補。

迎溈仰四聖

某治無馨香〔一〕，民有愁歎，干和致旱〔二〕，職此之由。然千里之人奉香火如此之敬恭也〔三〕，望雲霓如此之迫切也，其平日之敬恭豈不爲今日之迫切地哉！傾郛而迎〔四〕，避堂而事，情益迫切，禮益敬恭矣；神之威靈，佛之慈悲，必有以解焚惔而澤焦枯者。某屏息以俟。

〔一〕某：原無，據四庫本補。
〔二〕干：原缺，據四庫本補。
〔三〕之人：原無，據四庫本補。
〔四〕迎：原缺，據四庫本補。

送神

某欸靈瑣〔一〕，延飈馭。一之日甘霔滂沱，起未止申；三之日油雲布濩，自午達酉。雖未周浹，起視四野，生意蓋濯濯矣。公宇喧卑〔二〕，詎敢淹留，敬率吏民，齋袚餞送。夫耕婦耘，農夫之至勞；翻雲覆雨，仙聖之餘事。願終前惠〔三〕，少慰輿情。

〔一〕某：原作「其」，據四庫本改。

〔二〕卑：原缺，據四庫本補。

〔三〕前：原缺，據四庫本補。

再祈雨

昔者之雨，尚未沾足〔一〕，俄復開霽，風日尤酷，豈敬之在人者有勤怠，故功之在神者有斷續耶！亟拜非諂，屢求非瀆，恐敗歲事，以爲神辱。神與天通，不疾而速，覆手河翻，噓氣雲族，縱非三登，猶可中熟。

〔一〕沾：原缺，據四庫本補。

辭夫子廟

學者學爲忠孝而已。某狂瞽妄發，孤負明主〔一〕，有愧於忠；貪戀榮禄，違去慈母，有愧於孝。聖恩寬大，止收郡紱，某將歸而内訟焉。敢告。

〔一〕明：原作「朋」，據四庫本改。

韓文公〔一〕

某與公異世繼爲刺史，無德於袁，以此媿公。被罪而行，不敢不告。

〔一〕以下二十篇爲底本所無，據四庫本《後村集》卷三六所載補。

仰山 堵田

某孤身遠宦，懼爲親憂，始至密有禱焉。今蒙朝恩，斥歸田里，白頭母子，獲相保守，神之賜也。某以罪行，不敢徘徊境内，瞻顧靈瑣，慨然感戀。謹遣承信郎、事務官王璽，以不腆俸金薦之祠下。

諸廟

某禱雨未獲，被罪而去，某不以身之去爲恨而以郡之旱爲憂。垂去之吏尚未能忘情於民如此，況神千萬載血食於此哉！倘得一雨，以救歲事，吏雖罪去，其甘如飴。

謁南海廣利王廟 以下並廣東作

某昔者讀《祭禮》而知海之尊，讀韓碑而知神之靈，兹以使事，舟出祠下，瓣香卮酒，徼福於神。維粤之南去天尤遠，民生今日，凋弊可哀。某當推君之澤而致之民，神當爲民請命於帝，庶幾田里之内愁歎小寬，嶺海之間菑害不作，既矢諸心，復質諸神。

到任謁諸廟

某竊惟幽明各有其職。去貪戢暴，使賦役均，刑政平，部使者之職也；捍菑除患，使風雨調，魚稻熟，非神之職乎！敬奉香幣以告。

聖妃廟

某持節至廣，廣人事妃無異於莆，蓋妃之威靈遠矣。某妃邑子也，屬時多虞，惕然恐懼。妃其顯扶默相，使某上不辱君命，下不貽親憂，它日有以見魯衛之士，妃之賜也。敢告。

土地

某將詣按部，既抵司存，夫遠宦欲其水土相習，寓居欲其與神人相安也，敢不有告乎！

謁學

天子不以我爲不肖，付以一路耳目之寄。昔者聞諸夫子曰：使於四方，不辱君命。某雖不學，敢不朝夕憂懼，求其所謂「不辱」者焉！敬謁學宫以告。

除漕謁學

成久而士不飽，糴多而民艱食，今日上下之通患也。上既妙選常平使者專任糴事，復使某就補漕臣之乏，憂深責重，上何以裕國，下何以寬民哉！昔者聞諸夫子曰：「百姓不足，君孰與足？」某力之所及，不敢不勉。

濂溪祠

本朝至熙寧間事始多而法稍密矣〔一〕，先生於是時奉使嶺外，能使遺民奉嘗之至今〔二〕，此後學之所當師法也。《詩》不云乎：「誰謂華高，企其齊而。」

〔一〕始：原作「使」，據宋刻本改。

〔二〕奉嘗：原倒，據宋刻本乙。

南海廟

某春持庾節，秋視漕印，或者榮之，某實懼焉。静觀士風，默察時事，可憂可愕，有非人力所能爲者，此某之所以齋心祓形徼福於神也。

聖妃廟

某由庾及漕，見謂驟遷，豈上之加惠於遠臣歟，抑神之實私於邑子歟！方今軍無宿儲，民苦貴糴，脱有敗缺，將爲神羞。神既隲其始，必成其終。視事之初，敬奉瓣香以謁。

土地

某兹由庾使挈入漕治，雖曰受命於君，豈敢不徼福於神乎？敢告。

辭學

某使南粤無善狀，然田里疾苦察之熟矣。蒙恩召對，將以目擊身履者歸奏天子，庶幾不辱君命之義。

濂溪祠

某踐先生之官，居先生之宇，晨出夕入，如將見之。君命有嚴，歸奏使事，徘徊祠下，猶不忍去。

諸　廟

某來南兩載，迭更庾漕，若闖於舶，皆嘗次攝。無勞於國，無德於民，一筆勾去，孰云不宜！茲蒙上恩，歸奏使事。面君省親，臣子至願，望不及此，神實福之。謹奉瓣香，稽首以辭。

土　地

某居此期年，幸無裁疾，得與其孥全璧而返。神賜厚矣，敢不告行？

江東謁學 以下並江東作

某於書少所通解，而於司空城旦之書則尤未之讀也，其何以負荷一道犴獄之寄哉！然嘗有聞於經矣，曰欽恤、曰哀憐云者，竊意自咎繇至於蘇公、吕侯相傳之心法也。某雖不敏，請事斯語，庶幾不爲聖門罪人。

諸廟

上不以某爲腐生，擢領臬事。悉其聰明，致其忠愛，在某不敢不勉；若夫使四封之内歲豐而盜息，民和而訟少，則有非某之所能及者。庀事之始，敬奉醴幣徼福於神。

三賢祠 顔魯公　范文正　王梅溪

惟三公之孤忠大節如日行天，有目咸仰。至於齟齬於中而不容，留落於外而甚安，此亦學士大夫之所當法也。某仕於是邦，瓣香致敬。

諸廟祈雨

去歲一旱，至今創痍，今兹之旱，復丁是時。垂成之稼，何忍敗之！孑遺之民，何忍餒之！神之威靈，民所憑依。鞭笞雷霆，呼吸畢箕；化歉爲豐，特一轉機。敬奉醴幣，肅拜以祈。

社稷神

今兹之旱，某既請於上帝〔一〕，禱於百神，惟句龍、棄土穀之祖，人民之主也〔二〕，風霆致雨之神也，敢不有告乎？其下膏澤，以沃焦卷，某當帥吏民以羞祀事。

〔一〕既請：原缺，據四庫本補。
〔二〕也：原缺，據四庫本補。

送嗚山

踰月苦旱，祝史詞窮。赤日黄埃，藴熱蟲蟲〔一〕。涉秋乃雨，山澤氣通。青秧白水，生意芃芃。豈曰人爲，繄神與龍。昔迎今餞，敢不敬恭？龍返於湫，神歸於宫。惟賤有司，惓惓願豐。隱憂暫紓，大賜未終。尚嘉惠之，毋棄前功。

〔一〕熱：原作「隆」，據宋刻本、翁校本改。

送玉淵龍水

自威靈之下臨，帥吏民而嚴奉。始風日之炎赫，俄雲雷之撼動。既旬浹而遂雨，果霶霈而澒洞。勑仙官而翻瓢，輟野叟之抱甕。活原隰之槁枯，蘇田里之疾痛。仰潛虯之至神，念農扈之尤重。返雪液於齋龕，命緇流而諷誦。忽瞬息而千里，實變化之妙用。來無端倪，去莫操縱，瓣香矯首，蓋雖送而未嘗送也。

諸廟祈雨

驕陽酷烈，多稼焦卷，將以質明，瓣香告虔。語方脱口，油然沛然，機緘之妙，不自後先。神之於民，若篪和壎。火流之月，龜坼之田，雖獲一溉，未保十全。繼今雨暘，永無伏愆，風伯魃鬼，咸退舍焉。興雲於山，起龍於淵，時膏潤之，以相豐年。垂去之吏，不忘拳拳，惟爾有神，鑑此潔蠲。

社稷

某五日京兆耳，然不忍以旱遺此民也，敬奉蘋幣，命祝史有禱於爾神也。神其興油雲以相，陽烏之仁也；起蟠鱗以洩，膏澤之屯也。非特以接續一溉之功，亦所以全活溶饑之人也。

諸廟謝雨

某垂去禱雨，人哂其迂，神獨顧歆，如鼓應枹。甘霔達旦，焦卷者甦，膴膴原田，今飴昔荼。坐使愁歎，轉爲歌呼，神功昭昭，汝忘之乎！巵酒不腆，神必我孚。

社稷

旱而禱，國之典也；禱而雨，神之功也。神之愛吏民如此，吏民於報本之禮敢不敬恭？

辭夫子廟

某以諸生廉一道，上不能將明天子之德意，下不能銷弭吾民之愁歎，視聖門使於四方而不辱君命者有愧多矣。蒙恩錫召，敬詣學宮稽首以辭〔一〕。

〔一〕宮：原作「官」，據四庫本改。

三賢堂

某少慕先賢之風，晚使番君之國，民益悴，州益貧，求所以推上恩而廣遺愛者，未之能也。蓋今之時視肅、代間既異，視慶曆、淳熙亦大異，有愧於三君子多矣。解印遂行，不敢不告。

諸廟

某司臬茲土，俯仰歲餘，民雖貧亦粗安，田雖瘠亦中熟，使某不獲罪於田里而去者，神之賜也。謹奉瓣香以告。

土地

某遠宦多畏，荷神之祐，獲與其孥全璧而去。不戀三宿，浮屠則然，未能忘情，寧不惓惓！

焚黄祝文

寶慶乙酉 通奉大夫

先君之没十有三年〔一〕，不肖孤皇皇恤恤，行路萬里，始忝朝籍而贈先君三品。嗚呼！所以顯揚其親者如此，可謂微矣。雖然，國恩也，君命也，先君之教也。不敢不告。

〔一〕没：原作「役」，據四庫本改。

紹定戊子

正奉大夫

今上初郊，詔加先君一秩，明年不肖孤克莊試邑秩滿，始奉綸命歸白松楸。夫君恩未易報，先訓未易承也，敢不懼哉！

紹定辛卯

宣奉大夫〔一〕

去秋天子有事於明堂，加惠溥率，無間幽隱。克莊雖觸罪奉祠，猶得以追榮先君。嗚呼！罔極之恩不可報，已往之過不可追，方來之善猶可勉也〔二〕。惟忠惟孝，可答君父。敢奉新命以告。

〔一〕宣：原作「亶」，據四庫本改。

〔二〕勉：原作「免」，據宋刻本改。

紹定癸巳 銀青

乃者明禋禮成，祭澤優渥，小大之臣皆得以榮其親，於是先君復進兩秩。夫官至二品，其儀與物亦稍異矣，豈非聖主之隆恩〔一〕、先君之盛德乎！克莊等敬奉所謂暈錦綱袋者白之松楸。

〔一〕主：原作「王」，據四庫本改。

嘉熙丁酉 特進

去秋禋祀，先君以三子陞朝進秩二等〔一〕。明年冬，克莊免官還里，克遜懷詔過家，克剛方忝邑寄。命下〔二〕，恭奉制書白於墓下〔三〕。自官制行而特進爲丞相官，寵光之萃門户極其厚矣〔四〕，忠孝以報君父，可不勉乎〔五〕！

〔一〕三：原無，據四庫本補。

〔二〕下：原作「埜」，據四庫本改。

〔三〕制：原作「荆」，據四庫本改。

〔四〕門户：原倒，據四庫本乙。

〔五〕勉：原作「免」，據四庫本改。

嘉熙己亥　少保

亞保古之三孤，今之一品，仕而致身於此者幾何人哉〔一〕！没而纍官至此者又幾何人哉！惟朝廷之優恩，與門户之積慶，敬奉綸言，白之松楸。

〔一〕而：原作「之」，據四庫本改。

淳祐癸卯　少師

國家於祭澤無所靳〔一〕，於贈典有所止。師臣極品，不可以復加矣，然音容之隔一世矣，宰上之木參天矣〔二〕，諸孤或仕或止，燎黄者七，始拜今命。寵光之隆異，歲月之久長，雖榮也，抑所以爲懼也。惟忠惟孝，盍各勉旃！

〔一〕澤：原作「繹」，據四庫本改。
〔二〕木：原作「林」，據四庫本改。

淳祐己酉 齊國

去秋禋霈，吾母自魏封齊，綸言及門，已不及見。嗚呼！若子若孫謂迎錦誥拜於膝下，安知乃奉蜜章燎於原頭耶〔一〕。逝者有知〔二〕，必歆君命。嗚呼痛哉！

〔一〕蜜：原作「密」，據《翰苑新書》別集卷一一改。
〔二〕逝：原作「遊」，據《翰苑新書》別集卷一一改。

端平乙未〔一〕 安人

日者國有慶典，中外命婦序進有差，而君蚤夭，獨不及見。茲以祭澤，始霑再命。夫死生契闊，人世之至痛也；存没哀榮，朝廷之異恩也。日吉時良，燎黄於阡，君其敬恭，以答休寵。

〔一〕乙：原作「己」，據四庫本改。

淳祐癸卯 宜人

屬者禋祀，上有異恩，加惠群臣及其妻息。强甫忝初補，宜人加三命，於是西樓宰木已拱。嗚呼！白日長夜之訣，余固已沉恨於一生矣；昭天漏泉之澤，君得無少慰於九原哉！

淳祐己酉 恭人

頃侍旃厦，《記禮》徹章，叨奉綸言，進秩元士。雖不旋踵去國，然祭澤之行無間中外，明甫登膴仕，恭人加封爵。嗚呼，父子夫婦蒙被國恩如此〔一〕，將何以爲報哉！敢告。

〔一〕「國」下原有「家」字，據四庫本删。

淳祐辛亥　令人

去歲禋祀，某幸忝駿奔〔一〕，職四品也，階五品也，令人遂膺令命，錫新綸焉。嗚呼，曾不白頭相保，而再奉黄書以告，雖至榮也夫，亦至痛也夫！

〔一〕某：原作「其」，據翁校本改。

景定壬戌　碩人

景定庚申冬，某忝貳夏卿，除書在禋赦之後，聖恩如天，猶得以榮其親及妣而君加贈焉。蓋繫官於朝者二年，告老得歸，始躬率子孫燎黄於阡。人見碩人之榮也，孰知鰥翁之悲也〔一〕！尚享。

〔一〕悲：原作「罪」，據翁校本改。

咸淳乙丑 淑人

淑人亞於小君，某忝西清學士，遂得以褒贈其妣，敬率三子若婦若孫，奉黄誥燎於墓下。嗚呼！三紀契闊，音徽益遠〔一〕，至痛也；七加湯沐，書甚美〔二〕，至榮也。靈明不昧，祇服綸言。尚享。

〔一〕徽益：原作「徽蓋」，據翁校本改。
〔二〕據文意，句首當脱一「賛」字。

魯國方夫人 乙丑

前妣早逝，先君洎不肖孤接踵持橐，則宰木拱矣。癸亥禋霈，詔内史出賛書褒贈前妣，遂荒大東，奄有龜蒙。嗚呼！所以待從臣之親也，哀榮至矣。謹奉綸言以告，尚享。

魏國林夫人 乙丑

吾母生以苦淡爲樂，没豈以顯揚爲榮？況疇昔啓湯沐於全魏久矣，前是屢陳錦囊網袋以白者，常彝也；今兹再奉内史書以燎者，異恩也。嗚呼！徒持寸草，難報春暉。尚享。

後村先生大全集卷之一百三十六

祭文

趙仲白〔一〕

烏乎仲白！有馳騁當世之志而欲行輒躓，有蕭散出塵之韻而欲隱不遂。身居廛市而健羨泉石，家無米鹽而喜談文字。年踰四十，或挽之仕，果觸上官，見捃獄吏。放詘十年，考訂百氏，新註聃書，自解《易·繫》。稗官野史，家書枕記，星數之學，醫卜之技，鬼神幽賾，蟲魚碎細，人浩劫以未覩，子一覽而默識。漢庭諸老，惜子中棄，或爲訟冤，或請贖罪。羈旅長安，薪炊罕繼，放浪淮海，吟哦不廢。近書未乾，遠訃忽至。初傳丹毒，又云風痺。聞之驚倒，彈指出涕。烏呼悲夫！玉樓之文，清廟之器，昔何辜而挫辱，今何譴而夭逝！豈名盛之作祟，抑才高之爲累？嗟予與子，猶如昆弟，夜讀共燈，春遨聯轡。間與子處，子夕不寐，蹣跌叩齒，呼吸導氣。金石之劑，亦頗服餌，自言所學，甚神而秘。忽焉淪謝，意者仙蜕。疇昔樽酒，從容言志，誅茅卜鄰，入林把臂。製山人之巾褐，創精舍之枕被。子長往而不返，予獨立而無對。詩筒永已，柴扉長閉。予倡孰和，予忘孰記？子之後事，差强人意。婦如德曜，可以守誼；友如山公，可以託嗣。植君門户，立君墓隧，余雖才盡，可述銘誌。寢門一慟，冀子不寐。烏呼悲夫，尚享！

〔一〕以下六篇底本原無，據四庫本《後村集》卷三三補。

豐宅之郎中

惟公忠誠對越，氣力任重。米鹽碎務，一覽默誦。軍國大疑，半語折衷。有爲必成，所發立中。究觀平生，皦如星鳳。賢人落落，公則嚴奉。纖夫赫赫，公所嘲弄。白頭乘邊，值時倥偬。聚拾潰失，鎮壓澒洞。奮拳走敵，雪涕誓衆。恩能懷徠，智可操控。書觝和議，羣口方閧。奏繩大將，天顔爲動。淮淝既捷，移守鐵甕。朱幡甫志，白雞忽夢。士亡砥柱，國仆梁棟。烏呼哀哉！愚嘗評公，英偉宏縱。睥睨楚漢，越軼晉宋。海鯨天馬，不可羈鞚。元龍、越石，千載伯仲。凡公所至，輒以從容。愚性孤直，議法讞訟。大或苦争，小亦微諷。人曰乖忤，公每採用。片詞隻字，廣座吟誦。悲夫已矣，反袂長慟。公方貴仕，不蓄餘俸。收姻聚族〔二〕，有無通共。越上田廬，不過茅葑。上聞公訃，下詔給賵。庶幾墓槚，賴以封種。愚屏空山，瀕於饑凍。喪莫臨弔，葬復阻送。緘詞入浙，維以抒痛。烏呼哀哉！

〔一〕烟：原作「炯」，據宋刻本改。

方孚若寶謨

嗚呼！士患白首，無聞於世，公未三十，立奇節，取顯仕。自江湖嶺海，外至荒徼，皆喜道其姓名，何其鋭也！然甫四十而廢，廢數年而死，又何脆也！烏呼！人才實難，天之生公，若有爲矣。夫予之以如是之才，則必深培而厚植之，以冀收其柱石棟梁之用。今也敷榮暢茂於其始，催殘夭伐於其後，抑不知天之生公竟何爲乎！烏呼！開禧遣使〔一〕，舉國莫行，公馳單馬，三涉邊庭。嘉定告警，諸將閉壁，公無一兵，自請搏賊〔二〕。方其發獨見於羣疑之表，立孤軍於衆怯之内，孰不聞風聳慕，以爲天下奇男子也！及夫時改事定，人心一變，密者指其疏，斂者議其放，約者病其侈，而公以不用死矣。蓋大將軍薄賞蘇武，漢儒議陳湯、傅介子徼功生事，自古則已然矣，公何恨焉！陳元龍、劉越石豪宕無成，周瑜、龐統不待老壽，有才而無命，有志而無時，若此者亦多矣，公何恨焉！余之所以深悲極痛者，士既不遇，退於家，老於鄉，吟嘯於某水某丘，若竹林、蘭亭之遊，亦先賢之高趣也，今又不然。而今而後，泉石竹樹，雲烟風月，皆寂寥而無味矣。是進不得伸其有用之志，退不得全其無用之樂，豈非所謂深悲極痛者乎！公没旬浹，小君偕逝，高年之母，煢然獨存，語之土木猶當流涕，況平生交友之情哉！烏呼！昔與公飲，常恨酒少，今舉此觴，公不能釂。烏呼哀哉！

〔一〕開禧：原作「開熙」，據宋刻本改。
〔二〕搏賊：原作「出戰」，據宋刻本改。

袁侍郎

嗚呼！先生以性學而先鳴，罹黨部而中廢，使蕭然而終身，視顏曾夫何愧！迨涉華皓之年，始遇休明之世，既闡迪於奥理，亦紓發乎讜議。蓋陰扶默贊，莫測其淺深；而明辯顯諫，猶著其一二。嗚呼！前輩出處，莫不有義。若先朝之楊、尹，皆白首而得位。雖一時蒙君子之福，然後世責賢者之備。昔愚於先生也，惜逢辰之已晚；今愚於先生也，愴行志之未遂。嗚呼哀哉！先生於愚，素有恩意。昔叔孫之弟子，幸厥師之引類。古莫不然，愚則異是。當先生之光顯，不規進而諷退，每羞稱王吉、貢禹之爲，而喜誦疏傅、賀老之事。嗟恩深之難報，慙語淡而少味。不然則十年之間，蹤跡罕至，豈其尊翊於寂寥之時，而簡惰於隆盛之際！嗚呼！先生云亡，海内短氣，聽琅琅之如在，瞻堂堂之永閟。莆鄞修阻，莫視殮窆，皦如兹觴〔一〕，將以哀涕。烏呼哀哉，尚享！

〔一〕如：原作「日」，據宋刻本改。

李監丞 東

嗚呼！歲在丁丑，齊魯始通。公有憂色，拂袖幕中。餞公江亭，徘徊握手，曰余莫争，冀子力救〔一〕。公去奚智，我留奚痴，厥後公言，皆如蓍龜。歲晚樂南，道出石鼓，公擁旌旗，來訪逆旅。公髪愈白，我顔亦蒼，樽酒話舊，意氣慨慷。自爾以來，公益貴顯，有所平反，有所舉按。公之器識，蔡謨、右軍；公之風采，范滂、王尊。人物眇然，公豈易得？酸風吹訃，壯夫淚滴。公年非夭，公位不卑，公子甚賢，而我何悲？然公純孝，有百歲母，怡怡色養，諄諄夜語。天道何如，使母哭兒，止見潘輿，不見萊衣。烏呼人世，蓋多缺陷，公達此理，往矣毋憾。尚享。

〔一〕力：原作「求」，據宋刻本改。

傳諫議

嗚呼！元祐名臣之事業，靖康使臣之節誼，與公論諫之精忠，出處之大致，信前後之相輝，亦今古之鮮儷。初權臣之用兵，公奉使於湖外，倘片詞之投合，則富貴之立至，迺言首事之非，甘受沮軍之罪。迨寧皇之更化，公入遷於諫地，若少貶以狥時，可平挹於高位，而又堂堂伏閣之疏，凜凜延英之議，寖上咈於廟堂，復内觸於宫寺。及既去而復召，遂纍辭而不至。嗚呼！使公之言用於開禧之末，則生靈無丙寅、丁卯之厄；用於嘉定之初，則朝廷享至和、嘉祐之治。奈何動落落以難合，每飄飄而高逝。此識者尚論斯世安危理亂之機，未嘗不有感於公行藏用舍之際。烏呼！公之退休垂二十禩，山林之趣愈深，而君親之念不廢，其於善類之離合，治道之隆替，邊事之動息，朝廷之廢置，儼端居而默思，或展轉而不寐。雖迹疏勢隔，難疾聲而大呼；然慮遠憂深，常太息而長喟。逢真主之龍飛，首賜環而趣對。上側席以良久，公循墻者數四。曰衣冠之久挂，曰筋力之已瘁。獨諄諄之手疏，尚惓惓乎時事。始優游而巽入，終鯁峭而直遂。蓋忠勤懇惻，救焚拯溺，似温公之學；冲澹峻潔，高舉遠引，則蜀公之志。至於拖紳一表，奮發蹈厲，殆房喬征遼之餘論，抑子囊城郢之遺意，千載之下仁人志士讀之者，必欷歔而流涕。烏呼！道術裂而人才駁，學問偏而氣質泥，騖功利者鍥薄，談性命者迂滯。卓哉我公，純粹全備，崇雅道而傍通流略，尚理致而不廢文字。故能學貫百家，文高一世，在朝爲争臣，在外爲循吏。觀公平生，英偉弘毅，意秋霜烈日凛乎不可褻，然光風霽月即之而甚易。率禮如拘，臨事如悸，執謙如虚，持敬如畏，發於方寸，塞於天地。烏呼！衣冠禮樂之所宗，典刑文獻之所寄，社稷生靈之所屬，消長治忽之所繫，方龜吸而鶴峙，忽山頹而星墜。烏呼悲夫！我昔狂簡，公獨賞異，每呼以忘年之友，欲養爲有用之器。既磨礱其嬴鄙，亦發藥其昏憒。及夫晚節，奉詔引類，公剡四人，我忝一士。遺言在耳，遺書在笥，公今已矣，拊膺反袂，痛故老之凋盡，悼餘生之淪棄。烏呼！古之人，古之人，或殺身穿冢以殉死，或踰境越邑而赴義；今爲五斗米之役，坐阻一束芻之酹。呼天不足以洩哀，竭海不足以續淚，惟丹心之可鑒，況英爽之不昧。烏呼哀哉！

方武成

嗚呼！寶謨之喪，萬里遺訃，君棄其孥，跣足不屨。既疥遂痁，尚宿葬處。我勸君歸，深山風露，君殊自彊，手畢壙户。巽疾返苫〔一〕，醫庸藥誤。首投承氣，暴下如注。田傁煮葠，利止熱去。又易浙醫，奄至大故。惟君之病，我知其緒。伏於奔喪，發於作墓。嗚呼哀哉！君之雋敏，鮮有儔比。寶謨謂我，兒學於爾。我謝不敏，君進未止。虚空幻成，平地突起。曾幾何時，欲摩佘壘。天奪乃翁，尚有吾子。今也復夭，萬事已矣。遺言琅琅，託我以死。門前賓客，昔多如市。身後人情，今薄如紙。覆此一觴，老淚翻水。嗚呼哀哉！

〔二〕弇：原缺；苫：原作「若」，據四庫本補、改。

方氏表弟 代作

嗚呼！吾念伯姊，歸汝季女，不腆齎裝，散如風雨。吾謂吾女，必敬無違，冀汝老成，身修家肥。汝復何爲，以鴆爲餌，母愁妻泣，汝弗改嗜。腸腐色敗，亦更數醫，銖劑石酒，良術莫施。嗚呼！伯姊何罪，季女何負，門户奚寄，兒女誰撫！汝之二親，併汝三喪，卒哭之内，當卜窀藏。兒大從師，女長擇配，猶有鬼神，此語可質。吾老多感，逆境臨之，覆此一觴，汝寧不知。嗚呼哀哉！

又掩坎

嗚呼！公忤某人，時方盛年，因某廢公，廟堂之權。某貴須臾，浮雲飛煙，公先某死，則有數焉。廢公者人，死公者天，公固達者，含笑入泉。曩營西崦，蕝識儼然。日吉時良，歸於新阡。

嗚呼悲夫！往公無恙，賓客滿堂，一客不至，公不酌觴。今日原頭，拊事淒涼，送車蕭疎，悲風白楊。公昔非存，公今非亡，彼則婾矣，於公何傷！我懷生平，耿耿不忘，白髮縞衣，哭聲最長。嗚呼哀哉！

李蘄州〔一〕

嗚呼！蘄、黄之禍，尚忍言哉？虜掃其衆，突然而來。君方戍蘄，蓋已屬疾，扶病登陴，蒙犯矢石。衆欲潰去，君守愈堅。弓盡鼓竭，握拳誓天。孤城可隳，大節不毁。朝服駡賊，談笑即死。嗚呼！有國家者，尤寶忠臣，歷考載籍，代不數人。武夫粗暴，文吏縮瑟。平居掉舌，臨難屈膝。惟君所學，厥有師承。綱常之理，講貫素明。闔門狥義，甘如飴蜜。國人相弔，行路涕出。嗚呼！阿世之學，或以取封，君老不合，轅固、申公。棄郡之責，無過少貶，君死不去，張巡、許遠。充志與氣，人之所難；全名與節，天之所慳。没於牖下，滔滔皆是，孰史有傳，孰廟有謚？嗚呼哀哉！士失砥柱，國亡金城，臨風一哀，非爲交情。聞君有子，天意可見。堂堂如生，歆此菲薦。嗚呼哀哉！

〔一〕蘄：原作「靳」，據宋刻本改。

趙縣丞

嗚呼！自君移疾，僕輩私憂。朝傳甚危，暮説已瘳。步武漸輕，判押亦好。醫來諗我，君將謁告。及兹再病，同列罔知。欲往候君，君居房帷。中瀚入視，不可爲矣。躊躇不瞑，若待猶子。細君在疚，賢嗣未來，鄉路渺然，行路共哀。僚友之情，譬之昆弟。所愧力薄，莫相後事。縞衣相率，哭君寢門。將此掬淚，祖於九原。嗚呼哀哉！

李尚書

嗚呼！公積三十年威望而後出當重任，轅門初建，諸將震讋，檄書一出，中原響動，其事偉矣。然而兵少備衆，財狹費闊，外叢難梗，内闕調燮，方開其首，識者固慮其尾矣〔一〕。嗚呼！士幸虜弱，奮髯裂眥〔二〕，當其鋒鋭，遏之莫止。及既衰竭，鼓之弗起。叫呼者噤〔三〕，虚驕者餒。公方席藁自貶，詞義堅白，握拳誓衆，忠憤激發，悵時賢之莫助，援先民以自擬，可謂天下之卓識、人臣之盛軌矣。嗚呼！宴安者鴆毒也，敵國者外懼也。自公與虜對壘，習卒於鬭而將帥出矣，習士於險而人才見矣。虜雖歲入〔四〕，滁、楚告捷也，豐、濠堅守也，蘄、黄無恙也〔五〕，彼之貴婿輿尸授首矣〔六〕，山東之僞守若令魚貫面縛矣。夫兵有利鈍，慮有得失，古之論者必參考也。若乃置利而責鈍，掩得而疵失，則自管、樂以下，其得爲全人者無幾矣，何獨於公然哉！嗚呼！初誤泗上，末警宣化，彼媢公者〔七〕，藉口未已。中渡之役，豈公實使，患則公當，釁匪公啓。疆歸璽出，人享其利；鉦動鼙震，公受其詆，是固可痛矣。古之人有訟鮑宣者，有救房琯者，今也身任清議而清議不能伸公之屈〔八〕，力援名流而名流不能辨公之毀〔九〕，蓋有背惠以市進、和聲而助訕者矣〔一〇〕，不亦可痛之甚者乎！雖然，國家南渡百年，士大夫皆以爲非和無以立國，至公遂破其論。異日秉史筆者書曰「絶幣自立由李公始」，嗟夫，斯亦足矣！嗚呼！公之晚節，浮湛寓里，霜顱雪頷，闔扉隱几。我來剥啄，公尚倒屣，別去幾日，遠訃入耳。蒼生之望，竟絶於此。我賤且戇，公視猶子。豈無忤觸，人愠公喜。偷生視景，莫從公死。南歸哭公，僑寄客邸。尊觶之奠，弗能具禮。有香一銖，酌以澗水。公茹其誠，不吐其菲。嗚呼哀哉！

〔一〕慮：原作「盧」，據四庫本改。
〔二〕背：原作「皆」，據四庫本改。
〔三〕噤：原作「禁」，據四庫本改。
〔四〕雖：原無，據四庫本補。
〔五〕蘄：原作「靳」，據宋刻本改。

〔六〕貴：原作「責」，據四庫本改。
〔七〕媢：原作「婿媢」，據宋刻本删改。
〔八〕伸：原作「神」，據四庫本改。
〔九〕辨：原作「辦」，據四庫本改。
〔一〇〕訛：原缺，據四庫本補。

王夔漕中甫

嗚呼！虜窺宣化，黑幟如蟻。昇人夜驚，縛筏濟矣。羽書蠟彈，來如激矢。嗟我與公〔一〕，一夕九起。江風刮面，淮雪裂指。調發處分，頃刻千紙。設艘防隘，募士斫壘。我方撓怯，對食忘匕。公愈閒暇〔二〕，削脯行醴。及夫戒嚴，捷旗送喜〔三〕。公戍漢江，我屏田里。嶽祠甫期〔四〕，公使夔子。青袍如故，公已軀紫。書來訪舊，清言亹亹。昨逢峽舟，手題牘尾。公健我衰，痛牽腰趾。蜀丹甚靈，邛竹尤美。多病所須，惟此而已。公没歲餘，貧闕奠誄。一朝二物，西來萬里。發書長慟，公止於此。悲夫！千載而上，毫分髮理，三邊之事，目擊身履。人怠我奮，人動我止。其材精練，其器瑰偉。竟復奚爲，激電逝水。嗚呼！往哭立可，二孫稚齒。後哭次魏，惟孤女耳。公有英嗣，珠朗玉峙。方彼二人，公爲不死。同時幕府，零落無幾。矢詞洩哀，公其歆只。嗚呼哀哉！

〔一〕公：原作「我」，據四庫本改。
〔二〕愈：原作「餘」，據四庫本改。
〔三〕捷：原作「挺」，據四庫本改。
〔四〕祠：原作「嗣」，據四庫本改。

亡室

嗚呼！君之静專冲澹傳之於家，温良慈恕得之於天，故爲女爲婦而孝〔一〕，爲妻爲母而賢。余涉世之齟齬〔二〕，偶與君而周旋〔三〕。北冒兵鋒，南觸瘴煙，灘江觸石〔四〕，松灘覆船。蓋艱難險阻，悲憂恐怖，余不能不動於詞色者，君處之而恬然。追記平生，嘉話善言。余之疾痛，以君爲箴砭；余之褊急，以君爲韋絃。悲夫！白首同歸，余與君之願也，三十九而夭，四十二而鰥，尚忍言之？悲夫！伊人何辜，異疾縈纏，卑詞婉氣而使之語蹇，規行矩步而使之足攣。余獨怪夫悍且健者之不病，又竊見乎仁且病者之雖廢而久全，夫何一旦奄隨逝川，悲夫！如君至性〔五〕，世所罕見。余之先君，君之聖善，宰木已拱，君每追憶，必欷歔而涕漣。迨乎屬纊，氣息如縷，尚於姑與父致其惓惓。君之息十有八矣〔六〕，猶執手抆淚不忍訣者，得非以其羸弱而可憐？悲夫！人生危脆，忽如埃烟。余奉母於高堂，君從舅於九原，截一身之半體，抱千古之永寃。余久倦遊，從茲歸田，願慈君之息至没身而愈篤，藏君之橐待子婦而後傳。營家山之一丘，築精舍之數椽，生當讀書種樹於其間，殁當尋同穴之盟焉。悲夫！百齡同盡，誰後誰先，暫留面目，見君黄泉。嗚呼痛哉！

〔一〕故爲女：原缺，據四庫本補。
〔二〕涉：原無，據四庫本補。
〔三〕君而：原無，據四庫本補。
〔四〕灘：原作「濰」，據宋刻本改。
〔五〕性：原作「惟」，據四庫本改。
〔六〕八：原無，據四庫本補。

又喪歸

嗚呼〔一〕！傳舍暫殯〔二〕，蕭寺寄萁，是二説者，未言鼻酸〔三〕。君之介弟，與君愛子〔四〕，日吉時良，護柩還里。嗚呼！吾妻死别，吾子生離〔五〕，悲夫奈何，天實爲之。先人敝廬，有圃與池，君其往哉，以需余歸。

〔一〕嗚呼：原缺，據四庫本補。
〔二〕傳：原缺，據四庫本補。
〔三〕言：原作「敢」，據四庫本改。
〔四〕介弟與君：原無，據四庫本補。
〔五〕離：原作「難」，據宋刻本改。

又還里

嗚呼！他日我歸，鵲噪荆扉，君與兒女，笑語牽衣。今日我歸，室虚無人，君兒苴麻，君榻凝塵。料檢巾笥，皆君手蹟，按行井臼，皆君區畫。窮民有四，鰥居其首，沉憂損人〔一〕，懼不能久。君既長夜，我亦中年，昔慕伯鸞，今師幼安。爲兒覓婦，爲君築阡，然後飾巾，以俟命焉。嗚呼哀哉！

〔一〕沉：原作「沉」，據四庫本改。

又掩坎

子有慈父，又有老姑，愛憐其子，賓友其夫。云何屬疾，有寢無寤，人世一瞬，夜臺千古。壙室燥温，萬金難求，謂善無報，視此一抔。古人有言，死則同穴，嗟余與子，暫睽終合。籲宼徹天，滴淚入泉，寫哀一觴，抱痛百年。嗚呼哀哉！

陳北山

惟古聖賢，百行兼該。精者爲德，粗者爲材。嗟後之人，質偏器小。傑材既稀，全德尤少。惟古文章，六經具垂。謂之立言〔一〕，亦曰修辭。嗟後之儒，外文求理。理既茫昧，文亦骫骳。堂堂北山，庶幾於全。禀之天分，得之師傳〔二〕。少參張、吕，歸於朱氏。性命之大，事物之細。負其魁磊，進輒不容。退無寸柄，爲世所宗。以德用材，無跡可議。以理貫文，不斲而粹。華軒非泰，陋巷非臞。朝野偉人，東南大儒。平生論著，皆有微旨。扶聖之脉，探經之髓。發舒其華，培溉其根。鯨掣虎嘯，風濤吐吞。三十年間，碑板溢出。人獲一字，價重金璧。皋陶九德，孔孟四科。豈無他人〔三〕，孰如公多。耆舊凋零，賴有公在。西風吹訃〔四〕，海内悲慨。昔先君子，與君同盟。

愚幼無知〔五〕，蟬噪蚓鳴〔六〕。流傳達公，爲啓玉齒。每云今世，獨步惟子。晚畏言語〔七〕，終日病瘖。公書來勸〔八〕，姑飲勿吟。永焚筆研〔九〕，時引杯勺〔一〇〕。佩公良箴，匪曰善謔。我歸後村，公葬墨溪〔一一〕。豈無尊鯽〔一二〕，道遠莫齎。顧瞻蓋陵，獻誄與輓。哀雖如新，禮則已晚〔一三〕。嗚呼哀哉！

〔一〕謂之立：原缺，據四庫本補。
〔二〕「文亦」至「師傅」凡二十字，原無，據四庫本補。
〔三〕「板溢」至本句「豈」凡二十字，原在後文「吹訃」下，據四庫本乙。
〔四〕吹訃：原缺，據四庫本補。
〔五〕知：原缺，據四庫本補。
〔六〕本句原缺，據四庫本補。
〔七〕本句原缺，據四庫本補。
〔八〕來：原作「求」，據四庫本改。
〔九〕永：原作「求」，據四庫本改。
〔一〇〕本句原缺，據四庫本補。
〔一一〕溪：原缺，據四庫本補。

〔一二〕無葶鯽：原缺，據四庫本補。
〔一三〕已晚：原缺，據四庫本補。

外舅林寶章〔一〕

惟公禀天地之沖和，踐聖賢之中庸。靡煩矯揉而與道合，不立標的而爲物宗。究觀平生，出處雍容。來如祥麟，去如冥鴻。禄豈必厚，位不待穹。二頃之田，環堵之宫。視觀廟之岑寂，等臺閣之顯融。迨皇上之訪落〔二〕，搜巖穴而一空。嘗累徵而莫致，信獨見之鮮同。昔有兩生，今復有公。雖進無圖回事業之柄，然退有扶持名教之功。取諸人者甚廉，報於天者宜豐。何八秩之甫開，遽兩楹之告凶。蓋自童至耄制行無玷者，學力之到；自病至死持敬不惰者，定力之充。嗟夫！自我登門，二十年中，恩我教我，慈愛最隆。挹清標而立懦，扣精論而擊蒙。浴曾點於沂水，坐光庭於春風。屬我悼亡，覺公情鍾。憫靈照之先逝，痛孟光之不終。豈致疾之有因，徒飲恨於無窮。嗟夫！賓榻塵凝，家墅苔封。它日重來，空愴遺蹤。舊悲未平，新憤填胸。不腆兹觴，敢告哀悃。烏呼哀哉！

〔一〕此文與下篇，底本殘闕過甚，今換用四庫本。

〔二〕 追：原作「造」，據宋刻本改。

胡仲方尚書

烏呼！挹公風標，彦輔、叔寶；聽公議論，興公、逸少。捉麈笑談，刻燭倡酬。公非今人，晉第一流。久掾公府，新美世事。再長橐班，裨贊國是。衆所期公，與公自期，下卑嚴、徐，上扳龍、夔。如何十年，卷懷去國，晚雖徵還，曾未安跡。高爵崇秩，固無一虧，盛心懿識，有不盡施。自幼識公，今我亦老〔一〕。惟公規模，我所深曉。欲以安靖銷弭塞氛，欲以整暇應酬世紛。杯酒非酣，幅巾非傲，有所陶寫，有所賞好。嗟乎斯人，奄忽九京。空懷積疑，無復細評。古人千里，素車白馬，我足如縶，我淚如瀉。嗚呼哀哉，尚享！

〔一〕 亦：原作「一」，據宋刻本改。

祖奠外舅〔一〕

小人曰死，君子曰終。公雖云亡，詎與衆同。一代勝流，百世清風。天壤有敝，名德無窮。悲乎！歲歲年年，一來訪公。今日何爲，縞素郭東。我返自崖，公歸于宮。九原不隔，一念可通。烏虖哀哉！

〔一〕此文爲底本所無，據宋刻本補。

陳師復寺丞

嗚呼，律己伯夷之清，待人太丘之廣，臨民子産之愛〔一〕，立朝汲黯之戇，若不能言而盡該貫古今之義理〔二〕，若不勝衣而有負荷天下之力量〔三〕。拂袖歸來，朝野想望〔四〕，踐聖賢之榘矱，化州邑以廉讓。訓子弟於家庭，聚秀孝於里巷〔五〕。有通體之誠實，無一毫之矯妄。有終身之戰兢〔六〕，無跬步之怠放。善類以爲宗主〔七〕，學者以爲師匠〔八〕。皆謂其享彭、聃之高年，踵韓、吕之世相，夫何一夕，遽得微恙〔九〕。方親朋之來問，覺神氣之猶王。曰大丈夫臨危噤國事之莫吐，安能與兒女咿嚘涕泣於衽席之上〔一〇〕！嗚呼斯人〔一一〕，弘毅忠壯〔一二〕，嗜道義如膾炙，輕榮利如糞壤〔一三〕。使其耇老〔一四〕，不過菜羹脱粟味臞儒之樂，深衣大帶爲後生之唱〔一五〕。然猶摧之暴而奪之速，豈非蒼生之無禄，斯文之將喪！某少小親炙，平生敬嚮，非止涉其籓籬，實深造其函丈。理無微而不講，事有疑而必訪。忽山頽而哲萎，將安放而安仰！陳寢門之薄酹，庶魂識之來享。嗚呼哀哉！

〔一〕愛：原無，據四庫本補。
〔二〕理：原無，據四庫本補。
〔三〕若：原無，據四庫本補。
〔四〕望：原無，據四庫本補。
〔五〕秀：原無，據四庫本補。
〔六〕身：原無，據四庫本補。
〔七〕句首原有一「因」字，據四庫本刪。
〔八〕匠：原無，據四庫本補。
〔九〕遽：原無；得微恙：原作「微得恙」。據四庫本補、乙。
〔一〇〕衽席之上：原無，據四庫本補。
〔一一〕嗚呼：原無，據四庫本補。
〔一二〕「弘毅」下原有「忠臣」二字，據四庫本刪。
〔一三〕壞：原無，據四庫本補。
〔一四〕本句及下句「不」字，原無，據四庫本補。

〔一五〕「爲後生」至文末，原無，據四庫本補。

胡伯圜尚書

嗚呼！本朝人物，多出江鄉。廬陵一州，魁傑相望。前歐後胡，骨朽名香〔一〕。公與少公，蚤相頡頏。故家文獻，中朝典常。並奏塤篪，互爲宫商。里人皆曰，澹庵不亡。三十年間，更迭翺翔。虎節麟符，台斗文昌。國有喬木，民有甘棠。世人皆曰，忠簡有光。嗚呼！諸公逢辰，樂飲滿堂。公來何晚，鬚鬢如霜。憂時懇切，望古慨慷。當世人物，高下短長。氣力所噓，衡尺所量。衆不敢援，横身主張。上或未知，極口薦揚。天下桃李，多出門墻。使公盡用，必扶忠良。公道必開，國勢必强〔二〕。奈何一夕，騎箕帝傍。嗚呼！昔我尚少，從公南昌。厥後追隨，於昇於湘。公不相吏，吹笙鼓簧。我官建溪，飛語中傷。衆競關弓，公以身當。流涕止之，納矢於房。晚觸禍機，無地退藏。公語諸公，弱羽已瘡。禹錫有親，朱雲素狂。幸小寬之，俾謀稻粱〔三〕。汲引一念，至死不忘。嗚呼！天將否我，絶其津梁。追憶平生，驚呼熱腸。在昔先民，匍匐赴喪。我有鞠淚，欲灑帷牀。紅巾滿山，道梗歲荒。葬以曷日，家於何岡。日往月邁，尊卿莫將。避謗謹語，又闕輓章。負誼辜恩，心折涕滂〔四〕。西望長號，姑覆一觴。此身未隕，此願或償。嗚呼哀哉！

〔一〕名：原作「石」，據四庫本改。
〔二〕國：原作「公」，據宋刻本改。
〔三〕俾：原作「裨」，據四庫本改。
〔四〕折：原作「析」，據四庫本改。

周淳仁

嗚呼！始聞君貶，彈指失驚。相去萬里，不知罪名。後聞君訃，反袂涕流〔一〕。亦罔知君，委蛻之由。嗚呼哀哉！昔有二士，太白、子昂，拔起詞林，虎躍龍翔。一斃圜土，一謫夜郎。千載而下，猶爲感傷。若夫不爲永王所污而受嶺海之竄，非有射洪之富而爲獄吏所戕，酷哉此寃，貫於彼蒼。我擕遺墨，白之玉堂。相與經畫，致君之喪。朋友之誼，莫施毫芒，俟君返骨，當相窴藏。嗚呼哀哉！

〔一〕反：原作「返」，據四庫本改。

後村先生大全集卷之一百三十七

祭文

真西山

烏乎！四科九德，自昔難并，人得一偏，公集大成。穿鑿之學，畔師離經，公獨純正，南軒、考亭。纂組之文，練薄縑輕，公獨雄渾，眉山、廬陵。蚤歲來儀，朝陽屢鳴，元城、了翁，公之直聲。中年袖手，俟時之清，君實、晦叔，公之重名。白首還朝，化瑟初更。吾君前席，久不見生；吾相開閤，虛左起迎。執筆玉堂，開卷邇英。三月初吉，始畢文衡，將授以政，撰日告庭〔一〕。乃於此時，諗疾予寧〔二〕。一身安否〔三〕，一國笑顰。帝有恩言，寬慮啬神。衆願有瘳〔四〕，起而經綸。奈何蒼天，奪此偉人。下孤輿望，上惻聖情。國有議論，誰爲將明？民有利害，誰爲罷行？吾黨之士，誰爲統盟？後來之俊，誰爲作興？意者世道，消長相乘，復疑天意，未欲治平。烏乎！萬世之標，千載之英，今其已矣，行路嗟驚。況侍班聯，久親典刑，相率一哀，心折涕零。烏乎哀哉！

〔一〕庭：原作「遅」，據四庫本改。
〔二〕予：原缺，據四庫本補。
〔三〕身：原缺，據四庫本補。
〔四〕瘳：原作「廖」，據四庫本改。

又路祭

烏乎！先生屬疾，聞者齎嗟。上對近臣，玉色不怡。丞相移書，千里迎醫〔一〕。下至閭巷，婦女童兒，皆曰哲人，必介壽祺。云何一夕，去而騎箕！在昔范公，方古禹、夔。晚登政府，不至冢司。學者至今，致恨於斯。然其謨畫，略已設施。先生視彼，則尤可悲。平生修爲，未試刀圭。謂天無意，斯文在兹；謂天有意，一老不遺。太平之望，竟復何時！禮樂之興，百年待誰〔二〕！烏乎！昔者之來，大帶深衣，都人聚觀，公歸何遲。今者之還，丹旐素帷，都人相弔，公去安之。矧二三子，久從吾師，要絰執紼，於禮則宜。屬畏簡書，僅至江涯，覆此一觴〔三〕，慟哭以辭。嗚呼哀哉〔四〕！

〔一〕迎：原缺，據四庫本補。
〔二〕待誰：原倒，據宋刻本、翁校本乙。
〔三〕覆此：原作「酒覆」，據宋刻本改。
〔四〕嗚呼：原缺，據四庫本補。

又墓祭

嗚呼！先生寢疾，蕭然賓廡〔一〕，户外之屨，歷歷可數。雪深至腰，愚不敢去。爾後學者〔二〕，散無宗主。北面他師，尊禰忘祖〔三〕。愚抱《太玄》，獨立寡與。及對便朝，頗進狂瞽。力量雖微，肝肺畢吐。皆昔坐隅，教詔之語。豈惟先生，上帝臨汝。奏篇有藁，對語有記。死者復生，可以不愧。謂之背師，天乎無罪。夢奠以來，局面日異。引去不勇，强留無味。有愧先生，獨以一事。豈無同時，及門之士，夫何綿薄，獨任清議！將待之厚，故責之備，是耶非耶，莫詰所自。烏乎！幼爲先生門生弟子，晚爲先生司馬長史。古人重誼，均於倫紀，築室三年，素車千里。昨者祖祭，及郊而止，蕞陵會窆〔四〕，有縶其趾，謂之背師，敬知罪矣。釋氏有懺，聖門貴悔，稽首新阡，自訟如此，誅之赦之〔五〕，先生不死。烏乎哀哉！

〔一〕廡：原作「庶」，據四庫本改。
〔二〕爾：原作「余」，據四庫本改。
〔三〕禰：原作「稱」，據四庫本改。
〔四〕墓：原作「墓」，據宋刻本改。
〔五〕誅：原作「誅」，據四庫本改。

曾知院〔一〕

烏乎！昔者聖門，尤嚴論人。弘毅任重，木訥近仁。先朝韓、富，庶幾其倫。公方弱冠，大魁奮身。剥落虚驕，踐履真純。外無光怪，中含至珍。鞶帨不施，自然之文。其在朝廷，及處縉紳，戰戰兢兢，便便恂恂。慮然後動，靈龜通神；時然後言，蟄雷發春。受先帝知，觸時相嗔。脱屣遺榮，舉扇障塵。東山零雨，西郊密雲。蒼黔觖望，膏澤久屯。及上親政，起公於閩。載秉事樞，方倚經綸。正邪之辨，理亂之分，公每入告，上亦下詢。狂獝南吠，其聲狺狺，授公斧鉞〔二〕，指揮三軍。太乙臨吳，事會方新。妖星隕營，壯圖莫伸〔三〕。烏乎哀哉！長樂之陳，建安之真，與公相踵，被髮騎麟。歲行甫周，奪三良臣，當宁輟朝，行路悲辛。而況吾徒，道合情親。吉人之辭，其可復聞；德人之容，再面無因。寢門一哀，有淚盈巾。烏乎哀哉！

〔一〕此文四庫本題作「代宰執祭曾知院文」。

〔二〕授：原作「受」，據四庫本改。

〔三〕伸：原作「神」，據四庫本改。

鄭子敬左司

烏乎！史氏之季〔一〕，我閑八年，公更倍之，閉關蕭然。我已惰荒，公方精專。聚書如山，手自校研。汲冢魯壁，刪後畫前，上考洙泗，關洛之傳。左、馬下接，巽巖續編，義理精微，事物本原。治亂消長，典章革沿，鉤索鈔纂，網羅貫穿。胸有五車，手無寸權，卷而懷之，北陌東阡。我雖空空，大節偶全。執鞭屬櫜，與公周旋。始俱紅顔，俄各華顛。晚遇端平，相繼招延。我滯冷局，公稍進遷。遂掾省闥，靡勤不宣。議挈綱維〔二〕，奮起沉綿〔三〕；議去冗蠹，伸縮痺攣；議抑僥倖，杜絶扳緣。衆方狺狺，公獨惓惓。或摘公語，前有穽淵，公笑而答，成功則天。去國匆匆，如箭離絃。出東華門，呼西興船。寄家蕭寺，禪榻茗烟。明年我逐，歸相後先。公往牧漳，我來刺袁。一春闊疎〔四〕，驛路三千。走介未達，聞公已僊。驚呼失聲，腸熱涕漣。烏乎！昔在元樞，光輔慶元，公其嫡嗣〔五〕，珵藏家氈〔六〕。庭無宮羽，室無姝妍〔七〕。原明、公休，未知孰賢。

昔在端明〔八〕，名重淳、乾。公其外孫，盡讀架籤。所承文獻，所漸淵源。茶山、東萊，則其匹焉。不秉史筆，不侍講筵，不爲給諫，命有所懸。世運艱虞，哲人屯邅〔九〕。逝者奚憾，生者自憐。他日我歸，水涯山巔。誰借異書，誰續微言，有惑誰祛，有瑕誰鐫！迅哉雷電，邈然山川。白馬之峰，手營吉原〔一〇〕。梧楸老矣，稚竹可椽。祖者幾人，素車翩翩。嗟我不羽，安能飛翾。覆酒奠芻，滴淚入泉。烏乎哀哉！

〔一〕季：原作「學」，據四庫本改。
〔二〕綱：原作「綱」，據四庫本改。
〔三〕沉綿：原倒，據四庫本乙。
〔四〕春：原作「眷」，據宋刻本、翁校本改。
〔五〕嫡：原作「滴」，據四庫本改。
〔六〕珪：原作「瑤」，據四庫本改。
〔七〕姝：原作「妹」，據四庫本改。
〔八〕明：原作「平」，據四庫本改。
〔九〕哲：原作「慗」，據四庫本改。
〔一〇〕營：原作「宮」，據四庫本改。

張敏則都丞

烏乎！開禧合而儵離，端平入而驟出。首調亭於學禁，亦諫止於邊隙。名蚤退而愈重，節後凋而不詘。雖里巷之屏處，尚國人之矜式。與其少而横金，孰若晚而全璧。慨舊人之無多，幸故老之遺一。謂方介於眉壽，乃不起於殤疾。渺世道其誰恃〔一〕，恍神理之難詰。烏乎！自我來袁，朝夕親炙。我有積疑過揚雄之宅，公無一事至言偃之室。論多同而少異，情每見而加密。憶開酒樽，且餞召駟。我拜手而起賀，公深顰而太息。曰時事如此，吾年如此，乃先賢飾巾之時，古人祈死之日。烏乎！言猶在耳，追記歷歷，幾日不見，遂至此極。寢門一酹，感慨填臆，既深爲州里哀，又重爲朝廷惜也。嗚呼哀哉！

〔一〕恃：原作「待」，據四庫本改。

余子壽尚書

嗚呼！早客閫幕，方議進取，嗟我與公，扣閤四五。流涕請俟〔二〕，根立勢舉，衆指而笑，兩生不武。晚掾省闥，值建督府，聯名駁議，條畫縷數〔二〕。曰此虛形〔三〕，不可制虜，衆譁且怒，二臣實沮。厥後諸事，略如前語，鋒挫泗城，局結溢浦。二十餘年，議論出處，雖異形骸，實同肺腑。公久顯融〔四〕，我獨齟齬。端平之元，徵至在所〔五〕。於朝孤立，惟公相予。昔離今合〔六〕，歲月如許。其合幾何，僅一炊黍。公先我後，散如風雨。時事益急，潰決莫禦。意公復用，收拾苴補〔七〕。西風吹訃，老懷悽楚。我嘗評公，金振玉吐。王、謝復生，例授之麈〔八〕。及乎臨事，精練勤苦。誰其似之，彷彿陶、庾。竟復奚爲，齎志千古。士無統盟，國無謀主。欲往哭公，身縻郡組。覆此一觴，公來醊否！

〔一〕請俟：原作「諸侯」，據四庫本改。
〔二〕絛：原作「倏」，據四庫本改。
〔三〕形：原作「刑」，據四庫本改。
〔四〕久：原作「文」，據四庫本改。
〔五〕在所：原倒，據四庫本乙。
〔六〕離：原作「難」，據四庫本改。
〔七〕苴補：原倒，據宋刻本、翁校本乙。
〔八〕麈：原作「塵」，據四庫本改。

丁元暉給事〔一〕

於乎！當史氏之盛時，公已久於班列。彼呴沫而相親，此掩鼻而自潔〔二〕。值聖化之更張，開言路之箝結。果豸冠而舒翹，亦鯁論之剴切。鍼時弊之膏肓，諫兵事於芽蘖。曰始謀之輕鋭，恐後患之潰裂。俄草制於掖垣，耻鞶帶之爲悦。寢掖庭之馳封，沮戚畹之旄鉞。曁批敕於銀臺，益砥礪於名節。嘗剽聞其一二，非掎摭於瑣屑〔三〕。其尤大者，繫於善類離合之機〔四〕，世道消長之決。謂事樞之登秉，忽國棟之摧折。上動容而震悼，士反袂而悽咽。况平生之親友〔五〕，每懷抱之傾竭〔六〕。憶襆被而去國〔七〕，尚載酒而餞別。感志念之綢繆，味談諧之奇絶。屬留落於江鄉，寢闊疏於京浙〔八〕。覽近書之墨濕，聆新訃而腸熱。時方極於艱虞，天遽奪於賢哲。嗟寶鑑之云亡，懼金甌之遂缺。入里門而長慟，愴泉臺之永訣。冀英爽之來臨，歆故人之薄歠。烏乎哀哉！

〔一〕丁：原作「於」，據四庫本改。
〔二〕自：原作「舒」，據四庫本改。
〔三〕掎：原作「椅」，據四庫本改。
〔四〕離：原作「難」，據四庫本改。

〔五〕之：原無，據四庫本補。
〔六〕句首原有「及」字，據四庫本删。
〔七〕襆：原作「樸」，據宋刻本、翁校本改。
〔八〕寖：原作「寑」，據宋刻本改。

南塘趙尚書

嗚乎！紹熙之相，用公不勇，竟令天僊，謫墮濁冗。端平之相，勇於用公，掌制持橐，不出歲中。時議出師，稍拓故地，公實苦争，疏一箴二。諫墨猶濕，師潰弗支，朝野太息，謂公蓍龜。相去客逐〔一〕，公從婺至。自結明主，尤厚新揆。諸生惓惓，欲救危機。更諷迭論，去佞格非。公獨愀然，云此無益。火後一封〔二〕，讀者啫啫。向也鳳兮，覽德之輝；今也鳳兮，何德之衰！在昔謝公，語未嘗謬。偶然一差，白雞告咎。公之奏篇，與訃俱傳。夷考平生，素論豈然？衆譁而指日月之食，公笑而受《春秋》之責。公有逸美〔三〕，人所未知。安得南董，爲公書之。世論刻深，幾於文致。我諒公心，涕唾榮利。少於先儒，蓋多難擬。晚於時賢，不苟和隨。咸韶文章，玉雪標度。百年以來，江表獨步。長江萬里，老栢千尋，枝樛派曲，未害高深。公於西山，若有遺憾。交道方媮，我則不敢。嗚乎哀哉！

〔一〕去：原作「公」，據四庫本改。
〔二〕火：原作「大」，據四庫本改。
〔三〕逸：原作「溢」，據四庫本改。

菊坡崔丞相

嗚乎！昔掾儀真，公爲揚帥〔一〕。白事玉帳，一見賞異。每云近歲，人物稀疎，吾得二士，子華、潛夫。厥後子華，以功名顯；我方困讒，跋疐連蹇。端平之初，稍進在廷。公拜東府，謂且班迎。公不果來，我亦逐去〔二〕。聞宣黄麻，延登次輔。置相如此，國其庶幾。都人相告，日望衮歸。清獻琴鶴，君實童馬。使坐廟堂，一清朝野。公方累疏，堅卧固辭。上遣貴璫，苦諭莫移〔三〕。凡今之人，動色簞食。公於相印，閉目不視。如公所立，百世猶興。誰其似之，嚴光、管寧。歲晚南來，喜將親炙。道聞公薨，彈指涕出。猶至南都，不見元城。抱此一恨，曷時而平。晉未可圖〔四〕，以偉人在；今其云亡，江表奚賴？旋馬之廳，我有束芻，薄言陳之，公其吐諸。嗚乎哀哉！

〔一〕帥：原作「師」，據四庫本改。
〔二〕逐：原作「遂」，據宋刻本改。
〔三〕莫：原作「英」，據四庫本改。
〔四〕未可：原作「可以」，據四庫本改。

祖祭　又同諸司

烏乎！世所謂貴，莫如三公，公辭台衮，以初服終。世所謂富，莫如萬鍾，公却厚禄，與糞土同。使公復出，一時蒙功；公雖不出，百世聞風。上有偉人，奚憂江東？公身安否，世道汚隆。方餐秋英，忽仆寒松。鼇去極摇，虎逝山空。凡我人斯，孰不哀恫？烏乎！高於二疏，潔於兩龔，國僑之惠，史魚之忠。今其往矣，海山改容。日吉時良，將返幽宫。某等屬縻符節，阻視窆封，一慟西州，悲涕無從。烏乎哀哉！

黄舶　同諸司

烏乎！始讀公賦，飄然無敵，士林斂衽，謂公詞伯。及與公交，粹然可親，然後太息，公真德人。曰才與名，士之所挾，着鞭青雲，有徑甚捷。曰勢與利，人之所趨，佩玉深衣，何行之徐。流落江湖，蒼顏白首；晚入脩門，或開薦口。當軸挽留，公力請麾。其視遠民〔一〕，略不鄙夷。琛臺弄印，璽書就畀。見諸訓詞，曰汝廉吏。國人景行〔二〕，吾輩得朋。合并云始，傾倒未能。疇昔之夜，月華初霽，臨池一笑，共卜後會。三人鼎足，訝公不來，坐聞呼醫，屏樂覆杯〔三〕。疾馳至門，不可爲已。人生危脆，乃有如此。年不爲夭，位不爲卑。故鄉差遠，行路共悲。嘗聞賢者，歿必有後。公之掌珠，雖尚稚幼，顏色哭泣，纍然如儀。爲善之報，其在此兒。幽明路殊，無復論質，縞衣寢門，三號而出。烏乎哀哉！

〔一〕視遠：原倒，據四庫本乙。
〔二〕國：原作「因」，據四庫本改。
〔三〕杯：原作「柸」，據四庫本改。

又 同諸司路祭

先民有言，富貴在天，奈何其間，分劑常偏！舉畀他人，類不甚惜，獨於儒者，乃若是嗇。蘊則厚矣，施未毫芒，如夢大槐，如炊黃粱。賈胡驚嗟，吏士祖送，吾嘗同僚，相率一慟。

文清李左相

烏乎！端、嘉以來，國脉如絲，藥不對證，上屢易醫。公相最晚，公力孔瘁，徐投刀圭，挽回元氣。權位傾軋，古今所同，爽、旦不説，牛、李相攻。公於其間，獨和鼎味〔一〕，兩忘恩怨，一泯同異。孰吕孰范〔二〕，惟善之從；無洛無蜀，惟賢是庸。諄諄啓擬，汲汲延納。讜論復伸，善類幾合。其辨忠邪，與争是非，公每犯顔，天爲霽威。所進者曰，相有公議；所退者曰，相非私意。自始至終，無富貴心，雖有衮衣，不改布衾。策馬歸第，猶閲堂案。拖紳飾巾，倉卒不亂。公與元老，相先後薨，世論喧啾，孰爲公評？淳祐聖人，親訂兩謚，畛域截然，此夷彼惠。文靖殁久，主眷未衰；忠定用淺，士譽已歸。公於二公，髣髴相似，浮榮一瞬，令名萬紀。我使番禺，公窆富春，泫然三號，渺矣百身。空懷卵翼，莫竭毫髪，欲報舊知，尚堅晚節。烏乎哀哉！

〔一〕和：原作「如」，據宋刻本改。

〔二〕孰吕：原缺；孰范：原作「軌範」，據四庫本補、改。

顧君立

嗟嗟吾子，介特自守，三軍莫奪，一介不取。後生奚自，皆自復齋，如子實踐，幾何人哉！日我來南，聘子於館，語常日晡，坐或夜半。察子暗室，無一念欺〔一〕，君父在前，敬義夾持〔二〕。謂可師儒，謂可風憲，不然異時，入《廉吏傳》。屬有王命，我去子留，臺閫知子，禮羅繼收。我舟垂發，聞子暴病，亟走及門，則已長瞑。先儒所戒，委身庸醫，子達此理，胡爲蹈之！痛子無兒，念子有母，細君稚女，團欒未久。區區寸禄，取之甚微，煢煢數口，持是安歸？憶子平生，凛凛如在，卑不受薦，貧不可賄。雖然如是，安用友朋，於子後事，敢不竭情！歛手足形，返柩千里，子不我屬，我不容已。縞衣重來，心折涕濡，魂兮不忘，歆此束芻。嗚呼哀哉！

〔一〕欺：原作「散」，據四庫本改。
〔二〕持：原作「待」，據四庫本改。

婦弟林養直

子之事親，參、騫庶幾。四十年間，跬步不離。純篤之行，貫於神祇。晚愛掌珠，屬迫官期，子與孟光，挾以自隨。昔處以孝，今出以慈。羊石之行，弗諏於龜。僕初聞時，且駭且疑。人無根蒂，穀氣養之。子入中年，得疾甚奇。併日空腸，抄粥數匙〔一〕，衝冒勞苦，奚恃以支？居無幾何，遠訃忽馳。閭里相弔，失聲齎咨。吉士德人，胡慘若斯！猶有一幸，稍寬哀思。由病至死，由死至歸，經紀纖悉，一出右嬪。茅花滿山，熱如蒸炊，苴麻走跣，令妻佳兒，遂以柩返，殆天扶持。自少相依，三紀於兹。豈曰親狎，至行可師。中間兩家，存殁合暌。福勝西樓，翁仲纍纍。子復逝矣，舊人愈稀。存者惟僕〔二〕，與子伯兮。感今懷昔，如何勿悲？我有雞黍，漬以一巵。老眼久枯，滂然垂洟。扶憊酹子，知乎不知？

〔一〕匙：原作「起」，據四庫本改。
〔二〕「殁合」至本句「存」凡二十字，原脱，據四庫本補。

林焕章[一]

士方盛壯，道義自將，此身圭璧，外物粃糠，高爲虞、夷，次爲晳、張[二]。及既華皓，無復激昂，或辱乃去，或留以僵，小爲申、白，大爲禹、光。偉哉丈人，講貫素詳。歸不待年，釣遊於鄉。其視親廟，無異朝堂。十任廿考，幾侔汾陽。晏子之裘，趙宣之囊，伯厚之車，幼安之床，人不堪憂，公樂而康。高謝招麾，晚而采剛。彼皆倒逆，此不眊荒。古有大老，非公孰當？屬纊之頃，至言琅琅。不入禪佛，亦非老莊。曳杖之歌，音節慷慨。曷不憖遺，頹山壞梁。先民有言，匍匐救喪。誰摯我足，尼其車箱。諸子謂我，蚤登門墻，葬有日矣，俾爲銘章。併致哀誄，靈座之傍，公不我吐，歆此瓣香。

〔一〕焕：原作「涣」，據四庫本改。

〔二〕晳：原作「晢」，據四庫本改。

游勉之侍郎

於惟游氏，遠矣淵源。御史受業〔一〕，河南之門；爰及默齋，學於南軒。公稍後出，以篪和塤。兄之賢季，師之嫡孫。匪曰菁華，先植本根。嘉定之末，端平之元，犯雷霆威，進藥石言。麟莫羈係，鳳肯啄吞？或勸少貶，腐鼠嚇鵷〔二〕。法從非貴〔三〕，方面非尊。累詔上雍，頻疏叩閽。身不敢私，君不可諼。本懷止足，矧迫耄惛。力請得謝，冥冥高騫。一區之宅，五畝之園，徙倚茂密〔四〕，掬弄潺湲。名臣欲盡，一老僅存。品其清裁，范滂、陳蕃；訂其細行，管寧、邴原。昔仕鳴珂，公方擁轓。每奉談塵〔五〕，亦同酒樽。公晚東歸，我適南轅。坎壈百謫〔六〕，久伏丘樊。攣痺偏枯〔七〕，併厥寒温。耳聞山頹，淚如河翻。殄瘁情深，哀誄詞繁，空誦《離騷》，安能招魂？烏乎哀哉！

〔一〕受：原作「授」，據四庫本改。
〔二〕「嚇」下原有「驚」字，據四庫本删。
〔三〕法：原無，據四庫本補。
〔四〕徙：原缺，據四庫本補。

〔五〕塵：原作「塵」，據四庫本改。
〔六〕壞：原作「懷」，據四庫本改。
〔七〕偏：原作「漏」，據四庫本改。

唐伯玉常卿

先朝遺直〔一〕，多出華宗。熙寧諫院，慶曆殿中，請尚方劍，嬰權門鋒。誰其似之，堂堂坦翁。端平親擢，冠豸乘驄。内而掖庭，上而清躬，奄戚之貴，衮鉞之崇，大者廷諍，小亦囊封，或奉白簡，對仗力攻。臣無他腸，臣有孤忠。名如泰山，身如斷蓬。客有餞者，舉手屬公，方之鄒、陳，又曰任、龔。公獨感慨，愀然變容。所上諫書，欲沃帝聰，乃如客言，未諒余衷。盜名之人，與竊賄同，惟公素心，可質蒼穹。瘴海之南，大江之東，觚稜雖遠〔二〕，節纛尚雄。帝曰公歸，潦霧颸風，俾典曲臺，古鼎編鐘。方際休明，倏罹閔凶。平生大節，忠孝最隆。退不忘君，如在顯融。老尤慕親，甚於孩童。臞不勝喪，奄然告終。匪人之亡，惟國之空。我如石頑，資公磨礲。少忝交游，晚叨寅恭。辛丑登高，魋結之峰，嘗舉别酒，澆磊磈胸。歸相後先，各未衰癃，犢可負轅，奴可宿舂。彼盟未寒，此興亦濃，聞六月訃，爲三日聾。譬厦顛矣，士曷帡幪；譬舟沉矣，孰濟不通！我有長劍，欲挂短松，久病著床〔三〕，寸步需笻。抱此一歉，殷憂無悰。死者可作，吾將誰從〔四〕，往此東芻，敬告哀悃。烏乎哀哉！

〔一〕遺直：原作「道老」，據四庫本改。
〔二〕稜：原作「梭」，據四庫本改。
〔三〕著：原作「着」，據四庫本改。
〔四〕吾將：原缺，據四庫本補。

少奇姪〔一〕

惟汝幼而穎悟，長而玉立。頎然秀美，見者傾挹。雅俗兼通，詩禮蚤習。舉隅反三，觸類知十。談諧有味，應對尤給。頗富見聞，間出篇什。内順尊老，外敬友執。處衆恂恂，向學汲汲。譬如升梯，舉武躡級。屬開試闈，爰理書笈。婦妾方妊，出門若縶。振臂一行，既抵京邑，忽苦滯下，腸滑肛濇。三醫環之，煮飲投粒。語何琅琅，勢已岌岌。凶訃遽傳，安書猶濕。嗚呼！父兄望汝，弓冶是襲；交遊期汝，朱紫可拾。無奈鬼怪，奪汝之急。汝翁喪汝，侘傺鬱抑，雪涕箋天，求解麾職〔二〕，夢寐丘園，厭苦原隰〔三〕。汝婦得雄〔四〕，頭角奮蟄〔五〕，飛書報汝，何嗟其極。妾擁夜髻，婦嘆宵熠〔六〕。汝兒汝女，呱呱以泣。喪車言歸〔七〕，六親咸集。橘柚弄色，蟹蛤吐汁〔八〕，有酒在樽，曷不鯨吸。先人舊廬，汝翁所葺，汝復何爲，過門不入。烏乎哀哉！

〔一〕此文宋刻本題作「祭百五姪文」。
〔二〕職：原作「纅」，據四庫本改。
〔三〕苦：原作「若」，據宋刻本、翁校本改。
〔四〕「雄」上原有「信」字，據四庫本删。
〔五〕頭：原無，據四庫本補。
〔六〕胥熠：原作「胥燿」，據宋刻本改。
〔七〕喪：原作「表」，據四庫本改。
〔八〕蛤：原作「給」，據四庫本改。

趙保昌 叔愚

昔仕豫章〔一〕，君美少年，如揮塵人〔二〕，如捉月仙。繼客京城，初建宗學，君於其間，麒麟鸑鷟。後牧宜春，握手悲辛，君赴湘南，華髮選人。晚使楚東，致此重客，向之玉雪〔三〕，今也黧黑。約君襆被，話舊對牀，數日不來，聞君背瘍。亟走視君，骨見衣表。君於去來，胸中洞了，慷慨謂余，以身累君。君如師魯，僕慙希文。倉皇買棺，托君僚友。衣足附身，衾亦覆首。日吉時良，遂轉挽竿，奉君之柩，歸於家山。龐公妻子，猶隔瘴霧，迎挈之責，僕敢不助？屬有官守〔四〕，祖君江湄〔五〕，烏乎叔愚，知耶不知！

〔一〕仕：原作「任」，據四庫本改。
〔二〕塵：原作「麈」，據四庫本改。
〔三〕雪：原作「虚」，據四庫本改。
〔四〕官守：原倒，據四庫本乙。
〔五〕湄：原作「酒」，據四庫本改。

湯仲能

烏乎！早挹存齋〔一〕，中交晦静，晚善遺公，珠璧輝映，四海所稀，一門而並。近參周、朱，遠泝淵、孟，粗而事物，妙而性命，先儒疑義，下語未瑩，前輩緒論，開端未竟，審思明辨，博考精訂。餘力及文〔二〕，上下馳騁，論事條達，析理確訶。森嚴之言，如造律令；痛快之作，若摧鋒陳。《離騷》之亂，《國風》之興，追還古雅，掃去哇鄭。詵詵逢掖，沾丐殘賸。蓄以深厚〔三〕，持以誠敬〔四〕，行以平實，發以剛勁。給札之召，加璧之聘，謂言遇合，隨起譏評〔五〕。或云名高，見忌亶、定；又疑語直，遂忤文靖。垂登諸梯，忽落於阱。孰能容之，賴陛下聖。端、嘉以來，屢易宰柄，士居其間，群馬旋濘。維君屹然，鐵壁萬仞。寧煮折鐺，肯顧墮甑！九冠一髦，衆醉獨醒。起牧凋壘，蕭蕭雪鬢。堂屏觴豆，庭絶笞嗔。瓣香爲曾〔六〕，鳴鼓攻鄧。無侯燕喜，有僧苦硬。未嘗乏興〔七〕，特不獻剩。自吾得君，懦氣頗振〔八〕。從容叩擊，宮動商應。所同者心，不同惟姓。舊臘書至，肝鬲傾盡。首敘契闊，末言疾疢。上畀君節，七聚相慶。予寧一月〔九〕，小休三徑。彼使來諗〔一〇〕，此介往詷〔一一〕。筆墨鮮健，體力佳勝。豈陸無車，豈川無舵，方思劇談，詎意長瞑。嗚呼！君昔在列，昌言時政。流涕納忠，易醫療病。俯仰十年，方未對證。曷不講讀，曷不諫諍，曷不柱下，奮筆誅佞，曷不摛文，鳴國之盛！若古有訓，維人無競〔一二〕。三良繼殲，一老不憖。先漢廉吏，有唐卓行，緊士冠冕，亦國龜鏡。厦摧棟桴，航失纜矴。平生清貧，室如懸磬。西風吹訃，心折淚迸。强作君誄，辭事不稱。豈無友朋，不敢假倩，往此束芻，君儻來聽。烏乎哀哉！

〔一〕挹：原作「絶」，據四庫本改。

〔二〕餘：原作「余」，據四庫本改。

〔三〕以：原作「一」，據四庫本改。

〔四〕誠敬：原作「敬陳」，據四庫本改。
〔五〕譏：原作「議」，據四庫本改。
〔六〕辮：原作「辨」，據四庫本改。
〔七〕乏：原作「之」，據四庫本改。
〔八〕懦：原作「儒」，據四庫本改。
〔九〕予：原作「子」，據四庫本改。
〔一〇〕來：原作「未」，據四庫本改。
〔一一〕此：原作「以」，據四庫本改。
〔一二〕兢：原作「兢」，據宋刻本改。

都官兄

二祖二父，迭奏塤篪。家法之懿，士林所推。洎我與兄，生而相依。少兄二歲，垂髫佩觿。遊則同隊，學則共師。兄慧我鈍，兄勤我嬉。亦既昏宦〔一〕，分巢析炊。其間歲月，倏合忽暌。我逢端平，兄遇嘉熙，皆掾紫樞，皆郎粉闈。我坐狂瞽，晨招暮麾。兄益嚮用，奉使右畿。性不忤物，仕方逢時，曾未幾何，亦蹈危機。我召自南，顧戀母慈。兄與居厚，適先得歸。我亦寢召〔二〕，鼎足奉祠〔三〕。每云一門，有三崇禧。相與徜徉，山巔水涯。我先起廢，居厚踵隨。兄有知己，歲晚進爲。薦口方開，諱問忽馳。嗚呼！世尚清談，實用則稀。軍旅未學，財穀不知。兄佐戎幕，蹈險出奇。斡無爲有，師以不飢。縣譜尤高，百年之思。刀筆平視，蘇綽、穆之；鞭笏不數，劉晏、五琦。宜總賦輿，宜主計司。暫畀一節，遂閑七期。和扁袖手，謂世無醫。兄涉中年，清苦自持。婚嫁俱畢，伏臘粗支。手葺數椽，不汰不庳〔四〕。架設圖書，案陳鼎彝。鄰有親朋，傍無妾姬。謂言後凋，詎意早衰。兄素達生，胸懷坦夷。豈厭憂患，去如蜕遺。頃失冢子，薛婦生離。近喪丘嫂，蕭然房帷。門户之寄，付之阿宜。托孤愛女，聞者齎咨。追記疇昔，竹馬互騎。安知衰莫〔五〕，原鴒折飛。《廣陵》之操，遂絶於兹。洛社之遊，無復後期。欲往哭兄，使事縶維。往此瓣香，瀾汎涕洟。尚享。

〔一〕宦：原作「官」，據四庫本改。

〔二〕召：原無，據四庫本補。

〔三〕鼎：原無，據四庫本補。

〔四〕庳：原作「痺」，據四庫本改。

〔五〕莫：原作「草」，據四庫本改。

徐仁伯〔一〕

嗚呼！楚龔之死，已瀕耋耄。有一老父，踵門來弔。比之膏薰，天年不保。余謂老父，蓋未聞道。百年一瞬，矢激電掃。伯始輩人，寧不華皓。以彼爲壽，則此宜夭。惟公大節，如揭兩曜。計雖危晃〔二〕，功則存趙。國人驚嗟，天子震悼。我不識公，書札傾倒。道出通德，巷寂户悄。故閭誰式〔三〕，新阡誰表？聊持束芻，覆此清醥〔四〕。烏乎哀哉！

〔一〕此文宋刻本作「過信州祭徐仁伯侍郎文」。

〔二〕雖：原作「維」，據四庫本改。

〔三〕式：原作「試」，據四庫本改。

〔四〕醥：原作「甌」，據四庫本改。

後村先生大全集卷之一百三十八

祭文

季父習静

昔我兩翁，手澤萬卷。六丈夫子，讀之殆徧。或終隱約，或稍光顯。季父尤賢，審思明辨。近参朱、張，上泝鄒、兖。邃古以來，聖經賢傳，精粗融液，顛末貫穿。研尋微奥，點竄訛舛。自幼酷嗜，至耄靡倦。依山結茅，鄰不覿面。瘦笻登覽，深衣閒燕。洞洞屬屬，兢兢戰戰。義理之會，事物之變，本諸師説，傅以己見。修諸家庭，化於鄉縣。天錫高齡，爲諸老殿。方伯之聘，廉使之薦，謝公掩鼻，良恐不免。猿鶴有約，羔雁無羨。曷不憖遺，奄隨露電。嗚呼哀哉！關、洛格言，深味者鮮；隆、乾門户，未絶如綫。堂堂季父，真知實踐。前修典刑，故家文獻。譬如長松，屹立霜霰。尚難招徠，矧肯攀援！周不能貴，秦不能賤。老死布韋，涕唾軒冕。晚見冢子，脱吏部選，百乘未迎，兩楹忽奠。謂神益謙，謂天福善，胡爲奇禍，併奪罷囝！行道之人，莫不涕泫。愚幼顓蒙，季父訓勉〔一〕，久撰杖屨，亦侍筆研〔二〕。欲追高致，自嘆駑蹇。每聞清論，常愧粗淺。歲晚竹林，妄希小阮。放逐來歸，音容已遠。哀猶如新，禮則不腆。嗚呼哀哉！

〔一〕勉：原作「免」，據四庫本改。

〔二〕侍：原作「待」，據四庫本改。

工部弟

與子同胞，六十暑寒。粵自髫髦，至勝衣冠。燈火共親，齏鹽剖餐。止則聯棲，飛則接翰。以記覽言，子敏我頑；以才思言，子贍我慳。去而宦遊，子易我難；出與世接，我危子安。我如射侯，百矢所攢；子如美璞，了無瑕瘢。嘗再立朝，不善刺鑽。洎三典州〔一〕，勤拊凋殘。邦人愛之，若寵與寬。互市之清，聞於夷蠻。屬者改紀，起部握蘭。俄復借留，慰彼惸鰥。我滯鄱陽，子留泉山。江閩阻修，得書絶艱。聞有奇疾，客腠理間。不以告我，拜疏乞閑。手書入京，我忝召環。攜白朝堂，爲易名藩。既解郡紱，歸覲慈顔。湯熨稍瘳，徜徉於盤。袁復縮戍，迎吏叩關。自言病起，舉步蹣跚。茅山福地，木天清班，以榮戲綵，以旌考槃。我屢約子，宦情已闌。山林之樂，水菽之歡。豈必鼎鐘，賢於瓢簞。及兹譴逐，謂言檀欒。歸路得訃，淚血未乾。魏國九衰〔二〕，兄髮亦斑。門户寂寞，婦兒弱孱。子焉往哉，掉臂不還。法書停披，素琴罷彈。巖石誰磨，名畫誰看？獨餘詩卷，皆手自刪。靡事琱鐫，亦無帨鞶。唐人高處，極力追攀。水心佳評，亘古不刊。生前之榮，一節兩轓。身後之恨，千緒萬端。舊畬不腆，新廬未完。遺言琅琅〔三〕，聞者悲酸。鶴髮鍾情，忍聞闔棺！鴒原孔懷，相與哭菆〔四〕。不瞑子目，幾裂我肝。覆此巵酒，掩袂淚瀾。烏乎哀哉！

〔一〕洎：原作「泊」，據四庫本改。
〔二〕衰：原作「衮」，據四庫本改。
〔三〕琅琅：原作「珠珠」，據四庫本改。
〔四〕相：原缺；與：原作「輿」，據四庫本補、改。

又祖奠

嗚呼！海鄉多風，天寒歲暮，人家相戒，墐塞北户。汝何爲哉〔一〕，魂車祖馬，捨此先廬，即彼中野。吾辛勤一生，養汝待老，汝兄汝弟，賴汝亢宗，汝婦汝子，仰汝終身。汝掉臂長逝，略不返顧，六親之人，相與悲哀慟絶號叫，汝而不聞也。然宅兆已成〔二〕，時日已練，前之悲哀慟絶號叫者，雖欲挽留汝而不可得也。悲夫，豈不甚可痛哉！汝數有盡，我哀無極，聚族送汝，幽明永隔。嗚乎哀哉！

〔一〕爲哉：原缺，據四庫本補。
〔二〕然：原作「終」，據四庫本改。

又掩坎

嗚乎！吾當大耋之年，失鍾愛之子，固已無腸可斷、無淚可滴矣，矧臨窀穸，痛如之何！然逝者之復於土，猶行者之歸於家也，西山之麓，汝所游憩，汝安歸之，以蕃汝繼〔一〕。嗚乎哀哉！

〔一〕繼：原作「族」，據宋刻本改。

古田弟

嗚乎！憶去秋之行役，至太末而相遇〔一〕。惜六年之久暌，僅一夕之暫聚〔二〕。遂聯床而參語，屢更僕而續炬。既剝落於驕榮〔三〕，亦究極於歸趣。嘆學識之精詣，訝顏髮之蒼素。車轣轆而忍發，馬蹐踻而廻顧。謂衣錦以趨庭，乃苴麻而陟岵。味書辭之悲哽，述創痛之深鉅。練吉日而撤蕆，徵鄙文而銘墓。子銜卹而端居，余觸讒而汰去。方夜雨之尋盟，忽曉風之吹訃。承祖父之嫡傳，超羣從而獨步。少穎悟而有聞，長秀美而無度。見孤熊皆辟易〔四〕，秃千兔猶鬱怒。果得雋於名場，寖通籍於選部。揮利斤於盤錯，發新意於陳腐。實士林之挺出，矧吏幹之尤裕〔五〕。始不諧於俗好，終難掩於民譽〔六〕。奈何俾之幽憂，且重嬰以沉痼。氣上揚乎雲霄，命奄隨於朝露。烏乎哀哉！豈負挾其逸才，致時運之多牾？抑窺覷於天巧，雖造物而亦妬？惟再世之文獻，將一券而授付。意久蟄之必奮，曷長寐而無寤。情本切於倫紀，事況關於門户。莫致詰於杳冥，但可諉諸氣數。痛莫痛於季父之未窀，哀莫哀於四孤之失哺。胡不留子表瀧岡之阡〔七〕，畢向平之娶；胡不待我爲烏衣之游，賡惠連之句〔八〕。悲零落之雁行，陳菲薄之雞黍。烏乎哀哉！

〔一〕末：原作「来」，據宋刻本改。

〔二〕懽：原缺，據四庫本補。

〔三〕落：原缺，據四庫本補。

〔四〕孤熊：原作「狐罷」，據四庫本改。

〔五〕吏：原作「史」，據宋刻本改。

〔六〕民：原作「名」，據四庫本改。

〔七〕瀧：原作「隴」，據宋刻本、翁校本改。
〔八〕惠：原無，據四庫本補。

從母陳恭人

嗚呼！靈初來歸〔一〕，夫家苦貧。啜菽盡歡，舉案如賓。夫雖策名，齎志莫伸。巢毁子幼，行路悲辛。靈方盛年，禮法是循。敗屋一間，寂寞之濱。足不踐閾，聲不出鄰。持家斬斬〔二〕，誨子諄諄。瘠田墾藝，故衣緝紉。節高月旦，誠動穹旻。果食其報，雙桂一椿。季也宦達〔三〕，列鼎養親。命服板輿，所至行春。垂登九袠，雪鬢鶴身〔四〕。曷不百齡，鸞誥鳳綸。靈昔之往，歆豔搢紳；靈今之歸，哀感族姻。惟其卓行，千古不泯。斷臂而誓，凝妻其人；畫荻而教，歐母之倫。宜述彤史，宜勒堅珉，照映天壤，逾久逾新。我家耆舊，如星向晨，相率縞素，薦鯽與蓴。烏乎哀哉！

〔一〕來：原作「未」，據宋刻本、翁校本改。
〔二〕斬斬：原作「靳靳」，據四庫本改。
〔三〕宦：原作「官」，據四庫本改。

〔四〕鬢：原作「鬚」，據宋刻本、翁校本改。

林寒齋

昔聞君言，窮高極深。超乎宇宙，橫絶古今。我獨憂君，往而不返。六丁力盡，尺寸莫挽。巷無車轍，門長蒿蓬〔一〕。君忻然曰，吾老是中。花香鳥鳴，風朝月夕。睠言攜幼，亦或命客。庭中垂棗，誼不苟貪。井上有李，咽之而甘。近臣交章，九重反席。君固頓首，辭以羸疾。視蔭怛化，常情則然。君之屬纊，語皆可傳。或者疑君，瞿聃之學。以身爲患，以滅爲樂。余曰不然，殆未之思。朝聞夕死，竟復是誰！人之生世，如夢如醉。惟君卓然，了此大事。而我何爲，涕出如傾。入通德門，追懷平生。堂上老人，二疎四皓。閫中尤賢，陶母龐嫂。退而就館，接君雁行。有禮有法，元方季方。凡此諸人，今皆安往。我雖獨存，白髮千丈。昨與內相，私議易名。近聞方伯，抗疏追榮。婦謚康子〔二〕，友揭貞曜。靡煩有司，自致嘉號。然君之生，一不動心。今其逝矣，詎必顧歆。桑榆之年，畏別親友。況也永訣，舉此卮酒。

〔一〕蒿蓬：原倒，據宋刻本、翁校本乙。

〔二〕謚：原無，據四庫本補。

方鐵庵〔一〕

嗚呼！蔣彈四人，兄魁我亞，次及臞翁，請誅無赦。赦而不誅，恩出陛下。兄解筆橐，我奪民社。謂兄累我，事實不然。狂瞽之論，其發在先。我既蓬飄，兄亦株連。兄不我捨，水涯山巔。村酒過墻，野菜共掘。居亡幾何，迭起持節。鄞揆甚我，再召再輟〔二〕。我專一壑，兄帥百粤。上於吾儕，其仁如天。衆皆傾擠，獨斷保全。我復駕軺，朝方改絃。晚面清光，頓首榻前。端平諸人，凋零誰在？僅餘一二，山嶺海嶠。昔猶盛壯，今各老大。匪亟收之，恐不可待。芻言稍切，天爲動顏。退白丞相，甫數日間。詔以南伯，鎮於西山。心竊喜兄，生入玉關。夫何滯留，嚴裝未發。怪鵩禍賈，妖星隕葛。得非霧潦，無乃炎熱。縉紳相弔，蒼黔望絶。符靖而後，賢少國空〔三〕。繫世道者，道鄉、了翁〔四〕。兄之諫書，不愧二公。誰爲南董，發揮遺忠？兄處朋友，恂恂謙抑。終日默然，欲語面赤。一奮其勇，萬夫辟易。器之鐵壁，彦和玉尺。嗟嗟斯人，今也則亡。胡不旃厦，胡不廟堂，胡不錦歸，壽考徜徉。揮金於宗，鈞游於鄉。我自童蒙，則忝親友。同學青衿，分路白首。富貴朝露，惟名不朽。兄聞我誄，必舉我酒。烏乎哀哉！

〔一〕此文宋刻本題作「祭方德潤寶學文」。

〔二〕再召：原無，據四庫本補。
〔三〕賢：原作「資」，據宋刻本改。
〔四〕鄉：原作「卿」，據四庫本改。

王實之少卿

烏乎！幾千百年，生此奇崛，如何一夕，奪之奄忽。場屋之學，芻狗暫設，而我空空，未叩先竭。兄如鉅野，衆流蓄洩；又如良賈，百貨陳列。時人之文，才力戛戛，機杼軋軋，邊幅短乏〔二〕。兄筆一揮，龍騰驥掣，若不經思，辨麗條達。望古慷慨，傷時憤切。延和之疏，玉堂之札，固已轟雷霆而揭日月；至於窮愁幽憂，論著感發〔二〕，單辭半簡亦足藏名山而俟來哲〔三〕。獨竊怪夫昔日之生才也，爲衆論所親附、所崇獎；今之生才也，受一世所妬忌、所挫折。去國五閏，入館數月，衡困拂亂，跋疐躓蹶。絳、灌害賈，靳、蘭讒屈，精華落盡，僅存氣骨，尚不少假，化爲異物。烏乎！使兄進用而補衮闕，安昌之劍可請，延齡之麻可裂。兄雖退處，幅巾短褐，後生資其匠斧，憸人懼其筆鉞。今二者皆已矣，此蓬掖之士所以空巷而祖送、金石之友所以反袂而慟絶。嗟夫，天耶人耶，爲此酷烈！以理推之，不得其説。豈萬類困其凌暴，草木惡其挑抉。仲達輩方幸孔明之死，之問等不堪審言之壓。要之千萬世而下〔四〕，妬忌者、挫折者啄已箝，骨已朽，兄之樹立終不可得而磨滅。以此較彼，果孰優劣？烏乎！兄昔爲端平相君而來，坐端平相君而斥〔五〕。迨鈞軸之再秉〔六〕，蓋弓旌之屢迫。兄愀然曰，預其憂者不必預其樂〔七〕，同乎處者不必同乎出〔八〕。訝紀瞻之逡巡，如臧氏之毀鬲。以文忠、正獻之大老，不能援守道、子美之二客〔九〕。豈獨今哉，其來自昔。凶訃初傳，主相嗟惜。汲黯、劉向，西都遺直。不躋大用，皆止卿秩。兄官似之，亦其流匹。嗟我於兄，少相親昵。師門同升〔一〇〕，朝路偕黜。劇談共燈，俊遊聯屐。介以鐵庵，樂哉三益。庵歸不早，勤官而卒。兩翁相對，情味蕭瑟。我嬰沉痼，兄有憂色。饋藥裹飣〔一一〕，三顧蓬蓽。曾未幾日，聞兄疾棘。我猶伏枕，兄遽易簀。莫視衾含，莫執紼翣。束芻後至，數易旬浹〔一二〕。含毫誄兄，苦語哀颯。嗚呼哀哉〔一三〕！

〔一〕乏：原作「之」，據四庫本改。
〔二〕著：原作「者」，據四庫本改。
〔三〕俟：原作「傳」，據四庫本改。
〔四〕世：原無，據四庫本補。
〔五〕斥：原作「升」，據四庫本改。
〔六〕秉：原作「乘」，據四庫本改。
〔七〕必：原無，據四庫本補。

〔八〕同乎處者不必：原無，據四庫本補。
〔九〕道：原作「趙」，據四庫本改。
〔一〇〕師：原作「帥」，據宋刻本改。
〔一一〕裹飣：原作「聚餌」，據宋刻本改。
〔一二〕旬浹：原倒，據宋刻本乙。
〔一三〕本句原無，據四庫本補。

又掩坎

烏乎！兄殁，僕有垂死之病；兄葬，僕抱不天之痛。前不得拊棺而哭，後不得臨穴以送。念斬板之莫相，徒寢苦而内訟。憶談諧之如生，恍精爽之入夢。猥承掌珠之戒〔一〕，見託銘筆之重。無希文、永叔之力量，何以發曼卿、子美之豪縱！然於兄而有靳，則朋友之安用！惟長息之受教，屬佳城之襄奉。陳生芻之不腆，望宰木而長慟。烏乎哀哉，尚享〔二〕！

〔一〕猥：原作「狠」，據宋刻本改。
〔二〕尚享：原無，據四庫本補。

鄭伯昌吏部

烏乎！季世諱言，上下恬熙。進而用世，惟默最宜。婾風既成，直道遂衰。伏馬息鳴，寒蟬罷嘶。端平履畝，衆皆依違。君首奏記，掊擊其非。嘉熙易相，或獻頌詩。君復袖疏，指陳其私。淳祐兵財，各有典司。或問於相，謝曰不知。君方遠使，拜疏驛馳。欲救時弊，遑恤身危。浙左建牙，江右褰帷〔一〕。雪屬吏誣，抗御史威。解污吏印，奪戚里麾。凡此大節，尤爲崛奇。自頃以來，魁柄屢移。士喪所守，翕翕和隨。邢、楊反覆，王、吕合離。遺臭萬代，取快一時。君終其身，不可磷緇。何去之速，何來之遲。以臺郎徵，堅卧固辭。上嘆其高，出節近畿。壯圖盛心，百未一施〔二〕。古有神膏，今無瘍醫，烏乎斯人，僅止於斯。自我交君，將二十期。俱事文忠，同爲軍諮。善每心服〔三〕，過必面規。相約早退，享黄髮期。君今已矣，孰知我悲。平生取友，曉星就稀。先奪德潤，次失實之。俄又哭君，後凋者誰。穹穹厚厚〔四〕，脩短孰尸。孰鄙而壽，孰哲而萎。豈今獨然，自古如兹。欲視君窆，病起尚羸。往陳束芻〔五〕，長慟累欷〔六〕。嗚呼哀哉〔七〕！

〔一〕褰：原作「蹇」，據宋刻本改。
〔二〕未：原作「来」，據四庫本改。

〔三〕心服：原倒，據四庫本乙。
〔四〕穹穹厚厚：原作「窮君厚薄」，據宋刻本改。
〔五〕陳：宋刻本、翁校本皆作「此」。
〔六〕累：原作「獻」，據宋刻本、翁校本改。
〔七〕末句原無，據四庫本補。

杜於耕尚書

烏乎！自夷狄亂華，南北分裂，而畏虜二字遂爲士大夫膏肓骨髓之病。石勒長驅，晉公卿皆爲俘虜，王衍懼而勸進，於時豪傑之士奮然以石勒爲不足畏而敢與之抗者，祖逖、劉琨而已。北邊初動，李鄴首張大其登山如虎、入水如蛟之勢以沮國人，雖二种不能戰，劉韐、張孝純不能守，於時疆場之臣奮然以北兵爲不足畏而敢與之抗者〔一〕，宗澤、陳規而已。上下千百年間，士大夫功名事業可追蹤此四賢者〔二〕，公其人焉。蒙韃暴邊，蜀漢淮之名城巨屏金湯失險、陵谷易位多矣。公爲天子守豐守廬，虜歲歲來攻，公歲歲登陴〔三〕，久或數月〔四〕，近亦累旬。矢石交發，飛鳥不通，人謂危在旦夕。公狥於衆，效死毋去，恥以其身獨免，卒之與城俱全。視祖於譙〔五〕、劉於并、宗於汴、陳於順昌之事無愧色。嗚呼！公蕭然澤臞，射不穿札〔六〕，勇不挾輈，徒以肝膽輪囷，忠義奮發，挺孤身於百萬虎狼之中，意定神閑，夷然無懼。此固侪鏊、察罕之所不能犯，移辣楚材、王檝之所不能誑，衝梯之所不能攻，攢砲之所不能害也。昔廉頗一飯數升〔七〕，以求復用；孟德分香賣履，見於垂没。公甫七秩，筋力未衰，解凌烟之冠劍，訪故鄉之釣游。及示微疾，盡空諸有，賑六姻之貧弱，弛巨萬之逋責。進退存亡，人之大變，而公處之雍容閑暇如此，不亦偉然大丈夫也哉〔八〕！僕幼納交，今亦白頭〔九〕，公書未答，公訃已傳。追懷平生，感慨世道，國蹙如此，虜暴如此，曷不留公以係人望！瓣香束芻，道遠禮輶，公嗜余文〔一〇〕，必歆此誄。

〔一〕自「祖逖」至「抗者」凡六十五字，原脱，據四庫本補。
〔二〕業：原作「案」，據四庫本改。
〔三〕歲歲：原脱一「歲」字，據四庫本補。
〔四〕句首原有一「登」字，據四庫本删。
〔五〕譙：原作「樵」，據四庫本改。
〔六〕札：原作「礼」，據四庫本改。
〔七〕飯：原作「餌」，據四庫本改。
〔八〕不：原無，據四庫本補。
〔九〕白頭：原作「顯白」，據四庫本改。

〔一〇〕文：原無，據四庫本補。

魏國大殮

嗚乎！昔我先君，蚤棄詒孤，某渺然卑官，仲叔未仕〔一〕，季方七歲，緒業重，貲産薄，門户嘗微矣。吾母以孝謹訓子，以苦淡持家，俄而債者起，蠱者飭〔二〕，弁而笄者婚嫁〔三〕，卑而微者通顯，歲時子女婦若内外孫曾孫拜起堂下者數十人〔四〕。晚見某使粤、使楚、使閩，仲守樵、守潮、守泉，叔亦佩新興符，門户復盛矣，而吾母家法益孝謹，益苦淡，不改其度。蓋一世之所共羨者，曰壽曰貴。吾母得年八十有八，可以言壽矣；開湯沐郡者再，國者四，可以言貴也。然吾母未嘗一日有舒泰之心、欣豫之色。每安乎一簞半菽之簡易，寧計夫五鼎三釜之豐嗇！悟本心覺性於佛祖，得至言妙義於禪客。視身等夢幻之境〔五〕，以家爲旅泊之宅。豈暫來於震旦〔六〕，竟返歸於兜率。其所以遊戲人間稍久者，良以慈愛之情鍾，子孫之緣重，有不容釋。推母之心，思母之德，雖百口之皆飽暖，恐一雞之失卵翼。自哭仲氏，遂減眠食。疾棘夢仲〔七〕，恍如平昔。顧復一念，終不厭斁。某等六十餘年，團欒侍膝〔八〕。一朝酷罰，萬古永隔。音不復聞〔九〕，容靡再覿。此身有盡，此寃罔極。嗚呼哀哉！尚享〔一〇〕。

〔一〕仲叔：原作「叔季」，據四庫本改。
〔二〕飭：原作「飾」，據四庫本改。
〔三〕弁而笄：原作「笄而弁」，據四庫本改。
〔四〕拜起：原倒，據四庫本乙。
〔五〕之：原作「一」，據四庫本改。
〔六〕「豈」下原有「軒」字，據四庫本删。
〔七〕仲：原作「伸」，據四庫本改。
〔八〕欒：原作「戀」，據四庫本改。
〔九〕聞：原作「間」，據四庫本改。
〔一〇〕「嗚呼」以下原無，據四庫本補。

又祖奠

烏乎！吾母年垂九秩，嫠居三紀，未嘗一日遠去諸子，今安往哉！桑蔭屢徙，棄此萱庭，即彼蒿里。向者平旦寢門子孫問安、夜深擁爐幼稚繞膝之地，今塵凝一榻矣，蛩鳴四壁矣。高堂化爲堊室，斑衣化爲衰絰，笑語化爲哭泣，魚軒象服化爲魂車祖馬。嗚乎，窮天下之悲，極人世之慘，有甚於此者乎！六親寬譬之言，四方弔唁之書，類曰若等事母日長，可以無憾矣。嗟夫！惟其事母之日長，故喪母之痛鉅，念母之腸裂，哭母之淚盡而繼之以血也。城南之阡，天相陰隲，日吉時良，將即窀穸，闔門攀號〔一〕，蒼天罔極。

〔一〕攀：原作「舉」，據四庫本改。

又掩坎

烏乎！先君之歿，三十六期。拊我誨我，賴有母慈。母獨往哉，雖生奚爲！下從九原，亦不敢辭。所以尚延須臾之息、奉窀穸之事者，蓋念付授之甚重，懼緒業之衰微。三月而葬，古今行之，乃命卜人，乃訊墓師，采合葬之禮，稽同穴之詩。啓玄堂之如新，瞻宰木之合圍。余小子恨乏表阡之筆〔一〕，然先親無愧積善之題。痛音容之逾邈，憶話言之可師，尚昆雲之庇燾，庶門户之扶持。

〔一〕恨：原作「僅」，據四庫本改。

代祭故相 不用〔一〕

公相兩朝，廿有六年〔二〕，匪曰人謀，有數存焉。在昔忠定，挾龍飛天。得君如公，不如公專。俄而乞身，動則掣肘。得政如公，不如公久。公之遇合，開闢未有。冠絶諸公，亦過厥考。秀眉玉色，蟬冕衮衣。雖嬰美疢，尚決繁機。帝欲拜公，魏公太師。公懼滿盈，頓首牢辭。援立之勞，圖回之策，士有公評，史有直筆。今其已矣，朝野驚嘖〔三〕。我猶慨然，追感疇昔。生殺予奪，在公手中〔四〕。我於國論，安敢不同。《詩》刺背憎〔五〕，《書》戒面從。衆爲一談，獨守孤忠。諫官御史，章奏滿袖，曰非竄投〔六〕，無以懲後。弗置嶺海，俾安畎畝，天子聖明，相君忠厚。歲晚起廢，恩怨掃空。我愧高平，公似吕公。屬時多虞，聞公告終。不忝東芻，尚監微衷。

〔一〕不用：原無，據四庫本補。
〔二〕廿：原作「共」，據四庫本改。
〔三〕嘖：原作「奇」，據四庫本改。
〔四〕公：原作「我」，據四庫本改。
〔五〕詩：原作「討」，據四庫本改。

〔六〕投：原作「殺」，據四庫本改。

仲妹

烏乎！汝侍翁疾，至於刲股。翁謂家人，孝哉吾女。扶□柴立，哀動行路。穀升火改，汝猶茹蔬〔一〕。凡今之人，皆在孺慕。孝衰於親，以妻子阻。士者或然，而況女婦。汝□有行，惓惓反顧。魏國高年，屢嬰沉痼。汝棄家事，扶持調護。衣必待汝，時其絺絮；食必待汝，然後舉箸。蓋如是者，數十寒暑；凡我同氣，愧汝敬汝。其嬪夫家，動合禮度。上承姑嫜，下拊童孺。外禮族戚，内葺門户。斂華務實，化窘爲裕。婦人之情，鮮有不妒。汝待妾媵，何其忠恕。未嘗訶之，況識笞怒。其慈弱子，過於自乳。少則保抱，長則聘娶。外人不知，爲嫡爲庶。里有公評，匪曰私譽。然而没□笄珈，生惟荊布。病如風雨，化如電露。莫致其詰，但諉之數。陌上之人，忽聞汝訃。蹙額相弔，如失親故。矧吾天倫，各已皓素。汝於慈孝，得之天賦。乙巳哭女，戊申喪母。懽悰冰澌，逆境荼苦。溪北掩坎，城南合祔。遂厭人世，不肯少住。明日練祭，今日蜕去。生滅之理，汝素了悟。急難之痛，吾迫遲暮。相率哭汝〔二〕，有淚如注。

〔一〕茹蔬：原倒，據翁校本乙。

〔二一〕哭：原作「突」，據翁校本改。

鄭丞相

曩遭詩禍，幾置臺獄。公在瑣闥，力解當軸。端平爰立，擢太尉掾。思堂密詢，翹館燕見。嗟我於公，合非勢利。相賞文字，相勉道義。丙申之斥〔一〕，流落稍久。書來慰藉，期我無垢。丙午之斥，冒雪祖道。自方田晝〔二〕，期我鄒浩。再相五年，我卧空谷。初辭弓旌，繼罹風木〔三〕。晚迫而起，公愈貴重。豈無愚筦，猶冀采用。我欲白事，公罕揖客。光範之門，累月掃迹〔四〕。乞骸掛冠，疏至八九。匪曰潔身，實懼濡首。他人受知，一身而止。我銜公恩〔五〕，昆弟父子。百口託公，隻手卵翼〔六〕。一日無公，群臂彈弋。衆方迫切，訶罵佛祖；我獨迂緩，援引馬、呂。勸容直言，勸收善類，爲鼓邪説，爲懷私意。及條故事，及進密疏，爲儌後福〔七〕，爲沽虚譽。或云范公，稍怪守道，亦曰涑水，欲逐坡老。匪公厭倦，實我窮薄。白簡誅心，青雲失脚。尚意汾陽，考二十四〔八〕，且謂潞國，壽九十二。萬一他日，訪公於鄭，午橋酒邊，半山驢後。憶初出晝，飛槧惜別，寧料此行，遂與公訣。舊學之尊，上宰之貴〔九〕，黼扆輟朝，玉鉞卓地。而況諸生，視公猶父，山川脩阻，不克奔赴。公來現身，公去振臂，公無生滅，我有榮悴。舉世攻詆，獨公嗟惜。嚴光狂態，劉蕡風疾。邪説私意，則已順受，虚譽安在，後福奚有。惟今之人，尤工論議，先以爲合，後以爲貳。烏乎！剖胸出心，枯皆見血。公昔富國，容有未察。捨之則藏，死而後已。公今在天，其知之矣。

〔一〕斥：原作「升」，據《翰苑新書》別集卷一二改。下同。
〔二〕晝：原作「畫」，據《翰苑新書》別集卷一二改。
〔三〕木：原作「水」，據《翰苑新書》別集卷一二改。
〔四〕掃：原作「稍」，據《翰苑新書》別集卷一二改。
〔五〕銜：原作「御」，據《翰苑新書》別集卷一二改。
〔六〕隻手：翁校本作「隻身手」，顯衍一字，然似當作「隻身」，於義差勝。
〔七〕徽：原作「徵」，據《翰苑新書》別集卷一二改。
〔八〕考：原作「老」，據《翰苑新書》別集卷一二改。
〔九〕貴：原作「責」，據《翰苑新書》別集卷一二改。

游丞相

於維聖宋，名相比肩。萊公英偉，或惜其學之未至；涑水純粹，或疑其才之稍偏。堂堂克齋，庶幾於全。其師旨後溪之密付，其家訓忠公之嫡傳，其論諫古人之遺直〔一〕，其文章天下之至言。其温如春，其重如山，其虚如谷，其静如淵。寶、紹之初，已抱負夔、禹之望；端、嘉而後，遂伯仲韓、富之間。方援立皆服其德量，既退處猶問其貌年。儻斯世之欲治，盍再秉乎化權。意歸衮之有日，忽騎箕而登天。凄善類之相弔，致遺恨於逝川。惜當國之尤淺，竟齎志於重泉。使久居於弼諧，且傍無於撓牽，其立政與造事，必掩後而光前。烏乎！此謂之愛公可也，要未爲知公者焉。祁國、梁溪僅三四月上印而去，不失爲賢，苟或不然，雖久且專。潞公晚節，出涕於落旄鉞；槐相遺命，祝髮以易貂蟬。孰如我公得閑於亡恙之日〔二〕，辭籠於未厭之先！於心無一毫之餒矣，是氣塞兩間而浩然。宜乎生荷重名，殁錫美謚，勒之鍾鼎，垂之簡編。言念昔者，甲午初元，麟寺樞府，兩相周旋。每嘉史草，亦獎奏篇。公既登庸，我復招延〔三〕。十年久斥〔四〕，一日驟遷。舉典故之稀闊，越尺度之拘攣。雖薄材慙於韓、陸〔五〕，然昭代法乎淳、乾。在廷齗齗，獨公惓惓。曾不旋踵，局面覆翻。公去廊廟，我歸田園。去夏浪出，宿痾沉綿。作書訣公，尚灑答牋。我猶偷生，公爲飛仙。士懷一飯，矧出陶甄。道之云遠，阻哭墓阡。些誄卑蔭，尊觶酸寒。追記丙午，攝乏掖垣〔六〕，偶偕竹湖，訪公留連。合詞勸公，時事實難。方欲爲國立太平之基，豈可使身無一日之安。公拱手曰，某有去爾，子各勉旃。其詞之嚴、色之毅，吾二人者退而嘆曰：此其所以爲果山歟。烏乎！公與竹湖，莫起九原，我著斯言，以俟史官。

〔一〕「人之」原倒，「遺」原作「道」，據《翰苑新書》别集卷一二乙改。
〔二〕如：原作「知」，據《翰苑新書》别集卷一二改。
〔三〕延：原作「賢」，據《翰苑新書》别集卷一二改。
〔四〕斥：原作「升」，據《翰苑新書》别集卷一二改。
〔五〕材：原作「村」，據《翰苑新書》别集卷一二改。
〔六〕乏：原作「之」，據《翰苑新書》别集卷一二改。

後村先生大全集卷之一百三十九

祭文

王留耕參政

本朝名宰如王魏公之貴重、曾魯公之老壽，當時鮮儷〔一〕。然王公不免陪玉輅之塵，曾公亦有蹲鳳池之誚，惟魯、范二老僅至參與而薨，至今名照穹壤，王與曾有愧色焉。豈天易予人以高位，而靳畀人以全節耶！公之來也以直道進，其去也以直道退。雖年位稍亞於王、曾，而名德欲齊於魯、范矣。僕老放絀，冀公進爲。甫驚摧梁木之報〔二〕，俄興埋玉樹之悲。蒼黔安仰，顛危孰持！自傷殘骸，疾病之錮〔三〕，隻雞斗酒之禮後，素車白馬之誼虧。凜然英爽，歆此誄辭。

〔一〕儷：原作「麗」，據翁校本改。

〔二〕報：原作「恨」，據翁校本改。

〔三〕疾病之錮：原作「痼病之疾」，據翁校本改。

李用之秘監

龜山於京，文定於檜，初敬終惎，倏進俄退。督之末相，以譎自蓋。薦三十士，往往名輩。公當是時，固嘗峨豸。居中幾何，旋踵斥外〔一〕。爾欲爲者，我不傅會；我自立者，爾焉能浼！憶與鐵庵，博覽奏對，於故紙中，馳騁千載。不著名氏，獨現光怪。此必洞齋，衆伏且駭。奈何斯人，留落嶺海。彰施藻火，被之巖瀨。戛擊金石，散爲竽籟。挑抉蟲魚，形諸箋解。家有論著，目無華采〔二〕。士爲時惜，年不公待。嗚呼！疾病則亂，魏傁昏憒；歲晚語謬，謝傅殂背。公將易簀，遺偈痛快，譬之虛空，豈有成壞。我嘗評公，精博英邁。詩學卜、衛，文律崔、蔡。自昔黨議，爲縉紳害，知我罪我，以俟萬代。嗟同門生，凋零誰在，執別銷黯，聞訃驚聵。老語諄譫，聊寫悲慨。

〔一〕斥：原作「升」，據翁校本改。
〔二〕目：原作「因」，據翁校本改。

林元晉武博

我嘗三人，勸講代言，君無一字，及於脩門。又嘗三黜〔一〕，貴權嗔怒，人畏傳染，君愈親附。念我暮齒，諒我孤忠，饋藥起疾，貽書擊蒙〔二〕。衆方排我，荆舒、楊、墨，君顧以爲，卿、雲、甫、白。世故輪雲，人心塹坑。晚欲託君，患難死生。昨枉緘題，怪非自札。酸風吹訃，白日永訣。西山之門，存者幾人，又弱一个，莫贖百身。嗚呼！學可謀斷，僅教胄子；才可董統，乃牧斗壘。得禄幾何，閑輒數期，寄巢蕭寺，夭輒隨之。彼何人哉，耆厖烜赫。其間分劑，於君獨嗇。祝鳌不飽，營棲未遷，君則往矣，家尤蕭然。始翁謫殁，負骨歸窆；後師夢奠〔三〕，守死不畔。君昔徇義，勇不可當。今誰卹孤，誰來訃喪！卜用何山，葬以曷日，禮有匍匐，老無筋力。誄不盡哀，哭不成聲，英爽如生，豈隔幽明！

〔一〕黜：原作「黠」，據翁校本改。
〔二〕貽：原作「貼」，據《翰苑新書》别集卷一二改。
〔三〕奠：原作「殿」，據翁校本改。

惠州弟

烏乎！吾翁將終，念子稚齒，執手謂余，以是累爾。悲哉斯言，琅琅在耳。四十年間，逢坎屢止。子榮子悴，余憂余喜。邑最朝蹟，方騖華軌。淬剖虎符，亦服龜紫。皆辭阻脩，願奉甘旨。議廳冰冷，曰此足矣。其事魏國，孝謹終始。服勤菽水，竭力瀡髓。戊申之冬，變遭陟屺。余衰且毁，瘠固其理。子胡爲哉，鬚髪如此。親朋皆怪，少余一紀，如子至性，可傳圖史。烏乎！道山之招，余不欲起。念昔杜牧〔一〕，求郡養顥。既謁光範〔二〕，爲子干壘。羅浮之麾，相乃啓擬。子之爲邦，期月而已。玉雪自潔，嵐瘴一洗。供帳簡省，觴豆薄菲。皆曰吾侯，崇儉惡侈。郡有泉粟，家無苞篚。皆曰吾侯，勤民約己。自南來者，有譽無訿。宿昔剥啄〔三〕，安書盈紙。曾不旋踵，忽以訃至。二息甚孝，□□□□〔四〕。靈明一點，如月在水。烏乎處和，内包衆美。所踐平實，不爲卓詭。恭兄友弟，尤敬孀娣。天禍吾家，折余同體〔五〕。九年之内，連奪二季。子健如虎，溘先若彼。余縮如蝸，視蔭能幾。族姻會哭，謀子後事。訓勉二息，無徒哀毁。一護輀車，一奉靈几。常日家集，大白酌子。今子安往，酒覆於地。

〔一〕念：原作「余」，據翁校本改。

〔二〕謁：原作「竭」，據文意改。
〔三〕啄：原作「塚」，據翁校本改。
〔四〕原本此處無空缺，按文意及韻，此處當缺四字。
〔五〕折：原作「析」，據翁校本改。

鄭元樞

亡友行之，嘉定校郎，約我見公，道山之堂〔一〕。後端平初，佐幕福唐，奉公從容〔二〕，履道之坊〔三〕。俄而公入，徑升廟廊，我忝樞掾，朝夕公傍。志念休休，誨言琅琅。衆擠寬饒，公雪孝章。誦言於朝，以袁易漳。兩揆再免，公獨贊襄。爰立之拜，非公孰當。有豸其冠，素出門墻。遂借座主，發其風霜。昔歐公客〔四〕，比陸氏莊。射羿之嘆，尚未能忘。公頓首言，此臣素剛。況其所言，中臣膏肓。如公德度，實不可量。既倦機務，還笏褰裳〔五〕。東山棋麈〔六〕，午橋詠觴。千贊之來，倒屣迎將。一食之甘，與客剖嘗。垂二十年，富貴壽康。爛然長庚，曉出東方。公友西山〔七〕，公師紫陽。彼矯矯者，自許膺、滂。公不立異，安行乎常。彼牛、李朋，互相否臧〔八〕。公不爲黨，見善則揚。昔涑水公，相業煌煌。程子獨思，韓、富已亡。烏乎悲夫，此言深長。孰平如秤，孰大包荒。天不憖遺〔九〕，頹山壞梁。我晚擯絀，世尤炎涼。惟公念舊，書題盈箱。此往荔丹，彼來橙黄。公薨我病，不能哭喪〔一〇〕。緘辭洩哀，歆此瓣香。

〔一〕之：原無，據翁校本補。
〔二〕容：原作「客」，據翁校本改。
〔三〕坊：原作「妨」，據翁校本改。
〔四〕昔：原作「普」，據翁校本改。
〔五〕褰：原作「蹇」，據翁校本改。
〔六〕麈：原作「塵」，據翁校本改。
〔七〕山：原作「方」，據翁校本改。
〔八〕否臧：原作「居藏」，據翁校本改。
〔九〕愸：原作「愸」，據翁校本改。
〔一〇〕喪：原作「表」，據翁校本改。

林母王宜人

昔錢母見其子擢高第矣，子掌帝制已不及見；歐母見其子之歷貴仕矣，孫踵世科乃在身後。

夫人及見竹溪内爲詞臣，外爲州牧、部使者，又見民曹繼登黄甲〔一〕，綵衣板輿，左右娱侍，凉臺燠館，起居便安，其福德加於錢、歐二母一等矣。九袠而蜕，復何憾歟！昔我陟屺，雙旌吊廬，北風吹訃，心折涕濡。豈無蒼頭，可御素車，病卧一榻，塊如囚拘，先命賤息，往酹束芻。

〔一〕曹：原作「嘗」，據翁校本改。

趙虚齋端明

才非果難，難於全巇，勝流高虚，下調粗鄙。公則異是，體用兼該，以理揆事，以德勝才。磜寇破樵，郡化焦土，公握兩拳，禦萬豻虎。鄞卒反側〔一〕，公往建牙，宥脅梟畔，肅然無譁。公甚柔懦，公不嚴酷，惟廉惟恕，群狡讋服〔二〕。入繫金狨〔三〕，出佩玉麟。王曰端歸，余無親臣。延和已見，緝熙故事〔四〕。箕斂民怨〔五〕，木妖國敝。發明《節》卦，規切斜封。公每造膝〔六〕，天爲改容。流傳萬口，照映千載。謂余不信，有諫書在〔七〕。凡今公卿，貴則捐書，公老愈勤，甚於癯儒。《易通》一書，開闢未有，不知公者，曰異洛叟。既徹乙覽，默契宸衷，此於伊川，未嘗不同。造物所靳，非權與位，至於學識〔八〕，獨不輕畀。公所造詣，通玄入妙，非惟人娼〔九〕，亦恐天嗔。昨賀蒲輪，勸堅鐵壁，必獲不已，迫而再出。當世要務，不宜三緘，兒女恩怨，姑寘勿談。

答書擊節〔一〇〕，君眞知我〔一一〕。傳聞開歲〔一二〕，稍親藥裹。心謂微恙，不爲深災。方作箋諗，乃以訃來。嗚呼！幹方之略，元凱、叔子；尋微之功，康伯、輔嗣。或者甚公，主眷時名。今其往矣，議論必平。嗚呼！少小相與〔一三〕，晚尤繾綣，人亦有言，聃、非同傳〔一四〕。屬纊遺墨，何其諄諄。宰上之題，累吾故人。我已七秩，公小二歲，白首哭公，寧非倒置！我才雖竭，尚可作碑，呼公不起，孰知我悲！

〔一〕卒：原缺，據《翰苑新書》別集卷一二補。
〔二〕讐：原缺，據《翰苑新書》別集卷一二補。
〔三〕繫：原缺，據《翰苑新書》別集卷一二補。
〔四〕緝熙故：原缺，據《翰苑新書》別集卷一二補。
〔五〕箕：原作「其」，據《翰苑新書》別集卷一二改。
〔六〕每：原缺，據《翰苑新書》別集卷一二補。
〔七〕諫書：原缺，據《翰苑新書》別集卷一二補。
〔八〕至：原缺，據《翰苑新書》別集卷一二補。
〔九〕娼：原作「娼」，據《翰苑新書》別集卷一二改。
〔一〇〕擊：原作「繫」，據《翰苑新書》別集卷一二改。

〔一一〕君：原缺，據《翰苑新書》别集卷一二補。
〔一二〕聞：原作「間」，據《翰苑新書》别集卷一二改。
〔一三〕與：原作「於」，據《翰苑新書》别集卷一二改。
〔一四〕聃：原作「時」，據《翰苑新書》别集卷一二改。

又掩坎

自公之薨，交態寖異。珠履之客，金臺之士，往往掉臂，去而改事。或摘語我，世故可畏，子獨何爲，惓惓不置！昔者之誄，今者之誌，深恐時賢，併按二罪。我瞿然謝，戢君厚意，固陋之見，則異於是。昔涑水大書獻可之窆，姑溪嘗坐忠宣之累，志義所激，禍福焉避！彼區區者，久已割棄，而況畏時賢之怒，非烈士之志，没亡友之美，非直筆之義。知我罪我，姑静以俟。殯宫將啓，送車畢至，我困藥裹，自歎匏繫。殮不憑棺，葬不視窆，寓哀斯文，將以掬淚。

妹夫方采伯

先君愛女，婉孌淑均。擇對館甥，四十餘春。蚤共苦淡，常相友賓。君生華宗，瓜葛龔、陳。

然其自立，瀟灑出塵。倜儻好事，精博罕倫。異書抄畢，舊事廣詢。畫苑之秘，文房之珍，端巖歙溪〔一〕，漢洗古錞。金石所刻，詛楚頌秦，下逮晉唐，本朝名臣，寸紙單字，收拾補紉。孰拙孰工，孰贋孰真〔二〕，募以金帛，閟以襲巾。元章、長睿，合爲一人。余事墨戲〔三〕，下筆尤親。伯時、與可，豈非前身。挾能雖高，賦命則屯。再貢於鄉，志業未伸。哭女悼亡，觸緒嚬呻。賢郎繼夭，顧影悲辛。家惟一孫，吾已六旬。白之縣官，告之族姻。怪君強健，語何諄諄。亭午過我，共坐水濱。歸已侵子，殆不待寅。百年夢覺，如臂屈信。君固能齊，彭殤菌椿。憶君情話，再聆無因。歎君先見，知幾如神。託孤之言，敢不書紳！九泉有知，歆此卿尊。

〔一〕巖：原作「嚴」，據翁校本改。

〔二〕贋：原缺，據翁校本補。

〔三〕余：似當作「餘」。

伯姊

嗚呼！姊嬪於方，夫子儒素。八上春官，往返道路。抽簪脱珥，以奉扉屨。四女有歸，兩郎畢娶。井臼一生，米鹽萬緒。卒奮難窘，稍置豐裕。七秩加五，猶屑碎務。饑羹苦薇，寒擁敗絮。

往視場圃，蒙犯嵐霧。醫藥不時，輿疾宵鶩〔一〕。咫尺家簀，曷不返顧。山庵綿蕝，僅通牖户。四無鄰毗，風號瀑怒。乃於是間，委蜕而去。嗚呼！姊之生也，積銖寸之勤以成其家；其死也，尚不忍以毫芒之費浼其夫、累其子。悟法喜之幻緣，超龐媪之高趣，委平生之六親，無末後之一句。空兒女之恩怨〔二〕，等浮屠之滅度。既自跋於愛河，必復歸於净土矣。然姊之夫君子恩深義重，雖甚曠達，亦豈能無離鸞别鶴之感、凱風寒泉之慕乎？嗚呼！白首同胞，多散少聚。姊安往哉，瞥如電露。未嘗聞疾，忽焉報訃。不腆兹觴，哀恫攸寓。

〔一〕宵鶩：原作「霄鶩」，據翁校本改。

〔二〕恩：原作「思」，據翁校本改。

鄭常博

烏乎！自漢以來，士以藝取，童而習者，不出科舉。抄誦帖括，絺繪雕蟲。芻狗既陳，叩之空空。君則異是，網羅貫穿，手不釋卷，亦不退轉。衆作萎薾，君獨老蒼；他人衰竭，君愈激昂。早列西山文子之籙，中入秀巖筆削之局，使之騰上，鼓舞雷風。炎紹汪、綦，乾淳周、洪，挾負奇崛，寡諧多迕。暫牧揭陽，俄謫横浦。談滯周南，甫客瀼西，帝曰巫陽，女下招之。豈無汾陽，力援太白，九虎守關，一鴻避弋。葺履道宅，繙善和書〔一〕。葦間孤榜，花外小車。君房言語，李邕碑板，彼盲不見，世有具眼。在昔老師，高弟詵詵，歲月電往，存不數人。前詠洞齋，未平幽憤，奈何又傳，苔泉凶問〔二〕。辛亥之役，我扶羸軀，心頗羨君，紅頰白鬚。棄我而先，理不可詰。奇字誰問，疑義誰質。扁舟來訪，翰墨尚鮮，束芻往弔，筋力已愆。天實孤我，殲同學者，退老西河，僅一商也。平生苦心，爲書滿家，傳之福郊，或付侯芭〔三〕。我迫頽齡，涕不濡目，故交欲盡，如何勿哭！

〔一〕書：原與下句「韋」字互倒，據《翰苑新書》別集卷一二乙。

〔二〕泉：原作「傳」，據《翰苑新書》別集卷一二改。

〔三〕芭：原作「霸」，據《翰苑新書》別集卷一二改。

代祭周士姪

烏乎！西墅遺緒，不絕如縷，一房孀幼，繫命於汝。汝姿厖厚，亦廉且能。初筮於建，以冰檗稱。公車三剡，談笑而獲。政和琴堂，十載虛席。二臺交辟，百乘來迎。或勸勿就，汝勇一行。吾迫衰暮，汝方壯盛。將遺安輿，挈我就養。書猶在手，凶訃繼之。奇禍駭人，行路齎咨。天於吾家，降罰何酷。夭汝之齡，慳汝之祿。不念白髮，不顧齊眉。不曰諸孤，方在孩提。汝何忍哉，振臂長往。門户誰託，婦息安仰！尤可憾者，在已繼兄，痛汝香火，未能紹承。遺腹之孕，或者天意，萬一得雄，箕裘可嗣。烏乎！母子之恩，伉儷之情，兒女之慕，終天難平。有酒盈觴，有胾在俎，淚竭血乾，汝其知否！

又自祭

烏乎！仲氏諸子，多夭稚齒，既婚宦者，二人而已。少奇美秀，又弱一个，汝差厖厚，謂可負荷。被服儒雅，不類綺襦。詩筆畫卷，坐起與俱。有鄉曲譽，無子弟過。結客如雲，輕財棄唾〔一〕。初筮建溪，三年飲冰。其士若民，皆曰尉清。廉使交章，薦汝辟汝。凋敝之邑，人畏如虎。汝獨披襟，以當劇繁。欲迎潘輿，欲大于門〔二〕。規畫之遠，夭閼之遽，晨馳安書，夕報凶訃。病甫數日，遂不可支，豈迫定數，抑無良醫。橐中蕭然，未易歸骨，走僕齎糧，挈汝存歿。丹旐翩翩，叢於溪濱，行道揮涕，況我天倫！仲氏何罪，再隕其嗣！梧竹摧折，琴書散墜。天道逶迤，當觀其終，安知遺腹，不能亢宗。吾哀汝母，歲晚岑寂，汝婦汝兒，誰拊誰恤。吾門子弟，佳者豈多，今又奪汝，悲哉奈何！汝昔家集，飲不知醉，今日何爲，覆酒於地。

〔一〕棄：原作「葉」，據翁校本改。
〔二〕于：原作「於」，據翁校本改。

弟婦方宜人

烏乎！昔起部郎，麾節迭更，命服於飛，奚異繡行。倚伏何常，變幻奄忽，冢子先夭，藁砧繼没。人曰西墅，後事可悲，俄表新阡，俄敞華榱。若子若孫，冠婚宦學，如巢斯營，如鳥斯啄。又曰西墅〔一〕，里人不忘〔二〕，百年之勤，一紀之孀。先緒如綫，付託於季，偃室甫開，潘輿將至。天乎奈何，又奪此郎，歲晚煢然，觸緒凄凉。傍人寬譬，愛女順適，六親隱憂，二竪乘隙〔三〕。七袠非夭，三命不卑，所可憾者，主喪無兒。兩房一孫，髧髦杖絰，每聞哭聲，驚呼腸熱。里有公評，賢媛可師，媵無怨色，主母至慈〔四〕。烏乎！幼者可長，絶者可續，獨此吉人，長往不復。門户之責，叢於老夫，苟未溘先，尚可卹孤。

〔一〕「西墅」二字原在後文「一紀」上，據翁校本移。
〔二〕「里人」二字原在前「又曰」上，據翁校本移。
〔三〕竪：原作「堅」，據翁校本改。

〔四〕慈：原作「戀」，據翁校本改。

代姪孫在祭祖母

嗚乎！在生三歲，阿婆有命，俾繼大宗，小父敬聽。婆意小父，年盛子多，事顧不然，痛哉奈何！孱弱之質，仰婆鞠育，顓蒙之性，賴婆教督。婆忽蜕去，拊在者誰！小父甫葬，世母新嫠，幼稚呱呱，聞者酸鼻。天禍我家，胡慘如是！童騃無知，門户方屯，如以一羽，而負千鈞。在也何恃，恃天而已。乾、淳兩翁〔一〕，百年積累。家有尊老，必爲主持，小父之祀，豈其餒而。有酒在觴，有胾在俎，泣血矢詞，婆其知否。

〔一〕兩：原作「西」，據翁校本改。

抑齋陳公

嘉定之季，始納鐵槍，中外動色，獻璽歸疆。公獨比之，侯景、姚襄，如養鷹虎，不噬則颺，失今不圖，遺患必長。帥薨公去，潰成疽瘡，掃衆南吠，據楚擣揚。幾以國斃，幸而不亡〔一〕。上思公言，擢尚書郎。紹定之初，閩盜披猖，發於汀、樵，延及劍、漳。井邑聚落，化爲戰場，耆老孩幼，化爲國殤。起公於苫，纛鉞煇煌，以一書生，當萬虎狼。探巢窮穴，鋒蝟斧螗〔二〕，翦除萑蒲，封植甘棠。由建而洪，令嚴如霜。盱贛兵驕，守殪憲戕。駢首伏誅，罔敢崛强。俄佩玉麟，付以江防。潤卒失伍，勦之茅岡。詔援淮泗，躬履顔行。成敗利鈍，兵家之常。不言全豐，但議失光。公浩然歸，袖手深藏。既摧冰山，遂登巖廊。以嚴見憚，以直自將。上帝臨之，臣無他腸。謂築沙隄〔三〕，乃鎮湖湘。求解樞柄，歸平泉莊。力辭晝繡，作還政堂。君召及門，尹來趣裝。自言衰朽，不任簪裳。屬虜透渡，閩接江鄉，再申前命，賜履福唐。野無山越，海有胡商，疆埸解嚴，騰告老章。高興赤松，短夢黄粱。踰八望九，既壽且康。云何一夕，頽山壞梁。烏乎！吾閩德公，百世不忘。公不爰立，莫詰彼蒼。或疑殺氣，累眉間黄，僕曰當罪，雖殺奚傷。所殺頑凶，所活善良，殺少活多，宜介祺祥。吕伋、召虎，西平、汾陽，一門貴盛，奕葉蕃昌。曷不觀公，蘭芽茁芳。僕早親公，知公最詳〔四〕。朱絃之直，玉尺之方，冰蘗之清，鐵石之剛。遠泝周、程〔五〕，近參朱、張，水心席間，北山膝傍。先天太極，内聖外王，有體有用，施未毫芒。悲哉此事，千載渺茫。辛亥葉舟，獲尾牙檣，劇談三日，意氣慨慷。庚申重來，過履道坊，僕亟走門，公不下牀。第一等客，僕詎敢當。老爲詞臣，舊學惰荒。雖草三制，莫酹一觴。廻首蓋陵〔六〕，心折涕滂。堂堂如生，歆此瓣香。

〔一〕不：原作「夭」，據翁校本改。
〔二〕鋒：原作「蜂」，據翁校本改。
〔三〕築：原作「藥」，據翁校本改。
〔四〕詳：原作「祥」，據翁校本改。
〔五〕泝：原作「沂」，據翁校本改。
〔六〕蕃：原作「墓」，據翁校本改。

六二弟

吾翁七子，鍾愛在季。翁棄諸孤，君猶髫稺。晝荻而訓，賴有母氏。識之無字，了瑟僩義。粹美之質，非由矯勵；精詣之言，不假絺繪。周選賢能，漢拔茂異，君獨何爲，罷舉求志。一生不屈，三紀虞侍。盡敬極孝，閨門之内；安行實踐，鄉黨之際。先緒如綫，賴以不墜。君趣棲遯，我仕跋疐。且耕且讀，咏書之味。雪案冰硯，相對不寐。掩卷遺忘，資君博記。下筆粗淺，慙君苦思。蓋如是者，二十餘祺。每曰樂哉，家庭講肄〔一〕。我晚賜環，與君分袂。別幾何時，聞哭中饋〔二〕。常日清談，不屑鄙事，一旦曠懷，俯同羣碎〔三〕。絶無蒙叟鼓缶之意，但有安仁悼亡之製。我竊憂之，累書寬譬，彭殤同盡，人生危脆。中年以後，不宜劬瘁。君有近訊，附銅魚使，上勸加餐，下諷早退。我感君言，始決去計。我方景慕，漆園傲吏，君亦依稀，柴桑處士。所望甚狹〔四〕，帝必余畀。夫何歸塗，或以訃至。猶謂謁傳，耿蘭之類，既審其然，慟絶仆地。同産凋零，奪五存二，君健且爾，我衰奚恃！外姻内族，迎我蕭寺，獨於其間，不見愛弟。徐問何恙，不疾而逝。其於去來，如屈伸臂。彼方外人，視此有愧。兒女尚幼，婚嫁都未。天其或者，假我數歲，當身以任，向平之累。烏乎！幽室將啓，小齋永閟，有倡誰和，有問誰對！老人目枯，以血續淚。

〔一〕庭：原作「遲」，據翁校本改。
〔二〕聞：原作「間」，據翁校本改。
〔三〕俯：原作「附」，據翁校本改。
〔四〕狹：原作「挾」，據文意改。

方蒙仲祕書

希世之英，振古之奇，昔有顔賈，今無等夷。驥奔電走，鵬怒而飛，刷燕超越，息於天池。他人矻矻，白首書癡，子一過目，研奥決微。及其下筆，初不屬思，頃刻萬言，如蠶吐絲。經緯麗密，胸有錦機，人物渺然，文不在兹。今相仗鉞〔一〕，首羅致之，磨盾草檄，横槊賦詩。江漢告成，相以功歸〔二〕，拔士滿朝，難得者時。衆方彙征，子迫瓜期，願爲朝家〔三〕，摩拊惸嫠。俄而報政，不俟及期，以中秘召，何來之遲。西風吹訃，余心之悲。邯鄲之榮，不過一炊；南柯之夢，僅擁一麾。事不可料〔四〕，斯人止斯。高才妙質，月旦所推。每見子文，愧予之衰。子今已矣，起余者誰！堂堂相君，憐才念舊，折簡言余〔五〕，用子不究，幽明之中，愧此良友。又曰瑞物〔六〕，在世難久。烏乎此言，可以不朽。子卜新築，輪奐甫就，與余敝廬，隔一簷霤。曷不對槃，積疑細剖；曷不撰杖，精義重加〔七〕！琴亡賞音，棋失敵手。疇者語聞，記予身後。安知歲晚，此事大謬。今日何日，弔孤哭柩。空疎皆貴，庸鄙皆壽，而子獨然〔八〕，孰尸其咎！所可喜者，子有雋胄。筆勢翩翩，上下馳驟。語錯綺繡，論中巢許。猶之於泉，穿石者溜。余嘗評之，後來之秀。岐山鳳去，巢長新味；謝墀蘭枯〔九〕，其芽復茂。子之緒業，得所付授。余既髦及，筆如禿帚，子愛余文，必舉余酒。

〔一〕仗：原作「伏」，據翁校本改。

〔二〕功：原缺，據翁校本補。

〔三〕家：原作「冢」，據翁校本改。

〔四〕料：原作「科」，據翁校本改。

〔五〕折簡言余：原作「折衷余言」，據翁校本改。

〔六〕瑞：原作「揣」，據翁校本改。

〔七〕「加」字失韻，疑當作「扣」。

〔八〕獨：翁校本作「不」。

〔九〕墀：原作「遲」，據張本改。

方教孺纓

在昔兩翁，筆硯之友，遂以伯姊，執君箕帚。君少劬書，如獺祭魚。賴有賢媲，賃椿辟纑。嫁戴良女，畢向平娶。箱篋細碎，君若無預。歲晚翁媪，子孫檀欒，方喜擊鮮〔一〕，俄愴離鸞。惟今之士，誦黄冊子，君獨貫串，經傳子史。汲古最深，賦分至慳，三奉賢書，七上春官。兩對集英，九考選調，可以館殿，老於祠廟。視其所主，可觀遠臣。意一、鐵庵，蕭、汲之倫〔二〕。抑齋賢弼，丘卿清吏，無繼之者，竟虧一簣。然君自立，固未嘗忘。歲在丙辰，因葬孟光。豫爲遺令，從朱氏禮，自草埋辭，用臺卿例。君閑甚久，我歸已遲，二叟相對，且喜且悲。心竊訝君，得杜微病。我有情話，君不聽瑩〔三〕。烏乎哀哉！年如申公，官如鄭虔，誰實尸之，是有命焉。檢點親朋，百無一二。人羨久生，至此奚味〔四〕！六十餘年，繾綣之情，持此掬淚，以送君行。

〔一〕「方」原作「弓」，「鮮」原作「解」，據翁校本改。
〔二〕倫：原作「論」，據翁校本改。
〔三〕「塋」字疑誤。
〔四〕味：原作「殊」，據翁校本改。

意一徐元樞

昔趨桂林，假道滕閣，公與德潤，俱客儉幕〔一〕。未見神交，既見心孚，我亟其間，二龍一豬。公甲科郎，最先結綬，德潤繼之，我獨殿後。海内推公，懿識盛心，曾不如我，知公尤深。遠相之末，緇真貶魏，舉世諱談，綱常二字。公因融風，苦口開陳，朝野傳夸，西山鄰人。相嗔如屋，久不遷進，論建寖廣，風節愈峻。端平轉局，延登細氈，内諫履畝，外沮開邊。晉貳百臺，首疏三漸，對仗執簡，攀檻請劍〔三〕。上思舊傅，亦禮大臣，彼未什位〔三〕，此先乞身。德潤與我，去留若異，原始要終，同一濮議。聖度如天，公去復來，遍歷二府，望拜元台。公在上前，剛介凝重，大者昌言，小亦微諷。巍巍堂堂〔四〕，無頌有規〔五〕，拂鬚伴食，心竊恥之。卷懷退居，上每□□，自徐某去，罕聞外事。我廢十年，晚乃見收，往來屑屑，以扇障羞。公獨繾綣，命駕郊勞，及其去違〔六〕，張酒祖道。曰吾二人，享黄髮期，傷哉德潤，宿草紛披。凡今之人，立初節易，及耄而昏，遺恨飲愧。如公平生，無一可疵，蒲輪莫致，晝繡力辭〔七〕。現宰官身，具壽者相，胡不蟬冠，胡不鳩杖。烏乎哀哉！唐有孔戣，民服其廉；漢有汲黯，上憚其嚴。别甫浹旬，奄隔今古，國失元老〔八〕，士無盟主。昔人重誼，千里赴喪，公薨我病，枕籍一床。窆不能臨，誄不能句，遥瞻蓋陵，薄陳雞黍。公無恙時，酷喜鄙文，玉樹埋深，聞乎不聞！

〔一〕儉：原作「檢」，據翁校本改。
〔二〕攀：原作「舉」，據翁校本改。
〔三〕「什」字疑誤，翁校本改作「仆」，據文意似當作「釋」。
〔四〕巍巍堂：原缺，據翁校本補。
〔五〕頌：原作「訟」，據翁校本改。
〔六〕去：原作「慘」，據翁校本改。
〔七〕晝：原作「畫」，據翁校本改。
〔八〕元：原作「無」，據翁校本改。

方聽蛙 審權

天所靳者壽也，君享大耋之壽，爲諸老之殿；所尤靳者閑也，君有終身之閑，無一日之忙。人戚戚而又有先人之薄田舊廬以養高堂，有上世之法書古帖以自娱。人皇皇汲汲，君安安徐徐；人蹙蹙，君怡怡愉愉。君雖不能兼人之所有，天獨畀君以人之所無。人苦不足，君常有餘。少小交君，華皓不渝，晚卜菟裘，鄰君隱居。有山可樵，有溪可漁，風月佳時〔一〕，游覽必俱。君既閉關〔二〕，我亦懸車，晤言不數，倡和亦疎。數日霜晴，桂花芳敷，方謀卜晝，酌醴爨蔬。意君鮮健，必過草廬，忽以訃來，腸熱涕濡。不聞屬疾，遽至此歟！吾徒何所親炙，後生其誰接扶！或者歎君賢如堯夫而未有至銜之授，高如君復而不加處士之呼，余謂君所立者表表，寧肯較夫區區！不腆茲觴，靈其吐諸。

〔一〕佳：原作「任」，據翁校本改。

〔二〕君：原作「居」，據翁校本改。

季子生母掩坎

母生三子，存我一身，拊我温温，誨我諄諄。娶婦抱孫，備嘗苦辛〔一〕，譬如寸草，莫報陽春。家嚴歲晚，持橐掌綸，留母於京，命我歸閩。違去慈容，未三十旬，安書不絶，遠訃忽臻。寄莪郭西，火改穀新，甚戀諸幼，甚愛六親。今安往哉，再見無因，使我至此，天乎不仁。乃卜吉阡，乃差良辰，乃奉靈輀，於此栖神。我自封祟，衣垢面塵，獨此一事，慰泉下人。族戚咸送，樽簋具陳，淚滴黄泉，聲徹蒼旻。烏乎哀哉！

〔一〕苦辛：原作「辛苦」，據翁校本乙。

吴茂新侍郎

端平二諫，臧孫、史魚，仁義百篇，丹青炳如。闕政必規，廊廟乘輿，老姦宿贓，笏擊筆誅。賢侍宗主，惡殲魁渠。朝野皆曰，去非、舜俞。淳祐二諫，斯人之徒，首攻親昵，併指佞諛。左遷而去，餞者傾都，諸生舉幡，好事繪圖。朝野亦曰，茂新、南夫。局面既更，時異事殊，帝思兩賢，召節載塗。各據機要，聯鑣天衢。自昔再入，瑕多掩瑜。前范後鄒，既卷復舒。田諷雲梯，梅刺靈烏。公不少阻，及雷伏蒲。世有公議，公有諫書。洪豸之擢，由公吹噓。豸第一義，瘠環癰疽。玉音謂公，卿往調娛。豸頓首曰，臣死不渝。是國巨蠹，必拔根株。礫蓋救蝕，驅蛇放菹。公復於上，皆臣之辜。持橐未拜，襆被與俱。一閑十期，浮沉里閭。□使奥裝，有宅一區。親朋來者，和汝倡余。亦或放浪〔一〕，□席樵魚。先皇之末，詔遣鋒車。人謂久鬱，必且疾驅。公方遜避〔二〕，其來徐徐。何物奇恙，丹艾莫甦。麟傷魯野，龍去鼎湖。遺告新訃，聞者欷歔。嗣聖訪落，屬意耆儒，夏卿之拜，僅澤其孤。嗟余與公，志念素孚。余晚見收，入承明廬。故舊寄聲，率相揶揄。衆皆曰貢禹之彈，孔光之扶，古有之矣；公獨曰淵明之歸〔三〕，子猷之返，子忘之乎。敬受此言，銘之座隅。公爲飛仙，游乎物初；余迫大耋，纍然病餘。賫此掬淚，瀝於東芻。

〔一〕浪：原作「淚」，據翁校本改。

〔二〕方遜：原作「右選」，據翁校本改。

〔三〕歸：原作「婦」，據翁校本改。

後村先生大全集卷之一百四十

祭文

洪伯魯尚書

嗚呼！韓、吕遠矣，家學世德，繼者誰歟？惟公一門，塤篪迭吹，喬梓相扶。出其毫芒，詞垣封駁，文德播敷。衡尺裁量，所未及者，從旁吹噓。鼎味酸鹹，有不齊者，居中調娱。其進爲也，世道休明，鳳至韶作；其退處也，吾黨寂寞，珠去崖枯。身雖鼎貴，面不少腴〔一〕，龜吸鶴軀。以骨法言，具壽者相，亦列仙癯。意公復出，超秉事樞〔二〕，遠猷訏謨。北風吹訃，聞之驚呼，心折涕濡。豈天不弔，將民無禄，抑天也夫！昔忝末交，我如頑礦，視公瑾瑜。公曰後村，吾翁之客，志念勤渠。辛亥傷弓，一斥十期〔三〕，浮沉里閭。庚申改絃〔四〕，公扈清蹕，余忝安車。孰不競進，公縮五組，解以畀余。及公予環，余以眊衰，辭承明廬。公率群彦，張飲賦詩，方之二疏。歲晚契闊，記憶老病，形之尺書。公不慭遺，主相嗟吁，恩禮絶殊。昔置端殿，職親地禁，以待鴻儒。爰及本朝，膺是選者，前蔡後蘇。至若玉山之洪，天目之洪，則父子迭居。竹帛所載，丹青所畫，僅有絶無。門户方盛，雁行鳳毛，猶櫜虎符。夢中惠連，膝上文度，悲將何如！昔人千里，單鷄束芻，哭柩弔孤。我獨纍然，僵卧一榻，眇跛攣拘。貧不能賻，誄不盡哀〔五〕，公其吐諸！

〔一〕面：原作「而」，據翁校本改。
〔二〕事：原作「事事」，據翁校本删。
〔三〕斥：原缺，據翁校本補。
〔四〕改：原作「段」，據翁校本改。
〔五〕誄：原作「誅」，據翁校本改。

吴君謀少卿

褎然之選，先朝所重。不及十年，鮮不尊寵。大者登庸，前吕後宋。迨端平初，親策晁、董，天網下罩，首得麟鳳。玉立丹墀〔一〕，儀狀秀聳，廷紳欽挹，奏篇傳誦。意一眼高，閲人多中，殿下語余，小亦侍從。和「薰風」句，第《甘泉頌》。夫何貴名昭昭，浮議汹汹！後三數榜，騰上者衆，公猶郎潛，老未上雍。晚途景定，稍見收用，甫金掌升，已皇華送。何進之難，何退之勇！

色夷氣和，恬不爲動。方介修齡，忽成短夢。死生大矣，夫豈不痛！吾聞偉人，未易摶控。非芙蓉城，即神清洞。伊公之家，有丹穴種。既菑厥考，子必繼踵。我失良友，欲語誰共，學誰擊蒙，理誰折衷！扶哀寢門，反袂一慟。嗚呼哀哉！

〔一〕玉：原作「王」，據文意改。

汪守 元春

嗚呼汪公，澹乎無欲。吏牘如山，纔一經目，如湯沃雪，如刃破竹。鋤治强梗，撫綏惸獨，情僞必察，幽闇必燭。饕墨者革，垢玩者肅，譁士箝喙，黠胥重足。或干以私，未言先悪，吾腕可斷，筆不可曲。包公尹京，乖崖治蜀，惜郡褊小，材有所局。假以歲月，一變莆俗，下不負夾袋之薦，上不愧御屏所録。謂天無意，亦既畀之如是之牧；謂天有意，何爲奪之如是之速！凡今仕者，非貪則酷，公清如水，有散無蓄。豈不疾惡，見於筆戮，肅殺之中，常寓生育。何志之遠，何運之促！聞之宰夫，膳未嘗肉，其所嗜者，菜羹脱粟。豈食少之故〔一〕，抑火攻之毒！聞公呼醫，爲之顰蹙，煮葠以進，公已委篤。三號永已，百身奚贖。悲夫！鷦鷯一枝，依公棲宿。來常屏騎，語輒更僕。公賢於繆公、文侯，吾慙於子思、干木。痛若人之不淑，哀吾民之無福。例卷不足以返喪，俸錢不足以潤屋。此朱勃之所以上書雪文淵，而優孟之所以不願爲孫叔也。悲夫！自莆至越〔二〕，山重水複，我自崖返〔三〕，不能追逐。雖欲勿哭，如何勿哭？嗚呼哀哉！

〔一〕豈食：原倒，據翁校本乙。

〔二〕越：原作「鉞」，據翁校本改。

〔三〕崖：原缺，據翁校本補。

鄭山長　與言

嗚呼！華胄遥遥，人物所萃，君於其間，尤其茂異。志慕前修，口銜清議。王咸守闕，郇謨哭市。户外屨滿，城中紙貴。遂矜聲名，頗自標置。得譽遊學，納交善類。入事長上，稍褭遜悌〔一〕，出説大人〔二〕，必先藐視。壯圖闊遠，如追風驥，閶闔玉臺，可一蹴至。誰實尼之〔三〕，未行而躓，里中浮湛，澤畔憔悴。昨者狂猘，狺狺南吠，襄蜀幅裂，江湖鼎沸。竊獨怪君，膽寒心悸，謂大厦有將顛之勢，憂吾輩無逃生之地。余曰自古有死，修身以俟，魯連蹈海以全節，王蠋絶脰以明誼，何至若君，躁擾如是！既而虜退，朝野無事。余忝召還，君復求仕〔四〕，嘗約西澗，荐君不遂。去之數年，陟岵終制。索長安米，執相君贄，仰問大鈞，俯就近次。大成精舍〔五〕，於此講肄，淑衿佩徒，飽齏鹽味。不知何恙，遽爾委蜕。豈二豎之作孽，抑五窮之爲祟。煢煢閨人，荆釵布袂，呱呱嗣子，練裙葛帔。丹旐遠歸，聊陳薄祭。悲夫！飛箝之策，圖回之志，翻瀾之舌〔六〕，凌雲之氣，竟何爲哉，百不一試！吾爲通德，惜此才子；又爲虚齋，惜此高第。嗚呼哀哉！

〔一〕「裏」字疑誤，翁校本改爲空格。

〔二〕説：原作「先」，據翁校本改。

〔三〕尼：原作「厄」，據翁校本改。

〔四〕仕：原作「任」，據翁校本改。

〔五〕「成」下原有「公」字，據翁校本删。

〔六〕舌：原作「古」，據翁校本改。

南林葉寺丞

我昔定交，詩境、山中，又因二君，友萬竹翁。共燈夜雨，聯轡春風。三賢如龍，乘雲騰空。留我殿後，齒髪豁童。居誰晤言，出安適從。萬竹有子，象賢亢宗。生而秀美，仕亦顯融。入儀振鷺，出牧憑熊。乃畀琛節，五筦之東。珠犀溢目，玉雪持躬。在昔正簡，謀國清忠。何以家爲，卧僧榻終。當時比之，無樓臺公。萬竹既貴，營一畝宮。綿蕝未備，户牖僅通。君幹父蠱，極輪奐工。凉臺燠館，瑣窗綺櫳。引泉入池，纍石成峰。門多謁刺，家常宿舂。一膳之珍，必與客同。雅懷自適，宦情遂慵。寧奉祠釐，不貪邊功。我晚卜鄰，杖屨過逢。蓮社宗、雷，竹林濤、戎。悲夫！積善之家，其報必豐，誰謂槐潭，畢方煽凶！頃刻延燎，百間青紅。豈非所藏，奎墨御封，至寶之氣，射斗貫虹，六丁下取，獻之上穹。君富貴人，一朝赤窮，仲氏燔死，友愛素隆。五鬼二豎，内外夾攻。古有壯烈曠達之雄〔一〕，政恐未能釋然於胸〔二〕。我與樂卿，憂心忡忡，排闥候君，立談匆匆。忼慷託子，聞之耳聾。俄而斲棺，尋又聲鍾。慟哭寢門，永訣聲容。君兒精進，非昔阿蒙，君季孔懷，汲汲封崇。君何往哉，游戲閬蓬。洛社蕭疎，僅存老癃。坐無孟公，賓鮮懽悰。覆此一巵，聊寫哀恫。烏乎哀哉！

〔一〕烈：原作「列」，據翁校本改。

〔二〕釋：原作「什」，據翁校本改。

丁宋傑

嗚呼宋傑，文字有龍泉太阿之光怪，而專以鳴其不幸；議論有徂丘稷下之辨難，而卒噤之不得騁。其呵佛罵祖非傲，餔糟歠醨非醉。譬之水木，不使之膏潤灌注而徒激爲驚濤駭浪，不使之敷榮暢茂而但見其蒼皮黛色。烏乎，豈造物降才之甚奇而賦命之偶偏乎！抑宰物者育才之未弘而拔士之太拘乎！元有螢雪一生，既不在身，又不在子乎！元暉丹青百奏，宜十世宥，而澤不及嗣乎！烏乎！余於宋傑，忝親且舊，每憐頓挫，頗相箴救。静以寧神，默以養壽，余雖苦口，君拒不受。尚憶鮮健，論文把酒〔一〕，曾謂變滅，如屈伸肘。慟哭寢門，君其聞否！

〔一〕論文把酒：原作「把論文酒」，據翁校本乙。

族兄寺丞

烏乎！昔太史公，與大金紫，一傳文肅，及先君子。再世同登，聯芳趾美，桂籍翩翩，棣華韡韡。士林皆曰，莆之劉氏，文肅之後，象賢鼎峙。入而結綬，朝譽甚韙；出而剖符，郡最可紀。

泉、漳二牧，中壽而□〔一〕，兄獨殿後，黃髮兒齒〔二〕。少也奏賦，貴洛陽紙；老不輟吟，得晚唐體。寢鐔津麾，佚通德里。封植松檟，恭敬桑梓。一觴一詠，某丘某水。中間禍福，相爲倚伏。兩郎英邁，争鶱雋軏〔三〕。云何不淑，玉折璧毁。兄能齊一，彭殤生死。教育二雛，眉宇肖似。近爲長孫，行親迎禮。花燭之夕，合族告禰。紳珮雲集，一一倒屣。主極殷勤，賓皆燕喜。書雲之旦〔四〕，未雞鳴起。頮宫盍簪，兄先至止。世有儒仙，兄無乃是。曾不祟朝，小愆燮理。晨叩寢門，已炎釘矣〔五〕。丘嫂齊年，和鳴終始。離鸞之痛，何以堪此！嗟我於兄，小三歲爾。蚤各着鞭，晚俱納履。踰八望九，雪毫生耳。我衰須扶，羨兄拜跪。孰云委蜕，僅一彈指。襄陽耆舊，零落無幾。慟哭繐帷，奠鯽薄菲。精爽如在，必歆此誄。烏乎哀哉！

〔一〕原本無空格，據翁校本補。按文意及韻當是「止」字。
〔二〕「髮」下原有「之」字，據翁校本删。
〔三〕軏：原作「規」，據翁校本改。
〔四〕旦：原作「且」，據翁校本改。
〔五〕「炎」字似誤。

陳司直〔一〕

烏乎！過江名相，推六梅翁，考其平生，純誠清忠。厥後易名，同小中公。是生賢相，連翩顯融。滎陽復齋，爲宋儒宗。克齋典型，有父兄風。鶴山銘座，筆妙墨濃。再傳至君，孝友謙冲。掃綺紈習，策螢雪功。凡今貴胄，捷徑躡蹤。其官已窮，其齒尚童。君獨不然，矯如冥鴻〔二〕。閉關三紀，巷寂庭空。非世捨我，君不求通。皇朝起隱〔三〕，門有追鋒。婣朋交慶，君無喜容。鵷行再遷，向用方隆。衆期對班，拭目囊封。必與起部，相爲長雄。奈何一夕，不疾而終。烏乎！昔正獻公，友先太史，金蘭之好，四世於此。我晚乞骸，念君掃軌，嘗約節齋，合辭荐禰。卮酒餞君，苦言在耳。書筒遺我，情話滿紙。忽聞遠訃，失聲彈指。我有息女，嬪君賢子。逮事尊章，二十餘禩。晚抱奇恙，不分生死。君尤拊憐，弗責婦禮。子解銅墨，苴麻跣趾。□□□□〔四〕，扶柩還里。鄉喪善人，朝失髦士。追記疇昔，飲君潭第，安知今日，哭君蕭寺。本親咸集，呼君不起。我髮如霜，我淚如水。烏乎哀哉！

〔一〕司：原作「同」，據翁校本改。

〔二〕如：原作「知」，據翁校本改。

〔三〕皇：原作「君」，據翁校本改。
〔四〕原本無空缺，據翁校本補。

李艮翁禮部

烏乎！先大君子，爲鄉先生，口講指畫，多所作成。余方弱冠，狂談驚座，此老獨曰，咄咄逼我。至必倒屣，游許執鞭〔一〕，相期甚遠，見其子焉。君趨而過，眉宇英邁，倏然濯躍，不類貴介。即之甚温，叩之不窮，與阿戎語，過於乃翁。其和可餐，其醇可飲，德性如玉，文字如錦。小而賦詠，意正辭葩；大而典冊，崇雅絀哇〔二〕。五十年間，凡幾離合，余稍顯融，薦之東閣。晚忝冬卿，拜疏公車，稽首遜君，曰臣不如。余先納履，君亦上節，脱離池籠，栖息巢穴。向來同隊，存者星稀，登高四望，高塚纍纍。君既踰七，余遂望九，蟬冕袞衣〔三〕，不如巵酒。即履道宅，前疏荷塘，乃作離榭，在水中央。涓告落成，花朝月夕，擬擕洛英，爲不速客。君少清羸，晚更康强，淫末之恙，得於衡湘。步履微艱，神氣猶旺，見者皆云，此壽者相。安知變滅，如電雹然，君再來人，畢塵中緣。旛華來迎，歸路歷歷，非芙蓉城，即旃檀國。余獨何爲，嗚咽涕洟，而今而後，遼鶴交飛。余問誰答，余倡誰和，誰袪余惑，誰規余過？嗚呼哀哉！中饋之賢，無愧梁鴻；二惠之爽，不數儼、佟。泛觀人世，蓋多缺陷，惟君平生，無一遺憾。夙昔載醪，來訪予雲，今思此會，如訣故人。當日酌酒，君未嘗醉，今舉兹觴〔四〕，乃覆於地。嗚呼哀哉！

〔一〕游：似當作「斿」。

〔二〕絀：原作「出」，據翁校本改。

〔三〕衮：原作「衰」，據翁校本改。

〔四〕兹：原作「子」，據翁校本改。

又祖奠

昔與子别，執手繾綣，努力强飯〔一〕，以俟再見。今與子别，子掣手去，哭罔聞悲，呼不反顧。子於親朋，尤篤風誼，奈何一旦，少情如是。悲夫！何辜於天，儽然白首，奪我書眼，又奪我友。傷如之何，與子永訣，吾涕已枯，所滴者血。嗚呼哀哉！

〔一〕努：原作「弩」，據翁校本改。

又墓祭

嗚呼！古之人有素車白馬千里會葬者，不以遠憚行也。龔勝八十餘卒，有老父來弔曰，嗟乎龔生，竟夭天年，不以老廢禮也。嗟余與子，異體同心。昔者素車出里門而余不能祖奠〔一〕，今者玉樹埋土中而余不能臨穴。佳城非遠於千里，余年未耄於老父。嗚呼，天罰我盲我，使我不得盡朋友之誼而負幽明之愧，豈非人世之至痛乎！嗚呼！千秋萬古，與子別矣，不腆尊卿，侑以哀誄。

〔一〕素：原作「表」，據翁校本改。

陳光仲常卿

嗚呼！昔與長君，甫冠從師，君方髫髦〔一〕，秀出群兒。長君夭閼，理不可推，咸曰少君，陳氏白眉。精神滿腹，科名摘髭。我使南粤，聞君進爲。凡今緊官〔二〕，根着軒墀〔三〕。君朝冠豸，夕已拂衣，出處大致，莫之磷緇。龍節虎符，羊城鰐溪。余稍遇合，詞掖經帷。每侍宴閒，前輓後推。擢守鄱陽，方擁旌旗，彼讒罔極，一招一麾。晚建琛臺，冰蘗自持。每哀賈胡，輕生蹈危，探珠驪頷，命懸髮絲，强買乾没，一不忍施。航粟至莆，叩户賑饑，亦散橐裝，惠及惸嫠。上圖舊人，銀信喚歸，樂御之拜，跬步論思，無論嚴、徐，列之夷、夔。止則尼之，衡泌棲遲，畦花種柳，闢圃浚池。五子諸孫，簪紱累累，婿亦朱轓，炳乎相輝。人之常情，鮮不顧私，君於倫紀，一念愛兹。晚拆田廬，及分財貲，視兄孤幼，與子等夷。可厚風俗，可示訓詞。彼有南董，史傳隧碑。嗚呼！少相親狎〔四〕，至於髦期〔五〕。余病消縮，如支牀龜。君若龍鸞，不可畢羈。曾謂斯人，而至於斯。余開九秩，龍鍾支離。昔同學子，逝不可追。艮翁與君〔六〕，各踰古希。歲行甫周，天併奪之。而今而後，月夕花時，余唱余言，和答者誰？慟哭寢門，孰知余悲！

〔一〕髡：原作「髮」，據翁校本改。
〔二〕緊：原缺，據翁校本補。
〔三〕「着」字原缺，「軒」原作「斬」，據翁校本補、改。
〔四〕相：原作「卿」，據翁校本改。
〔五〕髦：原作「旄」，據翁校本改。
〔六〕艮：原缺，據翁校本補。

趙閩宰

嗚呼！我與君交，非一朝夕。早相友善，晚尤親密。間嘗語君，吾已還笏。舍下兒女，婚嫁漸畢。獨念渙也，甚醇且嫡。僕忝法從，渙承京秩。既突而弁，尚未授室。君有長姜，備女四德。以門閥論，豈非逑匹。君慨然諾，傾倒肝鬲。吾儕一語，堅如金石。問名納采，不俟終日。百乘來迎，訪別蓬蓽。預定佳期，喜見玉色。云福距莆，僅一葦隔。吾自送女，不煩來逆。閏春之末，詢之龜筴。走僕拜箋，請君涓吉。信宿潛返，傳惡消息。君健如虎，初不聞疾。不料若人，如是奄忽。道路驚怪，吏民嗟惜。不親者悲，何況姻戚！聞君瀕危，區畫纖悉。無一語繆，如善知識。君有主孟，今之內則。於君治命，歷歷記憶。盟不可寒，言不可食。託君介弟，强相寬釋〔一〕。事已至此，徒毀無益。古今婚姻，參用禮律。反經合權，詎宜執一。摽梅之義，時不容失。主孟寄聲，少寬勿迫。女遭巨變，累然衰瘠〔二〕。卒哭始笄，方任沐櫛。夏奠羔雁，秋諧琴瑟。又言門户，須人扶植。愛女如命，橐裝篚實。視婿如子，拊存訓飭。悲夫！昨迎丹旐，今弔素韠。九十翁耄，盲不能出〔三〕。淚如綆縻，來不可拭。誄不盡哀，涸研枯筆。君未嘗亡，歆此尊鯽。

〔一〕釋：原作「什」，據文意改。

〔二〕衰：原作「哀」，據翁校本改。

〔三〕盲：原作「育」，據翁校本改。

莆田謝丞

琴堂虛席，人望而畏，丞以次攝〔一〕，服勞踰歲。內持冰蘖，不慕榮利；外無梔蠟，以求諛媚。蓋獲乎下者未必獲乎上，不屈於理者常見屈於勢。故嘗褁章服，抱縣印，□□謁告而未遂。暮春改旦〔二〕，忽枉車騎，情辭繾綣，若□□□。余心語口，豈其厭五斗之禄，有三徑之志。曾□□□，聞君委蛻。嗚呼人生，如是危脆。君則已矣，然下缺。

〔一〕丞：原作「承」，徑改。按「丞」即指題中所云「莆田謝丞」。

〔二〕改旦：似當作「朔旦」。

秦伯舉哀詞〔一〕少作

建康男子秦綱，余丙寅歲始識之於西湖。時朝廷議北伐，一日除三宣撫使，諸戎帥皆遥制河南北、山東西全盛時故疆，領其節度，克日進攻。綱固喜功名，用其策干長安貴人，皆莫省。既而師出無功，三宣撫俱罷，詔出樞臣督視京口。余里人方侯信孺被選使北邊議和，辟綱偕行。比三往返，侯坐吏議謫臨江，綱送侯出涕，居鬱鬱不樂。明年，郴、吉賊竊嘯，聲撼嶺外，詔起侯守曲江，會合討捕。綱曰壯士時不可失，徒步往謁。時赤水峒賊散白旗踰嶺，侯曰，是軼入吾境，不可縱，分帳下兵，以綱將之。募土豪鄉導，披溪谷，窮巢穴。綱入益深，所將士多亡去，賊格鬬轉苦，綱死之。訃至，侯哭之野。綱爲人短悍，有膽氣，飲啗兼人。嘗游邊，多與退校故將游，對客語今古成敗，指關塞虛實，歷歷可聽。憶余客都城，大風雪，卧邸中，綱夜踐雪邀余買酒鱠鯽。酒酣，出其詩與文，皆悲健豪語。顧寢榻上敗絮一襲，書一卷，取視之，輿地志也。噫〔二〕，綱死矣。余性懦，愛綱之豪且果，又病其鋭也，又患乎偷生者之多也，又哀夫以綱之布衣而死也。且寇興以來，廟堂困籌慮，大農窘供億，居討賊之任，能礪鋒穎與賊角一戰者未聞也，況死節乎？乃爲哀詞以弔綱。或曰，綱有母在而輕死，聶政所不忍爲也。余曰不然。彼韓相俠累非得罪於天下者，政乃以其親之遺體快他人之私仇，此名教之所宜絶也。峒寇之罪通天矣，豈獨欲得綱而僇之，雖綱之母固將甘心焉。張湯死，母不哭，吾意綱母子亦然。客有自曲江來者，言方侯祠綱於佛寺，因書以寄侯，使刻之祠中。綱字伯舉，死時年四十餘。其詞曰：

余憫士之媮兮，吁嗟乎悲哉！持婉孌爲身梯兮，指狷介爲禍媒。質魁然而美好兮，中慴怯如婦孩。嗟夫君兮何慨慷，氣尤鋭兮力孔剛，倚長劍兮撫八荒。彼肉食者出而專征兮，亦入而訏謨。設一塵之警兮，駭鳥鼠之奔呼。臣節棄如遺兮，或忍蒙夫垢汙。嗟夫君兮生羈窮，短褐穿兮食不充〔三〕，孰激而死兮義之從。庾嶺峨峨兮下有江，桄榔蔽天兮號哀急之濤瀧，蠻雲蜑雨兮瘞玉其邦。跨修鯨而翳鵠兮，遊汗漫與空谾。烏虖！世以敗爲辱兮成爲榮，君以義爲重兮生爲輕。陳哀詩兮祼薦，乘迴風兮送迎。

〔一〕此文爲底本所無，兹據四庫本《後村集》卷三三補。

〔二〕噫：原作「憶」，據宋刻本改。

〔三〕穿：原脱，據宋刻本補。